死活不論

LIFE OR DEATH

Michael Robotham
邁可・洛勃森——著
戴榕儀——譯

獻給伊莎貝拉

銘謝

出書當然要感謝編輯、經紀人和出版社，這回我有幸與許多之前就共事過的夥伴再度合作，謝謝馬克・盧卡斯（Mark Lucas）、娥蘇拉・麥坎吉（Ursula Mackenzie）、喬治・荷依西萊（Georg Reuchlein）、大衛・雪利（David Shelley）、喬許・坎杜（Josh Kendall）、露西・瑪拉歌妮（Lucy Malagoni）、尼奇・甘迺迪（Nicky Kennedy）、山姆・艾登伯爾（Sam Edenborough）和李察・派恩（Richard Pine）。

此外，這次也有許多新朋友不吝相助，我最要感謝的是生於利物浦，現在任職於德州的馬克・普萊爾（Mark Pryor）。他不僅擔任檢察官，也兼寫犯罪小說，針對法律情節給了我許多寶貴的建議，讓我受用無窮。

只要是寫德州的故事，就不能不向走在前頭的偉大作家看齊。我想感謝威廉・福克納（William Faulkner）、戈馬克・麥卡錫（Cormac McCarthy）、詹姆斯・李・勃克（James Lee Burke）、班・方登（Ben Fountain）和菲利普・梅爾（Philip Meyer），以及生動詮釋他們作品的聲音演員。這些作家的故事讓我沉浸在德州的氛圍中，希望我有成功捕捉到當地語言的韻律。

最後我要謝謝我的三個女兒。她們一天天地長大，卻沒有和我漸行漸遠，我很是欣慰。這本書我想獻給小女兒貝拉——她常覺得自己被冷落，但我承諾過會把最好的都留給她。

她們的母親，也就是我太太，堅持要我把她寫進謝詞，但對於這個三十年來都伴我左右的女人，我的感謝之情已不是言語所能形容。我對她的愛她比誰都明白，但我還是要對她說一句，「我愛妳。」

人之所以會活得慘切，是因為生命時而高貴莊嚴，時而勢猛難當。若能消除人生中的美，的愛，的險，那麼活著或許會容易一些。

——卡繆

生存，抑或毀滅？人生大哉問。

——莎士比亞

1

奧迪．帕瑪從沒學過游泳。童年去康羅湖釣魚時，父親告訴他，泳技高超會讓人產生安全的錯覺，反而危險。人要是以為能自救，一股腦地朝岸邊游，往往會溺死，反倒是緊抓船隻殘骸不放的，最後總能活命。

「所以嘍，」他爸爸說，「你要像笠貝一樣，死命抓緊。」

「什麼是笠貝？」奧迪問。

爸爸想了一會兒，「就想像你單手掛在懸崖上，還有人在搔你癢好了。」

「我很怕癢耶。」

「我知道啊。」

接著爸爸就開始搔他癢，搔到整艘船左右猛晃，周圍的魚全游進陰暗的洞裡，還癢得他尿褲子。這件事從此成了他們之間的笑話，不過好笑的不是尿褲子，而是用來形容抓緊的比喻。

「你要像巨烏賊纏住抹香鯨一樣，」奧迪會這麼說；「你要像嚇得竄進毛衣的小貓一樣，」他爸爸回道；「那你要像正在吃瑪麗蓮．夢露母奶的嬰兒一樣。」

就這樣你一來，我一往……

時過午夜，站在黃土路中央的奧迪懷想起從前的釣魚之旅，對爸爸更是思念不已。頭頂的月亮光彩盛放，渾圓皎潔，在湖面上映出一條銀白色的小徑。他看不見對岸，但知道湖水必有盡頭；他的未來伏隱在遙遙彼岸，但同時，死亡也潛伏在他身後。

車頭燈甩了個彎，加速朝他迎來，奧迪低頭衝下深谷，以免臉被照亮。卡車飛馳而過，激起的那團煙塵漫天擴散，接著沉降在他四周，甚至沾上他的牙齒。他趴下身子，爬入繁密的荊棘，身後還拖著好幾個加侖大的塑膠汽油桶。他早有心理準備，就算突然聽見誰大吼，或是惡兆般的子彈上膛聲，也不會訝異。

他潛伏至湖邊，挖起泥巴抹到臉和手臂上，油桶空蕩蕩地往他膝蓋捶，一共八個，是他用幾條短繩和破床單緊緊綁在一起的。

他脫掉鞋子，把兩隻腳的鞋帶綁在一起，掛在脖子上，接著將棉布做的洗衣袋綁在腰間。他的手上有鐵絲網割出的傷痕，但血流得不算嚴重，他將衣服撕成條狀，裹住雙掌，用牙齒把結咬緊。

這時，又有幾輛車行經他頭頂的道路，車頭燈亮了，人聲也雜了，警犬很快就會出動。奧迪往湖水深處走，將油桶緊擁到胸前，開始踢腳，盡可能不激起水花地先游離岸邊。

他用星星當座標，盡量游在直線上。從他現在的位置到喬克谷水庫盡頭，大約是三點五哩，只要游完一半，甚至不用那麼遠，就能抵達一座島，不過也要他撐得到那兒才行。

幾分鐘，幾小時過去後，他再也算不清時間了。有兩次他身子一傾，覺得自己幾乎要溺斃，直到他將胸前的油桶抱得更緊，才又浮回水面上。有兩個桶子已經漂走，還有一個進了水，他手上的繃帶也早被沖散開來。

他的思緒在遊走，飄蕩於一段段的回憶間，其中有他喜歡的人、喜歡的地方，卻也有叫他害怕的。他想起和哥哥一起打球的童年，也想起一個曾和他共喝一杯思樂冰的女孩。她叫菲比．卡特，曾讓十四歲的他在電影院後排把手伸進她那比雪還白的內褲。當時他們在看《侏儸紀公園》，一隻暴龍剛吞掉一名企圖躲進流動式廁所的貪婪律師。

關於那部電影，奧迪記得不多，但菲比．卡特卻留在他的記憶中。她父親是電池回收工廠的老闆，大家都還在開掉漆、生鏽到離譜的破車時，他就已駕著賓士在西達拉斯穿梭了。卡特先生不喜歡女兒跟奧迪這種男生廝混，但菲比就是不肯聽話。她現在身在何處呢？結婚了吧，或許正懷著孩子，過得很快樂；也或許已經離婚，必須兼兩份差，變得皮鬆肉垮，染著頭髮，看著歐普拉脫口秀。

隨之而來的是另一塊記憶碎片——他想起媽媽站在廚房水槽邊，一面洗碗一面唱兒歌。她會自創歌詞，唱脫脂乳中的蒼蠅，也唱毛線裡的小貓，而爸爸從修車店回來後，會用同一槽肥皂水洗掉手上的污垢與油漬。

已過世的喬治．帕瑪是個虎背熊腰的男人，雙掌大得像棒球手套，鼻上佈滿雀斑，好像一群黑蒼蠅擁上他的臉、卡在那兒似的。他英俊卻薄命——奧迪家的男人都死得早，多半是挖礦或鑽油時發生意外，礦坑坍塌啦，甲烷爆炸啦這類的工業事故。奧迪的爺爺遇上爆炸，一根十二呎長的鑽桿被轟到兩百呎高處，掉下來砸碎他的頭骨；他叔叔湯瑪斯和另外十八個男人一起被活埋，屍體根本沒人去挖。

奧迪的父親力抗命運，活到五十五歲。他靠鑽油存夠了錢，買下一間附有兩臺加油機的修車店、一個工具間和一臺液壓升降機。二十年間，他每週工作六天，本可以讓三個孩子都受完整教育，只可惜卡爾不知長進。

喬治的聲音是奧迪認識的男人中最深沉、最輕柔的，粗如礫石的話到了他嘴裡，都甜軟得像一桶蜂蜜，但歲月不饒人，隨著癌細胞侵噬他的器官，鬍鬚漸白的他話也越來越少了。奧迪沒能參加喪禮，喬治對抗病魔時他也不在，有時他都在想，喬治雖然抽了一輩子的菸，但其實最後或許是心痛而死。

奧迪再度潛下水面，湖水溫暖又苦澀，無孔不入地滲進他的嘴、他的喉、他的耳。他掙扎著想呼吸，卻疲憊得不住下沉。他的雙腿痠疲不堪，雙臂疼痛難忍，看樣子是游不到對岸了，一切到此為止。這時他睜眼看見一位天使，她身上的白色寬袍繞著她翻騰打旋，讓她好似在飛翔，而非在游水。她展臂擁抱他，透光的袍子下赤裸裸的，他能聞到她的香水味，也能感受到她壓在自己胸口的體溫。她眼簾半垂，嘴唇微張，像在等待親吻。

接著她狠狠甩了他一個耳光，撂下一句：「渾帳，你給我繼續游！」

奧迪拚命掙回水面，喘吁吁地吸氣，及時抓住差點漂走的塑膠油桶。他的胸口起伏不止，水也從口鼻中嗆了出來。他咳著，眼眨著，努力集中注意力後，看見倒映在水上的星星和靜止在月光下的樹梢剪影，於是重新開始踢水前進，想像伏在水裡的那鬼魅幻影一直如沉落的月亮般，跟隨著自己。

不知幾小時後，奧迪踢到礁石了。他拽著身子上岸，癱在一條細窄的沙灘上，把油桶都踢掉。夜晚的空氣仍保有白晝的餘熱，並散發著濃烈的荒野氣息，水上迷霧縷縷，猶如溺斃漁民的魂魄。

他躺在那兒，看著月亮沒入高遠的浮雲裡，閉上雙眼，感受到天使跨坐在他大腿上的重量。她傾身向前，把氣息吞吐在他頰邊，雙唇湊到他耳邊，用氣聲說：「你要信守承諾。」

2

警鈴響起，摩斯試圖睡回夢鄉，但靴子重踏在金屬梯上的腳步聲迴盪不已。一雙雙手緊握鐵欄杆，髮絲上的灰塵都在顫動。現在還太早了，早點名通常都是八點，所以警鈴為什麼會響？牢房的門朝側邊滑開，鏘啷發出一記金屬的悶響。

摩斯呻吟著睜開雙眼，他方才夢見老婆克莉絲朵，和一早就把四角褲高高撐起帳篷的自己。我還是雄風不減嘛，摩斯心想，他知道克莉絲朵一定會說：「你是要成天盯著那小弟看，還是要讓它派上用場？」

囚犯們被叫出牢房，一個個不是在搔肚臍，就是手捧睪丸，或忙著把眼裡的砂粒揉掉，有些自動自發，有些則要人揮棍才肯動作。牢房繞著長方形庭院分布在三層樓中，庭院上方架有安全網，以防囚犯自殺或被丟下走道，天花板則布滿不時發出流水和爆破怪聲的雜亂管線，讓人覺得裡頭住著邪魔。

摩斯拖著身軀起床走出牢房，光著腳面壁站在走道上，身旁盡是嘟噥聲和屁響。他塊頭很大，肚腩鬆垮，但每天固定做十幾次的伏地挺身和拉槓，所以臂膀和胸膛強健又厚實。他棕色的皮膚有如牛奶巧克力，眼睛大得和臉不成比例，讓他看起來不像有四十八歲。

摩斯瞄向左側，看見金伯格把頭靠在牆上，想站著睡覺，他前臂和胸膛上的刺青彷彿在跳躍、咆哮。這傢伙之前嗑安非他命上癮，一張臉窄窄的，八字鬍修得像寬展的翅膀，一路延伸到雙頰後半。

「現在是怎樣？」

金伯格睜開眼，「好像有人逃獄吧。」

摩斯看向走道另一側，沿途的牢房外也站滿獄囚，所有人都出來了。不對，還沒。摩斯探向右邊，想偷看隔壁牢房的情況。獄卒就要來了。

「喂，奧迪，起床啊老兄，」他低聲道。

一片靜默。

他聽見樓上傳出爭吵，扭打聲隨之爆出，直到獄卒如忍者龜般衝上樓一陣痛毆後才停止。

摩斯往奧迪的牢房走近了些，「喂，快起床。」

還是沒人回應。

他轉向金伯格，兩人四目相交，不發一語，心中卻抱持相同的猜測。

摩斯向右移了兩步，深知獄卒可能在看。他仔細審視奧迪一片漆黑的牢房，看見固定在牆上的床架以及臉盆和馬桶，卻沒看見任何人，也沒有屍體。

樓上一個獄卒喊道：「全數點齊。」

樓下也傳來一個聲音，「全數點齊。」

頭戴警帽、手持棍棒的獄卒就要來了，囚犯們個個將身體貼在牆上。

「在樓上！」一個獄卒吼道。

靴子的踩踏聲隨之傳來。

兩名獄卒地毯式地搜查奧迪的牢房，彷彿他能躲在枕頭下或除臭劑後頭似的。摩斯冒險回頭，看見副典獄長格雷森剛汗流浹背地爬上最後一階。格雷森胖得很，肚子大大地垂在光亮的皮帶之外，領口也擠了好幾圈肥肉。

格雷森來到奧迪的牢房，往內一看後抽了一口氣，唇間發出吸吮的聲音。他取下警棍，在自己掌上打了一下，接著轉向摩斯。

「帕瑪人呢？」

「我不知啊，大人。」

警棍揮進摩斯的膝窩，讓他跪地如樹倒，格雷森高高在上地站在他面前。

「你最後一次見到他是什麼時候？」

摩斯開始回想，才遲疑了一會兒，警棍末端就打在他右側肋骨下方，讓他眼前的影像高低晃動。

「放飯時，」他喘著氣說。

「他人呢？」

「不知道。」

格雷森的臉上似乎閃過一絲怒光，「封鎖監獄，一定要找到他。」

「那早餐怎麼辦？」一名獄卒問。

「可以晚點吃。」

摩斯被拖進牢房。門關上後的兩小時，他都躺在床上，聆聽整座監獄的顫動與囚犯的抱怨聲。大家今天都沒能洗衣服，也沒看到書，本應舉行的講習也取消了。

他聽見隔壁的金伯格在拍牆壁。「喂，摩斯！」

「怎樣？」

「你覺得他逃出去了嗎？」

摩斯沒回答。

「他都最後一個晚上了，幹嘛做這種事？」

摩斯還是沒說話。

「我就說吧，這小子實在很瘋。」

獄卒又來了。金伯格回到床上，摩斯則邊聽邊感到括約肌在張縮。靴子的踩踏聲在他牢房前停下。

「起來！靠牆！腳張開！」

三個男人走進來銬住摩斯的手腕。一條鎖鏈從手銬上延伸出來，繞在他腰際，他的雙腳也因為踝部上了鐐而只能拖步；他褲子還沒穿好，也沒時間扣釦子，得用一隻手拉著。囚犯們都在各自的牢房裡對他大喊，咆哮著說些什麼。他在途中遇上幾道陽光，還瞄見大門口停著數輛警車，閃亮的車身反射出如星點般的光芒。

他走到管理區後，依照指示坐下，兩邊的獄卒都沒說話。摩斯能看見他們的側臉、警帽、墨鏡和縫有深棕色肩章的卡其色上衣，也能聽見隔壁會議室裡的人相互指責、非難，聽見其中一個聲音不時壓過其他人。

這時食物送來了，摩斯感到胃部一絞，滿嘴都是口水。又過了一個鐘頭，或許更久，許多人都已離開，終於輪到摩斯了。他踩著小碎步，拖著雙腿走進房間，頭始終低著。典獄長斯巴克斯身穿一套已坐皺的黑西裝，他長得很高，一頭銀髮相當豐密，鼻子又長又尖，走路時就像頭上頂了本書似的。他示意獄卒往後退到門的兩側守著。

一道牆邊的桌上擺滿盤子，盤裡是各種被吃了一半的食物，有炸軟殼蟹、肋排、炸雞、馬鈴薯泥和沙拉，還有印著黑色鍋痕，散發奶油光澤的烤玉米。典獄長拿起一塊肋排，吸吮骨頭上的肉，接著用濕紙巾擦擦手指。

「小子，你叫什麼？」

「摩斯．傑若麥亞．韋伯斯特。」

「摩斯？這什麼鬼名字？」

「這個啊，長官，是因為我媽想幫我取名摩西，就是聖經裡那個摩西，但填出生證明時寫錯，就變成摩斯了。」

其中一個獄卒笑出聲來，典獄長捏了捏鼻梁。

「韋伯斯特先生，肚子餓嗎？拿一盤吧。」

摩斯瞄了大餐一眼，飢腸轆轆，「長官，你是想處死我嗎？」

「怎麼會這麼想呢？」

「這種大餐只有死前才吃得到。」

「沒有人會處死你的……至少不會選在星期五。」

典獄長笑了，但摩斯並不覺得這笑話有趣，依舊站在原地不動。

食物可能有毒，但典獄長也吃了。或許他知道哪些可以吃？他媽的，不管了！

摩斯拖步往前走到桌邊，將滿滿的一大堆肋排、蟹螯和馬鈴薯泥疊到塑膠盤上，還試圖在最上面再放一根烤玉米。他雙手並用地猛吃，臉幾乎貼到盤子上，食物的湯汁噴得他滿臉，沿著下巴流掉；同時，典獄長斯巴克斯則又再拿了一塊肋排，坐到摩斯對面，看起來似乎有些反胃。

「你被抓時身上帶著價值兩百萬的大麻，罪名有三項，勒索、詐欺和販毒。」

「不過是一些草罷了。」

「後來你還在監獄裡打死了一個人。」

摩斯沒回話。

「他罪有應得是嗎？」

「那時是這麼覺得沒錯。」

「那現在呢？」

「現在很多事我都會用不同方式處理。」

「你進來多久了？」

「十五年。」

摩斯吃得太快，一塊肉卡在喉間，他用拳捶胸，手銬鏗啷作響。典獄長給了他一罐汽水，他深怕被收回，於是一口氣喝光，接著抹抹嘴，打嗝後又再開始吃。

典獄長斯巴克斯已將肋排啃得乾淨。他傾身向前，將骨頭像旗桿般直直插進摩斯的馬鈴薯泥。

「我們話說從頭吧。你和奧迪．帕瑪是朋友，對嗎？」

「我認識他。」

「你上次見到他是什麼時候？」

「昨天傍晚吃飯時。」

「你跟他坐在一起。」

「對，長官。」

「你們當時在聊什麼？」

「沒什麼，跟平常差不多。」

典獄長眼神不帶任何情緒地等著，摩斯感到烤玉米表面的奶油覆上舌頭。

「小強。」

「什麼？」

「我們在討論怎麼讓小強消失。我跟奧迪說可以把安清新牌的牙膏擠到牆縫裡。小強不喜歡牙膏，不要問我為什麼，就是不喜歡。」

「蟑螂是吧。」

摩斯把馬鈴薯泥沒被插到的地方挖起來吃，吃幾口就停下來說話，「我聽說過一個新聞，有個女在睡覺，結果蟑螂爬進她耳朵，在她腦袋裡下蛋，把她弄死了，有人發現時，還有小強從她鼻子裡爬出來。我們一直在跟小強作戰，有些黑鬼愛用刮鬍膏，但那爛東西根本撐不過隔夜，安清新才是最有效的。」

典獄長斯巴克斯瞪著他，「我的監獄沒有蟲害問題。」

「小強可能是例外喔，長官。」

「我們一年消毒兩次。」

摩斯知道獄方怎麼消毒。獄卒出現後會命令所有囚犯躺到床上，接著在牢房裡噴灑某種聞起來像毒藥，對小強卻完全沒效的化學物質，每次都只是聞得大家難受罷了。

「吃完飯後呢？」斯巴克斯問。

「我就回我牢房了。」

「回去後有看到帕瑪嗎？」

「他在看東西，」

「看東西？」

「看書，」摩斯補充說明。

「哪種書？」

「沒有圖片，很厚的那種。」

斯巴克斯一點都不覺得眼下的情況有趣，「你知道帕瑪今天就可以出獄了嗎？」

「知道啊，長官。」

「那他為什麼要在出獄前一晚逃跑？」

摩斯抹去唇上的油漬，「不知道。」

「你總有些想法吧。這傢伙在裡頭蹲了十年，只要再撐一天就可以重獲自由，結果卻選擇成為逃犯。要是被抓到，他就得接受審判，被判刑後又要再坐二十年的牢。」

摩斯不知該說些什麼。

「小子，你有在聽嗎？」

「有啊，大人。」

「不要跟我說你和奧迪・帕瑪不熟，千萬不要。這不是我第一次管監獄，想騙我，門都沒有。」

摩斯對他眨眨眼。

「你住帕瑪隔壁多久了——七年？他一定跟你說過什麼。」

「沒有，長官，我對上帝發誓，他什麼也沒說。」

摩斯胃裡的食物湧了上來，他打了個嗝，但典獄長仍自顧自地說話，「我的工作就是確保犯人好好地監禁在牢裡，直到聯邦政府下令釋放為止。帕瑪先生出獄的日子是今天，但他卻選擇提早逃跑，為什麼？」

摩斯聳肩。

「推測一下。」

「『推測』是什麼意思啊，長官？」

「告訴我你的看法。」

「我的看法？我覺得奧迪．帕瑪這麼做簡直就比餅乾上的大便還蠢。」

摩斯說完後停下來看著他盤子上剩下的食物。典獄長斯巴克斯從大衣口袋裡拿出一張照片，放在桌上，是睜著狗兒般大眼，瀏海垂在額前的奧迪．帕瑪，氣色很好，無傷無痕，如一玻璃瓶的牛奶般完整。

「關於德菲斯郡的運鈔車搶案，你知道多少？」

「只知道新聞上寫的那些。」

「奧迪．帕瑪一定提過吧。」

「沒有，長官。」

「你從來沒問過？」

「當然有啊，大家都問過。每個獄卒、每個黑鬼、每個訪客和大家的親朋好友都問過，這裡的所有人都想知道那筆錢最後去哪裡了。」

摩斯不必說謊。那件搶案可以說是驚天動地，不光是錢不翼而飛，當天還有四人身亡，一人被捕，一人在逃，所以他真的不認為德州監獄裡的牛鬼蛇神中有誰不知道。

「那帕瑪怎麼說？」
「他打死都不肯談。」
典獄長斯巴克斯像吹氣球般鼓起雙頰，接著又緩緩吐出空氣。
「所以你才幫那傢伙越獄嗎？是不是他答應要分你一些錢？」
「我才沒有幫誰越獄。」
「小子，你現在是想在我的地盤撒尿嗎？」
「長官，我沒有。」
「所以你最好的朋友逃獄前什麼也沒告訴你？你要我信這種鬼話是嗎？」
摩斯點點頭，眼神游移地看著典獄長頭上的空氣。
「奧迪．帕瑪有女朋友嗎？」
「他說夢話時會提到一個女生，但她好像早就死了。」
「有家人嗎？」
「媽媽和姊姊。」
「誰沒有媽媽，不要講廢話。」
「他媽會定期寫信給他。」
「還有其他親友嗎？」
摩斯聳聳肩，奧迪檔案裡沒有的資訊，他絕不會告訴典獄長。兩人都知道這場面談不會有什麼重大結果。
斯巴克斯站起身來踱步，踩得油地氈嘎吱作響，摩斯得左盼右望才能將視線保持在他身上。
「韋伯斯特先生，你給我聽清楚了，你剛進來時紀律方面有點問題，但你解決掉的剛好都是一些變態怪胎，所以你才獲得了一些特權，得來不易，沒錯吧。所以我知道你現在一定良心不安，不如就趕快說出他的下落吧。」

摩斯眼神空洞地看著他，典獄長停下腳步，將雙手撐在桌面上。

「韋伯斯特先生，你要不要跟我解釋一下，你以為你們這些人之間的保密守則有什麼屁用？你們豬狗不如，思考方式像禽獸，行為也像禽獸，狡猾、暴力又自私，還會彼此偷竊、殺害，互捅妻子，你們這種流氓談什麼守則？」

「我們之所以有辦法團結，全靠兩個共通點，保密守則是第二個，」摩斯說，他知道不該魯莽發言，卻又管不住嘴巴。

「那第一個共通點是什麼？」典獄長問。

「我們都恨你這種人。」

典獄長一聽立刻翻桌，裝滿食物的盤子稀哩嘩啦掉到地上，肉汁和馬鈴薯泥紛紛流下牆壁，獄卒們靜候指示。摩斯被扯起身來推向房門，得快速拖步才不至於跌倒。獄卒半抬半拉地將他帶下兩層樓，穿越好幾扇必須從另一側才能打開的門——他不能回原本的牢房了，他們要把他帶到特殊監禁室，也就是單人牢房，黑洞。

又一支鑰匙插進門鎖，門轉開時幾乎沒發出聲響。新的兩名獄卒由此接手，他們命令摩斯全身脫光，鞋子、長褲、上衣無一例外。

「人渣，你為何被送進來啊？」

摩斯沒有回答。

「他幫人逃獄，」另一名獄卒說。

「大哥，我沒有。」

問話的獄卒指向摩斯的結婚戒指，「拿掉。」

摩斯對他眨眨眼，「規定上說我可以留著。」

「拿掉，不然我就砍掉你手指。」

「要是給你，我就什麼都沒有了。」

摩斯握緊拳頭。獄卒用警棍打了他兩下，接著請求支援，眾人一起制服摩斯後又是一陣毒打，怪的是他幾乎聽不見毆打聲，腫脹的臉上掛著一個詭異的驚訝表情。隨後他被揍倒在地，一隻穿著靴子的腳踩住他的頭，他聞到濃烈的上光劑味和汗味，一面嘟噥著發出呻吟，嘴裡已漱著鮮血，胃部一陣翻攪，但忍著沒把肋排和馬鈴薯泥吐出來。

群毆結束後，摩斯被丟進鐵籠裡，一動也不動地躺在水泥地上，喉間發出潮濕的聲音。他抹掉鼻上的鮮血，用指尖搓揉，覺得摸起來像油，心裡卻怎麼也想不出自己究竟該從這次的事件中學到怎樣的教訓。

接著他想到奧迪．帕瑪和那消失的七百萬。他希望奧迪是去拿那筆錢了，他希望奧迪接下來這輩子都在坎昆啜飲鳳梨可樂達，或在蒙地卡羅享受雞尾酒。監獄裡的那些王八蛋都去死吧！活得痛快就是對他們最好的報復。

3

日出前星光顯得格外明亮，奧迪能看出星座的形狀。有些他叫得出名字，像是獵戶座、仙后座和大熊星座，有些則極其遙遠，幾百萬年前的歷史彷彿都因著這些星斗而穿越時空，透過星光閃耀在今朝。

有些人相信命運寫在星星的陣列裡，若真是如此，那麼奧迪出生時的星象絕對是大凶。奧迪從來都不相信天數、命運和因果報應，也不認為事出必有因，更不覺得好運壞運會像烏雲經過時降下的雨水般，一點一點地平均落在生命中的每個階段。在他看來，死神隨時都可能找上門，要想好好活下去，每一步都必須走對。

他解下洗衣袋，拿出偷來的牛仔褲和長袖上衣——一個獄卒把健身包忘在車上，車又沒鎖。他穿上襪子和濕透的靴子，並將鞋帶綁好。

埋掉囚服後，他一直等到東方的地平線浮現一絲橙黃才上路。一條窄溪經由礫石灘流進水庫，地勢較低處霧靄瀰漫，兩隻蒼鷺站在淺水中，猶如草坪上的裝飾品，泥岸上則滿是燕子築巢時戳出的洞，牠們輕快地飛進又飛出，鮮少觸及水面。奧迪沿著小溪一直走，經過一條塵土飛揚的田間小徑和一座單向橋後，仍沿原路繼續走，同時也在注意周遭是否有車聲和煙塵。

太陽升起，紅熱地在一排發育不良的樹木上方閃耀。四小時後，發燙的陽光就像焊接槍在噴火般，緊吻他的後頸，他卻只能遙想水的滋味。他獨自走在空無一人的路上，皮膚上每條皺紋、每個洞孔都卡了沙塵。

時過中午，他爬上小丘，試圖釐清自己身在何處，卻發現周遭猶如哪個古文明消失後留下的荒涼死界——樹木全像群居的動物般聚集在古老的河道邊，整片平原被熱氣烘得閃閃發亮，上頭交縱著摩托車騎過和動物跑過的痕跡。他的卡其褲掉得很低，手臂下方流了一圈圈的汗。途中兩次有卡車經過，他都得滑下鬆動的石塊和頁岩，蹲伏在草叢和大石頭後面。他走了一段後，坐到一顆平坦的岩石上休息，想起自己有次偷了鄰居放在門前的牛奶錢，結果被父親追得滿院子跑。

「是誰叫你偷的？」父親擰著奧迪的耳朵質問。

「沒人啊。」

「給我老實講，不然你就慘了。」

奧迪什麼也沒說，像個男子漢地接受了懲罰。搓揉大腿上的鞭痕時，他看見父親眼中的失望，而他哥哥卡爾則從屋裡看著一切發生。

「做得很好，」卡爾後來說，「但你應該把錢藏起來的。」

奧迪爬回路上繼續走。那天下午，他穿越一條四線道的柏油路，遠遠地沿著路走，有大量車潮通過時就躲起來，走了一哩後接上一條向北蜿蜒而去的黃土小道。他沿著印滿車轍的土道望去，看見遠方有泥漿罐和泵浦，還有座起重機的輪廓。起重機頂端的火焰在空中閃閃發亮，整個機具就像遙遠星球上剛建立的殖民地般，矗立在萬家燈火的迷你城市之上，即便身在幾哩遠處，晚上也一定看得到。

奧迪看起重機看得太專心，沒注意到有個老人正望著自己。老人短小精幹，膚色黝黑，穿著連身工作服，頭戴寬緣帽。他身旁那一端下沉的柵欄裝著漆了顏色的升降桿，附近有座蓋著屋頂，但只有三面牆的小舍，一棵孤零零的樹，和停在樹下的道奇小貨卡。

老人的臉坑坑疤疤，額頭平坦，眼距很寬，手臂裡夾著一把獵槍。

奧迪試著微笑，積在臉上的塵土隨之裂散。

「你好啊？」

老人猶疑地點頭。

「可以給我一點水嗎？」奧迪說，「我快渴死了。」

老人將獵槍掛回肩膀，走到小屋旁，打開水桶頂蓋，指向掛在釘子上的金屬長勺。奧迪將勺子舀進平靜的水面，喝下第一口時鼻子嗆了些水，咳了一陣後又再繼續喝。水比他想像中來的冰涼。

老人從連身工作褲的口袋中拿出一包壓皺的香菸，點了一根，將煙深深吸進肺裡，彷彿想擠出所有乾淨空氣。

「你跑到這種地方做什麼？」

「我跟女朋友吵架，那賤女人就把我丟在路邊，自己開車走了，我以為她會回來，結果一直等不到人。」

「你如果希望她回來，還是不要把她講得這麼難聽比較好吧。」

「或許吧，」奧迪說著將勺裡的水淋到頭上。

「她把你丟在哪？」

「我們原本是在露營。」

「水庫旁是吧。」

「對。」

「那邊離這裡有十五哩遠欸。」

「我一步一步地慢慢走來了。」

一臺油罐車轟隆隆地開上小道，老人靠向柵欄接地的那一側，把升降桿抬起來。他和駕駛互相招手，接著油罐車便往內開，煙塵也平息下來。

「那你在這做什麼？」奧迪問。

「當守衛。」

「守什麼？」

「這邊在鑽油井，有很多昂貴的器材。」

奧迪伸手自我介紹，因為覺得警方應該還沒公佈他的中間名，所以自稱史賓賽；老人什麼也沒問，只是跟他握握手。

「我叫厄尼斯托．羅德里傑斯，大家都叫我厄尼，因為這樣聽起來比較不拉美，」他笑著說。這時又有一臺卡車開來。

「你覺得會有哪個司機願意載我一程嗎？」奧迪問。

「你要去哪？」

「有巴士或火車的地方都好。」

「那你女朋友怎麼辦？」

「我看她應該不會回來了。」

「你住哪？」

「我在達拉斯長大，但去西部待了一陣子。」

「你在那邊做什麼？」

「什麼都做過一點。」

「所以你想隨便去個地方，再隨便找些事來做？」

「大概就是這樣。」

厄尼往南邊看。他的眼神越過溝壑縱橫，外露礦石遍布的片片平地，落在彼端那道遠得彷彿要消失在世界盡頭的籬笆上。

「我可以送你到夫力爾，」他說，「但我大概一小時後才下班。」

「太感謝了。」

奧迪坐進陰影裡，脫下靴子，小心地用手指撫摸腳上的水泡和手上的割痕。許多油罐車接續進出柵欄，離開時滿車是油，回來時空空如也。

厄尼很愛講話。「我退休前在快餐店當廚子，」他說，「但我現在賺的錢是以前的兩倍，一切都要拜這股熱潮所賜啊。」

「什麼熱潮？」

「油氣熱啊，新聞報得很大耶，你知道老鷹灘頁岩層嗎？」

奧迪搖搖頭。

「是德州東南部的沉積岩，裡頭有很多古老海洋生物的化石，油就是從那裡來的，至於天然氣則是積在岩石底層，只要挖出來就行了。」

厄尼把事情講得好簡單。

夜幕降臨前，一臺卡車從另一個方向出現，是夜間守衛來了。厄尼將柵欄的掛鎖交給他時，奧迪等在道奇小貨卡裡，很想知道兩人究竟在說些什麼，但也告訴自己別想太多。厄尼回來後爬進駕駛座，車子艱難地通過滿是車轍的小道，接著往東開上市郊連通道路。窗戶沒關，厄尼將頭伸出去點菸，用手肘控制方向盤，並衝著呼嘯而過的空氣對奧迪大喊，說他跟女兒和外孫同住在普雷珊頓（他唸成普利登頓）。

車子西側濃重的雲層在太陽還來不及沉落到地平線下時，就將之吞噬，那景象猶如火焰燒穿濕透的報紙。奧迪將手肘靠在窗沿，一直在注意有沒有檢查站和警車。逃到現在，應該已經把警察都甩掉了，但不知道他們會再追多久。

「你今晚要在哪裡過夜？」厄尼問。

「還沒決定。」

「普雷珊頓有幾家汽車旅館，但我沒住過，畢竟沒那個必要。你身上有現金嗎？」

奧迪點頭。

「你還是打個電話給女朋友，跟她道歉吧。」

「不，沒希望了。」

厄尼用手指敲著方向盤，「來我家的話，你只能睡穀倉裡的小窄床，但可以省下汽車旅館的錢，而且我女兒很會煮菜。」

奧迪嗯哼了一聲，打算要拒絕，但又想到自己不能冒險入住汽車旅館，因為櫃臺一定會跟他要證件，而警方一定也已經公布他的照片了。

「那就這樣嘍，」厄尼說著將手伸向收音機，「要不要聽音樂？」

「不用，」奧迪過於唐突地說，「我們聊天就好。」

「也可以。」

厄尼開到普雷珊頓南邊幾哩處，停在一幢破舊的房屋前，屋旁有座穀倉和一小叢發育不良的白楊樹。引擎笨拙地熄火後，一隻狗漫步穿越黃土地的院子，上前聞嗅奧迪的靴子。

厄尼則已下車走上階梯，喊著說他到家了。

「蘿希，今天有客人來吃晚飯。」

開放式門廳彼端的廚房亮著一盞燈，一個女人站在爐子旁。她臀部寬厚，臉蛋渾圓漂亮，棕色的皮膚帶點乳白，雙眼細長，說是來自墨西哥，但其實更像印度人；她赤著雙腳，身穿一件褪色的印花洋裝。

她看向奧迪，接著又回望父親，「你跟我講這幹嘛？」

「因為他要吃飯，而妳是煮飯的人。」

她回身面向放著平底鍋的火爐，鍋裡的肉嘶嘶作響，「對啦，我就是活該得幫你們煮飯啦。」

老人對奧迪露出笑容，「你去清理一下吧，我會幫你找些乾淨的衣服，髒的這些蘿希待會兒再洗。」他轉向女兒，「戴夫的舊衣服妳放哪？」

「我床下的箱子。」

「我可以拿幾件給這小夥子嗎？」

「隨便你。」

老人把奧迪帶到浴室，並給他一套乾淨的衣服。他在蓮蓬頭下站了好一陣子，任由熱水將皮膚沖紅，奢侈地做著白日夢。在監獄裡洗澡總是匆忙又危險，規矩一大堆，洗完也不覺得乾淨多少。

穿上另一個男人的衣服後，他用手指梳頭，沿著原路走回去，在走廊上就聽見電視上一名主播正在播報逃獄的消息，於是在敞開的門邊謹慎地看著螢幕。

「奧迪．史賓賽．帕瑪當年在德州德菲斯郡犯下造成四人死亡的運鈔車搶案，被判刑十年，如今刑期將滿卻突然越獄。有關當局認為他是先利用口香糖的包裝紙造成警報系統短路，再靠著從獄中洗衣房偷來的床單越過兩道柵欄……」

一個小男孩坐在電視前的地毯上，手裡玩著一盒玩具士兵。他抬頭瞄了奧迪一眼，又看回螢幕，但新聞已經進到下一則，現在是一個氣象女主播指著地圖。

奧迪蹲下來，「你好啊。」

男孩點點頭。

「你叫什麼名字？」

「比利。」

「比利，你在玩什麼？」

「士兵。」

「現在誰領先？」

「我。」

奧迪笑了，但比利不懂。這時蘿希從廚房叫大家，說晚餐準備好了。

「比利，肚子餓了嗎？」

他點頭。

「那我們最好趕快過去，免得菜被吃光。」

開飯前蘿希最後一次整頓餐桌，她將刀叉和盤子擺到奧迪面前，手臂擦過他的肩，坐下後以動作示意比利禱告。小男孩含糊地說了幾個字，但「阿們」卻念得很清楚。接著大家開始遞盤、舀菜、享用，厄尼問了許多問題，但最後蘿希叫他「閉嘴，讓這老兄好好吃頓飯。」

她不時偷瞄奧迪。晚餐前她換了件洋裝，這件比較新，也比較貼身。

餐後兩個男人移師陽臺，蘿希則留下來清理餐桌，將碗盤洗淨、擦乾，抹拭椅凳，並準備隔天的三明治。奧迪能聽見比利在背誦字母表。

厄尼抽著菸，把腳抬到陽臺欄杆上。

「所以你有什麼打算？」

「我在休士頓有親戚。」

「你要打給他們嗎？」

「我十年前就搬到西部，跟他們也失去聯絡了。」

「這年頭要失去聯絡實在不簡單啊，你一定下了很大的功夫吧。」

「是啊。」

蘿希一直站在門口聽兩人說話。厄尼打打呵欠、伸伸懶腰，說他差不多要睡了。他帶奧迪去看過穀倉內的簡陋房間後，便道了晚安，而奧迪則因為看星星而在門外多待了片刻。他正要轉身時，發現蘿希站在雨水貯留槽旁的陰影下。

「你到底是誰？」她以控訴的口吻問。

「很感激你們好心伸出援手的陌生人。」

「如果你是想搶劫的話，我們沒錢。」

「我只是需要個地方睡覺而已。」

「你跟我爸扯了一堆謊，說什麼女朋友跑走，但你到這裡已經三個小時，卻都沒借用電話，到底是想幹什麼？」

「我只是想實現我對人許下的諾言。」

蘿希發出嘲弄的聲音，一動也不動地半站在陰影裡。

「這些衣服是誰的？」奧迪問。

「我丈夫的。」

「他怎麼不在？」

「他找到更喜歡的人了。」

「我很抱歉。」

「抱歉什麼？又不是你的錯，」她盯著奧迪身後的暗處，「他說我變得很肥，不想再碰我了。」

「我覺得妳很美。」

她抓起奧迪的手，放在胸前，讓他觸摸自己的心跳，接著抬起臉，將雙脣用力貼上他的嘴。那個吻猛烈而充滿慾望，近乎急切，他嘗得出她內心的傷痕。

奧迪掙脫她的手後抓住她，讓兩人之間保持手臂長的距離；他看進她的雙眼，然後親吻她額頭。

「晚安，蘿希。」

4

獄中生活的每分每秒都試圖逼死奧迪・帕瑪——無論他是醒著還是睡著，無論他是在吃飯、淋浴還是繞運動場，無論時值燠熱難耐的炎夏、凜冽刺骨的寒冬，還是幾乎不存在的春和秋，獄中的每分每秒都在逼奧迪・帕瑪死掉，但他卻撐過來了。

摩斯總覺得奧迪來自平行宇宙，覺得在他的時空裡，就算是最暴戾的惡行也無法改變他的舉止。摩斯曾在一些電影中看過有人為了完成未竟之事，而從天堂或地獄返回人間，所以他老在想，奧迪會不會就是因為惡魔把生死簿寫錯或弄錯人，才從地獄被送回來。如果真有這種事，人關進牢裡大概還會覺得慶幸，因為他們已在地獄見識過慘絕人寰的景象了。

摩斯第一次見到年輕的奧迪，是在他和其他新入獄的囚犯一起走上斜坡的時候。那道斜坡有些凹陷，地板有打蠟，上頭的天花板有螢光燈在嗡嗡作響，長度和美式足球場一樣，左右兩側都是牢房，關在裡頭的囚犯就邊看邊對新進的犯人發怪聲、吹口哨。而後牢門會全數打開，所有人會一湧而出，每到這一天只有一次的放風時間，獄裡都像尖峰時間的地鐵似的，有些人在清算舊帳，有些人在買賣違禁品，下訂單、找買家。想把誰打到見血又不受懲罰，這段時間出手就對了。

不消多久，就有人發現了奧迪。他年輕又英俊，會引起關注其實不足為奇，但大夥兒更感興趣的其實是錢——要和奧迪當朋友，還是把他打得半死，全看他怎麼處理那七百萬元。

幾小時內，奧迪入獄的消息便不脛而走傳遍了整個監獄。一般人要是面臨這種處境，應該都會嚇得屁滾尿流，或哀求獄方將自己移到黑洞監禁，但他只是平靜地走在運動場上，和其他人沒有兩樣。奧迪不耍流氓，不出主意，也不殺人，只是呈現自己真實的樣貌，卻因而經常惹上麻煩，因為他無派無系，沒人會保護他。想在獄中生存，一定要拉結盟友、加入幫派，或是拜個很罩的老大，奧迪那副俊俏、柔弱又有錢的模樣，是絕對不行的。

摩斯遠遠地看著這一切，雖好奇但並未參與。剛入獄的囚犯大都會一開始就表明自己的態度，藉此劃清地盤或嚇退虎視眈眈的敵人。在獄中，仁慈就是軟弱，同情和善意也一樣。如果有人想搶你的食物，那一定要在他得逞前先把東西丟進垃圾桶，排隊時也絕不能讓別人先。

首先出擊的是骰子男。他請奧迪喝獄中的私釀酒，但被禮貌地拒絕，於是改採不同的策略，在放飯時間經過奧迪坐的那桌時，把他的餐盤掀翻。奧迪看著那灘肉汁、馬鈴薯泥和雞肉，又抬頭望向似乎長高了六吋的骰子男。有些人笑了，但奧迪一語不發，只是彎腰將那團糊狀的食物舀回餐盤上。

眾人沿著長凳往後退了一些，似乎在期待什麼，就像火車突然停下時等在車上的乘客一樣。奧迪仍蹲在地上舀食物，毫不理會他人，彷彿活在自己創造的空間裡，外人的想法對他來說僅是浮雲，那種境界俗人大概作夢也達不到。

骰子男看著他的鞋子，上頭灑了肉汁。

「舔掉，」他說。

奧迪疲憊地嘆了口氣，「我知道你在打什麼主意。」

「知道就說啊。」

「你挑釁我，是想激我出手，或讓我成為你的同夥，但我不想跟你打，我連你的名字都不曉得。你覺得事情開了頭後就不能讓步，但其實可以，沒有人會因而瞧不起你，沒有人會恥笑你。」

奧迪站起身來，手裡仍握著餐盤。

「你們有人覺得他可笑嗎？」他大吼。

他問得非常誠懇，摩斯看得出大家也認真思考了起來。骰子男環顧四周，一副茫然失措的模樣，接著便使出老套的應急招式，往奧迪揮了一拳，說時遲那時快，奧迪也將餐盤往他頭邊甩。這當然激怒了他，於是他一面咆哮，一面往前衝，但動作飛快的奧迪已用餐盤一角抵住他的喉嚨，力量大到他雙膝跪倒，整個人蜷縮在地上，難以呼吸，最後被獄卒送往監獄醫院。

摩斯原以為奧迪是存心找死，但他想錯了。牢裡有許多人都相信世界只存在自己心中，他們無法想像牆外的生活，於是各自創造了專屬的時空。人一旦入獄，就會變得一文不值，就像別人鞋底的沙粒，就像小狗身上的跳蚤，就像胖子屁股上的青春痘，獄囚要是以為自己還有任何一絲價值，那就大錯特錯了。

每天早上同樣的戲碼都會上演，奧迪第一天就單挑了十幾個人，第二天也一樣。禁閉時間開始時，他都已被打到沒辦法吃東西，雙眼也腫如紫李。

奧迪入獄後的第四天，人在監獄醫院的骰子男派人捎來口信，說奧迪．帕瑪非死不可。他的小嘍囉已經著手安排。那天傍晚，摩斯拿著餐盤來到奧迪獨坐的那張桌子旁。

「我可以坐這嗎？」

「這裡是自由國家，沒什麼不可以。」奧迪咕噥道。

「這你就說錯了，」摩斯回應，「你要是在監獄裡跟我蹲得一樣久，就不會覺得這裡是自由國家了。」

兩人安靜地吃飯，最後摩斯終於說話了，他來找奧迪是有原因的。「他們明天早上會對你下手，不想被殺的話，最好還是請格雷森把你移到黑洞去吧。」

奧迪望著摩斯頭頂的空氣，彷彿在讀些什麼，接著說：「不行。」

摩斯以為奧迪是天真，是莽勇，又或者他根本想一死了之。爭那消失的七百萬根本是枉然，因為在監獄裡，沒人花得了那麼多錢，就算是藥癮最重的毒蟲，或是最需要保護的囚犯也一樣，至於爭巧克力棒或多餘的肥皂那種小東西就更枉然了。人在獄中隨便都會闖禍，怎樣都能喪命——看人用錯眼神……死，吃飯時坐錯桌……死，在走廊或運動場走錯邊……死，吃飯太大聲……死，這些全是瑣碎愚蠢的小事，卻讓無數不幸的囚犯送命。

獄中有獄中的生活守則，但可別以為這些守則會帶來兄弟情誼。監牢是可以讓牢犯牆隔牆地住在一起，卻無法讓他們心連心，無法讓他們團結。

牢門在隔天早上八點半打開，斜坡上擠滿了人。骰子男的跟班已經準備好了，他們讓一個新來的把壓克力刀藏在袖子裡，要他下手，其他人則在一旁把風，或準備幫他把凶器丟掉。奧迪很快就會像死魚般肚破腸流了。

摩斯不想捲入，但奧迪的反應讓他很好奇。換作是其他人，一定會舉手投降，滿地磕頭，死哀活求都一定要轉到單獨監禁的牢房，甚至會用床單上吊。奧迪要不是史上最蠢的瘋子，就是最無畏的勇士。**這世上究竟有什麼奧祕，是只有他能看見的？**

囚犯們湧出牢房，假裝在忙自己的事，但其實多半是在等，等了好一陣子，奧迪都沒有出現，摩斯在想他可能已經先閃一步了。但這時奧迪的牢房中傳出轟耳的鈸響和砰砰砰的節奏，是放得超大聲的〈虎之眼〉。

他光著胸膛走了出來，下半身穿四角褲，雙腳則是長襪搭配用鞋油擦黑的運動鞋。他踮著腳尖跳舞，對空氣打拳，雙掌各套了一隻塞滿衛生紙的襪子，充作厚大的拳擊手套。他的臉早已被打得稀巴爛，整個人看起來就像剛跟阿波羅．克李德大戰完十五回合的洛基．巴波亞。

奧迪就戴著那副荒唐的手套跳舞、攻擊，時而閃躲，時而曲行，讓袖藏小刀的那個小夥子哭笑不得，但奇怪的事發生了，黑人們竟開始大笑、拍手、唱歌，歌曲播完後還將奧迪舉到頭上，彷彿他剛贏了重量級世界冠軍似的。

後來再想到奧迪．帕瑪，摩斯最記得的總是那天他從牢房裡跳著舞出來，對鬼魂揮拳，在陰影間閃躲、曲行的模樣。那段演出不是起點，也不是終點，但奧迪確實設法生存下來了。

不過大家當然都還是想知道錢的下落，甚至連某些獄卒也不例外。生在貧民窟的他們成長環境不比囚犯好，所以願意收賄，也會幫忙偷運違禁品。有些女獄警曾向奧迪提議，說只要把錢轉進她們戶頭，就用性愛回報。那些女警可以吃掉和她們體重相當的漢堡，但在獄中待上幾年後，你會覺得她們苗條得不得了。

奧迪拒絕了所有提議，十年間他對搶案和那筆錢隻字不提，從不讓誰覺得他們有希望，也未曾許下任何承諾。他總是散發一股平靜、沉著的氣息，彷彿已將多餘的情感全都逐出心中，此生不再有任何想望，對於脫離本質的一切也不再有耐心，整個人猶如尤達、佛陀和羅馬競技場鬥士的綜合體。

5

一道光束射在奧迪眼皮上，他像彈蟲子一樣想撥掉，但光一會兒又照了回來，他聽見有人咯咯一笑。比利將一面小鏡子對準穀倉門外的太陽，調整陽光反射的角度。

「我知道你在那裡，」奧迪說。

身穿破爛短褲和過大T恤的比利蹲下想躲，又咯咯地笑了一聲。

「現在幾點？」奧迪問。

「已經吃完早餐了。」

「你不用上學嗎？」

「今天是星期六耶。」

星期六了啊，奧迪邊想邊用雙手和雙膝撐起身體。昨晚不知道什麼時候，他滾下小床，蜷成一團。比起床墊，他比較習慣地上。

「你從床上掉下來？」比利問。

「是啊。」

「我以前跟你一樣，但現在我已經長大了，都不會再掉下來了，媽咪說的。」

奧迪走進陽光普照的院子，在抽油泵旁洗臉。他昨晚抵達時天色已黑，所以現在才看見附近有幾棟聚集在一塊兒的小房子，全沒上漆，周遭停有幾輛生鏽的汽車，另外還有許多零件、一個水槽、一座風車和已經部分崩塌的石牆，牆邊堆著木柴。一個黑人小男孩騎在一臺過大的單車上，閃躲一隻隻拍翅的雞，他必須坐在支架上才踩得到踏板。

「那是我朋友克雷頓，」比利說，「他是黑人。」

「我看得出來。」

「我黑人朋友不多，但克雷頓人還不錯。他很小一隻，但跑得比腳踏車還快，除非腳踏車是在下坡。」

奧迪將皮帶勒緊，以免褲子掉下來。他發現隔壁房子的門廊上，有個身穿格子襯衫和黑色皮背心的削瘦男子正望著自己，於是揮揮手，但對方沒有反應。

這時蘿希出現了，「早餐在爐子上。」

「厄尼呢？」

「工作去了。」

「這麼早開始啊。」

「而且很晚結束。」

奧迪坐在桌邊用餐，吃玉米餅配蛋和豆子，也喝了咖啡。爐子上方的架上有許多玻璃罐，裡頭裝著麵粉、乾燥的豆子和米，隔著窗子他能看見蘿希正將洗好的衣服掛上曬衣繩。這家人對他很好，但他不想害他們捲入事端。要想活下去，他最好按照計畫行事，能躲多久就躲多久。

蘿希回來時，奧迪問她能不能載他去市區。

「中午可以，」她邊說邊在水槽裡沖洗他的空盤，並將一撮卡到眼睛的頭髮撥開，「你要去哪？」

「休士頓。」

「我可以載你到聖安東尼奧的灰狗巴士站。」

「這樣順路嗎？」

她沒回答。奧迪從口袋裡掏出一些錢，「我睡在你們家，總該付些住宿費吧？」

「不用了，你留著吧。」

「這些不是不乾淨的錢。」

「好吧，你說了算。」

到聖安東尼奧的路有三十八哩遠，蘿希沿著三十七號州際公路往北開。她那臺日本產的小車排氣管壞掉，而且沒有空調，兩人整路都開著窗戶，收音機調得很大聲。

播報員在念整點新聞頭條時提到越獄事件，奧迪聽了馬上開始說話，試圖把語氣裝得很自然。蘿希打斷他，並調高音量。

「妳如果會擔心的話，可以在這裡放我下車。」

「真的是這樣的話最好。」

「我沒有想傷害任何人。」

「他是在說你嗎？」

她沒回應，只是繼續往前開。

「他們說我搶運鈔車。」

「你犯了什麼罪？」她問。

「你有嗎？」

「有沒有都不重要了。」

她偷瞄了他一眼，「這種事有就是有，沒有就是沒有。」

「有時候我們沒做錯事卻被責怪，也有時候我們做了壞事，卻可以全身而退，或許我們吃的虧和佔的便宜最後總會打平的。」

蘿希變換車道，準備下交流道，「我不是什麼道德權威，畢竟我已經很久不去教堂了，但如果你真的有做錯事，就不該逃跑。」

「我沒有要逃跑，」奧迪說。

而她相信。

蘿希將車停在巴士站外，望向奧迪身後那排正要開往遙遠城市的巴士。

「被抓時千萬別說我們幫過你，」她說。

「我不會被抓的。」

6

ＦＢＩ特別探員黛瑟蕊．弗尼斯穿越開放式辦公室，要去見上司。任誰這時將眼神移開電腦螢幕，都大概會以為是哪個孩子進來找父母或兜售女童軍餅乾，因為在桌子後方移動的只有一顆頭。

黛瑟蕊花了大半輩子努力想長高——就算身高變不了，她也希望自己在情緒管理、社會地位和職場階層方面都高人一等。她父母都矮，而他們的基因恰好就讓獨生女的身高落在最低的百分比區間。根據駕照上的紀錄，黛瑟蕊有五呎二吋，但事實上，那是她穿了高跟鞋的身高。她整個大學生涯都沒換過高跟鞋，差點把自己搞到殘廢，但她希望別人認真地看待她，同時也想跟籃球員談戀愛。命運捉弄起人來實在殘酷，長得矮就算了，偏偏她又喜歡高個子的男生，或許是先天的不足讓她渴望能賦予孩子不同的基因，把他們生得修長一些。即便她年已三十，許多酒吧和餐廳仍會要求她出示證件。多數女人遇上這種事，大概都會覺得受寵若驚，但對黛瑟蕊來說，那卻是從不曾間斷的侮辱。

在她的成長過程中，父母常會說「小而美才有市場」，或者「人不僅會欣賞生命中的小事，也很懂得欣賞嬌小的美女哦」這類的好話，雖然他們是好意，但已值青春期卻還在買童裝的黛瑟蕊實在聽不進這些安慰。她大學攻讀犯罪學學位時經常尷尬得要命，在寬提科ＦＢＩ國家學院受訓的日子更讓她受盡屈辱，但她人矮志氣高，以第一名畢業，證明自己比其他學員都更聰明、更有決心，而且更能勝任探員工作。長不高的詛咒反倒成了她的動力，她雖矮人一截，成就卻比誰都高。

她敲了敲艾瑞克．沃納的門，等他說可以進去。

沃納年紀並不多大，卻已灰髮蒼蒼，黛瑟蕊六年前被派回家鄉休士頓時，他就是全辦公室最大的主管了。黛瑟蕊認識許多權大勢大的人，但沃納除了權力以外，還擁有真正的威信和領袖魅力。他那天生就皺得很隨和的雙眉讓他的笑容看起來既諷刺又哀傷，但有時就只是哀傷而已。他不拿黛瑟蕊的身高開玩笑，也不因為她的性別而予以差別待遇；他不吼不叫，反而是靠著輕聲細語，讓下屬專心聽話。

「三河監獄那個逃犯——是奧迪．帕瑪，」黛瑟蕊說。

「誰？」

「德菲斯郡二零零四年的運鈔車搶案。」

「本來應該處死的那個？」

「就是他。」

「他本來應該是什麼時候出獄？」

「今天。」

兩人望著彼此，心中浮現相同的疑問——怎麼會有人蠢到在出獄前一天逃跑？

「那件案子是我負責的，」黛瑟蕊說，「帕瑪因為法律因素移監到三河後，我就一直有在注意。」

「什麼法律因素？」

「新任檢察長覺得當初判的刑期長短不妥，要帕瑪重新接受審判。」

「都過了十年才說？」

「更奇怪的事還多著呢。」

沃納用筆敲牙齒，他拿筆的樣子，彷彿手上是一根菸。「有查到錢的下落嗎？」

「沒有。」

「去一趟吧，看看典獄長怎麼說。」

一小時後，黛瑟蕊已開在西南快速幹道上，正行經華爾頓路段，車外的農田平坦青綠，天空寬廣湛藍。她邊聽西班牙文錄音帶邊跟著唸。

「¿Dónde puedo comprar agua?」（哪裡有賣水？）

「¿Dónde está el baño?」（廁所在哪裡？）

她的思緒飄向奧迪．帕瑪的案子。原本的負責人是另一個外勤探員法蘭克．賽納戈斯，但他升官後，便把爛攤子丟給黛瑟蕊了。

「這大懸案怎麼也查不出個所以然，比鬼故事還玄，」他說著將案件資料交給她，眼睛沒看她的臉，反而盯著她胸部。

懸案通常會分派給有經常性在辦案的探員負責，年資越淺，拿到的案子就塵封得越久，也越難查。黛瑟蕊每隔一陣子都會留意案情是否有新的進展，但搶案發生後的十年間，失竊的錢一毛都沒有回來，七百萬元的舊鈔就那麼憑空消失，上頭沒有記號，無法追蹤，編號也沒人曉得，因為那批又老、又髒、又破的紙鈔當時是要送去銷毀，避免繼續流通的，但話雖如此，鈔票就是鈔票，仍然具有法定貨幣的地位。

奧迪．帕瑪頭部中槍，但仍活了下來，而四名搶匪中活下來的另一個——據信是奧迪的哥哥卡爾——則捲款潛逃。過去十年來多次有人聲稱看到卡爾，但都未經證實，最後全是虛驚一場。據傳墨西哥提耶拉克拉羅塔的警方曾經在二零零七年逮捕卡爾，卻在FBI還沒申請到引渡令時便放人；一年後，一個到菲律賓度假的美國人聲稱卡爾．帕瑪在馬尼拉北邊的聖馬利亞開酒吧，也有人說在阿根廷和巴拿馬看到他，但多數消息都由匿名人士提供，最後也都沒有下文。

黛瑟蕊關掉西班牙文教學錄音帶，盯著車子經過的農田。**怎麼會有人蠢到在出獄前一天逃跑呢？或許是因為不想面對接監委員會？**她思考過這個可能，但多等一天真的有那麼難嗎？根據德州法律，他這樣算是累犯，可能得因此再多坐二十五年的牢。

黛瑟蕊之前為了問出錢的下落，曾到三河聯邦監獄和奧迪談過，是兩年前的事了，當時她並不覺得奧迪蠢，他智商一百三十六，大學主修工程，可惜後來輟學。頭部中彈的確可能造成他性格改變，但在她的印象中，奧迪是個聰明、有禮，甚至有點太愛道歉的人；他不僅沒譏笑她的身高，還喊她女士，連她罵他是騙子時也沒生氣。

「那天的事我記得不多，」奧迪告訴她，「畢竟有人朝我的頭開槍。」

「那你記得什麼？」

「頭被子彈打中。」

她不放棄，「你是在哪認識那幫搶匪的？」

「休士頓。」

「怎麼認識的？」

「透過一個遠房表親。」

「表親叫什麼名字？」

「我跟他的關係**非常**遠。」

「是誰僱你搶錢的？」

「維儂．凱恩。」

「他怎麼聯絡你？」

「打電話。」

「你之前做什麼工作？」

「開車。」

「那你哥呢？」

「他不在現場。」

「所以第四個搶匪是誰？」

奧迪聳聳肩。每次她提到那筆錢，他就會聳著肩攤開雙臂，一副「要搜就來搜吧」的模樣。

她又提出更多問題，問了足足一小時，但兩人卻猶如在繞圈圈、跨柵欄、跳箍環，把搶案談得越發混亂難解。

「我沒有聽錯吧，」挫折的黛瑟蕊毫不掩飾她的情緒，「搶案發生前一個小時你才認識那些同夥，他們全都戴著面罩，你到後來才知道他們叫什麼名字？」

奧迪點點頭。

「你們本來打算要怎麼處理那些錢？」

「原本是晚點要見面，大家平分。」

「在哪見面？」

「他們沒告訴我。」

她嘆了口氣，改採另一種策略，「奧迪，你在獄中實在很辛苦，我知道那些獄卒、囚犯全都想分一杯羹，所以你不如就把錢還回來吧，這樣事情不也比較簡單嗎？」

「我沒辦法。」

「你在獄中腐壞，他們卻在外頭揮霍，你不覺得不公平嗎？」

「那些錢從來都不是我的。」

「你一定覺得他們背叛你，覺得很生氣吧。」

「為什麼要生氣？」

「你不恨他們丟下你逃跑嗎？」

「恨一個人不過是自己吞下毒藥後，等他死去罷了。」

「想必你自認說話很深奧，但這在我聽來根本是狗屁，」她這麼對他說。

奧迪歪著嘴笑了，「探員小姐，妳愛過人嗎？」

「我來找你不是要談……」

「抱歉，我不是故意害妳尷尬的。」

想起那一刻，她的臉又紅了，就像當時一樣。別說是獄囚了，就連她見過的一般男人之中，也從沒有人像奧迪那麼有自信、那麼敢於接受命運。他不在乎自己的路比別人坎坷，也不怕人生的門全被關上，即便她罵他騙子，他也沒發脾氣，反而還道歉。

「你可以不要再道歉了嗎？」

「對不起，女士，我知道了。」

抵達三河聯邦監獄後，黛瑟蕊把車停在訪客區，往擋風玻璃外看，沿著長條形的草叢一路望向兩排架著有刺鐵絲網的圍欄，以及欄後駐守著獄卒的塔樓和牢房區建築。她拉上靴子的拉鍊，下車整整夾克，準備到接待處辦理冗長無聊的手續——填寫表格、交出武器和手銬，並讓獄方檢查她的包包。

接待處有幾個女人在等探視時間開始，她們顯然是愛錯了人，或跟錯罪犯——畢竟會落網的淨是些廢物、飯桶、騙子和腦殘。好男人難尋，好罪犯也不好找，黛瑟蕊心裡這麼想，根據她的觀察，好罪犯不是同志，就是已婚，再不然就是虛構人物，這個結論就算不完全正確，也絕對適用於一般男人。二十分鐘後，有人領她到典獄長的辦公室，她沒有坐下，只是在房裡走來走去，看著對方坐在那兒越來越焦躁。

「奧迪．帕瑪是怎麼逃走的？」

「他從監獄的洗衣房裡偷了床單，又把洗衣機的滾筒做成鉤爪湊合著用，就這樣爬出四周的圍欄。在非洗衣時間帶帕瑪進洗衣房的是一個資淺的獄警，帕瑪說忘了東西要去拿，結果一去就沒回來，他也沒注意到，我們認為帕瑪就是一直在那裡躲到塔樓獄卒晚上十一點交班後才出來。」

「警鈴沒有響嗎？」

「快要十一點時響了一次，但似乎是線路異常，所以我們重新啟動系統，花了大概兩分鐘，他一定是趁那個空檔越過圍欄的。警犬一路追到喬克谷水庫，但我們認為他是故意把帶有他氣味的東西丟在那裡，把狗引過去。從來沒有逃犯能游過整座湖，所以應該是有人在柵欄外接應他。」

「他身上有現金嗎？」

座位上的典獄長換了個姿勢，一副侷促的模樣，「經過查證後，我們發現帕瑪每兩週都會從他的囚犯信託帳戶領出最高限額一百六十元，但幾乎沒在販賣部買過東西，我們預估他手上的金額可能高達一千兩百元。」

帕瑪在十六個鐘頭前逃獄，到現在都還沒有傳出目擊消息。

「昨天停車場有你們沒見過的車嗎？」

「警方正在調閱監視畫面。」

「我要帕瑪過去十年來的訪客清單，還有他的詳細通信內容，一般信件和電子郵件都要。你們有讓他用電腦嗎？」

「他在獄中的圖書室工作。」

「電腦可以上網嗎？」

「我們有監控他的連線。」

「你們是誰？」

「圖書室的管理員。」

「我要跟他談，處理帕瑪案件的社工、監獄的心理醫生，還有獄中在工作上和他有密切往來的職員也要，對了，其他囚犯呢？有沒有人跟他特別熟？」

「這些人都和我們談過了。」

「不是跟我談。」

典獄長拿起話筒，打給副典獄長，講話含糊得彷彿齒間咬著鉛筆。內容黛瑟蕊聽不清楚，但語氣她聽得很明白——她在這裡，大概就像草地派對上的臭鼬般不受歡迎。

護送弗尼斯探員到獄中的圖書室後，典獄長斯巴克斯便以有電話要打為由，先行離開。他覺得嘴裡有股惡臭，想喝點波本威士忌蓋掉那味道。平時如果沒有今天這種棘手的事，他常會喝到必須拉下百葉窗，假藉頭痛之名取消會議。

他從檔案櫃裡拿出一瓶酒，往馬克杯裡倒了一口的量。斯巴克斯到三河監獄當典獄長也兩年了，他原本任職於安全層級較低的小監獄，後來因為任期內花費甚少，也沒出什麼嚴重的紕漏，所以獲得擢升。事實上，認為他管理手段多高超的人都誤會了，獄囚如果願意乖乖聽話，又怎麼會被關呢？

對斯巴克斯典獄長來說，究竟是先天的本性抑或後天的教養影響人類犯罪和再犯的機率，並不是什麼值得思考的問題，但他相信罪犯之所以存在，是由於社會失調，而不是因為監獄腐敗。他認為德州之所以充斥無腦的禽獸，是因為整個社會都把罪犯當成畜牲對待，不過自作自受的德州人民想必不會認同他的看法。

奧迪．帕瑪的檔案攤開在他桌上——沒有吸毒和酗酒前科，沒被判過刑，也未曾被停權。他在獄中的第一年，就因為和其他囚犯起衝突而被捅（兩次）、被砍、被揍、被勒脖子、被下毒，進了醫院十多回，後來情況雖逐漸好轉，但偶爾還是會有人企圖取他的命，一個月前就有個獄囚從鐵條間的空隙把打火機油灑進奧迪的牢房，想燒死他。

帕瑪雖不斷遭受攻擊，卻從未要求獨自監禁或任何特殊待遇，也不曾為了享受特權而討好誰，更不會扭曲規則，試圖讓自己好過些。奧迪的檔案和多數囚犯的差不多，家庭背景的資料甚少，或許他爸是酒鬼，也或許他媽是吸毒成癮的妓女，又或許他不幸地生在窮困的家庭，總之，從中實在看不出個所以然，得不到解釋，也難以發現可疑之處，但斯巴克斯總覺得這件案子有點詭異，卻又難以名狀。或許是因為他今早在停車場看到兩臺沒見過的車吧，其中一臺是深藍色的凱迪拉克，另一臺則是加裝有前保險桿和車頭燈的小貨卡。開凱迪拉克的那個男人沒有往訪客室去，但不時會下車伸展。他身材高瘦，沒戴帽子，穿著一襲合身的黑西裝，腳踩厚重的靴子，一張臉毫無血色得相當古怪。

另一臺車則在早上八點抵達，但駕駛卻在三小時後才出現在接待處。他看起來強健有力，不過腹部有點浮腫；頭髮整齊地削至耳上，露出兩隻外突的大耳；身上則穿著警長制服，熨斗燙出的褶痕清晰可見。

「我是德菲斯郡的警長萊恩．瓦德茲，」他說著伸出乾乾冷冷的手。

「你可跑得真遠啊，警長。」

「可不是嗎。典獄長，您今早似乎挺忙的喔。」

「哎呀，其實現在時間也還不晚嘛。你有什麼事嗎？」

「我是來幫你抓奧迪．帕瑪的。」

「謝謝你這麼熱心，但ＦＢＩ和當地警方已經在處理了。」

「ＦＢＩ懂個屁！」

「不好意思，你說什麼？」

「那傢伙是個冷血殺手，只把他關在中度戒護的監獄根本是大錯特錯，他應該直接上電椅的。」

「警長，我不負責判刑，只負責把犯人關在牢裡。」

「結果有關好嗎？」

典獄長的雙頰頓時失去血色，雙眼泛紅抽動，猶如燒得正旺的炭柴。十秒、二十秒、三十秒過去了，他終於感覺到血液在太陽穴裡猛衝，勉強擠出幾句話來，「囚犯在我的管理之下逃走，我理當負起全責。這件事讓我學到如何謙卑承受，是很好的一課，你有機會的話也應該練習一下。」

瓦德茲展開雙掌，向他道歉，「抱歉，我不是故意一見面就把話說得這麼難聽。德菲斯郡的警長辦公室很關心奧迪．帕瑪的案子，因為當初就是我們逮捕他、起訴他的。」

「我接受你的道歉，但這件案子已經不歸你們管了。」
「我認為他會回德菲斯郡跟之前的同夥勾搭。」
「你有證據嗎？」
「證據我無權洩露，但我可以跟你保證，奧迪・帕瑪有許多同夥，是個非常危險的人物，而且他還欠德州七百萬元。」
「那是聯邦政府的錢。」
「典獄長，你根本是故意跟我吵些枝微末節的小事。」
斯巴克斯典獄長仔細打量眼前這個年紀比自己輕的男子，注意到他睡眠不足，雙頰布滿痘疤。
「警長，你究竟是來幹什麼的？」
「我已經解釋過了。」
「我們今天早上七點才發布奧迪・帕瑪越獄的消息，但當時你的車已經在外面停了至少一個小時，所以我想你要不是早就知道他要逃跑，就是有其他目的。」
瓦德茲站起身來，將雙手的大拇指都扣在皮帶上，「典獄長，你看我不順眼是嗎？」
「如果你從實招來，不要再鬼話連篇，我對你的印象可能會好一點。」
「那場搶案害死了四個人，不管是不是帕瑪開的槍，他都得為他們的死負責。」
「這只是你個人的想法罷了。」
「不，這是事實。當天我人就在現場，踩過一堆屍塊和成灘的鮮血，還看見一個女人被活埋在車裡，直到現在，我都還聽得見她的尖叫聲……」
此刻，警長原本那副同仇敵愾的模樣瞬間消失，如魚吐掉鉤子般那麼迅速，彷彿剛才全是在演戲。他抿嘴露出微笑，「我很了解帕瑪，所以才想來幫忙，但你似乎不感興趣。」
他戴上帽子，調調帽沿，接著便推開那扇本應往內拉的門走了出去，一邊還低聲咕噥了幾句。典獄長從辦公室的窗戶看著瓦德茲走出大門，穿越停車場，走到小貨卡旁。不過是個郡級警長，為何要從兩百哩外遠道而來，告訴他這個典獄長該怎麼做？

7

關在黑洞裡的摩斯徹夜未眠，比起瘀傷滿佈的身體，他的自尊更需要悉心照護。摩斯不怪獄卒揍他，是他自己發狂在先，給了他們打人的藉口，換作是他的心理醫生，一定會說他「給予」了他們「許可」。摩斯的情緒管控一直有問題，每當他面對壓力，或因為壓力大而感到痛苦時，腦袋裡彷彿都有一隻受困而亟欲逃出的小鳥在啁囀，讓他想捏碎那隻鳥，終止那嗡嗡嗡的聲響。

對他來說，完全失控的那些時刻幾乎能帶來一種狂喜，能融合他的恨意、恐懼、憤怒和自尊，也能集結他的勝利與失敗，為他的人生帶來一些意義，讓他從黑暗、愚昧之中解脫，讓他感到生氣蓬勃、心醉神迷，覺得自己無人能敵。但現在他已了解到那股力量可能會造成極大的傷害，於是很努力地控制脾氣，希望能擺脫過去，重新做人。

摩斯一邊搓揉原本戴著純銀結婚戒指的那根手指，一邊想像克莉絲朵下次來探監時會怎麼說。兩人當夫婦的二十年中有十五年他都在吃牢飯，但有些姻緣就是天注定……其實是不是也很難說啦。克莉絲朵是十七歲去聖安東尼奧看牛仔秀時認識摩斯的，當時她被一個臉跟披薩一樣大的暴牙男孩摟在懷裡，卻似乎在找尋更能讓她感到刺激的人——不過摩斯後來確實是把兩人的生活搞得刺激過頭了。

克莉絲朵的母親總叫她要小心摩斯這種男生，但她卻因而更加好奇。當時摩斯發現她還是個處女，還沒有經驗的她有時會希望哪個男生能將她甩上床，教教她那到底是怎麼一回事，但母親的聲音總會在耳邊響起，提醒她慾望是致命的罪，提醒她若是未成年就懷孕，這輩子將萬劫不復。

摩斯會去那場牛仔秀，是為了觀察那裡的保全人員部署和門票收入，但他看見現場有多少州警在執勤後便決定放棄，改買了根炸熱狗，來到射擊區，打中十二隻金屬小鴨，贏得一隻頑皮豹。後來，他發現了正在觀賞牛仔遊行的克莉絲朵。在他認識的女孩中，她稱不上漂亮，卻有種讓他血液沸騰的特質。

克莉絲朵趁男友去幫她買汽水的空檔跟摩斯偷偷溜走，時而聽聽音樂，時而被他的甜言蜜語逗得哈哈大笑。摩斯一心想炫耀，於是在射擊區和砸椰子遊戲中火力全開，為她贏了一隻達菲鴨、兩顆氦氣球和一隻連著手拿棒的娃娃，而後兩人便肩並肩地坐著看牛仔秀。摩斯知道看牛仔騎馬、騎公牛對克莉絲朵會有什麼影響，在他看來，牛仔秀造成意外懷孕的機率比其他娛樂活動都高得多，唯一能與之匹敵的，大概只有脫衣舞男秀了。摩斯看克莉絲朵那副花枝亂顫的興奮模樣，就知道她已是囊中物，不管他要她做什麼，她都會願意，要帶她回家，帶她車震，甚至在鬼屋後面站著快速來一炮都可以。

但他想錯了。儘管他使盡全力拐誘哄騙，克莉絲朵仍不為所動，只是在他臉頰上親了一下，把電話號碼給他。

「明晚七點打給我，早一分鐘或晚一分鐘都不行。」

接著她轉身就走，屁股扭動的樣子像節拍器在晃，這時摩斯才知道自己就像廉價的烏克麗麗般被撩弄了，但就在他恍然大悟的當下，他也發覺自己根本不在意被耍——她聰明、性感又充滿活力，男人要的，不就是這些嗎？

摩斯聽見獄卒重重地捶門，於是起身面壁。獄卒再度將他上銬，帶他去沖澡，接著領他到接待區——不是主要訪客室，而是通常只有在律師來拜訪當事人時才會動用的小面談間。

在獄中擔任心理醫生的海勒小姐等在面談間外頭。囚犯們都用減肥專家普里特金的名字叫她，因為她是全監獄唯一體重不到兩百磅的女性。摩斯坐了下來，等她說些什麼。

「所以是要我先開頭嗎？」他問。

「你不是要來見我的，」她回應。

「不是要見妳？」

「FBI想跟我們談。」

「談什麼？」

「奧迪．帕瑪的事。」

每次看到海勒小姐，摩斯都會想起從前幫他上講演課的一個語言矯治師。當時他剛上高中，不會捲舌，也發不出齒摩擦音，所以那個二十多歲的女矯治師總會把手指伸進他嘴巴，替他點出唸某些字時舌頭應該擺放的位置。有天摩斯因而勃起，但矯治師沒有生氣，只是害羞地朝他微微一笑，然後用擦手紙將手指拭淨。

房門打開，一個社工走了出來，對接下來輪到的海勒小姐點點頭。摩斯等在那兒，雙腿打開成八字形，眼睛闔著，頭靠牆壁。囚犯和狗一樣，人間每過一年，他們都像熬了七年，所以殺時間算是他們的專長。同一本雜誌、同一本書他們都能再三重讀，同一部電影他們也能不厭其煩的重看，同樣的對話反覆重來，同樣的玩笑一而再、再而三的開，他們就是這樣消磨年歲的。

他想像著奧迪享受自由的模樣，想像他和好萊塢小牌女星上床，想像他在遊艇上把空的香檳瓶往身後的海裡丟。他知道這些場景不太可能成真，但腦海裡的畫面還是讓他揚起嘴角。

奧迪藉由「拳擊挑戰賽」存活下來後，便開始在吃飯時間和摩斯共桌。通常兩人都是把食物吃完後才開始交談，而且幾乎都是閒聊，或說說各自觀察到的事，沒講什麼人生大道理。奧迪仍是許多人的眼中釘，他既年輕，整個人又乾乾淨淨，而且大家都想染指那筆錢，所以再有人試圖擊垮他，也只是早晚的事而已。

鬍子濃長如狼，因而自稱金鋼狼的羅伊．芬斯特就是其中一個例子。有天他在淋浴區外攔截奧迪，接著就開始揮拳。摩斯跳到他背上，將他像被繩索套住的小公牛般壓制在地，接著用雙腿勒住他的脖子。

「我需要那筆錢，」羅伊抹著淚水說，「要是我什麼屁都不做，我的麗茲就要沒房子住了。」

「這關奧迪什麼事？」摩斯問。

羅伊從上衣口袋裡拿出一封信，由摩斯轉交給奧迪。麗茲來信說銀行要法拍他們在聖安東尼奧的房子，她要帶著孩子搬回夫力波特和父母同住了。

「要是他們搬去夫力波特，就不會來看我了，」羅伊抽噎著說，「她說她已經完全不愛我了。」

「你還愛她嗎？」仍在喘氣的奧迪問。

「什麼？」

「你還愛麗茲嗎？」

「愛啊。」

「你有告訴過她嗎？」

羅伊有點生氣，「你是在說我軟弱嗎？」

「如果你告訴她的話，她或許會再努力一下，看能不能不要搬走。」

「但我要怎麼說？」

「寫信給她。」

「我不太會講話的。」

「如果你願意的話，我可以幫你。」

於是奧迪幫羅伊寫了一封信，而且內容想必有特別之處，因為麗茲非但沒帶孩子搬回夫力波特，還努力保住了房子，現在每兩週都會帶孩子來探望羅伊。

房門打開，一個獄卒踢踢摩斯的椅背，把他踹醒。摩斯爬起身來，拖著腳步緩緩地走進房裡，刻意縮起肩膀，讓自己看起來弱小一點，也謙遜一些。面談室裡有個女孩在等著，不對，不是女孩，是個留著鮑伯頭，戴著閃亮耳環的女人。她亮出警章。

「我是FBI探員黛瑟蕊．弗尼斯，請問我該叫你摩斯還是傑若麥亞？」

摩斯看到她的身高太過訝異，一時間回答不出來。

「怎麼了嗎？」她問。

「是有誰把妳丟進滾筒式烘衣機嗎？妳根本就縮水了五個尺碼吧？」

「沒有，我本來就是這樣。」

「但妳真的很小一隻耶。」

「你知道長得矮最大的壞處是什麼嗎？」

摩斯搖搖頭。

「我一天到晚都得看屁眼。」

他對她眨眨眼，露出笑容，坐了下來，「這個好笑。」

「這種笑話我還有很多。」

「真的？」

「有天威利．旺卡打來叫妳回家了。叮咚，妳沒聽說女巫已經死了嗎？妳不是應該在《魔戒》裡嗎？如果妳是中國人，會被叫做小妮子哦……」摩斯笑得椅子都在震動，手銬腳鐐也鏗啷作響；「我長得太矮，所以只能在兒童池踩水，想上雙層床鋪的下層也得爬梯，一打噴嚏就撞到地，要跳上馬桶還得助跑，哦，還有，我跟湯姆．克魯斯不是親戚，」她說到這兒打住，「笑夠了嗎？」

摩斯抹掉眼淚，「對不起啦，探員，我沒有惡意。」

黛瑟蕊並未因他的道歉而軟化，只是逕自看回檔案夾。

「你的臉怎麼了？」她問。

「車禍弄的。」

「你這傢伙挺有趣的。」

「這種地方還是需要一點歡樂氣氛嘛。」

「你跟奧迪．帕瑪是朋友對吧。」

摩斯沒有回答。

「為什麼？」她問。

「什麼為什麼？」

「你們為什麼會變成朋友？」

這問題很有趣，但摩斯從未真正思考過。人和人究竟為什麼會交上朋友呢？他和奧迪興趣不同，背景迥異，彼此之間也沒什麼特殊的火花，除了都吃牢飯以外，他們根本沒有共通之處。探員在等他回答。

「他不肯投降。」

「什麼意思？」

「有些人待在這種地方，就會一直爛下去，變老變刻薄，抱怨社會不公平，說自己都是因為童年太悲慘或遭遇過不幸的事，現在才變成這樣；也有些人會責怪上帝，或尋求上帝的慰藉；有些人則會畫畫、寫詩、讀經典作品；還有些人會舉重、玩手球，或寫信給曾經愛過他們，最後卻看著他們沉淪的女孩，但這些事奧迪都不做。」

「那他都做些什麼？」

「他忍耐。」

黛瑟蕊還是不懂。

「探員，妳信上帝嗎？」

「我是在基督教家庭長大的。」

「妳相信上帝為每個人都預備了遠大的計畫嗎？」

「我不知道。」

「我爸不信神，但他說悲苦、絕望、沮喪、失落、殘酷和死亡這六個天使的確存在，還說我們遲早會和每一個都打上照面，但最好不要一次遇到兩個。可是天使總是成雙成對地來找奧迪．帕瑪，有時還一次三個，每天都來。」

「你覺得他很不幸嗎？」

「那孩子只要沒遇上壞事就算幸運了。」

摩斯低下頭，用手指摩娑頭皮。

「奧迪．帕瑪有信教嗎？」黛瑟蕊問。

「我沒聽過他禱告，但他跟監獄裡的牧師有過很深奧的哲學性討論。」

「討論什麼？」

「奧迪不認為他是獨一無二的存在，不相信他的命運已經註定好，也不覺得基督教的道德評判有壓倒性的力量。他說很多基督徒話講得好聽，行為卻沒有耶穌的風範，反而比較像約翰．韋恩。妳懂我意思嗎？」

「嗯。」

「聖經上明明說要吾愛吾鄰，既往不究，但人類讀了兩千年的聖經，結果竟然把經文拿來當作轟爆敵人的藉口，奧迪說的就是這種狀況啊。」

「摩斯，他為什麼逃跑？」

「探員，我是真的不知道。」

摩斯用雙掌揉臉，感受臉上的瘀青和腫脹，「這種鬼地方就是這樣，違禁品和謠言滿天飛。關於奧迪，每個囚犯都有不同版本的故事，有人說他中了十四槍，卻還是活了下來。」

「十四槍？」

「我也只是聽說而已。我看過他頭骨上的疤痕，他一定是被轟得支離破碎後又再拼回來的吧。」

「那錢呢？」

摩斯皺著臉笑了，「一開始大家說他賄賂法官，所以才不用上電椅，現在大概會說獄卒收了他的錢，才故意讓他逃掉。妳到處問問，就會知道每個人各有不同的說法。有人說錢其實早就花光，說奧迪．帕瑪在加勒比海有座小島，也有人說他把鈔票埋在德州東部的油田裡，還有人說他哥卡爾在加州娶了電影明星，過著上流社會的生活。監獄這種地方就是謠言一堆，畢竟那麼大一筆錢下落不明，誰不感興趣，」他傾身向前，踝鐐撞上金屬椅腳，發出鏘啷聲，「但妳想知道我怎麼看嗎？」

黛瑟蕊點頭。

「我覺得奧迪．帕瑪根本不在乎錢，也不在乎被關。其他人都是一小時一小時地數日子，但他卻能盯著遠方，好像眼前是一大片海洋，還是飄在營火上的火花似的，那副表情實在會讓人覺得牢房根本沒被牆圍住，」摩斯頓了一會兒，「要不是那些夢……」

「哪些夢？」

「以前我常常躺在床上偷聽，想說他哪天晚上會不會脫口說出錢藏在哪，但從沒等到，不過倒是有聽見他在啜泣，那聲音就像在玉米田走失的孩子喊著找媽媽一樣。我很好奇他這樣一個大男人是為了什麼事哭，所以就問他，但他不肯多談。他不覺得哭有什麼好丟臉，也不怕人家因而覺得他軟弱。」

探員看看她的筆記本，「你們倆一起在圖書室工作時，奧迪都在做什麼？」

「唸書啊，閱讀、排書這類的。他會自學、會寫信，還會幫別的囚犯準備上訴，但從不替自己準備。」

「為什麼？」

「我也問過他。」

「他怎麼說？」

「他說他有罪。」

「你知道他本來昨天就可以出獄嗎？」她問。

「我聽說了。」

「那他為什麼要逃跑？」

「我也一直在想。」

「然後呢？」

「妳問錯問題了。」

「不然我應該要問什麼？」

「大多數囚犯都自以為強悍，但每天總會有些事讓他們感受到自己的軟弱。奧迪這十年來都在為他的生命奮鬥，幾乎每個禮拜都會有獄卒跑到他的牢房，像繼父一樣痛扁他，問他妳現在問的這些問題；白天他還得應付墨西哥黑手黨、德州監獄幫、雅利安兄弟會或是隨便哪個白癡集團的人，因為那些惡劣的膽小鬼都想從他那兒挖點什麼。

「也有些人就是有種和貪念、權力都無關的衝動，或許奧迪擁有某種他們想摧毀的特質吧，可能是他一派樂觀的模樣，也可能是他內心的平靜。那些垃圾不只想傷害他，還想把他生吞活剝，開腸剖肚，將他的心吃乾抹淨，直到奧迪的血流滿他們的臉，染紅他們的牙齒才肯罷休。

「原因我雖然不清楚，但打從奧迪入獄的那天起，似乎就一直有人在背後指使大家殺他，而且一個月前情況越演越烈，那孩子被刺、被勒、被打、被關又被燒，卻從來都不恨、不悔，也從不示弱。」

摩斯抬頭迎向黛瑟蕊的凝視。

「妳想知道他為什麼逃跑是吧，妳問錯問題了。妳該問的是，他為什麼等到現在才逃。」

8

奧迪沒搭第一班巴士，而是選擇漫步於聖安東尼奧街頭，重新熟悉城市紛雜的流動和噪音。高樓大廈比他印象中更高了，裙子變短，行人變胖，手機變小，四周的色彩也比以往黯淡。大家都匆忙地從旁人身邊擠過，往目的地去，彼此的眼神互不接觸——推著嬰兒車的母親、商人、上班族、學童、逛街的、送掛號的、開貨運卡車的、商店裡的助手和秘書，所有人似乎都趕著要去哪，又彷彿正在逃離某個地方。

他注意到一棟綜合辦公大樓上有塊廣告看板，上頭有兩幅照片，一幅是一個身穿套裝的女人，她戴著眼鏡，紮著頭髮，正在用筆記型電腦；另一幅則是她身穿比基尼躺在淨白的沙灘上，海水和她的雙眼一樣湛藍。照片下方寫著：**在安地瓜解放自我**。

奧迪很喜歡照片中的那些小島。他想像自己躺在沙灘上慢慢曬黑，將助曬油抹在愛人的肩膀上，讓油沿背流進她身上的各個角落與縫隙。多久了？十一年來他沒碰過任何女人，一個都沒有。

每次奧迪下定決心要搭巴士，就會又有個什麼吸走他的注意力，於是他又晃了一小時，買了棒球帽、太陽眼鏡、換洗衣物、慢跑鞋、廉價的手錶、短褲和剪髮器。在通訊行時，一名助手向他推銷一支以玻璃和塑膠製成的時尚長形手機，說搭配應用程式、上網方案和4G會多好用。

「我只要可以打電話的就好了，」奧迪說。

連同手機一起買了四張預付卡後，他將這些東西放進小帆布背包的一個內袋，接著坐進灰狗巴士站對面的一間酒吧，看著人們來來往往。其中有許多軍人在轉車，他們身著制服，帶著軍用包，有些要離開基地，有些要前往密集分布在德州這一區的其他軍事站，也有些在和路上的妓女聊天，準備到附近的汽車旅館開房間。

奧迪一面研究新手機，一面考慮要不要打給媽媽。她不可能還不知道，畢竟警察一定已上門盤查，或許還監聽她的電話，監視她的住處。奧迪的爸爸死後，她便搬回休士頓和她妹妹艾娃住——當初那麼想逃離自己長大的地方，現在卻回到原點。

奧迪的思緒不斷飄盪，想起自己六歲時到沃夫菸酒雜貨店偷香菸和口香糖。當時十四歲的哥哥卡爾將他舉到窗邊，要他擠進去，又在他跳出來時接住他。雖然卡爾有時很兇，很多小孩怕他，但對奧迪來說，他是全世界最酷的哥哥。卡爾擁有常人一輩子只會遇上幾次的稀有笑容，笑起來時會瞬間變得討喜，讓人覺得安心，但笑容一旦消失，又會立刻變成另一個人。

卡爾第一次入獄時，奧迪每個禮拜都寫信給他。卡爾不常回信，但奧迪知道他本來就不愛讀書，也不太會寫東西。後來眾人開始謠傳卡爾幹過什麼事，奧迪也努力說服自己不要相信，因為他想記得的是他兒時崇拜的那個哥哥，那個會帶他到德州博覽會，給他買漫畫的哥哥。

從前他們會一起去三一河釣魚，但因為河裡有多氯聯苯和各種汙染物質，抓到什麼都不能吃，所以他們經常都以刺破超市推車的輪子和廢棄輪胎為樂，而卡爾會一邊吸毒，一邊跟奧迪說那些屍體沉落在陰暗深處的人當初發生了什麼事。

「他們被水泥壓進去，」他不帶情感地說，「現在還困在河底的泥巴裡。」

卡爾也說起過許多知名幫派分子和殺人犯，譬如在奧迪出生地不到一哩遠處長大的克萊德・巴羅和邦妮・派克。邦妮就讀的希門特市立高中在奧迪就讀時已改名，他坐在教室裡往外看到的工廠已和從前截然不同，但一般住宅樣貌依舊。

「邦妮和克萊德在一起不到兩年，」卡爾說，「但他們把每分鐘都當作生命的最後一分鐘在過。這是個愛情故事。」

「我不想聽他們接吻的部分，」奧迪說。

「你長大後就會想聽了，」卡爾笑著對他說。

他傾身向前，柔聲敘述最後的突襲場景，彷彿在營火邊講鬼故事似的。奧迪能想像一九三四年五月二十三日那個迷霧籠罩，太陽將要升起的清晨，德州騎警在路易斯安納州賽爾斯外圍一條荒涼道路上無預警開火，突襲那對鴛鴦大盜的畫面。當年才二十三歲的邦妮．派克埋葬在魚阱墓園，離奧迪和卡爾長大的地方不到一百碼遠（不過她的遺體後來被搬到冠丘墓園和她祖父母同葬了），至於克萊德則下葬在西山墓園，到現在都還是許多人會造訪的景點。

卡爾第一次入獄，是因為郵件詐欺和ATM詐騙的罪名，但真正害他一蹶不振的，其實是毒品。他在布朗斯維的州立監獄染上毒癮，從此便再也戒不掉。卡爾出獄那年奧迪十九歲，正在唸大學。他開車到布朗斯維接監，卻看見哥哥走出來時身穿綠色條紋上衣、聚酯纖維長褲，和一件就當日天氣來說過於厚重的皮大衣。

「你穿這樣不熱嗎？」

「我寧願穿著也不要用拿的，」他說。

奧迪還有在打棒球，也一直有上健身房。

「老弟，現在很帥喔。」

「你也是啊，」奧迪說，但那是謊言。卡爾沒精打采的，非常憔悴，滿臉憤怒，需要來點解藥，卻偏偏拿不到。大家總說帕瑪家的聰明才智全落在奧迪身上，講得好像腦袋是由FedEx遞送的包裹，誰剛好簽收到就可以獨佔，如果沒人在家就會被退回；但其實眾人會認為奧迪聰明，並不是因為他智商多高，而是因為他有勇氣，有經驗，有想望，還具備其他許多特質。

奧迪載著卡爾在他們長大的社區四處繞，卡爾說四周的景象比他印象中繁榮不少，但小型商店街、連鎖店、廢棄建築和毒窟都依舊存在，辛戈頓大道上也還是有妓女在車內拉客。

兄弟倆去7-11時，卡爾盯著兩個在買思樂冰的高中女生看。她們身穿丹寧牛仔短褲和緊身T恤，因為認識奧迪而對他微笑，和他調情，卡爾見狀評論了幾句，女孩們聽了立刻收起笑容。這時奧迪才仔細地觀察哥哥，發現他身上多了一股強烈到幾乎有些嚇人的自我憎恨。

兩人買了一手啤酒，坐在鐵道橋下的三一河畔，火車從他們頭頂轟隆地駛過，開往聯合車站。奧迪想問卡爾監獄的事——裡頭怎麼樣？關於監獄的傳言應該有一半都是假的吧？但哥哥只問他有沒有大麻。

「你現在還是假釋期耶。」

「吸大麻可以讓我放鬆。」

兩人靜靜地坐在那兒，看著棕色的水流圈旋打轉。

「你覺得河底真的有屍體嗎？」奧迪問。

「一定有，」卡爾說。

奧迪告訴卡爾他拿到休士頓萊斯大學的獎學金，校方負責他的學費，但不補助生活費，所以他得在保齡球館上兩輪班。

卡爾總愛笑他，說他是家族裡的書呆子，但奧迪總覺得哥哥心裡一定引以為傲。

「那你呢？」奧迪問。

卡爾聳聳肩，捏扁手裡的啤酒罐。

「爸說可以幫你在工地找個做粗活的工作。」

卡爾沒回應。

兩人終於開車回到家後，一家子上演擁抱連連、淚水不斷的重逢場面，母親好幾次從卡爾背後抓住他，彷彿深怕他逃走，父親則罕見地提早從修車店下班，雖然他沒說什麼，但奧迪看得出卡爾回家，他很高興。

一個月後，奧迪到休士頓開始唸大二，直到聖誕節才回達拉斯。奧迪不在的那段期間，卡爾一直擅自佔用西山社區的一間空屋，幹過許多不知名的工作，和女友也已經分手，不時騎著一臺他聲稱是「替朋友保管」的重機，整個人看起來緊張不安，一副神經兮兮的樣子。

「我們來打撲克牌，」他向奧迪提議。

「但我在存錢欸。」

「搞不好你會贏啊。」

卡爾說服了奧迪，中途卻不斷修改規則，說監獄裡都是那樣玩，但所有變更似乎都對他自己有利，而奧迪存的大學基金則輸掉了一半。之後卡爾出門買了啤酒回來，還帶回冰毒和快速丸，想大嗨一場，他很不能理解奧迪為什麼想回家。

接下來的那個暑假，奧迪在保齡球館和修車店打工，卡爾經常為了借錢而去找他。兄弟倆的姊姊波娜黛特當時剛和一個在市中心一家銀行上班的男生交往，他開新車，又穿好衣服，讓卡爾看得不太順眼。

「他以為他誰啊？」

「他沒做錯什麼吧，」奧迪說。

「他覺得我們比不上他。」

「為什麼這麼說？」

「他就是一副高人一等的樣子，我看得出來。」

有些人是靠著努力工作才能住好房子、開好車這種話，卡爾不想聽，他選擇憎恨那些人的成功，就好像派對舉行時站在外頭，將鼻子抵在窗上，看著漂亮女孩裙襬搖搖隨音樂起舞的那種人一樣，但他不只看得羨慕，還看得憤怒、飢渴，雙眼也充滿質疑。

而後在那個夏天的某天晚上十點，奧迪接到電話，是卡爾從東達拉斯的一家酒吧打來的。他說重機壞了，需要有人載他回家。

「我不會去接你的。」

「我被搶了，身上一毛錢都沒有。」

奧迪開車遠道而去，把車停在酒吧門外。那間酒吧裝有發光的狄克西啤酒商標，木製地板上滿是香菸燒出的痕跡，看起來像一堆被打扁的蟑螂；許多重機車友在打撞球，他們打母球的力道之大，讓那聲音聽起來猶如鞭炮爆炸；裡頭唯一的一個女人約莫四十多歲，打扮得像青少年，醉醺醺地在點唱機前跳舞，十多個的男人眼神都在她身上。

「留下來喝一杯吧，」卡爾說。

「你不是沒錢嗎。」

「我贏了一些，」他指向撞球桌，「你想喝什麼？」

「不用了。」

「來杯七喜吧。」

「我要回家了。」

奧迪開始朝門外走，很不爽弟弟讓自己在新朋友面前難堪的卡爾也跟了上去。他瞳孔放大，試了第三次才抓到門把，之後便一路跟到停車場。奧迪整路上都開著窗戶，以免卡爾想吐；車內一片靜默，但就在奧迪以為哥哥已睡著時，卡爾說話了，他的聲音聽起來像走失的孩子。

「根本沒有人會再給我機會。」

「這種事需要時間，」奧迪這麼告訴他。

「你根本不懂我的感覺，」卡爾坐直身子。「我現在得大幹一票，這樣一切才會好轉。我可以毀了這裡，到沒有人歧視我的地方重新開始。」

奧迪不懂他在說什麼。

「幫我搶銀行，」卡爾挑明了說。

「什麼？」

「我可以分你百分之二十。你只要開車就好了，不用進去，待在車裡就好。」

奧迪笑了，「我才不要幫你搶銀行咧。」

「你只要負責開車欸。」

「想要錢的話，就去找工作吧。」

「你說得簡單啦。」

「你這什麼意思？」

「畢竟你一直都是家裡最被看重，最受寵的小孩啊，不過我呢，不介意當浪子，只要把該是我的部分趕快給我，我就會立刻消失。」

「我們又沒有在分什麼東西是誰的。」

「因為什麼都是你的。」

兄弟倆回到父母家，卡爾睡他從前的房間。奧迪晚上醒來口渴，到廚房喝水，結果發現卡爾神采奕奕地坐在那兒。整間廚房一片漆黑，只有打開的冰箱發出光亮。

「你吃了什麼？」

「只是一些幫助我入睡的小東西。」

奧迪沖了沖杯子，轉身要離開。

「我很抱歉，」卡爾說。

「抱歉什麼？」

他沒回答。

「你是為世上的饑荒感到抱歉，還是認為全球暖化是自己的錯？又或者你覺得生物演化根本不該發生？你到底在道什麼歉？」

「抱歉讓你這麼失望。」

大二那年奧迪回萊斯大學上課後，幾乎所有課的成績都是全班第一名。他在一間二十四小時營業的烘焙坊工作，所以去上課時身上總灑滿麵粉。某個一副啦啦隊模樣，走路像在走臺步的女孩幫他取了「麵團男」這個綽號，同學也就一直叫下去了。

那年聖誕節奧迪回家後找不到他的車，因為卡爾借了之後就沒還。他已搬出家裡，和一個像妓女的女子同住在湯姆．藍卓理高速公路邊的一家汽車旅館，兩人有個孩子。奧迪找到坐在泳池邊的卡爾時，他身穿離開布朗斯維那天的那件皮大衣，眼神呆滯，椅子底下散落著壓扁的啤酒罐。

「我要我的車鑰匙。」

「我待會兒就開回去。」

「不行，我現在就要。」

「車子沒油了。」

奧迪不相信，於是坐上駕駛座，轉動鑰匙，但引擎發動不了。他把鑰匙砸回卡爾身上，搭巴士回家，拿了球棒，到打擊場打了八十顆球，藉此紓發挫折的情緒。

後來奧迪才拼湊出當晚發生了什麼事。他離開汽車旅館後，卡爾將一罐汽油倒進油箱，開車到哈利．海恩斯大道上的一家煙酒雜貨店，從冰箱拿出一手啤酒，又抓了幾包玉米片和口香糖。收銀員是個中國老人，他身穿制服，上頭繡的名字沒人會唸。

除了卡爾和收銀員以外，店裡唯一的人正蹲在最遠的那排走道上，要買某種特定口味的多力多滋給他懷孕的妻子吃。他叫彼特．阿羅悠，是個警察，當時已經下班，而他的妻子黛比則在外頭邊等邊享用冰淇淋，她吃完甜的又想吃鹹的。

卡爾走到收銀員面前，從大衣裡抽出一把點二二口徑的白朗寧自動手槍，抵在老人頭上，命令他把收銀機裡的錢全數交出。他用中文不斷哀求，但卡爾聽不懂。

彼特·阿羅悠想必是從斜掛在走道上方的唱盤狀鏡子裡看見卡爾，於是躡手躡腳地靠近，來到卡爾背後，抽出手槍。他採蹲伏姿勢，瞄準卡爾，叫他把雙手舉高，就在這時，黛比帶著南瓜燈般的孕肚推開厚重的門，看見手槍後，放聲尖叫。

彼特沒有開槍，但卡爾扣了扳機。彼特倒在地上，在卡爾身後射了一輪，同時卡爾則爬進車內，駕車逃逸。醫護人員花了四十分鐘搶救，但彼特·阿羅悠還沒抵達醫院便回天乏術。他喪命時，已有目擊證人向警方形容槍手的外型，還說車裡似乎有人等在駕駛座上。

9

奧迪等到最後一刻才登上傍晚七點半開離休士頓的巴士，他挑了緊急逃生口旁的座位，假裝在睡覺，實際上卻眼皮微睜地偷看車站大廳。就算現在突然聽見警笛聲，看見警車閃著燈出現，他也不會太意外。

「這裡有人坐嗎？」有個聲音問。

奧迪沒有回答。一個身材肥胖的男子將行李箱塞進頭頂的置物架，並將一包外帶餐點丟在摺疊式餐桌上。

「我叫戴夫．邁爾斯，」他邊說邊伸出一隻滿是紅色雀斑的手。這名男子年約六十，雙肩下垂，下巴一坨肥肉，完全沒有線條。「你叫啥？」

「史密斯。」

戴夫咯咯一笑，「挺常見的名字嘛。」

他吸吮著指尖的鹽巴和醬汁，發出很吵的聲音。吃完後他打開頭頂的閱讀燈，攤開報紙，啪啦啪啦地翻頁。

「政府又要裁減駐守邊界的人力了，」他說，「這樣是要怎麼阻止非法移民進入德州啊？對那些移民絕對不能讓步，不然他們一定會得寸進尺。」

奧迪沒有回話。戴夫翻頁後又咕噥道：「現在的美國人都不會打仗了啦，看看伊拉克那邊的狀況就知道。」（他唸成伊拉可）「要是換我指揮的話，早就用核彈炸爆那些穆斯林國家了，這樣才有用嘛，但偏偏白宮裡那個黑人做不了事，誰叫他的中間名就叫海珊呢。」

奧迪轉頭面向窗戶，一片漆黑的風景中四散著牧場式平房和遠方山頂上的燈塔發出的亮光。

「我可不是在亂說喔，」戴夫說，「我打過越戰，那些斜眼的東方低等人喔，真應該用核彈炸死，只用橙劑實在太便宜他們了。不過女人倒可以留下來，那些東方女孩子可好用了，看起來像十二歲，但高潮的時候就跟沒水的魚在彈一樣。」

奧迪發出聲音，男人聽了停下來問，「我打擾到你了嗎？」

「對。」

「為何？」

「我太太是越南人。」

「真假？抱歉啊，我不是故意那麼失禮的。」

「你是。」

「我怎麼會知道你老婆是越南人啊？」

「你剛才侮辱了所有亞洲人、所有穆斯林和所有女性，你說這些人不是該幹死就是要用核彈炸死，由此可見你是個有種族歧視的卑鄙小人。」

戴夫的臉漲紅起來，面部肌肉也變得猶如撐在過大的頭骨上般緊繃。他起身拿行李箱後的某個瞬間，奧迪覺得他可能會掏槍，但他只是穿越走道，找了另一個位子，隨後便向隔壁乘客自我介紹，還抱怨在長程巴士上總會遇到一些「心胸狹窄的渾蛋」。

巴士在西昆和舒倫堡停靠後，於將近午夜時抵達休士頓。雖然時間已晚，但車站大廳仍聚著一群一群的人，有些躺在地上，有些橫臥在數張椅子上；一輛輛的巴士上標示著不同目的地，像是洛杉磯、紐約、芝加哥，以及途中的許多地方。

奧迪走進廁所，打開水龍頭，往臉上灑水，抓抓他下頜的鬍渣。他的鬍子長太慢，不夠用來偽裝，曬傷的鼻子和額頭也開始脫皮。坐牢時他每天早上都刮鬍子，因為他還沒完全放棄打理外表，而且這樣也可以消耗個五分鐘，但現在，鏡子裡的已不再是個男孩，而是男人——他從沒見過自己這麼老，這麼瘦，這麼冷峻。

這時一個女人和一個小女孩走進廁所，兩人都留著一頭金髮，也都穿牛仔褲和帆布鞋。女人年約二十五，綁著高馬尾，身穿鬆垮的滾石樂團T恤，胸前的雙峰很顯眼；女孩則大概六七歲，門牙缺了一顆，背著芭比娃娃的背包。

「不好意思，」那個母親說，「女廁在打掃。」

她將盥洗用品包放在洗手臺邊緣，拿出牙刷和牙膏，接著沾濕擦手紙，幫女兒脫下T恤，擦擦她的胳肢窩和耳後，然後將她壓向洗手臺，用自來水沖濕她的頭皮，再擠出給皂器裡的洗手乳幫她洗頭，叫她不要張開眼睛。

母親轉向奧迪，「你在看什麼？」

「沒什麼。」

「你是不是有什麼變態怪癖好？」

「我沒有，太太。」

「不要叫我太太！」

「對不起。」

奧迪匆匆離開，沾濕的手只能往牛仔褲上抹。巴士站外頭的那條街上有許多人在抽菸、閒逛，有些在販毒，有些在拉皮條，有些則虎視眈眈地尋找逃家或在外流浪的女孩——容易哄騙的女孩、適合注射毒品的女孩，又或者手掐到喉嚨上，便不敢再尖叫的女孩。**或許我真的對人性失望了吧**，奧迪心想，通常他看人是不會只看黑暗面的。

他繞著街區走，看到一家燈光明亮，只用三原色裝潢的麥當勞，進去買了一個套餐和一杯咖啡。一會兒過後，他看到剛才在廁所的那對母女坐在兩側有隔板的座位上，用一條吐司和一罐草莓醬在做三明治。

奧迪正欣賞著這幅景象時，店經理卻朝她們走去。

「沒買東西的話，不能在這吃外食。」

「可是我們又沒有妨礙到誰，」女人說。

「妳們把這裡弄得一團亂。」

奧迪拿起餐盤，走向她們那桌，「妳們兩個決定好要吃什麼了沒？趕快啦！」他滑進母女對面的長椅，看著店經理，「怎麼了嗎？」

「沒有，先生。」

「那就好。可以再給我們幾張紙巾嗎？」

經理咕噥幾句後就離開了。奧迪將漢堡切成四塊，推向桌子對面，女孩伸手要拿，手腕卻被母親打了一下。「陌生人給的食物不能吃，」她以責難的眼神看著奧迪，「你是在跟蹤我們嗎？」

「沒有，太太。」

「我看起來很老嗎？」

「不會。」

「那就不要叫我太太，我比你年輕！而且我們才不需要你施捨。」

女孩失望地哇了一聲，看看漢堡，又再看看母親。

「我知道你在打什麼算盤。你想贏得我的信任，好對我們下毒手。」

「妳想太多了，」奧迪說。

「我沒有毒癮，也不是妓女。」

「那就好，」奧迪啜了口咖啡，「如果妳要我走的話，我可以回去。」

她什麼話也沒說。閃耀的霓虹燈照亮她鼻子上的雀斑，她雙眼的色澤也因而顯現——似乎是藍還是綠，又或者是介於二者之間的某種顏色。小女孩已偷偷拿了四分之一塊漢堡，用手遮著在吃，隨後又伸手拿了一根薯條。

「妳叫什麼名字？」奧迪問。

「思嘉莉。」

「思嘉莉，妳去拔門牙，有沒有得到什麼獎賞啊？」

她點點頭，舉起一隻相當破舊但顯然備受她疼愛的安娜布娃娃。

「妳都叫她什麼？」

「貝西。」

「真好聽的名字啊。」

思嘉莉用衣袖摀住鼻子，「你好臭哦。」

奧迪笑出聲，「我很快就會去洗澡了。」他伸出手，「我叫史賓賽。」

思嘉莉看看他展開的手掌，又看看她母親，接著伸出比奧迪拳頭還小的手。

「妳呢？」奧迪問她母親。

「凱西。」

但她不願跟他握手。凱西長得很漂亮，但奧迪看得出她身上有副堅固的武裝，就像疤痕覆蓋著舊傷口一樣。他在想她大概是生於貧困的社區，從小就靠著給看內褲，騙男孩子請她喝冰沙，知道如何利用自己的性吸引力，卻從未看見這種遊戲中潛藏的危機。

「妳們兩個女孩子這麼晚在外頭做什麼？」他問。

「不干你的事，」凱西說。

「我們睡在車裡，」思嘉莉說。

凱西「噓」了一聲，於是思嘉莉只好低頭看著地上，抱緊娃娃。

「附近有便宜的汽車旅館嗎？」奧迪問。

「多便宜的？」

「不要太貴就是了。」

「要搭計程車才到得了。」

「沒問題，」他滑出座位，「我看我也該離開了。很高興認識妳們。」他停頓了一會兒又說道，「妳們多久沒洗熱水澡了？」

見凱西怒目瞪著他，奧迪做出投降手勢，「抱歉，我不是那個意思。我的錢包在巴士上被偷了，我沒有身分證，可能沒辦法住汽車旅館。我身上現金很多，但就是沒有任何證件。」

「這跟我有什麼關係？」

「要是妳願意訂房間的話，兩間的費用都由我來付，一間給妳和思嘉莉住。」

「你為什麼要幫我們付錢？」

「因為我得找張床睡覺，而且我們都須要洗個澡。」

「我怎麼知道你不是強姦犯或連環殺手？」

「我還有可能是逃犯呢。」

「一點也沒錯。」

凱西用力地盯著他的臉，彷彿想藉此決定是否該愚蠢地答應。「我有電擊槍，」她突然說，「你要是敢胡來，我一定把你電慘。」

「我知道。」

凱西開的那臺破爛本田 CR-V 停在一塊空地的可口可樂招牌下，她從雨刷下抽出罰單，揉成一團；而思嘉莉則揣在奧迪懷中，頭靠在他胸前睡著，那麼小，那麼脆弱，讓他深怕將她碰碎。他記得他再上一次抱的孩子是個小男孩，那孩子的瞳色棕得彷彿為「棕色」一字賦予了意義。

凱西探入車內，把睡袋推向角落，衣服塞進行李箱，其他東西也整理了一下；奧迪將思嘉莉放入後座，在她頭底下墊了個枕頭。凱西試了兩次才成功發動引擎，奧迪因為有好幾年都在修車店看父親做工，所以知道起動馬達大概快壞了。車開上一條荒涼的街道時，車子的底盤已磨到路緣。

「妳們在車裡住多久了？」他問。

「一個月，」凱西說，「我們原本住我妹家，結果被她趕出來。她說我勾引她老公，但其實是他管不住自己的手，跟我調情。這鬼城市連一個好男人都沒有，我發誓。」

「思嘉莉的爸爸呢？」

「崔維斯在阿富汗死了，但我們沒結婚，所以軍隊不肯付撫恤金，也不承認思嘉莉是他孩子。我們當時已經訂婚，但他們說不算。他是被炸死的，你知道ＩＥＤ是什麼意思嗎？」

「嗯，Improvised Explosive Device，路邊炸彈。」

「對，他們告訴我時我還聽不懂，你知道得可真多，」她用手腕磨磨鼻子。「他父母把我看得很邪惡，覺得我生孩子只是為了拿政府補助。」

「那妳爸媽呢？」

「我沒有媽媽，我十二歲時她就死了；我爸知道我懷孕後，根本也不管我跟崔維斯之後要結婚，就直接把我踢出家門。」

她為了克服緊張的情緒而不斷跟奧迪講話，說她是合格美容師，「那些執照啊什麼的我都有。」她秀出畫得像瓢蟲的指甲，「你看。」

車子接上北部高速公路，凱西直直地坐在位子上，用雙手握著方向盤。奧迪大概能想像她原本預期自己會離家上大學，到佛羅里達州過春假，穿比基尼在海邊喝莫西托或溜直排輪，找工作、結婚、買房子……結果現在她卻住在車裡，還得在廁所的洗手臺邊幫孩子洗頭。**有期望就容易失望啊**，奧迪心想，一件事或一個錯誤的決定往往會改變一切，崔維斯可能是遇上車子爆胎，可能是在錯誤的時刻走下人行道，也可能是開車經過ＩＥＤ。奧迪不認為人可以創造自己的命運，也從不去想人生公不公平，但如果是膚色或髮色這種事，當然就另當別論了。

開了大約六哩後，車子從高速公路的出口接上機場大道，接著開進星城旅店。旅店大門邊的棕櫚樹有如步兵在站哨，停車場因碎玻璃而閃閃發亮。一樓的一間客房外有幾個身穿牛仔垮褲和帽T的黑人在遊蕩，他們打量凱西的模樣就像獅子在看受傷的牛羚。

「我不喜歡這裡，」她悄聲對奧迪說。

「他們不會找妳麻煩的。」

「你怎麼知道？」於是她做出決定，「我們睡同一間，兩張床，你自己睡一張。」

「了解。」

二樓的客房一間是四十五元。奧迪將思嘉莉放到其中一張雙人床上，看著她吮著手指睡去。凱西帶著行李箱走進廁所，在浴缸裡放滿熱水，撒入洗衣粉。

「去休息一下吧，」奧迪說。

「現在洗明天早上才會乾。」

奧迪閉上眼，一邊打盹，一邊聽著水輕輕潑濺和衣服被擰乾的聲音。後來凱西爬進被窩，躺在女兒旁邊，隔著床盯著奧迪。

「你到底是什麼人？」她用氣聲說。

「不是妳需要擔心的人，太太。」

10

交誼廳裡擠滿上千名賓客，男賓無不打著黑色領帶，女客則清一色地腳踩高跟鞋，身穿小禮服，不是露胸就是露背。這群人之中，有些是各自擁有好工作的伴侶，有些是創投資本家，還有銀行家、會計師、商人、房地產開發商、企業家和遊說人士，大家今天會來，都是因為剛選上參議員的愛德華．道令非常感謝他們的支持，現在，他的使命就是要在德州參議院**為他們發聲**。

參議員在交誼廳裡就像老練的專家——先穩穩地握手，再碰一下手臂，接著跟每位賓客都私聊兩句。大家來到他身邊時，似乎都屏住呼吸，沉浸在他散發的榮耀中，但道令雖打扮體面，魅力十足，言談間卻同時散發一股二手車推銷員的氣質，彷彿他那無窮盡的自信是從自學錄影帶或勵志書籍中模仿來的。

維克多．皮爾金頓對一盤又一盤的香檳毫不動心，只給自己弄了杯冰茶，玻璃杯還是冰過的。他身高六呎四吋，垂眼一看就是一大片賓客的頭頂，這讓他得以觀察哪些人在結盟，又有誰不跟誰說話。

他太太米娜在人群中某處，她身穿一件飄逸的絲質晚禮服，皺褶的衣料優雅地垂到她背部最窄的部分，在胸前則墜成深V。四十八歲的米娜外表看起來比實際年齡年輕十歲，這都要歸功於一週三次的網球訓練，和加州一位自稱「人體雕塑家」的整形醫師。米娜在安格頓長大，唸高中時是網球校隊選手，後來她完成大學學業，結婚、離婚，又再有了第二春，二十年過去，卻依舊光采照人，無論是在網球場上還是場下，無論是在打男女混雙，還是在瑪格諾利亞宴會廳跟年輕男人調情，她都游刃有餘。

皮爾金頓一直懷疑妻子有外遇，但至少她表現得還算端莊，而他自己也盡量做到這一點。兩人已分房睡，對彼此的生活互不干預，但表面上仍維持良好關係，因為要是撕破臉，代價他們可承受不起。

一個男人與他擦肩而過，皮爾金頓連忙抓住對方的肩膀。

「羅藍，一切都還好嗎？」他向道令參議員的總參謀長問道。

「皮爾金頓先生，我現在有點忙。」

「他知道我想見他吧。」

「對，他知道。」

「你不也說這件事很重要，所以會優先幫我安排嗎？」

「是這樣沒錯啦，我這就去。」

羅藍說完便消失在人群中，皮爾金頓則再拿了杯飲料，開始和幾個認識的人寒暄，但眼神從未從參議員身上離開。他對政客沒什麼好感，不過家族裡倒是出過幾個，例如他祖父奧格斯特斯．皮爾金頓就是柯立芝總統任內的國會議員。當時皮爾金頓家擁有柏摩教區一半的土地，也投資石油和海運事業，但後來維克多的父親卻在七零年代的石油危機中散盡家財——累積了六代的家族財富只消六個月就全部被敗光，資本主義實在變幻莫測。

從那時開始，維克多就卯足全力想恢復家族名聲。他將田地一畝一畝、一塊一塊地買回，可以說是一磚一瓦地重新起家，但過程中也難免犧牲個人生活。有些人能成功是靠父母，有些人則是父母雖糟，卻仍能成功。他父親就坐了五年的牢，最後淪落到醫院掃廁所。維克多很不屑父親那麼軟弱，但同時也很感激他的繁殖能力，要是一九五五年時，老皮爾金頓沒有在他的戴姆勒古董車（特別從英國運來的）後座強暴一個女店員，讓當時還只是青少女的她懷孕，維克多也不會來到這世上。

說來也奇怪，有些人在稱頌自己的家族有多偉大時，總能追本溯源到建立德州的元老，列舉歷代成員的官職和企業，或細數名門聯姻，但有些家族的首要目標，卻僅是生存下來而已。經歷家中破產和父親坐牢這些事後，維克多才開始體認到高人一等是多麼值得感激的一件事，但今晚，身在宴會廳中的他卻仍覺得自己是個失敗的廢物。

此刻道令參議員人在宴會廳最遠的那一端，身旁圍著一大群人，有些來恭賀他，有些來拍他馬屁，有些則想來進行政治調停；他很受女人歡迎，德高望重的女領袖對他尤其喜愛；所有名門世家都有人到場，其中有個布希家的年輕人在講大學打美式足球的故事，大家邊聽邊笑，不過趣事就算不有趣，由他來講，眾人也一定捧場地哈哈大笑。

這時通往廚房的門打開，四名服務生抬著插有蠟燭的雙層生日蛋糕走了出來，爵士樂隊開始演奏生日快樂歌，參議員則將雙手按在胸口，朝交誼廳的每一個角落鞠躬。攝影師早就在待命了，閃光燈從他亮白的牙齒上反射回來，他那身穿半透明黑色晚禮服，項鍊由藍寶石和鑽石混串而成的妻子也瞬間出現在他身旁，親吻他臉頰，留下口紅印——這張照片絕對能登上《休士頓紀事報》本週日的社交版面。

大夥兒三度舉杯祝賀，掌聲如雷，有人拿蠟燭的數目開玩笑，參議員也妙語如珠地回應。皮爾金頓已經轉身往吧臺走了，他需要來點烈的，波本威士忌加冰塊。

「他幾歲啊？」一個領結已解開垂在胸前的男人靠向他問道。

「四十四，是五十年來最年輕的州參議員。」

「聽你這語氣，好像不怎麼佩服哦。」

「他既然是政客，最後就一定會讓人失望。」

「或許他會不一樣啊。」

「希望不要。」

「為什麼？」

「因為這樣想像會幻滅，感覺就跟發現聖誕老人其實不存在一樣。」

皮爾金頓沒時間再等了。他穿越人群，來到正在說趣事的參議員身邊打岔道：「不好意思，泰迪，有人找你。」

道令的不悅全寫在臉上，但也只得向那一小群人說聲抱歉失陪。

「你應該叫我參議員才對，」他對皮爾金頓說。

「為什麼？」

「因為我是參議員。」

「你還看著傑西潘尼百貨公司寄給你媽的型錄打手槍時，我就認識你了，所以要我改口叫你參議員，可能還需要一點時間。」

兩人穿越一扇門，搭運貨電梯下到廚房，裡頭有人在水槽邊刷不鏽鋼壺，甜點盤也好好地排在長椅上。他們走到室外，剛下過的雨讓空氣聞起來很潮濕，水坑中反射出金色月光，主街雙向的車道都堵得水洩不通。

「奧迪．帕瑪前天晚上逃獄了。」

參議員故作鎮靜，但皮爾金頓看得出這個年紀比他小的男人肩膀緊繃了起來。

「你不是說一切都在掌控之中嗎？」

「是在掌控之中沒錯。警犬沿著他的氣味追到喬克谷水庫，從那邊到對岸有三哩，所以他很可能是淹死了。」

「那媒體那邊呢？」

「還沒有人深入報導。」

「如果他們開始追問怎麼辦？」

「他們不會的。」

「但要是他們就真的跑來問呢？」

「就說你當地方檢察官時起訴了數不清的人，說你只是盡忠職守就好。」

「如果他沒死呢？」

「那他會重新被逮捕，關回牢裡。」

「在那之前我們該怎麼辦？」

「先按兵不動。德州的所有流氓、兄弟都會去找帕瑪，把他吊起來，拔掉他指甲，無所不用其極地逼問他錢的下落。」

「但他還是可能會威脅到我們。」

「不會的，他現在腦子已經壞了，你沒忘吧？而且你得不斷提醒大眾，告訴他們奧迪・帕瑪是個危險的逃犯，本來應該上電椅，都是因為ＦＢＩ亂搞，才弄成現在這樣，」皮爾金頓咬緊齒間的雪茄，吸吮他嚼過的菸草，「還有，我也需要你動用一些人脈。」

「你不是才說一切都在掌控之中嗎？」

「只是為了預防萬一。」

11

三個獄卒把摩斯從床上拽起來，壓向冰冷的水泥地，讓他半裸地跪在那兒。其中一人無緣無故地拿警棍打摩斯的背，大概是對他懷恨在心，或純粹出於惡意，也可能是和所有獄卒一樣，負責看守犯人後，都變成虐待狂了。

獄卒將摩斯拉起身來，在他手裡塞了捲衣服，然後便押著他沿通道走，在穿越兩扇門後下樓。摩斯的廉價棉質四角褲已漸漸失去彈性，所以他得用一隻手抓著。為什麼每次有人要見他時，他都剛好穿著爛內褲呢？

一名獄卒叫他把衣服穿好，卻沒幫他解開連著他腰上那條鎖鏈的手銬腳鐐。獄卒們完全沒解釋，便將他押下斜坡，帶到停著一臺監獄巴士的中庭。另外幾個囚犯已經坐在車上，各自隔絕在欄網裡——他要被移監了，每次都這樣，獄方怕有人鬧事，所以都選在夜深人靜時作業。

「我們要去哪？」他問另一個獄卒。

「別的地方。」

「你不用講我也知道。」

巴士的門關上，八個囚犯各自單獨關在加粗金屬編成的柵網裡，每個人的小空間內都有排水口和監視器，身旁也都有另一個座位。一個美國法警背對駕駛艙坐著，腿上放著一把獵槍。

摩斯大聲問道：「我們要去哪？」

沒人回答。

「我有權利知道啊，你們得告訴我太太。」

還是一片沉默。

巴士開出監獄，往南行進，其他囚犯都在打盹，只有摩斯沿途注意路標，試圖推測出目的地。會在半夜進行的通常是跨州移監作業，或許獄方想懲罰他，把他送到蒙大拿州某座離家一千五百哩遠的鬼監獄。一小時後，巴士停進比維附近的西加薩移監站，除了摩斯以外，所有人都被帶下車。

巴士再度開動時，美國法警也已經離開了，車上除了摩斯這個唯一的囚犯外，只剩下剪影在骯髒塑膠隔板後晃動的駕駛。巴士沿美國五十九號國道往東北邊開了兩小時，抵達休士頓外圍後又轉朝東南方前進。要是想把他移到別州，應該會載他去機場，眼下的狀況不太對勁。

巴士在黎明前開離四線道，轉了幾次彎後，停在一個荒涼的休息區。摩斯能看見鐵網外有樹木的影子，但眼前沒有監獄的燈光，沒有守衛用塔樓，也沒有裝著帶刺鐵絲網的柵欄。

身穿制服的駕駛經由巴士中央的通道走到柵網旁。

「站起來。」

摩斯轉頭面向窗戶，聽見鑰匙插進大鎖和鎖栓滑開的聲音。一個聞起來有洋蔥味的麻布袋罩上他的頭，接著他被某根像警棍又像槍筒的東西推著往前走，結果摔下樓梯，跪倒在地上，碎石刺進他的雙掌。空氣聞起來新鮮又涼爽，時間約莫是一天的起始。

「待在這，不要動。」

「你想對我怎樣？」

「閉嘴！」

而後他聽著腳步聲越來越遠，也聽著蟲唧和血液在耳裡搏動的聲音，那幾分鐘猶如數小時般難熬。布袋織得不密，所以摩斯能隱約看出一些形狀。這時他瞥見大燈甩過身旁——有兩臺車繞著巴士開，最後停在遠處。

車門開了又關，兩名男子走上碎石路，停在他面前，摩斯能看出他們的輪廓。其中一個腳踩光潔的黑皮鞋，穿著正式，身材雖過胖，但站挺時沒那麼明顯，還給人一種抖擻的感覺；另一個則穿著牛仔靴和棕色長褲，比較結實，大概也比較年輕。兩人似乎都不急著開口。

「你們要殺我是嗎？」摩斯問。

「我還沒決定，」年紀比較大的男人說。

「我有得選嗎？」

「看情況。」

摩斯聽見對方將手槍從皮套裡拿出來，拉開保險栓的聲音。

「我如果沒有明確地問你問題，你就一個字都不准說，聽懂了嗎？」

摩斯沒有回答。

「剛剛那就是明確的問題。」

「哦，好，聽懂了。」

「奧迪．帕瑪在哪？」

「我不知道。」

「太可惜了，我還以為可以跟你合作呢。」

手槍壓進他右耳下方的凹陷處。

「我沒說不願意合作啊，」摩斯說。

「快供出奧迪．帕瑪的下落。」

摩斯聽見扳機微微向後拉的聲音。

「不知道的事，我要怎麼跟你說？」

「你現在不在獄中，不用再嘴硬了。」

「如果我知道的話，早就告訴你了。」

「也或許你只是想保護朋友也說不定。」

摩斯搖搖頭，看見色彩在眼前躍動，或許這就是大家所說的，死前會看見的迴光或人生跑馬燈吧。摩斯好失望，他生命中的那些女人、派對和美好時光都到哪去了？為什麼眼前出現的，不是那些景象呢？

比較年輕的那個男子以一隻腳為圓心，旋過身來，毫無預警地一拳深深轟進摩斯腹部，剛好打到他胸骨下方的柔軟部位。空氣從他張開的嘴中抽乾，卻沒再流入他體內，正當他覺得自己可能從此再也無法呼吸時，一隻穿著靴子的腳踢上他的背，將他往前一踹，他的臉被踩在雜草堆裡，口水流得滿下巴都是。

「你的刑期是多長？」

「每天都在牢裡就是了。」

「無期徒刑，對吧？現在過幾年了？」

「十五。」

「有機會假釋嗎？」

「希望。」

比較老的那個男人已蹲到摩斯身旁。他的聲音和措辭都相當優美，幾乎有催眠的功效，聽得出是南方來的紳士，很老派的那種。

「韋伯斯特先生，我想跟你來筆交易，非常棒的交易，也可以說是一輩子只有一次的交易，因為如果你不答應，後果就是看著子彈從自己的眼窩射出來。」

男人停頓了很久。此時袋子已捲成一團，摩斯只看得見眼前幾吋的草地，一隻毛毛蟲正爬向他的嘴。

「怎麼個交易法？」

「現在是讓你考慮的時間。」

「但我還不知道內容啊。」

「十五秒。」

「你還沒告訴我……」

「十、九、八、七、六、五——」

「好啦，我接受就是了！」

「很好。」

摩斯被拖去坐下，尿味衝入他鼻腔，他也能感覺到胯下的褲子濕濕黏黏的。

「我們離開後，你數到一千，然後拿掉頭上的袋子。到時那邊會停著一臺小貨卡，鑰匙會插在車上，置物箱裡會放有一千塊、一支手機和一張駕照。手機裝有GPS追蹤裝置，要是你關掉、弄不見，或者我們打去時由別人接起來，當地警方就會通報FBI，說你從布拉佐李亞郡的德靈頓農場式監獄逃跑，我也會派六個男人去你老婆家——對，我知道她住哪——他們會在屋裡的各個地方跟她大搞特搞，畢竟你過去十五年來都不在嘛，他們會代替你滋潤她的。」

摩斯沒有回應，拳頭卻越握越緊。身穿西裝的男子再度蹲下，褲管隨之上縮，讓他黑襪上那無毛的蒼白腳踝露了出來。就算看不見男人的眼睛，摩斯也知道他盯著自己的眼神一定非常兇狠，就像捕手準備好要接快速球或挖地球時一樣。

「為了回報我們賦予你自由，你必須找到奧迪．帕瑪。」

「怎麼找？」

「利用你在地下犯罪世界的人脈。」

摩斯強忍住笑，「拜託，我都已經坐牢十五年了欸。」

這句話立刻給他招來一腳，他已經被拳打腳踢到覺得煩了。

「你們想找那筆錢是嗎？」他忍著疼痛問。

「錢你可以拿走，我們只對奧迪．帕瑪有興趣。」

「為什麼？」

「因為他害死了很多人。檢方當初是看他頭部中槍可憐，才沒以謀殺罪起訴他。」

「找到他之後呢？」

「直接聯絡我們。號碼已經輸進你手機裡了。」

「那你們會怎麼處置奧迪？」

「不關你的事。韋伯斯特先生，你就像三次揮棒落空後被三振掉的選手，現在我給你機會，讓你重新出場，站上打擊區，所以你乖乖地給我去找奧迪．帕瑪就是了。只要事成，我就免除你剩下的刑期，到時你就自由了。」

「我怎麼知道能不能相信你？」

「小子，我剛剛才把你帶出聯邦監獄，送到這裡，而且這座州立農場式監獄根本不知道你要來，所以我有多大的能耐，你自己想想看吧。要是沒找到帕瑪，我就讓你在德州最暴戾、最惡劣的監獄裡度過你可悲的餘生，聽懂了嗎？」

男人又靠近了一些，將一段因受潮而無法點燃的雪茄往摩斯臉上丟。

「韋伯斯特先生，你別無選擇，你越快了解這點，事情也就越簡單。別忘了我剛剛說過什麼，你要是把手機弄丟，絕對會立刻被通緝。」

12

奧迪每次閉上雙眼，都會重新陷入愛河。十多年了，自從他第一次看見貝莉塔・希爾拉・維加，並被她狠狠甩了一巴掌後，便是如此。

貝莉塔當時走在一條熱得發燙的水泥小徑上，手裡捧著從廚房抬來的一大壺水，準備倒進鳥籠的水槽，給裡頭的兩隻非洲灰鸚鵡喝。水壺非常重，裡頭的水左右晃動，濺出來弄濕了她那件白色薄棉洋裝的正面。她看起來幾乎還是個青少女，一頭長髮編得像馬兒的尾巴，垂墜到腰部最纖細的部位，正好和洋裝的蝴蝶結重疊；髮色則烏黑到在紅紫外線的照射下，會呈現絲緞般的紫色光澤。

奧迪和貝莉塔都沒料到會在屋子的另一側遇到人。水泥路面很燙，她又沒穿拖鞋，只好用跳的，讓左右腳輪流觸地，以免燙傷。她洋裝的正面被濺得越來越濕，最後牢牢地貼在她皮膚上，讓她衣料下的乳頭如黑色橡實般凸出。

「我幫妳吧，」奧迪說。

「不用，先生。」

「但看起來很重耶。」

「我力氣很大。」

她講的西班牙文不算太難，奧迪還聽得懂。他扳開她的手指，拿走水壺，抬到鳥籠旁，貝莉塔則叉起雙臂，遮住胸部，從發燙的水泥地站進陰影裡等。她有雙褐色又帶金色斑點的眼睛，就像有些小男孩在玩的彈珠一樣。

奧迪望越花園和泳池，凝視陡峭的懸崖。天氣比較好時，他能看見太平洋。

「真美啊，」他靜靜地說。

奧迪轉身的同時，貝莉塔也抬起頭來。他從她的臉經由喉嚨一路看到胸部上，她見狀後往他左頰狠狠甩了一巴掌。

「我不是在說妳那邊啦，」他說。

她給了他一個憐憫的眼神，轉身朝屋子走去。

他用破西文再試了一次，「Lo siento, señorita. No quería mirar... um... ah... your...」他想說**小姐，對不起，我沒有想看妳胸部**，但不知道胸部怎麼說，是 tetas 還是 pechos？

她無視於他的存在，沒有回答，只是逕自走開，一頭黑髮左右晃得很用力。她甩上紗門後，奧迪等在外頭，手裡拿著網帽，心裡知道上天方才為他揭示了什麼，但他還參透不出其中意義。他回頭朝水泥地一瞥，發現濺出來的水都已蒸發，剛剛發生的事了無痕跡，只留存在他的記憶裡。

貝莉塔又再出現時已換了衣服，但這件洋裝比剛剛那件磨得還破。她站在紗門後，用蹩腳的英文說道。

「厄本先生不在，你資後栽來。」

「我是來拿包裹的，用黃色信封裝著的那個，」奧迪用西班牙文再說了一次「黃色信封」，並用手比出包裹的形狀，「他說放在書房靠牆的桌子上。」

她輕蔑地看了他一眼後再度消失。奧迪看著她的臀部左搖右擺，心想那洋裝晃動的樣子是多麼輕鬆自然，就像水珠滑下玻璃似的。

她回來後，他接過包裹。

「我叫奧迪。」

她鎖上紗門，轉身消失在漆黑冰冷的屋裡，而奧迪則呆呆地站在那兒，明明眼前什麼也沒有，他卻無法別開頭。

電子鐘上的紅色數字顯示現在才八點多，但過去一小時以來，陽光已從窗簾邊角不斷滲入了。凱西和思嘉莉還在睡，所以奧迪起身時沒發出太大的聲音。他往浴室走去，途中經過小桌子時，看見薄薄的木板上放著車鑰匙，鑰匙圈是粉紅色的兔腳。

他穿上牛仔褲和汗衫，放下馬桶蓋，用汽車旅館房內的紙筆寫便條。

我借用妳的車，兩小時後就回來，請別報警。

他滑進駕駛座，沿斜坡開上四十五號州際公路，往北開出休士頓。星期天早晨的高速公路很順暢，他不消半小時便已離開城市，由七十七號出口下到伍德蘭綠色大道，沿途開經高爾夫球場、小湖，以及名稱充滿鄉村風格的鋸木廠街、鹿跑大道和龍吐珠街。他曾用三河監獄的電腦搜尋目的地地址，此刻他正在心中重建當時記下來的地圖。

停進拉馬國小空曠的停車場後，奧迪換上短褲，綁緊他的新慢跑鞋，開始慢慢地沿著單車道跑在橡樹、楓樹和栗木下。這裡的每個轉角都有停車標誌，房屋離道路很遠，中間隔著裝有灑水器的草坪和花床。一個送報童騎著附拖車的單車經過奧迪身旁，報紙被他甩出去後，猶如戰斧般在空中三百六十度飛旋，最後啪地掉到前廊或門前的走道上。奧迪小時候也當過報童，但他從沒在這種社區送過報。

陽光射穿樹冠，在他慢跑的柏油路上照出斑斑點點的陰影。他看見高爾夫球場上有些人乘坐著閃亮的白色高爾夫球車——那群胖得像法老王的男子活在小圈圈裡，大家都是奉公守法的白人，外表總是打理得乾乾淨淨，半隱居地住在插有旗杆，前廊有搖椅，如樣品屋般的房子裡，永遠背對鄰居。

奧迪停下腳步，把腿抬到消防栓上拉筋，同時也在偷看一棟三側都有精美門廊，屋頂為山形設計的雙層樓房。有個十多歲的男孩在車庫由三道門組成的出口外溜滑板，他有著橄欖色皮膚和深黑色頭髮，在那塊四方形的水泥地上溜得輕鬆又優雅。他用一片膠合板和兩塊空心石磚做成斜坡，踢起滑板，用力地滑了兩下後，衝上坡道，接著腳輕輕一踩，讓滑板轉向，再跳起身來，最後踏著滑板落地。

男孩抬起頭，把手架在額前擋陽光，這時奧迪突然覺得喘不過氣來。雖知道自己該繼續慢跑，他卻停在原地，往前伸展，直到額頭快要碰到脛骨為止。一臺車開進他身後的車道，輪胎壓得核桃殼嘎吱作響，男孩踢起滑板，用手接住，站到一旁，好讓車開進打開的車庫大門。一個穿著藍色牛仔褲、平底鞋和白色上衣的女人走下車，將手裡那裝滿食品雜貨的棕色紙袋交給男孩後，沿著車道走向奧迪。有那麼一瞬間，他幾乎要亂了手腳；她彎腰撿起報紙後看見奧迪，發現他手臂下滿是汗水，前額也黏著一撮頭髮。

「今天早上這天氣跑步挺舒服的吧。」

「是啊。」

她將金色捲髮撥到一邊，露出綠色的眼睛，兩顆鑽石在她耳垂上閃耀。

「你是這裡人嗎？」

「剛搬來。」

「難怪我就覺得之前沒在附近看過你。你住哪邊？」

「河岸大道。」

「哦，那一帶很不錯吧，有帶家人一起嗎？」

「我太太不久前過世了。」

「節哀。」

她舔舔潔白小巧的牙齒，而奧迪則望向繁茂的草坪彼端，看見男孩正試著把滑板勾起來，想要將身體旋轉三百六十度後，再降落到板子上，結果失了重心，差點跌倒，又再試一次。

「你怎麼會搬來伍德蘭市呢？」她問。

「我來查一個企業的帳，雖然只需要幾個月，公司還是幫我找了房子。對我來說太大了，不過反正是他們付錢嘛，」奧迪感到背上的汗漸漸蒸發，他指向身旁那棟屋子，「但不像你們家這麼漂亮就是了。」

「那我建議你加入這邊的鄉村俱樂部。你打高爾夫嗎？」

「不打。」

「網球呢？」

奧迪搖頭。

她笑了，「那你還真沒有什麼選擇。」

這時男孩朝她大喊，似乎是在嚷嚷肚子餓，她往肩後一瞥，嘆了口氣，「不管牛奶放在冰箱多明顯的位置，麥克斯就是找不到。」

「他叫麥克斯是嗎？」

「對，」她伸出手，「我叫珊蒂，我丈夫是這邊的警長。歡迎你搬來我們社區。」

13

摩斯拍拍上衣口袋，確定裝著現金的信封還在，接著滿意地研究護貝的菜單，吞下已在雙頰內淹成池塘的口水。他看看價錢——現在一個漢堡竟然要六塊？

女服務生的瞳色很深，皮膚呈蜂蜜色，她身穿白色短褲和紅色上衣，散發一股富家女的活潑氣息，想必因而賺了不少小費。

「今天想吃什麼？」她拿在手上的不是點餐板，而是一個黑色小盒子。

摩斯滔滔不絕地點菜，「煎餅、格子鬆餅、培根、香腸、炒蛋、水煮蛋、煎蛋，對了，這奶醬是什麼？」

「荷蘭醬。」

「那也來一點，還要薯餅、豆子、比斯吉和肉醬。」

「還有人要來嗎？」

「沒有。」

她把摩斯點的菜重看一次，「你是在跟我鬧嗎？」

他往她的名牌一看，「沒有，安珀。」

「這些全都是你要吃的？」

「對，我會捧著肚子晃出去的。」

安珀皺了皺鼻子，「要配飲料嗎？」

「我要咖啡跟柳橙汁，」他停下來想了一下，「你們有葡萄柚汁嗎？」

「有。」

「那先來一杯吧。」

安珀往廚房去後，摩斯拿起小巧的手機，不禁為之驚嘆，從前的手機都和磚頭一樣大，只有間諜和西裝筆挺的男人才會拿，現在竟已縮成珠寶、打火機的尺寸了。他在電影和電視節目裡看過人們透過手機甜言蜜語，彷彿在哄鬧脾氣的孩子，也看過他們在螢幕上猛按，好像用摩斯電碼在傳訊息似的。

該打給誰呢？首先當然是克莉絲朵，但他不想把她捲進來。他已經十五年沒有好好抱過她了，通常他們都只能隔著壓克力板說話，連牽手都沒辦法，見面一小時後，克莉絲朵便會開車回聖安東尼奧，繼續在牙醫診所當護士的日子。

要是他們偷聽我講電話怎麼辦？他心想，這種事他們辦得到嗎？要是他找到奧迪．帕瑪，他們會遵守承諾嗎？大概不會。無論如何，他們想必都會從背後捅他一刀——笑嘻嘻地對他說一套，同時在暗地裡耍另一套。

要是他找到那筆錢，說不定能殺出生路。七百萬可以買到整個王國、整座島嶼，可以買到全新身分和嶄新生活，要是他聯繫得上惡魔旅行社，大概也可以請專員安排，送他離開地獄。

他和奧迪已經是很久的朋友了，但人在存亡之際，友誼究竟有多大的影響力？在獄中，友誼的締結只是互利共生的手段，無關乎互敬與忠誠。為什麼奧迪沒告訴他逃跑的計畫？他能活著，摩斯是最大功臣——不僅替他注意周遭的危險，替他在獄中的圖書室弄了個工作，還想辦法讓兩人住隔壁，這樣晚上才能一起下棋。他們總把棋步寫在紙條上，沿著水泥地扔給對方。奧迪應該告訴他的，畢竟摩斯為他做了這麼多。

這時廚師從廚房出來了，是個皮膚黝黑的矮胖墨西哥人，他雙頰滿是青春痘留下的疤痕，活像被咬得坑坑巴巴的鉛筆。安珀指向摩斯，廚師一臉滿意地點點頭，接著她便送來了摩斯的咖啡和柳橙汁。

「剛剛那是怎樣？」他問。

「老闆要你先去前面付錢。」

「為什麼？」

「他覺得你會不付錢就溜走。」

摩斯拿出口袋裡的信封，數了三張二十塊給她。

「看看這樣夠不夠吧。」

安珀瞪大雙眼，看著那個信封。摩斯再給了她一張十塊，「這是給妳的。」

她將錢塞進褲子後面的口袋，聲音壓低了些，幾乎變得有點嘶啞，讓摩斯體內湧現一股蟄伏已久的衝動。他的年紀是都能當她父親了沒錯，但會有那種感覺還是難免。這個女孩身上看不見任何一點憤恨、一點苦澀，沒有歲月的痕跡，沒有刺青和穿洞，也沒有枯萎、疲憊的氣息。他能想像她高中讀得一帆風順，廣受男孩子歡迎，會在美式足球場上揮彩球，也會帶著最燦爛的笑容側翻，小秀內褲，而現在她大概半工半讀地在念大學，讓父母都以她為榮。

「這邊有公共電話嗎？」他問。

安珀瞄了他的手機一眼，但沒多說什麼，「在後面，外面那兩間廁所中間。」

摩斯跟她拿了些零錢，撥下電話，話筒鈴鈴作響，最後克莉絲朵接起來了。

「嘿，寶貝，是我，」他說。

「**摩斯？**」

「沒錯，就是世上唯一的我。」

「**可是你平常不會星期天打來啊。**」

「妳猜我在哪，妳一定想不到。」

「**這問題有陷阱嗎？**」

「我現在坐在快餐店裡，享用美味的早餐。」

克莉絲朵沉默了片刻，「**你是哈了草嗎？**」

「才沒有，寶貝，我清醒得很。」

「**你逃獄嗎？**」

「沒有。」

「**那是怎樣？**」

「他們放我走。」

「**為什麼？**」

「說來話長，等妳來了我再解釋。」

「**你人在哪？**」

「布拉佐李亞郡。」

「**你要回家嗎？**」

「現在還不行，我要先完成任務。」

「**什麼任務？**」

「我要去找一個人。」

「**誰？**」

「奧迪．帕瑪。」

「**他逃跑了對不對！我在新聞上有看到。**」

「他們覺得我知道他在哪。」

「**你知道嗎？**」

摩斯笑了，「完全不曉得。」

克莉絲朵不覺得這有什麼好笑，「**是誰叫你去找他的？**」

「雇用我的人。」

「**你信任他們嗎？**」

「不信。」

「**天啊，摩斯，你做了什麼好事？**」

「寶貝，放輕鬆，一切都在掌控之中。妳現在就得過來，因為我下面硬得不得了，長到小飛象都會嫉妒，懂我意思吧？」

「**少講這種下流的話，**」她罵道。

「真的，寶貝，我的小老弟把皮膚撐得好緊，連眼皮都被扯到闔不起來了。」

「**閉嘴。**」

摩斯將手機號碼給她，說會去達拉斯跟她會和。

「**為什麼要去達拉斯？**」她問。

「因為奧迪．帕瑪的媽媽住那。」

「**我不能就這樣丟下一切，開車去達拉斯啊。**」

「妳剛剛到底有沒有在聽？我下面硬得不得了……」

「**好啦好啦。**」

14

員警在非值勤時間被他哥哥卡爾射死那天，奧迪晚餐時間過後才回家。在那之前，他一直在高中校園裡的棒球練習網前打球，後來走去朋友家借了臺除草機，因為他想趁回學校上課前幫人割草，多賺點錢。

奧迪推著除草機在高低不平的路上走了一段後，轉彎回到他住的那條街，刻意過了個馬路，避開韓德森家屋前那隻每次有人經過，就會吠個聲嘶力竭的狗。這時，他看見幾輛閃著燈的警車，而他那輛破舊的雪佛蘭則停在圍欄邊，車門和後車廂都開著。

許多鄰居站在帕瑪家外面，梅森雙胞胎來了，普萊史考特家和沃克家的人也來了，這些人奧迪都認識，他們全盯著一臺拖車將雪佛蘭從車頭吊起，只留後輪在地面上。

奧迪大吼，叫拖車的人住手，但一個雙手握槍的警察卻趴伏到引擎蓋上，手臂伸得筆直，一隻眼閉著。

「手舉高！現在！」

奧迪猶豫了片刻，這時車頭燈一照，亮得他看不見。他將原本握著除草機的手舉到空中，握緊雙拳，另外好幾個警察馬上如螃蟹般，也從陰影處匆匆忙忙地跑了出來。

「下去！」

奧迪跪下。

「整個人下去。」

奧迪趴下後，有人坐到他背上，還有人用膝蓋夾緊他的頸部。

「你有權保持緘默並拒絕回答問題，明白嗎？」

奧迪脖子被膝蓋夾著，沒辦法點頭。

「但你所說的每一句話都將作為呈堂證供，明白嗎？」

奧迪努力想擠出聲音。

「如果你付不起律師費，我們會指派一名免費的給你。」

警察銬住他的手後，將他整個人翻過來，檢查他口袋，拿走他身上所有的錢，接著將他推進警車後座，一名警長也上車坐在他身旁。

「你哥呢？」

「你說卡爾？」

「你有其他哥哥嗎？」

「沒有。」

「他人在哪？」

「我不知道。」

奧迪被帶到南拉馬街的傑克·伊凡斯警局總部後，在偵訊室裡等了兩小時，期間他說想喝水、想上廁所、想打電話，都沒人理他，最後，終於有一名叫湯姆·維斯康提的警探進來，他有頭七零年代電視劇裡的警察會留的那種捲髮，頭頂架著墨鏡。他坐到奧迪對面，閉上雙眼，就這麼閉了好幾分鐘，正當奧迪以為他睡著時，他眨眨眼咕噥道：「我們要採樣你的ＤＮＡ。」

「為什麼？」

「你想拒絕嗎？」

「沒有啊。」

另一個警官走進房間，將棉花棒往奧迪的口腔壁戳，沾上口水後放進一個有蓋子的玻璃試管。

「為什麼要抓我？」

「因為你協同殺人。」

「殺人？」

「今天下午發生在沃夫菸酒雜貨店的那起謀殺案。」

奧迪吃驚地對他眨眼。

「挺會演的嘛，演給陪審團看說不定有效。有人看到你的車從那家店開走。」

「開車的不是我。」

「那是誰？」

奧迪猶豫了一下。

「我們知道卡爾跟你在一起。」

「我沒有去雜貨店，我當時在棒球場打球。」

「如果真的是這樣，那你的球棒呢？」

「在我朋友家，因為我去跟他借除草機。」

「你這樣就想唬人？」

「這是事實。」

「我不信，」維斯康提說，「你自己一定也不信，所以我再給你一分鐘重想。」

「再怎麼重想，事實也不會改變。」

「卡爾人在哪？」

「你已經問過很多次了。」

「他為什麼要射殺阿羅悠警官？」

奧迪搖搖頭，深知他們一直在兜圈。警探淨說些莫須有的事，彷彿案發現場的狀況警方已透過監視畫面和目擊者的證詞弄得很明白似的，而奧迪則會搖搖頭說他們弄錯。後來奧迪想起他在路上遇到以前的同學艾許莉．奈特，到加油站幫她的輪胎打氣，艾許莉問他大學唸得如何，還說她在沃爾瑪超市工作，之後要去上美容學校。

「當時是幾點？」

「大概六點。」

「我會去查，」維斯康堤語帶懷疑地說，「但奧迪，我得告訴你，現在情況很不樂觀，殺警察可是得上電椅的，就算只是共犯可能也逃不掉，因為在陪審團看來，共犯和真正開槍的人並沒有差別，不過當然啦，要是你跟警方合作，供出犯人，情況就大有不同了。」

奧迪開始覺得自己像捲壞掉的錄音帶，無論他重複幾遍，警方都會扭曲他的說詞，想挖洞給他跳。他們告訴奧迪卡爾中了槍，說他血流不止，要是不送醫處理可能會死，說奧迪可以救他。

偵訊在三十六小時後結束，因為維斯康堤找艾許莉談過，也仔細看過加油站的監視畫面了。奧迪身上沒錢，只好走路回家，到家後發現屋外聚滿記者，他們把咖啡杯丟得草坪到處都是，麥克風也猛往民眾面前塞，逼得他父母已經兩天沒有出門。

晚餐時，大家只是沉默地傳菜，刀叉在盤子上磨擦，牆上的鐘滴滴答答響。奧迪的父親一副萎頓的模樣，彷彿皮膚底下的骨頭全縮了水似的；波娜黛特接到消息後立刻從休士頓開車回來，她剛結束護士訓練，已在一間大型市立醫院找到工作。事發後的第四天，記者少了許多，卡爾還是杳無音訊。

那個星期天奧迪上班遲到了，因為警方仍扣著他的雪佛蘭當殺人案的證物，他得搭兩班公車，再走半哩路才能抵達保齡球館。

他為遲到的事道了歉。

「你可以回家了，」老闆說。

「但我今天有班啊。」

「我幫你代了。」

他打開收銀機，給了奧迪尚未付清的薪資二十二元，「上衣還我。」

「可是我沒有別的衣服穿。」

「那是你家的事。」

老闆等在那兒，奧迪也不得不脫下上衣，又因為裸著上身，巴士不肯載，只好用走的。他走了七哩，來到辛戈頓大道上時，看見路上有臺小貨卡停在蓋瑞賣車場對面，開車的是柯琳·梅絲特，卡爾那群毒蟲朋友之中的一個女生。她長得很漂亮，頭髮漂過，睫毛膏塗得太厚，整個人一副煩躁緊張的樣子。

「上車。」

「但我沒穿上衣欸。」

「我沒瞎好嗎。」

他滑進駕駛座，看著自己赤裸、蒼白又斑斑點點的胸膛，感到很難為情。柯琳開進車陣，雙眼不斷瞄著後視鏡。

「我們要去哪？」

「去看卡爾。」

「他在醫院嗎？」

「你可以不要再問了嗎？」

兩人沒有再說話。最後，她將嘎吱作響的貨卡開進貝德福街鐵道旁的一座垃圾場，奧迪注意到座位上放著一個棕色紙袋，裡頭有繃帶、止痛藥和威士忌。

「他情況很糟嗎？」

「你自己看了就知道。」

她把車停在一棵枝葉繁盛的橡樹下，將紙袋交給奧迪，「我不會再幫這種忙了，他是你哥，不是我哥。」

她將貨卡鑰匙丟給奧迪後便走掉了。奧迪走進倉庫，看見卡爾蜷在一張簡陋的窄床上，繃帶間溢著血，發出令他想吐的味道。

卡爾睜開一隻血絲滿布的眼，「嗨，小弟，你有幫我帶喝的來嗎？」

奧迪放下紙袋，將威士忌倒進杯子，湊到卡爾唇邊，覺得他皮膚表面那層噁心的黃色物質似乎一直要往自己的手指黏上來。

「我要叫救護車。」

「不行，」卡爾嘆氣，「別叫。」

「你都快死了耶。」

「不會有事的。」

奧迪往倉庫內看了一圈，「這是什麼地方？」

「以前是垃圾場，現在就是個堆滿垃圾的房間而已。」

「你怎麼知道這裡？」

「我有個朋友以前在這工作，他都把鑰匙藏在同一個地方。」

卡爾開始咳嗽，咳得全身上下起伏。他做了個鬼臉，露出被血染紅的牙齒。

「我一定要找人幫忙。」

「不行，我說過了。」

「你覺得我會眼睜睜地看你失血致死嗎？」

卡爾從枕頭底下抽出手槍，指著奧迪的頭，「我不要回去坐牢。」

「你是不可能對我開槍的。」

「你確定嗎？」

奧迪再度坐下，膝蓋碰上窄床邊緣。卡爾伸手拿威士忌，又往棕色紙袋裡看了看。

「我的東西呢？」

「什麼東西？」

「那婊子竟敢背叛我！她明明答應過的。小弟，我告訴你，毒蟲千萬不能信啊。」

卡爾的雙手在顫抖，汗珠也沾滿他額頭。他閉上雙眼，皺紋圍成的三角形眼窩中擠出眼淚。

「拜託讓我叫救護車，」奧迪說。

「你想讓我不要這麼痛苦嗎？」

「當然想。」

「那就去幫我買點東西吧。」

「我是不會幫你買毒品的。」

「為什麼？你有錢啊，你不是一直在存錢嗎？現在可以用來幫我了。」

「不行。」

「但我的需求比較急迫啊。」

奧迪搖搖頭，卡爾發出一聲嘆息後，嗖嗖地吸了口氣。接下來有很長一段時間，兩人都沒說話，奧迪看著一隻蒼蠅爬過散發惡臭的繃帶，舔吮上面的膿和乾掉的血。

卡爾先開口了，「你記得我們以前常去康羅湖釣魚嗎？」

「嗯。」

「我們都住在湖岸原始林區附近的小木屋，那邊實在沒什麼風景好看，但可以從碼頭直接抓魚，有一次你還抓到一條十五磅的鱸魚，記得嗎？實在是嚇死人了，我以為你會直接被扯下船，所以才一直抓著你的皮帶。」

「你一直吼我，叫我把線抓緊。」

「我是不希望魚跑掉。」

「我以為你在生我的氣。」

「為什麼？」

「因為那條魚本來應該是你的。你因為要去冰桶幫爸拿啤酒，才把釣魚竿給我，魚就是那時上鉤的。」

「我才沒有生氣，我以你為榮，你可是創下了德州兒童釣魚界的紀錄耶，不是還有上報什麼的嗎，」他微微一笑，但看起來有點像在做鬼臉，「哎，那些日子實在很開心，而且湖水好清澈，不像三一河都只有屍體和長嘴魚。」他嗖嗖地吸了一口氣，「我想去那裡。」

「康羅湖？」

「不，三一河，我想去看看。」

「除了醫院以外，我哪裡都不會帶你去。」

「我保證，只要帶我去河邊，之後你想怎樣都可以。」

「你這樣我怎麼帶你去？」

「我們有貨車啊。」

奧迪看向窗外的鐵路機廠和二十年都沒啟動過的生鏽貨車，破爛的窗簾如幽靈般翻騰飄動——他該怎麼做？

「好吧，我帶你去河邊，但之後就去醫院。」

奧迪的思緒飄回當下。此刻，他站在垂落的柳枝下，偷看剛才那棟房子，心裡想著那男孩的事。女人口中的這個麥克斯看起來大約十五歲，五官細緻，臉型很尖，有著褐色的雙眼，眼距很寬。八年級的十五歲男孩都迷什麼呢？女孩吧，或者是動作片、爆米花和英雄人物，或許還有打電動。

時值星期天正午，蔭影都聚積在樹下，彷彿想躲避一天中最炎熱的時段。麥克斯走到屋外，沿著人行道開始溜滑板，他跳開路上的裂縫，繞過一個在遛狗的女人，穿越伍德蘭綠色大道，往北溜向市場街，再滑到繆思街，買了罐汽水，坐到中央公園的一張長椅上，沐浴在燦爛的陽光下，一面用穿著運動鞋的腳踢踩著滑板。

他左右轉頭，看看身後，接著將一根菸湊到唇邊，用手包住點燃的火柴，煙霧漫出後，將火柴甩了甩。奧迪循著他的視線看去，發現他盯著一個在店裡打點櫥窗展示品的女孩，她正在幫一個人型模特兒穿洋裝——從塑膠光頭套下去，掛上肩膀，再拉經那漏斗般的曲線。女孩約莫是麥克斯的年紀，或許還比他大一些，她每每彎腰，裙子都會往上縮，內褲幾乎要露出來。麥克斯將滑板踢起，放在大腿上。

「你年紀太小了，還不能抽菸，」奧迪說。

「我已經十八了，」麥克斯轉過頭，試圖用低八度的聲音說。

「你才十五歲，」奧迪坐了下來，打開一盒巧克力牛奶。

「你怎麼知道？」

「我就是知道。」

麥克斯捻熄香菸，看著奧迪，很努力地在想這個人是不是爸媽的朋友。

奧迪伸手用本名自我介紹。麥克斯盯著他伸在那兒的手，「你是今天早上跟我媽講話的那個人。」

「對。」

「你該不會想跑去跟她說我抽菸吧？」

「我不會的。」

「對了，你坐我旁邊幹嘛？」

「讓腿休息一下。」

麥克斯將眼神移回商店櫥窗，女孩為人型模特兒戴上粗重的項鍊後，轉身朝窗外揮手，他也有些忸怩地揮了回去。

「她是誰？」

「同學。」

「叫什麼名字？」

「蘇菲亞。」

「是你女朋友嗎？」

「才不是！」

「但你喜歡她吧？」

「我什麼時候說了。」

「她很漂亮啊。你跟她說過話嗎？」

「我們會出去？」

「什麼叫出去？」

「跟一大群朋友一起啦，我們算是同一掛的。」

奧迪點點頭，又喝了一大口巧克力牛奶。

「我在你這個年紀時，喜歡一個叫菲比．卡特的女孩子，但都不敢約她出去，因為她好像只想當朋友。」

「結果呢？」

「我帶她去看《侏儸紀公園》。」

「那部不是大家都看過嗎？」

「是啦，但當時才剛上映，大家都覺得很恐怖，菲比還嚇得跳到我大腿上，後來那部電影在演什麼，我根本都不記得了。」

「你很遜耶。」

「我跟你賭，要是菲比．卡特跳到你大腿上，你就不會覺得我遜了。」

「我才要跟你賭咧，菲比現在一定很老。」

奧迪和麥克斯都笑了。

「你可以約蘇菲亞去看電影啊。」

「她有男朋友了。」

「那又怎樣？反正你也沒什麼好損失的。我就遇過一個女人，她男友爛到不行，我一直想把她帶離他身邊，她卻覺得我自以為英雄救美，多管閒事，但她錯了。」

「她男友是怎樣個爛法？」

「那傢伙是流氓，她就跟他的奴隸一樣。」

「現在哪還有奴隸，一八六五年就都解放了。」

「解放的只有其中一批，」奧迪說，「世界上還是有很多奴隸以各種不同的形式存在。」

「所以後來呢？」

「我把她從他身邊偷走了。」

「他這個人很危險嗎？」

「嗯。」

「那他有去找你算帳嗎？」

「可以說有，也可以說沒有。」

「什麼意思？」

「改天我再把整個故事告訴你。」

一個身穿制服的警察在五十碼遠處邊吃三明治，邊看著他們，他吞下最後一口後，晃到長椅旁，拍掉衣服上的麵包屑。

麥克斯抬起頭來，「你好啊，傑拉德警官。」

「你爸呢？」

「他今天要工作。」

警官狐疑地看著奧迪，「這是誰？」

「我跟麥克斯只是在閒聊罷了，」奧迪說。

「你住附近嗎？」

「我剛搬到麥克斯家轉角，今天早上有見過他媽媽了。」

「哦，珊蒂啊。」

「是啊，她很親切呢。」

警官表示同意，並將三明治的包裝丟進垃圾桶，離開前用手指碰碰帽緣，向奧迪和麥克斯致意。兩人看著他走掉。

「你怎麼知道我名字？」麥克斯問。

「你媽告訴我的，」奧迪說。

「還有，你幹嘛一直盯著我看？」

「你讓我想起一個認識的人。」

麥克斯重新看回商店櫥窗，蘇菲亞已經不見了。

「別忘了我說的哦，」奧迪說著站起身來。

「你說的什麼？」

「記得約她出去。」

「是啦，說得簡單，」麥克斯語帶諷刺地說。

「還有，拜託把菸戒掉吧，不然你氣喘可能會更嚴重。」

「你怎麼知道我有氣喘？」

「我就是知道。」

15

凱西往奧迪腹部狠狠揍了一拳。

「你偷我車！」

「我只是借用，」他喘著氣說。

「老兄，你少跟我唬爛，如果沒先問我，就不算借。」

「但妳還沒睡醒啊。」

「我們就等著看你這藉口在法庭上有沒有用吧。你覺得我很笨是不是？」凱西握握拳，「天啊，有夠痛的，你是用水泥做的嗎？你跑去哪了？」

「我得去換新的信用卡。」

「今天是星期日，銀行沒開。」

「我得去見一些人。」

「誰？」

「我姊住在休士頓。」

「你姊？」

「對。」

「那你幹嘛不住她那？」

「我已經很久沒見到她了。」

凱西一點也不信。她舉起電擊槍，「你想被電電看嗎？」

憤怒與憎恨就像凱西的自然防禦機制，掩蓋了奧迪曾在她身上看到的柔軟特質。她轉過身，將行李箱拖到床上，思嘉莉正趴在那兒看迪士尼頻道。

「過來，我們要走了。」

「但我喜歡這裡啊，」思嘉莉說。

「聽話照做就對了！」

凱西將浴室裡那些還沒乾的衣服收出來，塞進行李箱。

「車子的事我真的很抱歉，」奧迪說，「不會再有下一次了。」

「最好不要。」

「我請妳們吃晚餐吧，我們找間好餐廳去。」

思嘉莉滿臉期待地看著母親。

「油是不是被你用光了？」凱西問。

「我加滿了。」

「好吧，但吃完晚餐我們就走。」

三人開車到凱西選的丹尼餐館，那兒的菜單有護貝，印著所有餐點的圖片。「我喜歡先看等一下會吃到什麼，」她解釋完後點了牛排和烤馬鈴薯，思嘉莉則選了肉丸義大利麵，每吃一口，就用她那盒破爛的蠟筆在圖畫上著一下色。飯後服務生將盤子收掉，大家開始討論要吃什麼甜點，這時凱西似乎又柔和下來了。

「如果你有一百萬的話，會拿去做什麼？」她沒來由地問奧迪，好像兩人之前就有在討論這個話題似的。

「幫我媽買一顆新的腎。」

「之前那顆怎麼了？」

「不太管用。」

「新腎一顆要多少錢？」

「我也不太知道。」

「不過總還會剩下一點錢吧？一顆腎應該不會到一百萬那麼貴吧？」

奧迪表示同意，接著也問凱西會想怎麼花一百萬。

「我要買房子、買好衣服，再買一輛新車，還要開我自己的沙龍——或許可以開很多分店哦。」

「妳會去看妳爸嗎？」

「會啊，去把錢砸在他臉上。」

「人在衝動時常會說些氣話，但心裡其實並不是那麼想的。」

凱西沉默了下來，開始用手指將桌上凝結的水畫成圈圈，「她是誰？」

「什麼？」

「你昨晚睡覺時一直唸一個女人的名字。」

奧迪聳聳肩。

「一定是某個重要的人吧。是女朋友嗎？」

「不是。」

「你太太？」

奧迪轉移話題，開始跟思嘉莉討論圖畫，並幫她選顏色。他結完帳後，三人到夜間市集閒逛，許多小飾品都是拿起來看了又再放回去。

回到汽車旅館後，他走進浴室，鎖起門來，開始端詳鏡中的自己。他從包包裡拿出剪髮器，在頭皮上來回推移，彷彿在修整迷你草原，綹綹深色頭髮就這麼掉進洗手臺。隨後他站進淋浴間，張開雙臂，面向蓮蓬頭，走出浴室時，看起來就像剛加入軍隊。

「你為什麼要剪頭髮？」思嘉莉問。

「我想要換一下造型。」

「可以摸嗎？」

她站到床上，用手掌摸著他短如尖釘的頭髮，邊摸邊笑，卻突然停下動作，「這些是什麼？」

她看見奧迪的疤了。他把頭髮剪得這麼短，傷疤自然也變得明顯。凱西從房間另一頭走來，用雙手將奧迪的頭轉向燈源，發現他整顆頭就像打碎後又黏回來的花瓶，而且前臂上的疤痕更多，一條條都猶如被壓扁的灰色蠕蟲般，爬滿他的肌肉——是他捍衛自己時受的傷，是監獄送他的紀念品。

「是誰把你弄成這樣？」

「我沒有記他編號。」

凱西將他推開，走進浴室替思嘉莉洗澡，等到女兒開始在浴缸裡玩水後，才出來坐到奧迪對面的床上，雙手交握在大腿上，盯著已穿了長袖上衣來遮住前臂的他。

「現在是什麼狀況？」

奧迪抬起頭來，試圖理解她的問題。

「你老是戴著墨鏡和帽子，每次經過監視錄影機都要低頭，現在又剪了頭髮，難道你是逃犯嗎？」

奧迪吐了一口氣，幾乎放下心來，「有些人在找我。」

「誰在找你？毒販？幫派？討債的？還是警察？」

「說來話長。」

「你有傷害任何人嗎？」

「沒有。」

「你有犯十誡中的任何一條嗎？」

「沒有。」

凱西嘆了口氣，像個小女孩般用一隻腳踩住另一隻。由於她的金髮顏色很淺，較深色的眉毛看起來就像畫上去的，顯眼地在她說話時揚起落下。

「你對我說謊，偷我的車就已經夠糟了……」

「我不是壞人。」

「但你的行為很像。」

「像不代表我就是。」

這時，裹著浴巾的思嘉莉出現在浴室門口，一頭捲髮因蒸氣而軟塌。

「媽咪，我不想睡車裡，我們不能待在這嗎？」

凱西猶豫了一會兒後，將女兒拉到身旁抱住，還用雙腿夾著她，彷彿她是氾濫河川中的一棵樹似的。她望越女兒裸著的肩膀，看了奧迪一眼。

「只能再一晚。」

16

萊恩．瓦德茲通常不會把警車開回家，他喜歡開小貨卡，雖然在多數鄰居都開ＢＭＷ、賓士或豪華休旅車的伍德蘭市顯得有點窮酸，但他覺得這樣比較低調。

珊蒂說他開小貨卡時很像鄉巴佬。

「大概我真的就是鄉巴佬吧。」

「不要講這種話。」

「為什麼？」

「不然你會永遠都無法融入大家的。」

對珊蒂來說，融入社區是件非常重要的事，瓦德茲有時都覺得比起貨卡，他那身制服更讓老婆覺得難為情。也不是說鄰居不尊重警察，不覺得警察的工作重要，但這不代表他們會想和郡上的警長有社交往來，就好像正常人不會想跟幫自己看直腸的醫生吃飯一樣，其中自有一條隱微的界線。

瓦德茲花了一年的時間才拿到鄉村俱樂部的會員資格，而且還是靠著他姨丈維克多．皮爾金頓的人脈，才得以加入。在那之前，他和珊蒂曾多次舉辦烤肉派對和品酒之夜，她還發起讀書會，但不管兩人怎麼做，都等不到入會邀請。住在伍德蘭市就跟重讀高中沒兩樣，但身邊不再是書呆子、四肢發達的運動員、樂團怪咖和啦啦隊，而是社交名流、空巢期夫婦、鄉村俱樂部會員，以及擁護共和黨的愛國主義者和支持民主黨的社會主義者，瓦德茲實在不曉得該如何融入。

他開進車道，一邊等車庫的門打開，一邊掃視鋪著木板瓦和磚頭的尖屋頂——這浮誇的玩意兒可是花了他一百多萬啊。長型拱窗反射著午後的陽光，草坪上滿是蔭影，猶如一灘灘的油。

他走進屋內，喊了幾句，以為沒人在家，從冰箱拿了罐啤酒，走上露臺後，才發現兒子在泳池裡。麥克斯輕鬆地游著自由式，接著翻過身來，盯著天空游仰式，水不斷刷下他的肩。游到彼端後，他停下動作，站起身來。

「嗨。」

麥克斯沒理他。

「你媽呢？」

他聳聳肩。

瓦德茲很努力地想再多問幾句，卻怎麼也想不透為什麼跟麥克斯說話變得這麼難。他的青少年兒子走出泳池，用綁紗籠的方式將毛巾圍到腰間。傍晚的陽光為草坪罩上一片金黃，麥克斯坐到躺椅上，啜著一個顏色很鮮麗的鋁罐。

「她有說晚餐去哪吃嗎？」瓦德茲問。

「沒。」

「那我來準備吧。」

「我要出門。」

「去哪？」

「托比家，我們要做生物報告。」

「為什麼不叫托比來？」

「東西在他那邊。」

「我認識這個托比嗎？」

「我不知道。爸，你認識托比嗎？我得問問他。」

「跟我講話不要這樣。」

「怎樣？」

「你自己知道。」

麥克斯聳了聳肩，一副完全聽不懂父親在說什麼的樣子，瓦德茲一時理智斷線，抓住他頭髮，扯得他立正站好，自己則瞇起雙眼，好像透過花窗玻璃在看世界似的。

「你以為你可以這樣跟我講話是不是，我給你地方住，讓你有東西吃，付你的電話費，買衣服給你穿，買電腦放在你房間，所以你最好放尊重一點，不然我他媽的就把你淹死在泳池裡，聽懂了沒？」

麥克斯忍著淚點點頭。

瓦德茲將他推開後，立刻就羞愧得想道歉，但麥克斯已走進泳池旁的小屋，關上門要沖澡了。瓦德茲一面咒罵自己，一面將啤酒罐丟到草坪中央，罐子彈了幾下，開口處溢出白沫。**那孩子竟敢挑釁我，靠，他憑什麼！**現在他一定會跑去找他媽告狀，把事情弄得不可收拾，因為她老是幫麥克斯，這次也不會例外。要是那小子態度軟化一點，對他尊重一點就好了。父子倆現在根本再也沒有交集，不會一起看遊騎兵隊的棒球賽，不會一起打Xbox，也不會一起笑珊蒂廚藝差了。

他突然憶起兒子從前的樣子。麥克斯小時候會戴著牛仔帽，牽著他的手，父子倆是最好的朋友，相當親近，也常一起搗蛋——想到這他的氣就消了。麥克斯不是故意的，畢竟他現在十五歲啊，青少年都是這樣，老愛反抗父母，考驗父母的極限。瓦德茲在那個年紀時，最喜歡頂嘴或發表一些自以為是的言論，然而父親也毫不退讓、容忍，導致兩人的關係變得很糟。

根據珊蒂的說法，這是每個孩子都必經的階段，她說賀爾蒙作祟嘛，青春期都是這樣，總有些同儕壓力，也會開始對女孩子感興趣。為什麼麥克斯不像其他青少年一樣，一天自慰個四次呢？這樣問題還好解決，瓦德茲可以帶他去比較乾淨的妓院，讓他爽幾回。珊蒂總叫瓦德茲要多跟兒子相處互動，他每次聽了都在心裡偷笑，要是他帶麥克斯去轉大人，她一定會大發雷霆。

這時他聽見門滑開的聲音，轉過身去。珊蒂走上露臺抱住他，她的頭髮有些凌亂，整個人香汗淋漓，散發一股性感的氣息。

「妳去哪了？」他問。

「健身房。」

他聽見頭頂傳來鷹隼的叫聲，也或許是鶚鳥。他抬頭用手擋光，但只看得出形狀。

「我今天有打給妳，但妳手機都沒開，」他說。

「我昨晚關機之後就不知道把手機放到哪去了。」

麥克斯踏出小屋，走上草坪，在珊蒂臉上親了一下。她替他整理濕髮，問問他學校的狀況，有沒有功課？要去托比家啊？沒問題，別太晚回來哦。

晚些時候，瓦德茲坐在廚房的長椅上，看著珊蒂煮飯。她留著金色短髮，尾端有捲度，藍綠色的眼睛散發一股謎樣的氣息，男人總會多看幾眼。她當初到底為什麼會答應嫁給他呢？瓦德茲希望是因為她愛他，也希望那份愛還存在。

「我下星期想帶麥克斯去露營。」

「他又不愛戶外活動，你也知道的。」

「妳記得有一次放假我們一起去優勝美地嗎？麥克斯當時大概七歲吧，那次他超開心的。」

珊蒂往他頭頂親了一下，「你別把這事看得太重了，放鬆點。」

瓦德茲望出露臺的門，看見兩隻鴨子降落在泳池裡。他不想放棄，他多麼希望自己能讓時光倒流，讓麥克斯變回從前那個踢踢球、玩玩捉迷藏就很開心的孩子。

「給他一點時間，」珊蒂說，「他也不想這樣，現在的他不是真正的他。」

「不然妳覺得真正的他應該是怎樣？」

「是我們的兒子。」

飯後兩人肩並肩地坐在前廊的鞦韆上，珊蒂將古銅色的腿縮到臂彎內，用拇指和食指間那支細小的刷子塗趾甲油。

「今天工作如何？」她問。

「沒什麼大事。」

「你不告訴我你大老遠開車去萊弗歐克郡是為了什麼事嗎？」

「我去打探消息。」

「打探誰的消息？」

「一個就要出獄的囚犯，他在服滿刑期的前一天逃獄了。」

「他幹嘛在出獄前逃跑？」

「這不是重點。」

珊蒂把腳放下來，轉身面向他，等他解釋。

「妳記得之前那件運鈔車搶案嗎？就是當時活下來的那個傢伙。」

「你射中的那個？」

「對，我一直很努力想讓他繼續關，但假釋委員會決定放他出來，所以就算他沒逃走，現在也已經出獄。我去監獄是想找典獄長談，但帕瑪已經跑掉了。」

珊蒂坐直身子，瞇起眼睛，「他會威脅到我們嗎？」

「他現在大概已經在墨西哥了。」

瓦德茲將珊蒂擁進懷裡，她靠在他肩上，把他的手握在自己胸口。他本來已決定先把這件事擱著，卻不知怎麼地又拿出手機，開始滑相簿。

「帕瑪長這樣，」他邊說邊將最近的照片拿給珊蒂看。

她雙眼圓睜，「我看過他！」

「什麼？」

「就是今天，在我們家外面，」她結巴地說，「他在跑步，還說剛搬到轉角，我以為是沃特克家以前住的房子。」

瓦德茲站起身來，思緒紊亂地在屋內走來走去，並透過窗簾縫隙偷偷往外看，接著又將門窗的鎖全部檢查過一遍。

「他有交通工具嗎？」

珊蒂搖頭說沒看到。

「他還說了什麼？」

「說他妻子過世……還說他是來查帳的。他跑來這裡做什麼？」

「我買給妳的那把槍呢？」

「在樓上。」

「去拿來。」

「你這樣讓我很害怕。」

瓦德茲用手機撥了個號碼，電話轉到總機後，他留話請上級對奧迪．帕瑪發布全境通緝，並增派巡邏車到他們的社區。

「但你不是說他應該已經在墨西哥了嗎？」珊蒂說，「結果他又跑來我們家，為什麼？」

瓦德茲已拿她的槍裝上彈匣，「從現在起，妳去哪都要帶著。」

「我才不要帶槍。」

「照我說的做就對了。」

他抓起鑰匙。

「你要去哪？」

「去找麥克斯。」

17

下了湯姆．藍卓理高速公路後，立刻就能看到蔭橡汽車旅館，那棟建築跟非洲獵裝一樣，功能性很強，很實用，但也醜得不得了。摩斯將破爛的藍色小貨卡停在房間外，沖了澡後躺在床上等克莉絲朵。她抵達時面帶墨鏡，身穿閃亮的黑色雨衣，一副在躲狗仔的樣子，摩斯一打開門，她便衝進他懷裡，雙腿纏到他腰上，狂熱地吻他，讓他抱著自己退進房間。

她環顧四周，「你就只能找到這種地方嗎？」

「這裡有按摩浴缸耶。」

「你是要我得霍亂嗎？」

他抓住她的手，「我要妳感受一下這個。」

她雙眼睜得老大，「我會被你給寵壞的。」

「奶油的硬如果不跟麵包的軟對比，就顯現不出來，剛好妳又有軟綿綿的麵包哦，寶貝。」

她笑著脫掉外套，解開他的褲子，「你怎麼會有這些衣服？」

「本來就放在我車裡的。」

「你還有車？」

「對啊。」

她將他推到床上，跨坐上去，接下來兩人都沒說話，只是盡情地流汗、消耗精力。完事後克莉絲朵走進廁所，摩斯則躺在床上，腰間蓋著一條毛巾。

「妳別太放鬆了，」他大喊。

「為什麼？」

「因為等我鬥雞眼恢復正常，我就要再來一次。」

克莉絲朵沖了馬桶後，躺到他身邊。她從雨衣口袋拿出一根菸點燃，插到他唇間，自己也點了一根。

「老天，都多久了？」

「十五年三個月八天又十一小時。」

「你有在算啊。」

「沒有，但差不了多少啦。」

克莉絲朵很想知道奧迪．帕瑪和那下落不明的幾百萬到底發生了什麼事，所以都沒插嘴，但聽到其中某幾段時仍皺皺眉清清嗓，彷彿想掩飾自己的天真似的。

「這些人到底是誰？」

「不知道，但他們一定很有辦法，才能把我放出來。」

「他們會把那些錢給你嗎？」

「他們是這麼說的。」

「你相信嗎？」

「不信。」

她躺在他臂彎裡，大腿纏在他腰上。

「那你要怎麼辦？」

摩斯抽了一口菸，吐出煙圈，那鬼魅的圓形一直往上飄，最後被冷氣的風吹散。

「找到奧迪．帕瑪。」

「怎麼找？」

「他媽住在魏斯特摩爾丘區，離這裡不到一哩遠。」

「要是她不知道呢？」

「那就問他姊。」

「然後呢？」

「拜託，妳這女人實在是，我還沒想那麼遠嘛，有點信心好不好，如果有誰可以找到奧迪，那就是我了。」

克莉絲朵還是不放心，「他是個怎樣的人？」

摩斯想了一下，「奧迪很聰明，是很會讀書的那種，但放到街頭上就嫌不夠精明了，所以我教他要隨時保持警醒，他也教我一些東西。」

「像是什麼？」

「哲學那類的狗屁啊。」

克莉絲朵咯咯地笑，「你懂什麼哲學？」

摩斯看她在笑，捏了她一把，「有一次我想寫信給上訴委員會，但寫得很挫折，我就跟奧迪說：『我唯一知道的事，就是我什麼都不知道』，結果他說我引用了一個知名哲學家的話，好像是個叫蘇格拉底的傢伙。奧迪說真正有智慧的人會對萬事萬物提出疑問，我們唯一可以確定的事，就是我們從來無法確定任何事，」他看著克莉絲朵，「妳覺得合理嗎？」

「不合理，但聽起來很聰明。」

克莉絲朵滾向床靠近她的那一側，將菸按熄在菸灰缸裡，一縷煙霧從壓皺的菸蒂下飄出。她抓起摩斯的手，發現他沒戴結婚戒指，於是坐直身子，將他的手指往後拗，拗到他痛得大叫。

「在哪？」

「什麼在哪？」

「你的結婚戒指。」

「我被關禁閉時他們收走，之後就沒再還回來了。」

「你有好好拜託他們嗎？」

「寶貝，我可是拚了命想搶回來。」

「你不是在給我裝單身吧？」

「當然不是。」

「要是讓我發現你偷吃，我就把小摩斯砍掉，丟去餵狗，你聽清楚了嗎？」

「很清楚，克莉絲朵。」

18

手機震越大半張餐桌，要不是FBI探員黛瑟蕊．弗尼斯及時接起，早掉到地上了。打來的是她老闆，他聲音沙啞，聽起來半睡半醒——這傢伙就是不愛早起。

「**奧迪．帕瑪昨天早上去了伍德蘭市。**」

「誰看到的？」

「**一個警長的老婆。**」

「他去伍德蘭市幹嘛？」

「**慢跑。**」

黛瑟蕊抓起夾克，將手槍放進背帶式槍套，邊吃吐司邊匆匆跑下外頭的樓梯，順便對住她樓下，老愛從窗簾縫隙偷偷觀察她行蹤的房東薩克維爾先生揮揮手。時值上班時間，車潮壅塞，她往反方向朝北邊開去，二十分鐘後停在一幢樹木半掩的大房子前，看見車道上停著一臺警車，裡頭兩個身穿制服的員警在玩手機遊戲。

黛瑟蕊習慣性地挺挺胸，希望自己走到大門前亮警徽時，看起來可以高一點。她的瀏海太短，夾不起來，一直蓋到其中一隻眼睛——雖然有警告髮型師不要剪太多，但他就是不聽。

珊蒂．瓦德茲打開還扣著鎖鍊的門，從六吋寬的門縫說話。她穿著緊身上衣和萊卡內搭褲，腳上則是踝襪和多功能運動鞋。

「我先生帶麥克斯去上學了，」聽那口音，就知道她大概是受過教育的南方女人。

「我是來見妳的。」

「我已經把知道的都告訴警方了。」

「如果妳也能花時間跟我談談的話，我會非常感謝的。」

珊蒂拉掉門鍊，陪著黛瑟蕊進日光室。看她這體型，應該是穿十號，一頭金髮，皮膚光滑，是個美人。屋內的裝潢很有品味，不過隱約能看出規劃的人太想趕流行，可能費心看了許多室內設計雜誌，卻沒有訂定主題。

茶點端了上來……又被婉拒，有那麼個片刻，兩個女人似乎都不知道還有什麼話題可以閒聊了。黛瑟蕊環顧日光室，彷彿在考慮要不要出價似的。

珊蒂注意到黛瑟蕊的鞋。

「妳穿這鞋，腳和背一定很痛吧。」

「我習慣了。」

「妳多高啊？」

「不算高，但也不會太矮，剛好。」黛瑟蕊說完切入重點，「你跟奧迪．帕瑪聊了些什麼？」

「聊社區的事，」珊蒂說，「他說他剛搬到我家轉角，我因為覺得他很可憐，所以叫他加入鄉村俱樂部交朋友。」

「為什麼？」

「他說他太太過世了。」

「還有呢？」

珊蒂試著回想，「他說他來幫公司查帳，我還以為他是搬進沃特克家的舊房子了。你們會抓到他的，對吧？」

「我們會盡力。」

珊蒂點點頭，但看起來不太放心。

「還有其他人看到他嗎？」

「我兒子麥克斯。」

「當時他人在哪？」

「在車庫外溜滑板。我買完東西回來時，就看到帕瑪站在車道旁邊伸展。」

「麥克斯有跟他說到話嗎？」

「那時還沒。」

「什麼意思？」

「麥克斯後來去離這裡不遠的繆思街溜滑板時，又有看到帕瑪，他坐在公園的長椅上。這些我全都告訴過其他警探了，」珊蒂開始擰起放在大腿上的雙手。「萊恩今天原本想讓麥克斯待在家，但送去學校還是比較安全，對吧？畢竟我們得處變不驚才行啊，麥克斯還沒完全長大，我不希望他覺得世界上到處都是壞蛋。」

「妳這麼做絕對是正確的，」不太習慣這種姊妹談心式對話的黛瑟蕊說。「妳在昨天以前有見過奧迪・帕瑪嗎？」

「沒有。」

「那妳覺得他跑來你們家是為什麼？」

「原因不是很明顯嗎？」

「我倒不太明白。」

「因為萊恩開槍射了他啊，大家不都知道嗎？奧迪・帕瑪頭部中了一槍，沒死實在不應該，再不然也要送上電椅處死啊，這樣不就省了所有人許多麻煩嗎？胡亂處死人我是不贊成，但老天啊，他害死了四個人耶！」

「妳覺得奧迪・帕瑪想報仇？」

「對。」

「他的行為舉止如何？」

「什麼意思？」

「從他的表現中看得出不安、壓力或憤怒嗎？」

「他流了很多汗，但我當時想說應該只是因為剛跑完步。」

「還有呢？」

「他看起來很放鬆……一副無憂無慮的樣子。」

而身在不到兩哩遠處的萊恩．瓦德茲將車開進校門，關掉收音機。每次聽到有人打電話進廣播節目，滔滔不絕地發表成見，公然宣傳自己的無知，他都覺得很驚奇，這些人難道都沒別的事可做嗎？不然為什麼一天到晚只會挑嫌事情的現狀，緬懷「從前那些好日子」，難道時間醇化了他們的記憶，讓醋也釀成酒了？

「說好嘍，下課後等我們來接，不要自己走，也不要再跟陌生人說話……」

麥克斯拿掉一邊的耳機，「所以這傢伙到底做了什麼事？」

「不重要。」

「我覺得我應該知道一下。」

「他偷了很多錢。」

「多少？」

「很多。」

「結果被你逮到？」

「對。」

「你有對他開槍嗎？」

「他有中槍。」

麥克斯一副真心覺得很厲害的樣子，「所以他現在要回來找你算帳？」

「沒有。」

「不然他跑來我們家幹嘛？」

「這個就讓我來操心吧，還有，別去問你媽什麼，免得她心煩。」

「這個叫奧迪．帕瑪的傢伙很恐怖嗎？」

「對。」

「他看起來不是很危險。」

「外表會騙人，他可是殺人犯啊，你要記得。」

「你是不是應該讓我帶把槍啊？」

「你不能帶槍上學。」

麥克斯嫌惡地嘆了口氣，打開車門，加入湧進校門的大批學生。瓦德茲看著他走進去，心裡還希望他會回頭或揮手，結果沒有等到。

麥克斯走到看不見人影後，他拿出手機，打到德菲斯郡警長辦公室找最資深的副警長漢克．波亞克，要他聯絡休士頓和周遭郡內的所有派遣中心。

「如果有人看到奧迪．帕瑪的話，一定要立刻通知我。」

「還有別的事嗎？」漢克問。

「有，我今天不會進辦公室。」

19

計程車在赤陽直照下穿梭在高速公路的車陣中，奧迪望出有色窗戶，凝視著一大片毫無靈魂的小型商場、紅磚房舍，和屋頂架有帶刺鐵絲網，窗外裝有欄杆的預製倉庫。休士頓什麼時候也變得這麼沒文化了？這城市一向很詭異，和洛杉磯一樣，由許多社區組成，居民通勤上班，彼此之間卻幾乎沒有互動。兩個城市唯一的差別在於，休士頓是終點，而洛杉磯只是人們在抵達理想目的地前，暫時停留的落腳處罷了。

計程車司機是外國人，但奧迪看不出他是從哪來的，**大概是某個悲慘的國家吧**，他忖度，那裡可能是獨裁者或狂熱分子當道，也可能是飢荒肆虐。司機膚色很深，與其說是古銅，不如說是橄欖色，髮線退得很高，幾乎要退到後腦勺；他搖下前後座之間的隔板想聊天，但奧迪不感興趣，他的思緒已飄到自己把卡爾留在三一河岸時的情景。

人生總有面臨重大抉擇的時刻，幸運的人得以自己選，但通常上天都已經替我們決定好了。奧迪帶著警方和醫護人員回到河邊時，卡爾已經不在那兒，他沒有留下血淋淋的繃帶，也沒有留下隻字片語來表達歉意。奧迪很清楚是怎麼一回事，但沒有告訴任何人，因為他不想讓父母蒙羞，至於卡爾的顏面，他倒沒那麼在意。警方以浪費公家資源為名，又拘禁了他十二小時，之後才放他回家。

幾個星期過去，卡爾的名字也從頭條消失。奧迪一月回大學上課時，院長把他叫到辦公室去，說他是殺警案的「犯罪嫌疑人」，所以獎學金被撤回了。

「可是我沒有做錯任何事啊，」奧迪說。

「這我相信，」院長說，「等到警方釐清案情，找到你哥後，你就可以重新申請獎學金，到時招生委員也會重新評估你的資格和品行。」

奧迪把東西打包，領出積蓄，買了臺便宜的車往西岸開，拋下過去，迎向未知的將來。那臺福斯Caddy轟隆作響、乒乒砰砰地駛越一千五百哩，總是一副快撐不住的樣子，卻又展現驚人的求生意志，雖然一般認為有感知的生物才會為生存奮鬥，但那臺車不遑多讓。奧迪以前從沒見過海濱日落和真人衝浪，但在加州南部都見識到了，他去了著名的貝來爾、馬里布和威尼斯海灘等地，親眼欣賞到電影裡和電視上的風景。

西岸的一切實在很不一樣，女人只擦助曬油和保濕產品，身上完全聞不到薰衣草或爽身粉的氣味，她們愛聊自己的事，對物質、靈性、精神療法和流行風尚也很著迷；至於男人則都是一身古銅色肌膚，有些留著濃密滑亮的頭髮，有些將髮絲依著頭型往後抹油，上衣一件要價一百，鞋子一雙三百，職業形形色色，有毒販、騙子、演員、作家、搬家工人和酒保，也有人成天吸毒、作夢。

奧迪一路向北，最遠曾開到西雅圖，途中當過酒保、保鑣和包裝工人，也摘過水果、送過快遞，住宿就靠廉價的汽車旅館或旅社，偶爾也跟女人回家。流浪了六個月後，他走進聖地牙哥北方二十哩的厄本·科維脫衣夜總會，裡頭暗如洞穴，只有舞臺打著聚光燈，臺上有個肉都擠到內褲上的蒼白女孩正用大腿磨蹭銀色的鋼管，而臺下那十多個身穿西裝的男子有些拱她表演，有些假裝沒在看；多數觀眾都是男大學生，以及想在日本客戶面前力求表現的上班族。

加州南部的女孩似乎很享受這份工作，她們使出經典招式，旋來轉去、壓低身體，讓觀眾把鈔票塞進丁字褲和內衣肩帶裡。

俱樂部經理上衣的口袋中插著梳子，油頭往後梳得一條一條，看起來很濕，猶如剛犁過的田。

「你們缺人嗎？」奧迪問。

「我們不需要玩音樂的。」

「我不是玩音樂的，我可以做吧臺。」

經理拿出梳子，由前往後將頭髮梳過一遍，「你幾歲？」

「二十一。」

「有經驗嗎？」

「有過一些。」

他叫奧迪填了一張表格，說他可以無酬值班一輪當作試用，而奧迪也成功證明自己工作勤奮，他不喝酒，不抽菸，不吸毒，不賭博，也不勾搭店裡的女孩子。

除了酒吧和夜總會附設的房間外，厄本．科維還擁有隔壁的墨西哥餐廳和對面的加油站，這兩樁生意都能吸引家庭光顧，讓他用來洗非法活動賺到的黑錢。奧迪幾乎每天都從晚上八點開始工作，凌晨四點才休息，晚餐就在墨西哥餐廳先吃。餐廳後院有個爬滿葡萄藤的棚子，灰泥牆邊堆滿葡萄酒瓶。

開始新工作兩週後，奧迪注意到停車場內有臺車牌塗黑的車，裡頭坐著三個人，於是報了警，並將收銀機內的錢全部清空，藏到蒸氣盤下。隨後車上的男人戴著滑雪面罩，手持削短型霰彈槍進來了，奧迪認出其中一個人的刺青，那傢伙正在跟一個舞孃交往，老是到處巡視，不讓客人和她調情示好。

奧迪將雙手舉到空中，客人們紛紛躲到桌子底下，鋼管旁的舞孃也交叉雙腿，遮起胸部。

持槍歹徒發現收銀機裡只有幾個錢後大發雷霆，刺青男把槍指向奧迪，但他努力地穩住陣腳，這時警笛傳來，槍聲響起，一發子彈震碎了吧臺上的鏡子，沒有人受傷。

厄本．科維在凌晨抵達，臉上還印著枕頭的皺褶。經理告訴他事發經過後，他將奧迪叫到辦公室。

「小子，你哪裡人？」

「德州。」

「你之後要去哪？」

「還不曉得。」

厄本搔搔下巴，「你這年紀的孩子總得決定自己想要什麼，不想要什麼吧。」

「從現在起，你就是我的司機了，」他將黑色吉普Cherokee的鑰匙丟給奧迪，「除非我有另外吩咐，否則每天早上十點來接我，我要你辦事，你就乖乖跑腿，我要你送我回家，你就照做，我會把你的薪水加成兩倍，但你每天要二十四小時待命，如果必須睡車裡才能隨傳隨到的話，你也得照睡。」

「有的，老闆。」

「你有駕照嗎？」

「嗯。」

奧迪點點頭。

「現在送我回家。」

奧迪就這麼開始了這份新差事，並住到酒吧樓上，那房間壓在屋脊下，幾乎不比走廊寬，但反正是工作免費附贈的。房裡除了外頭射入的天光外，只有一堆粗糙的松木和他疊在角落的書和帆布袋。他心裡一直抱持著些許希望，覺得某天或許還能完成學業，所以一直留著工程學課本。

奧迪載厄本去開會，到機場接人，拿乾洗好的衣物，也負責送包裹——他就是去厄本家拿信封時遇見貝莉塔的。他當時還不知道她是厄本的情婦，知道後也不在乎，因為他一見到她，體內就湧現一股前所未有的奇異感受，他的血液開始逆流，反向竄經心臟瓣膜後，已不再是涓涓細淌，反而猛烈地傾瀉到他的四肢，接著又再往回奔騰。

有時註定要改變我們一生的人出現時，我們就是感覺得到。

20

摩斯逐漸聽出外頭的鳥囀和隨意又有朝氣的單車鈴聲。過去十五年來，每天清晨迎接他的都是撞擊、打嗝、咳嗽聲和放屁聲，新的一天從未帶來新的曙光，窗戶永遠都還是他頭上那個小正方框。**現在這樣醒來好多了**，他心想，美中不足的是身旁的床位沒有人——克莉絲朵早些時候已經先開車回聖安東尼奧了，此刻摩斯仍能感受到她跨坐在他大腿上的重量。她和他吻別，叫他要小心。

他將雙腿甩到地上，微微拉開窗簾，從縫隙間觀察停車場。達拉斯的幾座高樓矗立在遠處，邊角反射出陽光，因而閃閃發亮。摩斯好奇地在想有錢人會不會也讀過聖經，知道財主進天國比駱駝穿針眼還難的道理，所以才沒試著建造通往天堂的樓梯。

沖完澡，刮過鬍子，並換好衣服後，摩斯往北開向魏斯特摩爾丘區。那兒的街道上大都是廉價的小木屋，比屋前那些撐在空心水泥磚上或被火燒爛的車都還不值錢；不過殘破的街上仍存在些許希望，不時會出現幾棟新建築或預製倉庫，但每面乾淨的牆上都有人塗鴉，每扇完整的窗都有人用石頭砸破。

摩斯把車停在辛戈頓大道上。車旁那家便利商店二樓的窗戶全封了起來，一樓的窗外則架有粗到讓人看不清玻璃內側海報的鐵欄杆。

他走了進去，一聲叮咚隨之傳出。店裡的箱子從地上堆到屋頂，用塑膠膜捆著的紙棧板裡放著各種罐頭，有豆子、玉米，也有迷你胡蘿蔔，其中某些標籤上印的是外語。收銀臺後面的那個女人坐在大扶手椅裡，蓋著方格毯子在看一則介紹產品的廣告，電視上有對情侶正微笑著將蔬菜放進果汁機。

「**把其他廚房家電都丟掉吧，有這臺就夠了，**」主持人微笑著說。

「**這實在太神奇了，史提夫，**」電視上的女人說。

「**沒錯，布麗安娜，這是廚房裡的奇蹟，連神在天堂都用這臺來榨汁。**」

現場觀眾笑了，摩斯不知道為什麼。

「你要找什麼？」女人問話時眼神完全沒離開螢幕。她大概五十多歲，銳利的五官全擠在臉中央。

「我想問地址。我朋友以前住這附近，我在想他母親應該還沒搬走。」

「他母親叫什麼名字？」

「艾琳．帕瑪。」

摩斯看不見女人的下半身，但看得出她在摸東西，接著屋子深處便傳出一聲鈴響。

「你要找艾琳．帕瑪？」

「對。」

「我不認識叫這名字的人。」

「妳知道我是怎麼看出妳在說謊的嗎？」摩斯說，「妳回答前先重複了問題，扯謊的人都會這樣。」

「你覺得我說謊？」

「妳看，用問題回答問題，這又是另一種策略了。」

她的眼睛瞇到幾乎不見，「不要逼我報警。」

「太太，我不想找妳麻煩，妳只要告訴我艾琳．帕瑪在哪就行了。」

「她已經夠可憐了，你不要再去煩她，孩子做的事，不該由母親負責。」

她抬高下巴，一副要看摩斯敢不敢回嘴的樣子，這時一個男人出現在門口，他只穿著一條棉褲，身上有刺青，大概二十多歲，肌肉結實，渾身散發著態度。

「媽，怎麼了？」

「他要找艾琳。」

「叫他滾遠一點。」

「我已經跟他說過了。」

摩斯首先注意到的，是插在他棉褲鬆緊帶裡的那把大型自動手槍。

「我跟奧迪．帕瑪是朋友，」摩斯說，「我有口信要帶給他媽。」

「你可以跟我們說，我們會轉告她。」

「但他要我親自跟她說。」

叮咚，一個皺紋多得像枯萎紅玫瑰的黑人婦女走進店裡，摩斯替她壓住門，她向他道謝。

「諾琳，妳要什麼？」女店主問。

「先幫這個年輕人吧，他先來的，」她指向摩斯說。

「他正要走。」

摩斯決定不跟她爭。他走出店外，躲到陰影下，等著剛才那個老女人。之後她拖著一輛塑膠輪子的格呢菜籃車出來了。

「太太，我幫妳吧？」

「我自己來就行了。」

她拖步經過他身旁，走上裂紋遍佈的人行道，摩斯跟了她三十碼後，她停下腳步。

「你是想搶劫我嗎？」

「不是的，太太。」

「那你跟蹤我做什麼？」

「我要找艾琳．帕瑪。」

「這樣啊，不過我又不是她。」

「我知道。我是她兒子的朋友。」

「哪個兒子？」

「奧迪。」

「我記得奧迪，他以前會幫我除草、清院子，都在我家旁邊上下校車，是個聰明的孩子，非常機靈，而且總是很有禮貌，從不惹麻煩……不像他哥。」

「卡爾嗎？」

「你認識他？」

「不認識，太太。」

她搖搖頭，燙得非常小捲的銀髮看起來像黏在她頭上的一團鋼絲棉。

「卡爾胎位不正，生下來就是災禍，你懂我意思嗎？」

「不是非常懂。」

「他一天到晚都在惹麻煩，害他父母操煩得不得了。他爸以前在辛戈頓大道上開修車店，但跟很多工廠一樣，都已經收掉了。其實像那座煉鉛爐啊，關了最好，不然只會毒害這裡的孩子，你知道鉛對兒童有什麼影響嗎？」

「不知道，太太。」

「會讓他們變笨。」

「原來如此。」

水泥地凹凸不平，她拖得很費力，摩斯像提行李箱般，一把將菜籃車抓了起來，替她拿著。

「所以卡爾發生了什麼事？」

諾琳皺眉，「你不是說你跟奧迪是朋友嗎？」

「他從來不提他哥的。」

「這是別人家的事，我實在不想跟你多談，因為我不是那種愛八卦的長舌婦。」但話才說完，她便立刻開始告訴摩斯要避開某些她稱作「不良分子」的人。

「這一帶有些卑鄙又危險的不良分子，你聽過『毒鱷男孩幫』嗎？」摩斯搖搖頭，「他們專招青少年去販毒，幫主到哪都牽著一隻短吻鱷，是活生生的那種哦，像寵物狗一樣，我真希望那隻鱷魚把他的腿咬斷。」

她靠到摩斯的手臂上，停下來喘氣，這時她注意到他的刺青。

「你坐過牢。所以你就是在裡頭認識奧迪的嗎？」

「沒錯，太太。」

「你是想找那筆錢嗎？」

「不是。」

她一臉懷疑地打量了他一番。這時兩人已走到一棟沒上漆的小木屋大門外，屋前有片整齊的花園。她接過菜籃車，走上門前小徑，把車子拖上門階，踏上狹窄的前廊，拿出鑰匙，打開紗門。門正要關上時，她轉過身來。

「艾琳．帕瑪搬去休士頓跟她妹妹住了。」

「妳有地址嗎？」

「可能有，你在這等一下，」老女人消失在黑暗的屋內，摩斯一度覺得她可能是去報警。他的眼神沿著沒有路肩的街道飄向種著一排松樹的遊戲場，鞦韆已經壞了，還有人把髒爛的床墊丟在方格攀爬架下面。

這時紗門打開，一隻手伸了出來，手裡握著一張有香味的便條紙。

「艾琳聖誕節時有寄卡片給我，這是上面寫的寄件人地址。」

摩斯接過紙條，鞠躬道謝。

21

計程車將奧迪載到德州兒童醫院，司機接過錢後數了數，說他服務好，應該拿點小費，奧迪叫他不要對媽媽那麼兇，結果卻招來會讓所有母親都皺眉的回應。

奧迪到對街買了咖啡和丹麥麵包後，坐到水泥護柱上往醫院大門口看。值夜班的護士三三兩兩地要回家睡覺，來換班的則頂著濕髮抵達，每個都穿著平整的長褲和渦旋印花布做成的上衣。奧迪舔舔手指上的麵包屑，從紙杯邊緣偷看熟悉而漂亮的波娜黛特。她衣服上掛著兩張識別證，因為一直覺得自己太高，所以走路時有點駝背。

從小到大，奧迪跟姊姊一直沒什麼共通點，因為她大他十二歲，老是一副什麼都知道的樣子。奧迪記得他第一天上學時，就是波娜黛特帶他去的，她幫他血淋淋的膝蓋貼OK繃，還為了制止他搗蛋而撒了些謊，告訴他雞雞玩一玩會斷掉，還說如果他同時打噴嚏、放屁和眨眼的話，腦袋就會爆炸。

奧迪壓低棒球帽，遮住眼睛，遠遠地跟著波娜黛特走進醫院。她踏入一臺人擠人的電梯，搭到九樓，期間奧迪一直低著頭，假裝在看手機簡訊。波娜黛特消失在護理站內後，奧迪很沒安全感地等在走廊末端，後來發現附近有扇標示著「來賓止步」的門，便偷溜進去，找到一間更衣室。他把棒球帽塞進口袋，從衣架上拿了件醫師白袍，還在脖子上掛了個聽診器，心中一面祈禱待會兒不要有人叫他做CPR或通氣道，最後從病床的掛鉤上拿了記事板，走上迴廊，一副知道自己要去哪的樣子。

波娜黛特在一間空房內整理病床。床單被她用力地卡進床腳，繃得像鼓皮。這樣的鋪床方式是母親教她的，奧迪記得床單讓她們整壓過後，都緊得幾乎必須用撬棍才撐得開。

「嗨，姊。」

她皺著眉直起身子，胸口抱著一個枕頭，接著她頭一歪，臉上浮現千百種情緒，彷彿不敢相信雙眼所見，一副有點怕他的樣子，也或許是震驚於自己竟然會害怕弟弟吧。但接著她的心似乎融化了，她走上前來，用力地抱住他，奧迪聞著她頭髮的味道，童年回憶也瞬間湧上心頭。

她輕撫他臉頰，「假扮醫生是違法的，你知道吧。」

「這是我現在最不需要擔心的問題了。」

她將他推離開著的門，把門關上，用手指撫過他因頭髮剃短而露出來的傷疤，「太離譜了，」她說，「你到底是怎麼活下來的？」

奧迪沒有回答。

「警察有來找我，」她說。

「嗯，不意外。」

「奧迪，為什麼？你都只剩一天了。」

「原因還是不要告訴妳比較好。」

房裡只有冷氣低沉的聲響，波娜黛特沒綁進包頭的一縷髮絲被風吹動，奧迪注意到些許灰白。

「現在不愛漂亮了嗎？」

「不染頭髮了。」

「拜託，妳才幾歲啊？」

「四十五。」

「那還不算老啊。」

「你自己這個歲數時就知道了。」

奧迪問她過得如何，她說還算不錯；對於各自的境遇，兩人都不知該從何講起。波娜黛特已完成離婚手續，她前夫深情、聰明又成功，偏偏是個酒鬼，喝醉就會施暴，還好酒精總讓他失去準頭，而且她也知道該如何處理傷口。她現在的男友是鑽油井的，兩人同居，但不打算生小孩。「就說我太老了嘛。」

「媽還好嗎？」

「病還是沒好啊，現在在洗腎。」

「不能換腎嗎？」

「醫生說她可能撐不過去，」她又開始整理床鋪，但眼眶突然濕了起來。「你回來做什麼？」

「我還有些事要做。」

「我不相信你搶了那臺運鈔車。」

他捏緊她的手，「我需要妳幫忙。」

「別跟我要錢。」

「那要車可以嗎？」

波娜黛特將雙手叉到胸前，雙眼充滿疑惑，「我男朋友有一輛就算不見，我大概也要一星期才會發現的那種車。」

「在哪？」

「停在路邊。」

「鑰匙呢？」

「監獄的人沒教你怎麼用金屬絲發動車子嗎？」

「我不會。」

波娜黛特草草寫下她的地址，「我會插在車上。」

這時另一個護士出現了，是波娜黛特的上級。「一切都還好嗎？」她看門關著覺得奇怪，於是向她以為是醫生的奧迪問道。

「沒事，」他回答。

她點點頭，等在那兒，奧迪迎上她的目光，遲遲不把眼神移開，最後她終於尷尬地轉身。

「你會害我被開除的，」波娜黛特悄聲說。

「我還需要一樣東西。」

「什麼？」

「我留給妳的那些檔案——妳有印出來嗎？」

她點點頭。

「一兩天後我會打給妳，告訴妳該怎麼處理那些文件。」

「這樣我會不會被捲進去啊？」

「不會的。」

「我有辦法再見到你嗎？」

「大概不行。」

波娜黛特走開了幾步，又回過身來。她張開雙臂，緊緊抱住奧迪，緊到他幾乎無法呼吸。

「小弟，我愛你。」

22

凱西將行李重新打包了好幾次，卻仍然無法離開汽車旅館。她盯著兩張床之間的電子鐘，那滴答滴答的聲響在她腦海中迴盪，彷彿在逼她做決定。

史賓賽的帆布袋塞在床下。他真的叫史賓賽嗎？他頭上怎麼會有那些疤？能夠留下那種疤痕的，一定是非常猛烈的力量吧，想到這兒她不禁覺得有點不對勁。

思嘉莉用雙手撐著下巴，趴著在看《愛探險的朵拉》。雖然每集都看過，她還是很興奮，或許孩子就是喜歡先知道劇情的感覺吧。

凱西拉出帆布袋，開始檢查所有內袋，把隔層都拉開來搜，接著把在裡頭找到的筆記本帶進廁所，關門坐上馬桶，洋裝在她膝間展成一條吊床。她打開筆記本，一張照片隨之飄落，她從瓷磚地板上撿起，發現是個膚色很深的年輕美女捧著一束花，心中霎時一陣嫉妒，但不曉得自己為什麼有這種感覺。

她將照片用力地往書脊插，從頭開始讀。封皮內寫著一個名字：**奧迪．史賓賽．帕瑪**，下方則貼著價格條和註明三**河監獄**的標籤。

筆記本裡的字跡又小又密，很難讀懂，凱西再怎麼努力也只能勉強看完幾句。裡頭寫著許多什麼「對事實的感知」啊，或「對缺席的悲憫」，雖然不曉得是什麼意思，但讀起來像詩，音韻也像。

凱西拿出手機，檢視她從電話簿撕下來的一頁破紙。一個女人接起電話，似乎是照稿念詞：

「您好，這是德州犯罪防衛隊，所有通話內容都會保密，通報者也可以選擇匿名。我叫愛琳，請問您需要什麼協助？」

「你們給賞金嗎？」

「如果您提供的資訊有助我們逮捕或起訴重罪嫌犯，我們會提供金錢上的酬報。」

「多少？」

「金額要視罪行的嚴重程度而定。」

「最多是多少？」

「五千元。」

「如果我知道逃犯在哪呢？」

「犯人的名字是？」

凱西猶豫了一下，「應該是叫奧迪．史賓賽．帕瑪。」

「應該？」

「對。」

凱西瞄了鎖上的門一眼，心中萌生一念。

「可以告訴我妳叫什麼名字嗎？」

「不行。」

「聯邦法院已經對奧迪．帕瑪發出搜索令了，妳人在哪裡？我派警方去接妳。」

「妳不是說我可以匿名嗎？」

「如果不知道妳名字，要怎麼付妳錢呢？」

凱西遲疑了一會兒。

「怎麼了嗎？」愛琳問。

「我在思考。」

「妳現在的處境很危險。」

「我等一下再打過來。」

「別掛啊！」

23

摩斯一路開往休士頓，整路上窗戶都沒關，收音機也開得很大聲，不過不是在放鄉村音樂，因為他比較喜歡那些關於苦痛、關於救贖、關於令人心碎的女子的經典南方藍調歌曲。傍晚前他將車停在漆成白色的浸信會教堂外，教會正面掛著一個木製十字架，下方有塊告示牌，寫著**耶穌才不上推特**。

罩住他車子的那棵榆樹歪歪斜斜的，樹瘤滿佈，根部衝出水泥人行道，彷彿是全世界最緩慢的地震在作祟。教堂的門鎖著，但摩斯沿著旁邊的小徑，走到一棟架在空心爐渣磚上的小木屋前，一旁樹木成蔭，花朵有秩序地種成一片一片，花床的邊線用鏟子劃得很整齊。

摩斯敲敲門。一個虎背熊腰的女人拄著拐杖出現在紗門後。

「我什麼都不會買的。」

「您是帕瑪太太嗎？」

她摸找掛在頸上的眼鏡，戴上後定睛看他，摩斯不想嚇著她，所以後退了一些。

「你是誰？」

「我是奧迪的朋友。」

「另外一個跑到哪去了？」

「誰？」

「剛剛有人來敲門，說認識奧迪，我不相信他，也不會相信你。」

「我叫摩斯．韋伯斯特，奧迪在信裡可能提過，我知道他每個禮拜都寫信給您。」

她有些遲疑，「我怎麼知道你就是那個摩斯？」

「阿姨，奧迪跟我說過您身體不好，說您須要換腎。我知道您都用邊邊有花的粉紅色信紙寫信給他，您的字很漂亮。」

「奉承的話就不必了，」她說完叫摩斯繞到屋子後方。屋子轉角處綁著一條曬衣繩，上頭綁著飄揚的床單和被單。奧迪的母親從廚房叫摩斯把一壺檸檬水和兩個玻璃杯拿到外頭，放到一張丟滿胡桃殼的桌子上，自己則急急忙忙地把桌面清乾淨，這時摩斯注意到她前臂上有個難看的瘀血色腫塊，好像一顆顆的血泡都困在她皮膚底下似的。

「那是瘻管，」她說，「我每兩個禮拜要洗一次腎。」

「好辛苦啊。」

她淡然地聳聳肩，「自從有孩子以後，我身體就愈來愈不行了。」

摩斯啜了一口檸檬水，那滋味酸到讓他嘟起嘴來。

「你是想問錢的事嗎？」

「不是的，阿姨。」

她斜嘴一笑，「你知道過去十一年來，有多少人來找過我嗎？有些人拿照片來，有些人說他們手上有我家寶貝奧迪的簽名，也有人用威脅的，上次我還抓到有人在那邊挖我家院子，」她指向胡桃樹基部。

「我不是為錢而來的。」

「不然你是獎金獵人？」

「也不是。」

「你為什麼坐牢？」

「我做了些不光榮的事。」

「至少你肯承認。」

摩斯幫自己再倒了一杯。木桌上凝了一圈水，他用手沾水畫了第二個圈，又在兩個圓之間拉出一條濕濕的線。

帕瑪太太說奧迪當初有拿到大學獎學金，本來希望畢業後能當工程師，結果卡爾卻搞砸了一切。她說著說著，眼眶也泛出淚來。

「那卡爾呢？他在哪？」摩斯問。

「死了。」

「您是在譬喻，還是他真的死了？」

「不要用那種花俏的字眼跟我講話，」她訓斥道，「兒子是死是活，當媽的不會不知道。」

摩斯做出投降手勢，「帕瑪太太，我知道您跟警方談過，但有沒有什麼是您沒告訴他們的？像是奧迪可能會去的地方，或是他有哪些朋友？」

她搖搖頭。

「那他女朋友呢？」

「誰？」

「他有張照片到哪都帶著，那女孩子長得很漂亮，但他從來不提，只有睡覺時會唸她的名字，她叫貝莉塔。我只看奧迪發過一次脾氣，當時就是有人偷走那張照片。」

帕瑪太太想得很專心，有那麼一瞬間，摩斯覺得她可能會記起什麼，結果沒有。

「十四年來我只見過他兩次，有一次他在昏迷中，說是活不成了，後來又說他頭部中彈，腦功能會受損，但他證明大家都說錯了。奧迪被判刑那天我有見到他，他叫我別操心，但哪個做母親的放得下啊？」

「妳知道奧迪為什麼要逃跑嗎？」

「不知道，但我不相信他有搶錢。」

「可是他承認了。」

「如果真的是他，那他一定有自己的理由。」

「理由？」

「奧迪從來不會衝動行事，他擅長思考，頭腦敏銳，銳得像釘子一樣，再說他也不是非得去搶劫才不會餓死。」

摩斯抬頭望向光線逐漸沒入天際之處，三隻正在飛翔的鳥兒輪廓很清楚，猶如掛在白牆上的鴨子。帕瑪太太仍在說話，「要是你找到我的寶貝奧迪，告訴他我愛他。」

「阿姨，我想他一定知道。」

摩斯從教會的園子裡出來時，看見路的彼端有個男子。他的黑西裝有點過小，泥棕色的頭髮連著鬢角，又往下接到絡腮鬍，活像安全帽的扣帶。他背著一個塑膠製成的老舊包包，拉鍊壞了，露出裡頭黑黑的一團。

他蹲在樹下，一手垂放在膝上，另一手則輕彈著一根還在燒的香菸。摩斯穿越馬路時，男子抬頭瞄了他一眼，接著又回頭觀察正爬經他鞋子的那排螞蟻，每過一會兒就用手指在土裡畫出溝來，讓螞蟻四散，再重新整隊。他一邊吞雲吐霧，一邊將香菸燃燒的那端靠近牠們，看隊伍被熱氣熏得歪七扭八。有些螞蟻揚起身子，準備要戰鬥，有些則蹣跚地爬行，試圖修補受傷的身體。

「我們見過嗎？」摩斯問。

男人抬起頭，煙從他嘴角溢出，飄上他那雙蒼涼深邃，還帶點凶光的眼睛，「沒有吧。」

「你在這裡幹什麼？」

「跟你一樣。」

「是這樣嗎？」

「既然我們都在找奧迪．帕瑪，就該分工合作、交換情報，團結力量大嘛，兄弟。」

「少跟我稱兄道弟。」

男人咬咬拇指的指甲。摩斯走上前去，對方也站起身來。他比摩斯想像中的高，還左腳在前、右腳在後，一副受過武術訓練的架式，瞳孔放大到幾乎要貼上角膜，鼻孔也撐得老大。

「你是不是一直在騷擾帕瑪太太？」

「你不也是嗎？」

「你給我離她遠一點。」

「我知道了。」

摩斯知道自己瞪不贏，所以連試都沒試。當下他只希望可以躲到天涯海角，不要再想起這個男子，同時卻也明白自己絕對躲不了，就好像已經知道下一頁寫著噩耗，卻仍不得不讀到最後似的。

24

厄本．科維是個慷慨的老闆，不但付奧迪不錯的薪水，待他也很尊重。厄本在加州南部似乎走到哪都有人脈，餐廳最好的位子替他保留，市政廳的大門為他敞開，他做什麼事都不太會遇上麻煩。然而，厄本表面上雖有錢又有影響力，卻似乎能感受到眾人對他的嫌惡。他長得不帥，生來就又矮又胖，走路內八，眼球還外凸，「要是我生來就是帥哥的話，大概會很笨，現在這樣當個有智慧的醜男，」他有次這麼告訴奧迪，「我還覺得比較好。」

對於年輕時曾霸凌過他的人，厄本不是徹底剷除，就是施以他認為恰當的懲罰。為了達成目的，他培養了一群心腹，大都是他的姪子、外甥或堂表親。他們是沒有厄本的腦袋沒錯，但一個個都很懂得用蠻力威嚇他人。

厄本有很多輛車，全都是國產的，因為愛國的他自覺有責任支持國內產業。奧迪每天早上去接他時，他都會指定一臺車，叫奧迪清洗後再從車庫開出來。他總是坐在後座，沒有電話要講時喜歡讀希臘神話，也喜歡朗讀報紙頭條——不是《洛杉磯時報》或《聖地牙哥日報》那種，而是標題聳動，又老是在報導外星人綁架事件、名人流產，或人類領養小猩猩這類新聞的八卦報紙。

「美國實在是沒救了，」他總會這麼說，「而且我看這種狀況會一直持續下去。」

他還告訴奧迪他之所以離開拉斯維加斯，是因為內華達州的博弈委員會「他媽的實在太嚴格」，多數幫派分子都被逼得走投無路，只好開始拉皮條或經營非法的骰子遊戲場。

「所以我就跑來這裡，找到我的利基市場啦。」

奧迪聽厄本這麼描述他的生意，覺得很妙，畢竟他可是涉足廣泛，手上不僅有農田和夜店，還有餐廳和汽車旅館。

一個月過去了，奧迪每天早上都去接厄本，也負責送他回家，卻都沒見到貝莉塔。有次厄本講完電話問道：「你打撲克嗎？」

「我知道規則。」

「我家今晚有比賽，還缺一個人。」

「我和你們打太自不量力了啦。」

「如果輸得太慘，收手就是了，大家不會故意削你的。」

奧迪希望能見到貝莉塔，所以答應了。他穿了件新襯衫，擦亮靴子，還抹上髮膠。同桌比賽的還有另外三人，一個是聖地牙哥市的議員，一個是某公司的老闆，另一個看起來則像義大利來的黑手黨成員，他的牙齒染了紅酒，還積有渣垢，一顆顆都像殘破的墓碑。牌桌設在坐落於河谷之上的飯廳裡，但燈垂得很低，又照得太亮，所以奧迪除了自己的鏡像外，什麼也看不見。他聞到廚房傳來的食物香味，也能聽見有人在走動。

九點多時，厄本建議大家休息一下。他按下餐具櫥上的鈴，貝莉塔隨之出現，手裡的托盤上有水牛城辣雞翅、香料烤堅果和人稱德州魚子醬的玉米片佐酪梨醬。她身著洋裝，長圍裙緊緊地綁在腰間，編成辮的長髮垂至背部以下，要是她裸體，大概就是股溝的位置。

奧迪想這女孩想了整整一個月，見到她臉都紅了起來，但貝莉塔沒有和任何人對上眼。她離開後，那個像黑手黨的流氓一面吮著手指上的烤肉醬，一面問厄本是在哪找到她的。

「她當時在田裡採水果。」

「所以是偷渡來的老墨嘍，」公司老闆說。

「我們不能再這樣叫他們了，」市議員說。

「不然要叫什麼？」老闆問。

「皮納塔紙偶，」流氓說，「因為幹她幹得夠用力，她就會噴得你到處都是。」

其他人都笑了，奧迪沒有說話。大家又再打了幾輪，酒足飯飽後都帶有幾分醉意，只有奧迪還很清醒。後來貝莉塔又再端上食物，流氓把手放到她腿上，從她大腿間一路往上摸，她往後一縮，終於首度看向奧迪，表情既尷尬又羞愧。

流氓將她拉到大腿上，她舉起手要賞他耳光，他卻一把抓住她手腕，扭到她痛得大叫，再粗魯地將她摔到地上。奧迪將椅子往後一推，握緊拳頭，一副準備開打的架式。

這時厄本站出來打圓場，叫貝莉塔回廚房，而流氓則聞聞手指，「怎樣，她就這麼開不起玩笑嗎？」

「我覺得你應該跟她道歉，」奧迪說。

「我覺得你應該他媽的給我坐好，閉上你的狗嘴，」流氓罵完後看向厄本，「你有在幹她嗎？」

厄本沒回答。

「沒有的話，最好趕快開始哦。」

「我們繼續打牌就是了，」厄本說著又新開了一局。

時間來到半夜兩點，市議員和老闆都回家了。奧迪面前有不少籌碼，但流氓贏得最多。「這比賽實在有夠爛的，」已經喝醉的厄本邊說邊丟掉手裡的牌。

「要不要我給你反敗為勝的機會啊？」流氓說。

「怎樣？」

「一次全下。」

「我都連敗這麼多場了，是有什麼可以下。」

「我們賭那女的。」

「賭什麼？」

「你的管家，」他從桌上那堆籌碼中抓了一把，再任其掉回去，「如果你贏，這些都歸你，如果我贏，她今晚就歸我。」

奥迪瞄向廚房的門，看見貝莉塔將碗盤放進洗碗機，並開始擦拭玻璃杯。厄本看著牌桌，他已經輸掉五六千塊了。

「我們今晚就到此為止吧，」奥迪說。

「我還想再打一輪，」流氓回應，「你不想玩也沒關係。」他雙脣微張，露出歪曲的牙齒。

「太誇張了，」奥迪說，「她又不是你的財產。」

厄本聽他這麼對自己說，立刻勃然大怒，「你說什麼？」

奥迪試圖挽救，「我的意思是她又沒做錯事，而且我們今晚也玩得很開心了，就回家吧。」

流氓將他全部的籌碼推到桌子中央，「一次全壓，贏家全拿。」

厄本開始洗牌，奥迪看了很想翻桌，把牌全都掀到空中。厄本切著牌說：「再一輪德州撲克，」接著他瞥向奥迪，「你是要當孬種還是當漢子？」

「我打。」

厄本朝廚房喊，貝莉塔應聲出現。她雙眼低垂，手一邊往圍裙上擦，長髮在掛得很低的燈下閃閃發亮，頭上暈出一環光圈。

「這兩位先生想一次全壓，但我已經沒有籌碼了，」厄本說話時看起來異常地有活力，「所以他們建議我拿妳來當賭注。」

她沒聽懂。

「如果我輸了，他們其中一個人今晚就可以擁有妳，另外還會贏到一大筆錢，所以別擔心，不管是誰贏，對妳都一定不會小氣的，」他用西班牙文重複了一遍。

她雙眼圓睜，害怕得不得了。

「哎，我們都已經說好了耶，要我是妳的話，可不會急著拒絕哦。」

她搖頭求他，但他回話的聲音似乎讓她膽寒不已。貝莉塔用手背抹過雙眼，擦出一道淚痕。

「Pensar en el niño!」

奧迪知道niño是小男孩的意思，但聽不出話中是否帶有威脅。

「我們為什麼要這樣？」奧迪問。

「我只是在打牌而已，」厄本說，「想上她的是你們兩個。」

奧迪無法直視貝莉塔。她用力挺胸，試圖維護一點尊嚴，接著便轉身走向廚房，雙腳卻抖個不停。

「我要她在旁邊看，」流氓說。

厄本把她叫回來後開始發牌。奧迪抽到一張七和一張K，又翻到一張九、一張Q和另一張七，所以還需要一對七。他閉上雙眼，翻開轉牌和河牌——是一張A和一張七。

厄本毫不猶豫地丟出兩對後，全桌的目光都集中在有三張七的奧迪身上。流氓幸災樂禍地說：「這些牌真是賞心悅目啊，尤其是三張放在一起時最好看了。」

奧迪看著桌上那幾張Q，感到胃部痙攣地一緊。讓他痛苦的不是輸錢，而是貝莉塔臉上的表情——她不驚、不詫也不氣，反而一副無可奈何的模樣，彷彿已受盡屈辱，不再因而大驚小怪。

厄本站起來伸伸懶腰，肚子掉出沒扣的上衣。對於當晚的損失他看得很開，反正又不是以後都沒撲克打，手氣總會好起來的。

「希望你的屌不是太大，」他邊說邊套上夾克，「還有，不准讓她瘀青，也不准給我玩硬的，聽懂了嗎？」

流氓點點頭，「我住柏悅酒店。」

「中午前送她回來。」

「我太醉了，沒辦法開車。」

厄本瞥向奧迪，「你載他們去，一定要把她安全帶回來。」

車開下山時，貝莉塔坐在窗邊，彷彿想讓自己變小，乾脆不見最好的樣子。流氓試圖跟她聊天，但她毫無回應。

「我知道妳會講英文，」他口齒不清地說。

她整路上都低著頭，或許是在禱告，也或許在哭。奧迪停在飯店外，接著下車打開後座車門，儼然就是個得體的私人司機。

「我有事要跟貝莉塔講一下，」他說。

「講什麼？」流氓說。

「要確定什麼時候來接她。」

奧迪將貝莉塔帶到車子另一側，她疑惑地看著他，飯店大廳的燈光映在她雙眸中。

「幫他調飲料，然後把這些加進去，」他用氣音說，並將四顆安眠藥塞進她手裡，握緊她的手。「記得要假裝妳有跟他過夜，留張紙條，說他表現很好，我會在這等妳。」

一小時後，貝莉塔從飯店出來了，她毫不理會招攬生意的計程車司機，逕自走向奧迪，他替她打開後座車門，她卻選擇和他一起坐前面。車子駛進山中，開了十哩她都一語不發，只是雙手抱胸地縮在那兒，後來終於用西班牙文對他說：

「如果是你贏到我，你會怎麼做？」

「什麼都不做。」

「為什麼？」

「把妳當賭注是不對的。」

「你輸了多少錢？」

「不知道。」

「我不值得你這樣。」

「妳怎麼會這樣想？」

眼眶已泛淚的她搖搖頭，再也說不出話來。

25

麥金尼街上的休士頓公共圖書館是一座私生子般的建築物，是水泥攪拌機和立體派畫家的結晶。即便外牆才剛清理過，開放空間也新種了許多樹，這棟建築還是冷冰冰的，毫無魅力。

坐櫃臺的那個中年女子自顧自地在表格上蓋章，然後放進文件盤裡，看都不看摩斯一眼，等他把話都說完後，才抬頭露出藍色的雙眼和更藍的眼影，「你想幹嘛？」

「不好意思，妳說什麼？」

「你想找什麼我有聽到，但我問你，你想拿來幹嘛？」

「我對內容有興趣。」

「為什麼？」

「那是我的私事，而且這裡是公共圖書館。」

摩斯和她互瞪了片刻，才依她的指示上到八樓。一個心情似乎比較好的圖書館員教他怎麼看索引卡，並請他填寫表格以借閱二零零四年一月的《休士頓紀事報》。

微縮膠片從地下檔案室送來後，摩斯看著盒子，「這些怎麼用？」

男圖書館員指向一排機器。

「那些又怎麼用？」摩斯問。

圖書館員嘆了口氣，將盒子從摩斯手中拿走，教他如何將紅色膠片裝上轉軸，轉進視窗，「這樣是往前，這樣是往後，這樣可以調焦距。」

「可以拜託你給我紙筆嗎？」毫無準備的摩斯尷尬地問。

「我們不是賣文具的。」

「我知道。」

圖書館員本以為事情就此解決，但摩斯仍站在桌前等，反正他本來就擅長等待。最後紙來了，還附帶一枝便宜的黃色原子筆。

「用完要還我，」圖書館員說。

「沒問題。」

一切就緒後，摩斯開始在機器前檢閱各版本的《休士頓紀事報》，把注意力集中在頭版，最後終於找到第一則關於搶案的新聞，是頭條。

運鈔車劫持案

德州康羅外圍昨日發生搶案，持槍歹徒假扮修路工人，大膽於光天化日下劫持運鈔車。車上貨幣皆為美元。

車上共有三名保全人員，兩名慘遭毆打，另一名仍下落不明。該輛運鈔車隸屬阿姆加保全公司，於昨日下午三點多離開四十五號州際公路的卡車休息站時遭到突襲。

一群假扮高速公路修路工人的歹徒持槍逼迫兩名保全人員下車，奪取其武器後挾持卡車，載著仍在車內的另一名保全揚長而去。

「我們在十五分鐘內就設下路障，但目前還沒有人目擊卡車，」德菲斯郡警探彼得．葉門斯說，「當然了，目前最重要的就是找到失蹤的保安人員，確保他的安全。」

目擊證人丹妮絲．彼得斯表示搶匪身穿反光背心，頭戴安全帽。「我以為他們手上拿的是鏟子，結果是獵槍，」她說。「他們當時在割水泥，還有立出禁行標示。」

女服務生蓋兒．瑪拉可娃則表示保全人員當天稍早曾到快餐部用餐，「他們嘻嘻哈哈地在開玩笑，但離開沒多久後悲劇就立刻發生，實在太恐怖了。」

摩斯將微縮膠片轉到隔天的報導，二零零四年一月二十八號。

運鈔車搶案造成四人身亡

警方昨日下午於德菲斯郡與搶匪展開血腥槍戰，共計有四人死亡，一人仍在搶救中。死者分別為一名汽車女駕駛、一名保全人員，以及昨日稍早劫持美元運鈔車的兩名搶匪；另有一名嫌犯遭警方擊中，目前情況危急。

搶案發生於昨天下午三點多，假扮修路工人的歹徒攔截當時行駛在康羅北邊的阿姆加運鈔車，制伏兩名保全人員後，劫車將另一名困在卡車後部的保全一同載離。

五小時後，德菲斯郡警長辦公室的兩名警官於康羅西北邊發現被挾持的卡車，車就停在八三零號市郊連通道路旁的休息區。警匪對峙後，歹徒開槍並高速逃逸，警方沿老蒙哥馬利路緊追在後，時速一度高達九十哩，二十多分鐘後運鈔車於山脊失去控制，撞上對向來車，造成女駕駛身亡，保全人員則受困於翻覆的卡車內。

在後續的槍戰中，兩名歹徒中槍身亡，一名嚴重受傷，據信第四名嫌犯已駕車逃逸，但隨後便將該輛燒毀的深色休旅車棄置於康羅湖附近。

接下來好幾天，關於搶案的新聞都登在頭版。一月三十日，也就是失竊金額確認的那天，《休士頓紀事報》刊登了一篇報導：

七百萬元仍下落不明
持槍搶匪插管治療中

FBI已證實週二於德州康羅附近遭劫持的運鈔車載有七百多萬元，是美國史上被搶金額最高的案件之一，負責的探員也表示他們仍在追查該筆鉅款的下落。

搶案共計造成四人喪命，其中一名死者為車上保安，兩名為持槍搶匪，還有一名共犯情況危急，醫生研判可能無法恢復意識。當局並未透漏該嫌犯的姓名，目前只知道他頭部遭受重創，已進行人工昏迷。

「他昨晚狀況又再度惡化，目前正在接受插管治療，」院方發言人如此表示，「醫師已替他動手術，希望能降低腦壓，但創傷範圍實在太大，也只能盡量修復。」

該起搶案結束於戲劇性的高速追車意外之中，兩名搶匪遭警方擊斃，一名保安人員及一名汽車女駕駛也當場死亡。據悉第四名歹徒駕駛偷來的深色豐田陸地巡洋艦逃逸，隨後便有人發現贓車被棄置在康羅湖附近，且已經著火。

鑑識官昨日已開始在車禍現場蒐集證據，道路預計將再封閉二十四小時。

摩斯繼續搜尋搶案的消息，但相關新聞在幾天內便減少許多，珍娜・傑克森在第三十八屆超級盃的露乳事件似乎吸走所有目光，顯然裸體比槍械犯罪和竊案都來得值得報導。警方表示喪生的兩名歹徒分別是來自路易斯安納州的維儂・凱恩和他弟弟比利，也發布了奧迪・帕瑪的名字，還指出奧迪的哥哥卡爾——惡名昭彰，眾所皆知的殺警逃犯——也是搶案的「犯罪嫌疑人」。槍戰過了八週後，奧迪已不需靠儀器維持生命，但又昏迷了一個月才恢復意識。

摩斯邊讀邊做筆記，將人名連起來，畫出示意圖。他很享受動腦的感覺，甚至還在想，要不是他從小靠救助金長大，十一歲就偷車，現在可能成就非凡。從前他總覺得眼前有許多選擇，但現在，多數的路都再也走不通了。

他將紙張摺好，放進上衣口袋，離開圖書館，依照自己手繪的地圖沿著四十五號州際公路朝北開，接上康羅周圍的南部環狀公路，再往西行駛，最後開上老蒙哥馬利路，那是條長滿濃密松樹和橡樹的柏油雙線道。

摩斯把車停在路肩，雙手放在方向盤上，看見一片孤單的葉子從樹頂旋落，眼前那條筆直的路向上延伸到山脊，並在山丘最低處向右急轉。他下車後邊走邊看著一個淹滿泥巴水的函洞，暗渠周遭的雜草已長到腰那麼高，兩側都是濃密的樹叢，林木間繞著一條電線，這時他才發現一座用廢木、鐵皮和磨損瀝青瓦搭成的小屋，屋旁的庭院蔓生著老橡樹和其他植物凋落或被摘採後的殘株，蔭影森森，院子側邊有條天然溪流經過。

摩斯跳過溝渠，沿著泥濘的小路穿過雜亂的草叢，走到前廊上敲敲門，沒人回應。他往回走時很明顯地感受到有人在監視自己，但四周又沒有任何胎痕、足印或人居的痕跡，繞著小屋走了一會兒，才發現一個裝有塑膠按鈕的門鈴。

他用拇指按下電鈴，清楚地聽見子彈滑進來福槍膛的聲響，門隨後打開，一個男人隔著紗門瞪著他看。那男人身穿長褲，皮帶鬆垮垮地垂著，襯衫沒扣，一個大肚子像懷孕般凸在外頭。

「你這黑鬼挺有種的，」男人說。

「怎麼說？」

「這可是我家，你竟敢不請自來。」

「是你暗示我來的啊。」

「你說什麼？」

「你自己的電鈴你沒看到嗎？」

「那個壞了。」

「有沒有壞不重要，但只要有門鈴，就代表你不時會有訪客，所以啦，基本上你也算是有邀請我。」

「你在扯什麼鬼？」

「用法律術語來說的話，就是你有默示我上門拜訪，不然你裝門鈴做什麼？」

「我已經告訴過你電鈴壞了，你是耳聾嗎？」

摩斯怎麼扯都沒用。

「老伯，你住在這多久啦？」

「三十年。」

「你記得大概十一年前發生在附近的一場意外嗎？就在那邊，樹林後面。警察當時在追一輛運鈔車，後來那臺車撞毀了。」

「怎麼可能忘記。」

「你從這裡一定有聽到槍聲吧。」

「不只聽到，還有看到。」

「你看到什麼？」

老人遲疑了一會兒，「全部都有看到，但也可以說是什麼也沒看到。」

「這什麼意思？」

「意思就是我不會多管閒事，而且我建議你也不要插手。」

「為什麼？」

「不要逼我。」

兩人大眼瞪小眼，彷彿在等對方先眨眼似的。

「我朋友和這件事有牽扯，」摩斯說，「他說你可以幫我。」

「你騙誰。」

「你在怕什麼？」

老人搖搖頭，「你跟你朋友說我很清楚什麼時候該閉嘴，告訴他西奧・麥克阿利斯特是可以信任的人。」

接著門便砰地一聲關上了。

26

打完撲克後幾天過去了，沒有人再提起那晚的事，奧迪照樣載厄本到他各個不同的家，聽他大放厥詞、發表偏頗的言論。雖然對老闆的評價已打了折扣，他仍努力裝作一切如常。有天早上車子開往厄本最大的農地時，奧迪從後視鏡內看到他坐到後座中間。

「我聽說你那天晚上幫貝莉塔的事了，」厄本說，「你的行為非常高尚。」

「你朋友有說什麼嗎？」

「他說貝莉塔是他這輩子幹得最爽的女人。」

「真是個很愛面子的人啊。」

「他畢竟不是什麼魯賓遜‧克魯索啦。」

奧迪開進農場大門，沙塵被豪華轎車激起，又落在深綠色的柳橙樹葉上，工人們穿梭在一排排的作物間，有些拿著噴嘴灑，有些除草。四分之一哩外有個殘破的聚落，裡頭的屋舍都是用斷木、鐵絲網、石頭和皺爛的鐵皮所搭成，洗過的衣服隨便掛在繩子上晾；一個大屁股的母親在錫桶裡幫嬰兒洗頭，她抬起頭來，一面用抹滿肥皂的手將自己的頭髮從前額往後梳。

「你有上她嗎？」厄本問。

「沒有。」

「她說你連試都沒試。」

「我覺得她很可憐。」

厄本想了一會兒，「這份良心可讓你損失不少啊。」

奧迪將車停在一座漆白的莊園式農宅前，提著一袋袋的現金進去。那些錢有一部分是農場工人的薪資，剩餘的則要用來和工會官員交關，用來賄賂政客或買通海關。就奧迪看來，厄本似乎對聖地牙哥的任督二脈瞭若指掌，他知道哪些事該促成，哪些人要收買，又有誰的馬屁非拍不可。

「道德感就像隨時可能爆發的野獸，」厄本解釋道，「所以人才不能永遠只靠脫衣舞夜店或膝上舞賺錢。我們做生意要多角化經營，這點你要好好記得。」

「我知道了，老闆。」

奧迪將現金放在光滑的楓木桌上後轉身，同時厄本則將牆上的一幅畫拿下來，在密碼鎖上撥出一組數字。

「我要你帶貝莉塔去逛街，」厄本說，「幫她買些漂亮衣服，工作時要穿的。」

「幫你打掃房子需要穿那麼漂亮嗎？」

「我要讓她升職了。有個跑腿小弟說他昨天被打又被搶，或許是真的，也或許整件事都是他自導自演，但無論如何，從現在開始貝莉塔要負責送錢。」

「為什麼選她？」

「那麼漂亮的一個年輕女孩子，怎麼看都不可能身懷鉅款吧。」

「要是有人起疑呢？」

「所以你要保護她。」

奧迪一時結巴，「為什麼是我？」

「因為她相信你，我也相信你。」

厄本從一捆鈔票中抽出八張百元大鈔，「帶她去買些好衣服，像是現在很多女人穿的那種時髦套裝，但不要長褲，知道嗎？我喜歡她穿裙子。」

「什麼時候去？」

「明天。帶她去羅迪歐大道，讓她看看電影明星住的地方。我也想親自帶她去，但實在太忙……」

他停頓了一會兒才又補了句，「而且她還在因為打撲克牌那天晚上的事跟我生氣。」

貝莉塔吃完早餐後，奧迪接她上車。她身穿兩人初次見面時的那件洋裝，外頭罩著一件織孔疏大的淺色開襟毛衣，端莊地坐在前座，雙手叉胸，雙膝併攏，大腿上放著一個柔軟的布包。

奧迪沒選豪華轎車或吉普牌Cherokee，反而向厄本借了福特野馬敞篷車，因為他覺得貝莉塔可能會希望坐車時頂篷可以降下。經過地標時他會指給貝莉塔看，也聊幾句天氣，不時偷瞄她幾眼。她的長髮用玳瑁色的鯊魚夾固定在腦後，肌膚彷彿鍍過一層銅，又再用軟布擦亮過。奧迪開始跟她講西班牙文，但她想練習英文。

「妳是從墨西哥來的嗎？」

「不是。」

「不然是哪裡？」

「薩爾瓦多。」

「在墨西哥下面對吧？」

她盯著奧迪的眼神讓他覺得自己很蠢，他又再開口，「妳看起來不太……」

「不太怎樣？」

「沒事，不重要。」

「我爸在巴塞隆納出生，我媽是阿根廷人，」她解釋道，「他二十幾歲時是水手，有一次跟著商船去薩爾瓦多，後來遇到她，兩個人就愛上對方了。」

奧迪往北開上聖地牙哥高速公路，沿著海岸線行駛了六十五哩，左側是海洋，右側是群山；經過聖克萊門特後，他轉向內陸，經由五號州際公路一路開進洛杉磯市區。時值仲夏，雖是週間，羅迪歐大道上仍擠滿國內外遊客和當地的有錢人；飯店有身穿制服的門房，餐廳有身穿燕尾服的保鑣，所有招牌都乾淨又明亮，彷彿是由矽谷某間無菌工廠所製造似的。

奧迪邊開車邊問了些問題，但貝莉塔不太喜歡談自己的事，她似乎不願想起自己是誰、來自哪裡，於是奧迪聊起自己的經歷，說他念過大學，主修工程，但兩年後輟學，最後來到加州。

「你為什麼都不跟女生出去？」她問。

「什麼？」

「酒吧裡那些女生啊，她們覺得你是……我不知道英文怎麼講，就是marica。」

「什麼意思？」

「她們覺得你喜歡吃雞雞。」

「她們覺得我是gay？」

貝莉塔笑了出來。

「有什麼好笑的啊？」

「你的表情……你那個臉。」奧迪覺得自己像個白癡，便沒再回話——其實是因為他這輩子從沒聽過這麼荒謬的事，所以也不知該說什麼。車內一片安靜，他心裡默默生氣，但不久後卻又情不自禁地開始偷瞄她，貪婪地欣賞她的美，品味她的每個細節，並牢牢地記在心中。

奧迪覺得貝莉塔是個奇怪的女孩，她就像充滿野性的動物，卻在林間空地的邊緣猶豫不決，不曉得該不該走入曠野。縈繞在她身上的那股悲傷幾乎有種魔幻的力量，能淨空世上所有嘈雜紛擾。那份痛苦成就了她的美麗，也讓人了解到任何事物都有缺陷，提醒著旁人唯有認清這個事實，才可能欣賞到絕對的美善。

她沿路指著亞曼尼、古馳、卡地亞、蒂芬妮和香奈兒這些大眾熟悉的設計師名店，一面說著課本式的英文，把單字都串起來試試，有時也問奧迪她講得對不對。

他把野馬敞篷車停在羅迪歐大道上，兩人散步經過精品服飾店、訂製服專賣店、汽車展示中心、餐廳和香檳酒吧，才走了短短一個街區，奧迪就已經看見三臺藍寶堅尼、兩臺法拉利和一臺布加迪超跑。

「怎麼都沒看到電影明星？」她問。

「妳最想看到誰？」

「強尼．戴普。」

「他好像不住洛杉磯。」

「那安東尼奧．班德拉斯呢？」

「他是薩爾瓦多人嗎？」

「不是。」

她看進店家櫥窗，裡頭幾個骨瘦如柴的助手都穿得一身黑，刻意裝出冷淡的模樣。

「衣服都放到哪裡去了？」

「他們一次只會展示幾件。」

「為什麼？」

「這樣看起來才比較高級。」

貝莉塔停下腳步，看著一件洋裝。

「妳想試穿嗎？」

「這件多少錢？」

「要問了才知道。」

「為什麼？」

「都是這樣的啊。」

她繼續往前走，但老隔著門或窗戶看，不敢進去，每家店都一樣。兩人在三個街區內來回走了一小時，貝莉塔完全沒說要停下來喝點飲料、咖啡或吃點東西，因為她根本不想待在那兒，於是奧迪載她沿聖塔莫尼卡大道經由比佛利山莊警察局開往西好萊塢，帶她參觀中國戲院和星光大道。兩人看見許多手拿亮色雨傘的導遊領著旅行團，那些日本觀光客沿路不斷跟扮成瑪麗蓮．夢露、麥可．傑克森和蝙蝠俠雕像的街頭藝人拍照。

貝莉塔似乎很放鬆，讓奧迪買冰淇淋給她，又說要去逛紀念品店，叫他在外面等。他隔著窗戶看到她買了一件印有好萊塢標誌照片的T恤。

「這件妳穿太小了吧，」他看進她的包包說。

「是要送人的，」她邊說邊把T恤拿回來。

「都還沒幫妳買到衣服耶。」

「帶我去百貨公司。」

他將她載到一個由水泥建物圍成的購物廣場，周遭有好幾英畝都停滿車輛，並點綴著看似虛假，但或許真有生命的棕櫚樹。貝莉塔叫奧迪坐在試衣間外的塑膠椅上等，自己則來來回回地換上裙子和外套給他看，問他意見，而他每次都點頭，心想她大概連套個麻布袋都還是很美。對於女人的穿衣邏輯，奧迪從來都搞不懂，明明穿T恤和褪色的牛仔褲也一樣好看，她們卻老覺得自己得套上緊身裙和高跟鞋，打扮得漂漂亮亮，讓自己看起來像笛形香檳杯一樣優雅才行。

貝莉塔謹慎地挑好後，奧迪付了錢，接著帶她到一間桌上鋪有高級亞麻布的餐廳坐下，覺得自己已經好久沒有這麼沒來由地開心了。兩人用西班牙文聊天時，奧迪看著光線在她眼裡閃耀、跳動，再也不認為世上會有比她更美麗的女子。他想像自己和貝莉塔坐在薩爾瓦多海濱的小咖啡店裡，頭頂有棕櫚搖曳，眼前的海水湛藍鮮活，就像旅遊手冊裡的照片一樣。

「妳小時候的夢想是什麼？」奧迪問她。

「快樂地活著。」

「我以前想當消防員。」

「為什麼？」

「我十三歲時，曾看過消防隊員把三個人從火場裡救出來，雖然最後只有其中一個人活下來，但我一直都記得那些消防員滿身煤塵地從煙霧中出現的樣子，他們那時看起來就像雕像、像紀念碑一樣。」

「你想當雕像？」

「我想當英雄。」

「我還以為你想當工程師。」

「那是後來的事，因為我想建一些死後還會繼續留存的東西，像是橋啊，或摩天大樓什麼的。」

「那種樹也可以啊，」她說。

「不一樣啦。」

「我家鄉的人不太有興趣建紀念碑什麼的，他們比較喜歡種東西來吃。」

傍晚他們塞在車陣中要回家時，夕陽已漸漸沉落，在海面上照出一道如箭矢般筆直的金色光芒，但遠方某處的風暴卻將海浪推上離岸沙丘，激出泡沫與霧氣。

「我想去沙灘上走走，」她說。

「可是天色已經暗了。」

「拜託。」

奧迪從下一個交流道接上舊太平洋公路，沿著金色懸崖下的黃土小道開，最後停在廢棄的救生臺前。貝莉塔將拖鞋留在車裡，跑上沙灘，陽光照穿她洋裝薄透的衣料，凸顯她身上的每一道曲線。

奧迪費了很大一番功夫才將靴子脫掉。他捲起牛仔褲，看見貝莉塔在白色的浪花裡踩水，為了避免洋裝濺濕，她已把裙緣提得更高，拉到膝蓋上了。

「海水是最棒的醫生，」她說，「小時候有一次我腳開刀，後來我爸帶我去海邊，我每天坐在天然泳池裡，腳傷就好轉了。我記得當時海浪聲每天都陪我入睡，所以我才這麼愛大海，而且海洋也沒忘記我，她就像萬物的母親一樣。」

奧迪不知該如何回應。

「我要去游泳，」她邊說邊跑回海灘，解開洋裝，沿著臀部褪下來，丟在沙子上。

「那妳的衣服怎麼辦？」

「反正我有新的啊。」

她穿著內衣踏進水裡，因為水冷而倒抽一口氣，接著回眸一看——那畫面就此深印在奧迪心中，他永遠忘不掉——她的皮膚閃耀著完美色澤，笑聲如音樂般美妙，雙瞳棕亮鮮活，絕非一般褐色眼睛所能企及的境界。就在那瞬間，奧迪了解到他永遠都會渴慕著貝莉塔，不管他們從此廝守，或今晚分別後就再也無法相見，他都會永遠愛慕著她。

她潛進一道海浪，消失在他的視線中。時間一分一秒地過去，奧迪邊往深處走，邊喊著貝莉塔的名字，但她依然沒有出現，於是他脫掉上衣，往後一甩，繼續走進更深的地方，卻在心急如焚之下滑了一跤，摔進水裡，被冰冷的海水包覆。

一道海浪襲來前，他看見了她的身影，但馬上被打進海裡，整個人開始翻滾，滾到他再也分不清上下。頭撞上一塊硬梆梆的什麼東西後，他又繼續旋轉；他努力踢腳，想浮上水面，另一道大浪卻又將他壓進海裡，他吞了幾口水，盲目地掙扎。

這時有人抱住他的腰，在他耳邊輕聲說：「冷靜點。」

貝莉塔將奧迪往後拉，他踩到地後瘋狂地咳水，彷彿嗆進了一整道海浪似的。貝莉塔用雙手捧住他的臉，而奧迪揉揉眼睛，迎上她的凝視，專注地看著她，整個人陷入一種異常令人心緒不寧的親密感之中。

「你怎麼沒跟我說你不會游泳？」她說。

「我以為妳溺水了。」

貝莉塔的內衣緊貼在身上，就像奧迪第一次在厄本家見到她時一樣，「你為什麼要一直幫我？」

答案奧迪很清楚，但她問這個問題，卻讓他心驚。

27

從吃完早餐後到現在，瓦德茲已打了四通電話給珊蒂，不斷向她保證一切都沒事，保證奧迪·帕瑪很快就會被抓到。兩人說話時情緒緊繃，態度生疏，簡短的對話間隱藏著對彼此的指控與批判，讓瓦德茲不禁感嘆不曉得從何時開始，他倆的婚姻就只剩下字句間的隔閡與沉默了。

以前他們不是這樣的。他遇見珊蒂時，她身穿病人袍，坐在病床邊緣，靠在替她處理強暴案的律師肩上啜泣，狀況很糟；她的衣服已送到實驗室化驗，所以父母回家替她拿新的。珊蒂當時才十七歲，參加美式足球校隊的季末派對時被隊上的接球員強暴。

她父母都信教，是守法的好人，卻深怕女兒再被「那卑鄙的辯護律師」強暴一次，所以接球員一直都沒被起訴。

瓦德茲和珊蒂一家人始終保有聯絡，五年後的某天，他在瑪格諾利亞的一間酒吧遇到她，兩人交往後訂婚，並在她二十三歲生日那天結婚。事實上，他們並沒有什麼共通點，她對時尚和音樂感興趣，度假喜歡選歐洲，而他則迷美式足球、賽車和打獵；做愛時他總是一本正經，幾乎有點嚴肅，她卻常嘻嘻哈哈，愛搔他癢、愛開玩笑；他喜歡看她打扮得漂漂亮亮，端莊又不失魅力，她卻希望他有時能將她轉到背面，扳開她的腿，從後面享用她。

珊蒂認為她就是因為被強暴過才懷不了孕，覺得自己的卵巢內被種下有毒物質，子宮因而無法孕育生命；也或許是上天在懲罰她性生活糜爛吧，她參加那場派對時已經不是處女——其實她十五歲就失去了童貞——為什麼要那麼急呢……如果她當初有純潔地守身就好了……

瓦德茲把車停在德州兒童醫院外，向櫃臺亮出警章，表明要找波娜黛特·帕瑪。櫃臺人員在敲鍵盤，打電話的同時，瓦德茲望向大廳，想起自己和珊蒂無數次穿梭其中的場景。夫妻倆為了生孩子花了七年的光陰，期間不斷造訪生育中心，也試過藥物注射、人工取卵和試管嬰兒，這讓瓦德茲逐漸對醫院產生憎恨，也開始恨起別人的孩子，每個月珊蒂因為月經來潮而發的牢騷，更是讓他越聽越不耐煩。

櫃臺人員將訪客證交給瓦德茲，示意他上樓，並祝他有美好的一天，好像這件事必須由她來提醒似的。

瓦德茲在醫院西棟六樓的咖啡店找到正在休息的波娜黛特．帕瑪，她身材高䠷，骨架寬大，臉圓圓的，綁成包頭的髮絲有幾縷灰白，和奧迪長得不太像。

「知道我為什麼會來嗎？」他問。

「警方已經找我談過了。」

「妳弟有跟妳聯絡嗎？」

她四處張望，就是不肯直視瓦德茲。

「幫助逃犯也算犯罪，這妳知道吧？」他說。

「奧迪已經服滿刑期了。」

「他逃獄。」

「不過是早他媽的一天出來，你就不能放過他嗎？」

瓦德茲拉出椅子，花了片刻欣賞窗外的風景，雖不覺得特別漂亮，但他很少能從這個角度觀看市容。從高處看去，這座城市似乎不那麼雜亂無章，瓦德茲發現小路基本上都匯聚成大街，各個區塊也劃分得很清楚，確實有經過設計。人生無法時時刻刻都從高處俯瞰，實在可惜，否則我們便能看清自己所在的位置，以正確的角度分析一切。

「妳有幾個弟弟？」他問。

「你自己知道。」

「一個殺警察，一個是殺人慣犯，妳一定很引以為榮吧。」

波娜黛特頓了一會兒，放下三明治，將紙巾拿來擦擦嘴，再小心地摺好。

「奧迪跟卡爾不一樣。」

「什麼意思？」

「雖然在同樣的環境下長大，還是有可能成為不一樣的人。」

「奧迪上次跟妳聯絡是什麼時候？」

「我不記得了。」

他如豺狼般對她抿嘴一笑，「這就怪了，我給妳上司看過照片，她說有個長得很像妳弟的人今天早上才來找過妳。」

波娜黛特沒說話。

「他想要什麼？」

「錢。」

「妳有給他嗎？」

「我自己連一毛都沒有。」

「他住哪？」

「他沒說。」

「我可是有權力逮捕妳的。」

「儘管逮吧，警長，」她伸出雙手，「我可能是危險人物，最好把我銬起來，噢，不對，你比較喜歡直接開槍，沒錯吧。」

瓦德茲沒被激怒，但確實很想反手一巴掌打掉她臉上的笑容。

波娜黛特用蠟紙將三明治包好後，丟進垃圾桶，「我要回病房了，生病的孩子需要有人照顧。」

這時瓦德茲的手機響起，他看著發亮的螢幕。

「**請問是警長嗎？**」

「對。」

「**這裡是德州派遣中心，我們知悉您想在第一時間獲取奧迪・帕瑪的情報，所以打來通知。一小時前，我們的接線員接獲一名女子來電，她想知道舉報帕瑪有沒有賞金，但沒說自己叫什麼名字。**」

「她是從哪打去的？」

「**她沒說。**」

「來電顯示呢？」

「**她是用手機打的，我們利用三角定位測量訊號，追溯到北部高速公路旁一家位於航空大道上的汽車旅館，我本來打算直接通報FBI。**」

「我來處理就好，」瓦德茲說。

母女倆邊看音樂錄影帶，邊在床上跳舞，凱西雖然牛仔褲頭上擠出一圈肉，卻柔軟又大膽，會跳得很。她將雙手高舉在空中，一邊和思嘉莉互撞屁股。

「現在參加派對還來得及嗎？」奧迪問。

「拿出你的本事給我們看看，」凱西回答。

奧迪使出渾身解數地跳，還跟著賈斯汀唱，但他實在太久沒跳舞，整個人笨拙又不協調，看得母女倆笑倒成一團。

奧迪停下動作。

「不要扭扭捏捏的，繼續啊，」凱西說。

「對啊，」思嘉莉邊說邊模仿他的舞步。

「逗妳們開心我也開心，」奧迪說著倒到床上，思嘉莉跳到他身上，他開始搔她癢，癢得她呼呼喘氣，接著她用瘦骨如柴的雙膝跪在他身旁，向他展示她剛完成的畫，一邊用嘴巴將灰褐色的口香糖滾成一顆球。

「我看看……這是公主對吧。」

「嗯哼。」

「這是馬嗎？」

「錯，是獨角獸。」

「畫得很像哦，那這是誰？」

「你。」

「真的？我是什麼角色？」

「你是王子。」

奧迪咧嘴一笑，偷偷瞄向假裝沒在聽的凱西。思嘉莉的內心世界似乎滿是公主、王子、城堡和幸福美滿的結局，彷彿希望自己也能擁有這種人生似的。

凱西雙手叉在胸前，背對拉起來的窗簾站著。奧迪抬頭看她，「我沒想到妳們還會在這。」

「我們明天就要走了。」

接著兩人沉默了很長一陣。「或許妳可以考慮回家。」

凱西的眼神垂了下來，「沒有人會歡迎我們的。」

「妳怎麼知道。」

「我爸這麼跟我說過。」

「他什麼時候跟妳說的？」

「六年前。」

「六年夠一個人改變不知道幾次心意了。他是不是脾氣不好？」

她點點頭。

「他打過妳嗎？」

她眼裡閃過一絲光火，「他不敢。」

「他見過思嘉莉嗎？」

「他有來醫院，但我不讓他見她，誰叫他要用那種態度跟我講話。」

「妳現在的口氣似乎有點像他。」

她下顎的肌肉抽動了一下，「我跟他完全不一樣。」

「妳脾氣來得很快，執拗、好辯又不肯妥協。」

「你講的這些詞有一半我都聽不懂。」

「妳是個很不肯讓步的人。」

她聳聳肩。

「打給他吧？不必示弱，但起碼聽聽他怎麼說。」

「你管好自己的事就好。」

奧迪傾身從另一張床上拿起凱西的手機，她試圖搶回去。

「那我來打。」

「不要！」

「我會告訴他妳和思嘉莉都很平安，」他將手機拿在她搆不到的地方，「只是一通電話而已，打了能有什麼損失？」

她一臉害怕又絕望的模樣，「要是他把電話掛掉呢？」

「那損失的是他，不是妳。」

凱西臉色蒼白地坐在床邊，雙手夾在膝間；思嘉莉也感覺到事關重大，於是爬到她身邊，靠在她肩上。

奧迪撥了電話。話筒另一頭傳來一個粗魯沙啞的聲音，彷彿是最愛的電視節目看到一半被打斷似的。

「請問是布蘭納先生嗎？」

「**你是誰？**」

「凱西……凱珊卓的朋友。」

布蘭納先生猶疑了一會兒，奧迪能聽見他的呼吸聲。他瞄向凱西，看見她眼中有一絲薄弱的希望。

「**她還好嗎？**」對方問。

「一切平安。」

「**思嘉莉呢？**」

「她們倆都沒事。」

「**人在哪？**」

「休士頓。」

「**我另一個女兒說凱西去佛羅里達了。**」

「她沒去成，布蘭納先生。」

對方這會兒又是好長一陣無語，但奧迪打破沉默，「先生，我知道你不認識我，也沒理由要聽我的勸，但我相信你是個好人，是永遠都會為家人盡心盡力的好人。」

「**我是基督徒。**」

「時間可以讓傷口癒合，就算是最深的傷疤也不例外。你應該還記得為什麼跟凱西吵架吧？我知道人與人之間爭執難免，我也知道有時想勸戒誤入歧途的人，最後反而會碰得一鼻子灰，但我們都知道有些事用說的、用教的都沒有用，她總得親身經歷，才學得到教訓。」

「**小子，你叫什麼名字？**」

「奧迪。」

「**你打給我到底想幹嘛？**」

「你的女兒和孫女需要你。」

「**她只是想跟我要錢而已。**」

「不是這樣的，先生。」

「**那她為什麼不自己打給我？**」

「因為她很固執……不過是好的固執，或許是遺傳到你吧。她自尊心很強，是個好母親，一直以來都是獨力在照顧孩子。」

布蘭納先生的聲音變得粗啞，也流露出懊悔，似乎想再聽下去，而奧迪也繼續往下講，時而回答他的問題，時而聽他捍衛自己的立場，但這麼多年過後，他似乎不那麼稜角分明了。他說太太過世後，自己得扛起兩份工作，陪凱西的時間不夠，對她確實有所虧欠。

「她人就在這，」奧迪說，「你想跟她說話嗎？」

「**想。**」

「等等。」

奧迪看向凱西。她聽他講電話時，臉上浮現希望、憤怒與恐懼，表情時而尷尬，時而頑固，淚水已在眼眶打轉。她接過電話，用雙手握著，彷彿深怕摔碎，「爸？」

一滴眼淚滑下她的臉頰，掛在她嘴角。奧迪牽起思嘉莉的手。

「我們要去哪？」

「外面。」

他替思嘉莉綁好鞋帶，帶著她離開房間下樓，經過水面下漾著數道迷濛藍光的游泳池。他們沿著兩側全是車輛和棕櫚樹的大街走到加油站，奧迪給思嘉莉買了冰棒，看著她從底部開始吃。

「為什麼我媽總是在哭啊？」她問。

「她也有笑啊。」

「她哭得比較多。」

「有時候要扮演好上天賜給我們的角色，不是那麼簡單的事。」

「這種事不是很自然嗎？」

「其實只有夠幸運的人才會覺得自然哦。」

「什麼意思？」

「或許有一天妳會明白的。」

凌晨時分，奧迪發現凱西溜進他被窩，赤裸裸地壓住他。她單腿滑過他的身子，雙膝壓床，騎在他身上，用臉頰摩娑他長滿鬍鬚的下巴，親吻他的雙唇。

「我們得小聲點。」

「妳確定嗎？」他問。

她用探詢的眼神看著他，「我們明天就要回家了。」

「太好了。」

她嗖嗖地呼出一口氣後，壓上他的身子，夾緊盆底肌肉，讓他發出呻吟。

十一年來，他沒碰過任何女人，但身體的記憶還在，人們說的動物本能或許就是這麼回事吧，不必有誰教，他也知道如何觸碰、親吻、晃動、叫嘆。

完事後她溜回另一張床，而奧迪則睡睡醒醒，懷疑一切或許只是夢一場。

奧迪第一次跟貝莉塔做愛是在她房裡，就在厄本的山中大宅內。當時厄本去舊金山處理「家庭事務」，但奧迪懷疑那只是委婉的說法。厄本說舊金山有滿坑滿谷的「娘娘腔和臭gay」，但其實不光是同志，舉凡民主黨員、學者、環保人士、上電視傳福音的宣教士、素食者、裁判、南歐人、中國人、塞爾維亞人和猶太人，他都能罵得體無完膚。

當時奧迪載著貝莉塔替厄本取送現金已經兩個月了，她的工作基本上就是清點金額、開收據，再把錢存進銀行。兩人有空時會到拉荷亞海灣或太平洋海灘野餐，喝檸檬水，吃貝莉塔早上做的三明治，餐後他們會走在木板道上，沿著賣紀念品的亭子、酒吧和餐廳逛，混在其他行人、單車騎士和滑直排輪的人之中。奧迪說了他的故事，希望貝莉塔也能予以回饋，但她幾乎從不提起自己的過去。有次在拉荷亞海灣時，躺在野餐布上的奧迪將手伸到空中，用手指在她眼前舞出各種形狀的陰影，又摘了些野雛菊串成皇冠，放在她頭上。

「現在妳是公主了。」

「野草放在頭上就叫公主？」

「是花，不是野草。」

她笑了，「從現在開始，這就是我最喜歡的花了。」

每天下午奧迪都載貝莉塔回家，替她開車門，看著她走上通往大門的小路，她不會回頭、不會揮手，也從不請他進去。送完她之後，奧迪總會花上好幾個小時回憶她臉上的每個細節，她的手、她的指、她斷掉的指甲，和她那總是引誘著他雙唇的耳垂。但每天心境不同，他的回憶也會有些許差異，在他心中，貝莉塔可以是處女，可以是公主，也可以是母親或蕩婦，他並非憑空幻想，而是在一個女子身上看見愛人不同的面貌。

在心醉神迷之際，奧迪通常會保持沉默，但把貝莉塔送回家後，他又會熱切而滔滔不絕地道出心中的愛意。明天一定要行動，就是明天，他老是這麼告訴自己。

最後，他終於在某天下午替貝莉塔開門時，抓住她手腕，趁她還來不及溜走前擁緊她的身子，用力而笨拙地吻她。

「你夠了沒！」她邊說邊將他推開。

「我愛妳。」

「不要亂講話。」

「妳好美。」

「你只是寂寞罷了。」

「我可以再親妳一下嗎？」

「不行。」

「我想跟妳在一起。」

「你根本不了解我。」

他用雙臂環住她，將她抱得很緊，猛力吻她，想吻開她的嘴，但她始終緊閉雙唇，然而他也不願放手。漸漸地，他感到貝莉塔的身體屈服了，她終於不再咬緊兩排牙齒，頭也往後一倒，雙手更繞上他的頸。

「如果我跟你上床，你可以保證之後不會再來煩我嗎？」她問話的樣子，彷彿即便只退讓這一步，也會面臨可怕的後果。

「不行，」他邊說邊將她抱進屋內。兩人蹣跚地撞進她臥房，解扣、扯鉤，急切而笨拙地褪衣，晃動、拉扯、踢蹬、用單腳旋舞，一秒都不願放開對方。他咬她的唇，她扯他的髮；他抓住她手腕，將她雙手舉到空中，熱切地吻她，彷彿想吸光她所有氣息。

大汗淋漓的兩人動作靈巧、迅速、熱烈又狂暴，但四周的一切卻似乎慢了下來，奧迪更驚訝地發現，時間一點一滴地竟已流逝了這麼多。他是和其他女孩上過床，但大都是在貼放有電影明星海報或家庭拼貼照的宿舍胡搞瞎搞。當時的大學女生喜歡把自己搞得像藝術家，老是穿得破破爛爛，沒事就讀女性主義的論文和希薇亞．普拉斯的詩。奧迪會和她們過夜，但總在黎明前溜走，還說服自己就算他不打電話、不傳簡訊，女孩們也不會介意。

他還遇過另一種女孩，她們打扮得漂漂亮亮，和男人調情，喜歡裝神祕，一副自己有多重要的樣子。但貝莉塔不同，她並不刻意取悅他或任何人，不必說話，不必和他交換思緒，光是靠著赤裸的眼神、噘起的嘴唇和閃爍的微笑，就足以讓他神魂顛倒，讓他覺得自己正看進一口深井，覺得自己別無選擇，只能墜落井底。

除此之外，他還記得什麼？他什麼都記得——她蜜糖色的肌膚、她的氣味、她高挺的鼻子、深濃的眉毛，和她上唇隱約發亮的那層汗水；他也記得兩人擠在單人床上，衣物散了一地，記得她洗到褪色的棉製洋裝、她的拖鞋、她廉價的藍色牛仔褲，和她頸上那條墜著銀色小十字架的項鍊；他更記得她用雙峰填滿他空洞的手掌，記得她高潮時像受困的小貓般呻吟。

「我是厄本的，」她心不在焉地撫摸他的手腕說道。

「嗯，」奧迪嘴上雖這麼回答，但其實沒有真的在聽，因為她的撫摸有如電流，已癱瘓了他。兩人十指交纏，兩個靈魂彷彿都被吸進這柔軟、溫暖的觸碰。

後來他們又做了一次。貝莉塔擔心厄本會突然回家，抓姦在床，也擔心奧迪會覺得自己放蕩，但似乎又很渴望他將全身的重量壓在她雙腿之間，渴望他在她耳邊急促地呼吸，渴望每一次滑順的身體衝撞。

之後貝莉塔去上廁所，奧迪則坐在床緣，讓雙眼適應黑暗。她回來後，他從她後頸一路向下摸，指尖沿著她的脊椎上下游移，她微微顫動，全身似乎都起了漣漪。她疲憊地咕噥了幾句便蜷成一團睡去，奧迪也一樣。凌晨再醒來時，他聽到水聲，又見她半裸地從浴室走出來，內褲已經穿上。

「你得走了。」

「我愛妳。」

「趕快！」

28

休士頓的第三區內有一小塊商業區，裡頭滿是當鋪、賣塔可餅的小販、教堂、脫衣舞俱樂部，以及裝有強化門，窗上交叉著鐵條的無趣酒吧。

摩斯停下腳步，看著眼前那扇窗戶上方的招牌：**四星保釋公司**，名稱下方還附有聲韻頗為和諧的補充——**孩子的爸在吃牢飯？賣掉黃金，保他出獄，完全不難**。

他圈起雙掌當望遠鏡，看見錯縱的堅固欄杆後方放著展示櫃，櫃上擺滿珠寶、手錶和電器用品，還有個粗壯的拉丁女子正用拖把沾著一桶肥皂水在拖地。摩斯砰砰砰地敲門，門上的兩道鎖隨之發出碰撞聲，清潔婦前來開了個小縫。

「我要找萊斯特。」

「杜伯利先生不在。」

「他去哪了？」

摩斯見她猶豫了一下，於是從他那一大疊現金中抽出一張十元鈔票，她隨即搶走，彷彿錢會被不存在的微風吹走似的。接著她指向馬路對面的一家廉價酒吧，建築上只有一塊霓虹招牌，形狀是頭戴寬邊牛仔帽的裸體女牛仔在甩繩索。

摩斯回過身，但門已經關了。

「謝謝妳，太太，」他對空氣說，「我也很高興認識妳。」

他穿越馬路，走進漆黑的酒吧，被最後兩級門階絆了一下，迎面而來的是瀰漫著汗臭、啤酒味、油炸味和傲慢氣息的廣大空間。吧臺很長，後頭是一面鏡牆，牆邊的酒架放滿形狀各異，五顏六色的瓶子，有些圓、有些瘦，有些包著紅色蠟封，也有些是採螺旋蓋設計。

弓著背的萊斯特．杜伯利雙肘壓在吧臺上，面前放著一杯加了碎冰的深色波本威士忌。他身材肥胖，手指關節浮腫，耳際長了幾撮灰髮，肚子大到渦旋紋的西裝背心扣不起來。

萊斯特背後有個上空女郎穿著亮片丁字褲和細跟高跟鞋在斜坡上旋轉，皮膚被燈光照成粉紅色，大胸部微微下垂，胸上那蛛網般的紋路比其他部位的皮膚都要白。五六名男子坐在她面前那桌，但似乎對另一個上空女郎比較感興趣——那女孩正彎下腰，從她大開的雙腿間往後看。

萊斯特見到摩斯時一點都不訝異，其實幾乎可以說是完全沒反應。

「什麼時候出來的？」

「前天。」

「我還以為你要被關一輩子咧。」

「計畫有變。」

萊斯特將酒杯貼到額前。摩斯點了啤酒。

「你在裡面待多久啦？」

「十五年。」

「你一定有發現很多事都變了對吧，我打賭你一定沒聽過 iPad 跟智慧型手機。」

「我是去坐牢，不是去阿肯色州好不好。」

「不然你知道金．卡黛珊嗎？」

「誰？」

萊斯特拍著大腿大笑，露出他補了金色填料的牙齒。

這時有個醉客衝向柔軟度很好的那個脫衣舞孃，結果保鑣立刻用腋下夾緊他的頭，把他拖到外面去。

「我實在搞不懂這些人幹嘛這樣，」萊斯特說，「不過那女孩不介意就是了。」

「你有問過她嗎？」

「過去半年警察來臨檢了兩次，實在是浪費納稅人的錢。」

「我怎麼不知道你也繳稅啊。」

「我說真的，我們私底下想幹什麼，是我們自己的事，如果有人就是想來這種脫衣舞俱樂部喝超貴的酒，那幹嘛阻止他們呢？這些男人可是在幫助窮苦的女孩子養小孩或念書耶，現在景氣差成這樣，來消費哪算什麼道德有問題？」

「你想要小政府是吧。」

「我支持資本主義，但可不是美國這種小題大作又惡霸的資本主義。我理想中的資本主義是非常純正的，我理想中的美國，是只要有錢，幹啥都不會有人管的國度。想在堪薩斯蓋房子鋪路是吧？有錢的話儘管去；想挖石油、鑽天然氣是吧？只要付錢，有什麼不可以？結果我們國家規矩法律一堆，還有該死的環保人士、工會、茶黨那些尼安德塔白癡，和不切實際的社會主義分子，實在是喔，鈔票才他媽的是老大好嗎。」

「真是愛國啊你，」摩斯說。

萊斯特推推眼鏡，「愛慘了喔！」他喝了口酒，挺出胸膛，「你今天來是想幹嘛？」

「我要跟艾迪．貝爾福特見面。」

「你瘋了嗎？你才剛出來欸。」

「我需要一些情報。」

萊斯特咬碎冰塊，「我可以幫你要到電話。」

「我要跟他見面。」

萊斯特狐疑地看著摩斯，「如果他不想見你呢？」

「就跟他說我是奧迪．帕瑪的朋友。」

「這事跟那筆錢有關嗎？」

「萊斯特，你不也說了嗎，任何事跟錢都脫不了關係，」摩斯舉起啤酒，慢慢喝完。「喔，還有。」

「怎樣？」

「我要一把點四五手槍，幫我清乾淨，裝好子彈。」

「把我當平常被你揍的小弟是不是？」

「我會付錢。」

「不然你以為我會讓你欠著嗎？」

29

瓦德茲把小貨卡停在離汽車旅館兩個街區遠的地方，往目的地走去，一旁的六線道有卡車隆隆駛過，颼颼寒風吹得他拉緊外套。他停在旅館門口，身旁那些棕櫚樹的葉子在勁風中折腰，藏在枝葉後的月亮猶如一只銀盤。

夜班經理是個中年西裔男子，他雙腳跨在櫃臺上，坐在那兒盯著一臺小電視看。螢幕上播的是齣墨西哥肥皂劇，演員的髮型和打扮都落伍了二十年，而且每個人都以隨時可能開幹或開打的語氣在講話。

瓦德茲亮出警章，夜班經理緊張地看著他。

「你有見過這個人嗎？」瓦德茲把奧迪・帕瑪的照片拿給經理看。

「有，但好幾天沒看到了。他換過髮型，現在頭髮比較短。」

「他有登記入住嗎？」

「是他女朋友來登記的，她帶著一個小孩，住二樓。」

「房號呢？」

夜班經理用電腦查過後說：「二三九號房，名字是凱珊卓・布蘭納。」

「她開什麼車？」

「一臺爛得要命的本田，裡面放了一大堆東西。」

瓦德茲又指向照片，「你上次看到他是什麼時候？」

「我不數日子的。」

「我問你什麼時候？」

「前天晚上。他怎麼了？」

「他是通緝犯，」瓦德茲將照片放進口袋。「他們左右的房間有人住嗎？」

「這兩天都沒有。」

「鑰匙給我，」瓦德茲接過磁卡，「如果我五分鐘內沒回來的話，你就打這支電話，說有警官需要支援。」

「你為什麼不自己打？」

「因為我可能根本不需要幫忙。」

奧迪醒來時心中有股詭異的感受，他非常確定自己有做夢，卻怎麼也想不起夢中發生了什麼事；有某個隱約閃現光芒的什麼方才墜落他的意識邊緣，倏忽即逝，讓他感到熟悉的痛苦——他的過去正如同那個什麼，不過是一團塵土與廢物。

他睜開雙眼，不確定自己是聽見了什麼聲音，還是感受到氣壓改變。他下床走到窗邊，外頭漆黑無光，一片寂靜。

「怎麼回事？」凱西問。

「不知道，但我要走了。」

「為什麼？」

「時候到了。妳們好好待在這，除非是警察，不然別開門。」

凱西咬著下唇，遲疑了一會兒，一副欲言又止的模樣。奧迪綁好靴子的鞋帶，抓起帆布包，將門開了一個縫，朝走廊左右張望。停車場看來沒有動靜，但他總覺得四周都可能有人埋伏，可是就他的視線所及，接待區的櫃臺後方又似乎沒有人。

他貼緊牆壁，跟著走廊右轉，正要朝樓梯走去時，突然聽見人聲，這時離他最近的門上掛著**清潔**

中的牌子，奧迪試壓門把，廉價的門鎖發出聲響，有些鬆動，他用肩膀撞門，進房後把門關上，房內有臺推車，裡頭豎著好幾支掃帚和沾濕的拖把。

一個人影掠過百葉門，他多等了幾秒，喉間湧上恐懼，就在此時，他聽見有人大吼「警察！」和一個女人的尖叫聲，於是毫不遲疑地拔腿狂奔，下了樓梯後右轉，像螃蟹般慌忙地穿梭在車輛間，最後終於衝到停車場末端的圍牆邊，爬上去又跳下來，在另一側重重地著地，又繼續衝刺，並在穿越一間工廠的空地時，發現有扇敞開的大門可以通往交流道。他聽見有人在咆哮，背後也不時傳來警鈴和咒罵的聲音。

瓦德茲一直相信，人的一生會怎麼發展，取決於某些決定，這些決定未必有對錯可言，但每一個都會導向不同的道路。要是他當初不當州警，選擇加入海軍，或許會到阿富汗或伊拉克打仗，現在已經戰死了也說不定？要是珊蒂被強暴那晚他沒有值勤，他或許永遠都不會和她相遇，沒能安撫她，也不會和她墜入愛河？要是麥克斯沒有來到夫妻倆的生命中，現在他們的生活會是如何？生命中有許多「如果」、「可是」和「或許」，但其實真正能改變一生的重要抉擇只有幾個。

他站在汽車旅館的房門前檢查值勤用手槍，但終究決定放回背帶式槍套，抽出綁在右膝下方的武器——在政治正確當道的九零年代，警界多次刪減預算，一位苦熬過來的警長在瓦德茲剛入行時就教過他，雖然不曉得何時會用到，但隨時隨地都要攜帶備用武器，這樣讓手無寸鐵的嫌犯受傷後，才能丟在現場，避免爭議。瓦德茲的備用武器是一把小型半自動手槍，壞掉的槍柄用膠布捆著，沒有紀錄，無法追蹤。

他往露臺外看去，停車場沒有人，棕櫚葉在泳池旁的水泥地上映出搖曳的陰影。他將耳朵貼到二三九號房門上仔細地聽，但什麼也沒聽見，於是他刷了磁卡，看著紅燈轉綠，壓下把手，開了一個縫，裡頭一片漆黑。

一個女人突然抓著被單坐起身來，她雙眼圓睜，不發一語；瓦德茲舉著槍將整個房間掃視了一圈，床鋪、地板等等都沒漏掉。

「他人呢？」他用氣音問。

女人張嘴，但沒發出聲音。

這時，一個人影從浴室裡出現，瓦德茲本能地大吼「警察！」，剎那間槍口便射出光火，小女孩往後一倒，鮮血灑滿鏡面，女人見狀驚聲尖叫，瓦德茲卻又補了一槍，射中她額頭，於是她也向側邊一墜，捲著被單跌落床鋪。

這一切全發生在轉瞬之間，卻在他心中以慢動作播放——舉槍、扣扳機，並感受手槍的後座力和隨之震動的心臟。

瓦德茲停手後僵在那兒，心裡很愧疚，怪自己不該在驚慌失措的狀況下過度反應。他用手背抹嘴，試著冷靜思考：**帕瑪有來過這裡，他現在在哪？我幹了什麼好事？**

此時他聽見有人跑下樓的聲音，到窗邊一看，發現一個奔跑的人影正穿越停車場；他踢開連通門，衝進隔壁房間，大喊「**不准動！我是警察！放下武器！**」

他沿著走廊狂奔，一面將值勤用的左輪手槍從槍套中取出，舉到頭頂開了兩槍後，才連跑帶跳地下樓，穿越停車場的車陣，拿出手機，撥下九一一。

「有人中槍！我是警察，正在追捕逃犯，他握有武器……這裡是航空大道的星城旅店，一名女子和一名孩童中槍，需要醫護人員。」

他跳過圍牆，跑越貯物場，最後停在一個廣闊的水泥函洞前，只能看著發臭的水從溝渠中央流過。他舉著槍由左指到右，三百六十度掃視了一圈後，對電話說：「請派支援小組和直升機出動。」

「**還看得到犯人嗎？**」

「可以，他正沿著水溝往東跑，我右邊是工廠，左邊有樹。」

「可以描述一下他的外型嗎？」

「那就是奧迪．帕瑪，我不可能看錯。」

「他穿什麼？」

「太黑了，看不清楚。」

警方將巡邏車派到東惠特尼街、牛津街和維多利亞大道，不久後他便聽見警笛聲。

瓦德茲慢慢地停下腳步，彎下腰來，雙手撐在膝蓋上喘氣，胸口不斷起伏，汗水流進他眼裡，也沿著他背部的凹陷淌下。他朝腳下凹凸不平的水泥地啐了一口，一邊咒罵一邊發抖，接著再度用手背抹過嘴巴，試圖冷靜下來，免得失了方寸。他必須呼吸、思考、計劃。

他用手帕抹去備用手槍上的指紋，槍管、扳機、護圈、保險栓都擦得乾乾淨淨，接著直接丟進溝渠。手槍在水泥上彈了兩下，最後掉入水中。

而他則像假聲歌手般吸了一大口氣，然後拿起手機。

「好像追丟了。」

奧迪沿著函洞往南跑，涉過汙濁的水灘，水裡不僅有吱吱尖叫的老鼠往洞裡奔竄，還有從橋上掉下來的許多超市推車。

這麼多年來，他已習慣四周都有牆壁、圍欄和帶刺鐵絲網，習慣總有個什麼抵在身後，不必留心四面八方的所有動靜，所以此刻，他必須奮力對抗周遭那片空曠的拉力，才不至於感到自己將被撕裂成碎片。

警方怎麼會知道他在哪？一定是凱西打了電話給誰。他不怪她——她哪會懂呢？畢竟她還那麼年輕就已飽經風霜，不知道自己還有多少時日可活，所以大概也只能抓緊手上殘存的餘燼，再試著從別人身上挖削些什麼。

奧迪只能不斷往前跑，因為他沒有後路，也無法另闢路線。背後傳來的槍響令他暈眩，彷彿有人在他耳邊吼了好幾小時，在他腦中留下嗡嗡雜音似的。他跑經臭得像屍體的幾大黑袋子垃圾和平頂、金屬門的倉庫，身邊那些建築的山形屋頂在一片迷霧和猶如馬鈴薯切片的月亮襯托下，顯得鶴立雞群。他停在鐵道橋下，脫掉靴子，把水倒出來，並在判斷出鐵路是東西向後，爬出溝渠，沿著鐵軌蹣跚地走在凹凸不平的碎石路上，步向漸亮的天空。

凱西和思嘉莉不會有事的，她們沒做錯什麼，也不知道他逃獄。他實在不該拜託她們幫忙，不該靠近任何人，也不該給出任何承諾——要不是他當初對貝莉塔許下了諾言，又允諾自己絕不能死在牢裡，現在也不會面臨這一切。

他在克舍米爾轉運站搭上進城的巴士，車上那些要輪班或早起通勤的人都半睡半醒地把頭靠在窗上，沒有誰在看別人，也沒有誰說話。**其實和獄中差不多啊**，奧迪心想，大家都把自己藏在群體中，不想成為焦點。

奧迪長得並不非常特殊或顯眼，幾乎就跟附近隨便哪個在打色情電玩的傢伙一樣平凡，所以他當初成為眾人的箭靶被揍，其實是相當奇特的情況。

他在美粒果公園球場下車，走入陰影，累得只想停下腳步，但思緒卻慢不下來。最後他用帆布袋枕著頭，躺在球場的一個出入口旁，閉上了雙眼。

30

黛瑟蕊．弗尼斯走進汽車旅館房間，跨越小女孩的屍體。她的雙眼驚訝地圓睜，金髮被血凝成一條一條，張開的手掌旁躺著一隻頭髮以羊毛製成的破爛娃娃。黛瑟蕊很想撿起布娃塞進女孩手裡，但硬是忍住那股衝動。

女孩的母親裸體躺在床和牆壁之間，她下腹微凸，背部最窄的區塊有個螺旋型的刺青，頭髮也是金色，漂亮的臉蛋上有些雀斑。弧光燈將整個房間照得明亮泛白，但兩人中槍那瞬間內臟離體散發的惡臭，和女子頭邊牆壁上的血跡，卻怎麼也抹不掉。

鑑識人員已到場採證，共三男一女，全都穿著俐落的白色連身工作服，頭戴髮網，腳踩塑膠短靴，正在架設紫外線燈，要檢驗床墊上是否有殘留精液。黛瑟蕊看著床鋪——兩張都有人睡過。女人是在正要起身時被射殺，但小女孩當時為何會在浴室旁呢？

她注意到書桌和電視間的角落有個垃圾桶，裡頭塞滿速食包裝和雜誌，還有幾本小冊子、棉花棒、捏成團的舒潔衛生紙、一盒玉米片和一罐空的殺蟑藥；鏡子底下塞著一張兒童塗鴉，女孩用不同顏色的蠟筆拼寫出自己的名字，思嘉莉。

外頭的警示燈將汽車旅館照得一閃一閃，許多人聚集到停車場圍觀，伸長脖子想看清楚警車和救護車，有些拿出iPhone拍照，有些拿著手機蹲下，呈傳簡訊的姿勢；幾個當地警察也往房內偷瞄，想看一眼屍體，同時也希望他們不必捲進這樁麻煩事。

黛瑟蕊五點多就被叫醒，開車穿越大半個城市，來到這家住滿流動工人、老鴇、妓女和神經病的汽車旅館——基本上只要做得出有照片的身分證明，也付得起一晚四十九塊的費用，沒有誰不能住。有些外勤探員很希望能調查這種不只一人死亡的凶殺案，志在將凶手揪出來繩之以法，但黛瑟蕊則只想回家睡覺。

多數探員都有另一半或孩子，過著正常人的生活，但黛瑟蕊自從一年前甩了斯吉特（他本名叫賈斯汀）後，就沒再交過男友了。她受不了他講話怪腔怪調，幫她取暱稱，還老用跟七歲小孩講話的語氣跟她對談，就算黛瑟蕊拜託他正經點他也不聽，最後她只好叫他打包走人，但心裡實在很想對他狂吼，把他搖醒，讓他看看眼下這種犯罪現場。

黛瑟蕊蹲在女孩的屍體旁，發現地毯上有幾個鞋形的血印，接著她仔細檢查連通門被破壞的門鎖，試圖重建犯罪現場，但這些線索根本兜不起來。

她撥開蓋住思嘉莉眼睛的頭髮，心想要是能問她幾個問題，要是她能回答就好了。

她剝下手套，到房外呼吸新鮮空氣。又有數名鑑識人員已經抵達，正在外頭檢查死者的車，也有幾個一邊在走廊上採集指紋，一邊閒聊，一副稀鬆平常的樣子。其中帶頭的是個年約三十五歲的男子，臉圓圓的，黑眼圈很深，黛瑟蕊向他自我介紹，但沒握他戴著手套的手。

「進度如何？」

「犯人開了三、四槍，目前可以確定母親身中兩槍，女兒一槍。」

「武器呢？」

「可能是點二二手槍，半自動的。」

「犯人站在哪開槍？」

「現在還說不準。」

「總可以先推測吧？」

「母親當時在床上，女兒剛從浴室出來，所以槍手可能是站在房間中央，但比較靠近窗戶，離浴室比較遠。」

黛瑟蕊轉身，用手指順順頭髮，「槍彈鑑識報告做好後立刻送來給我。」

攝影機的閃光燈亮得她一瞬間什麼也看不見，停車場裡的記者不斷吼出問題。當地電視臺和廣播電臺的新聞小組都來了，空中有架直升機在捕捉晨間新聞要播的畫面，還有一個攝影小組在為當地警局專查凶殺案的小組拍攝實境秀。節目把警察拍得像名流，在有線電視臺播送，但大眾看了只會嚇得跑去買槍、裝保全系統罷了。

黛瑟蕊在汽車旅館的一間空房找到當地凶殺案小組派來的警長萊恩·瓦德茲。他躺在床上，牛仔帽拉得很低，似乎在打盹，值勤用的左輪手槍也已卸下，雙手雖套著塑膠袋，但身旁有別人給他送來的咖啡。

這是黛瑟蕊第一次見到他，但方才巡視過的案發現場卻已讓她大大地對他產生成見。瓦德茲坐起身來，把帽子戴回去。

「你為什麼不打電話請求支援？」她問。

「很高興認識妳，」他說，「我們應該沒見過吧。」

「回答我的問題。」

「我不確定奧迪·帕瑪在不在這。」

「夜班經理明明說有見過照片裡的人。」

「他說已經兩天沒看到帕瑪了。」

「所以你就決定直接闖進去？」

「我這麼做都是為了逮捕犯人。」

黛瑟蕊一邊瞪著他，一邊握緊雙拳，緊到指甲都嵌入掌心。她亮出警章，但眼眶發紅的瓦德茲甩都不甩，只是對她眨眨眼，還用傲慢的眼神盯著她，彷彿他有權隨意將她呼來喚去似的。

「告訴我事發經過。」

「不是說過了嗎，我聽到一個女人尖叫，接著房內就傳來槍聲，我馬上衝進去，但兩個人都已經死了。他就那樣冷血地射殺她們，實在有夠沒天良。」

黛瑟蕊將一張椅子拉到警長面前，他的嘴角微微滲著血。

「那是怎麼回事？」她指著他的臉。

「被樹枝刮到了吧。」

她吸吸鼻涕後吞到一口什麼，很想吐出來，「警長，你怎麼會跑來這裡？」

「有個女人打給犯罪防衛隊，問說舉報奧迪．帕瑪有沒有賞金。」

「你怎麼會知道？」

「派遣中心的人告訴我的。」

「你是德菲斯郡的警長，這裡不是你的管轄區。」

「是我請他們通知我的。帕瑪去過我家，還跟我妻小說話，我有權利保護家人。」

「所以你就決定像動作片英雄一樣，對他窮追猛打嗎？」

瓦德茲笑了，「探員，既然妳一副什麼都知道的樣子，那妳能不能說說，奧迪．帕瑪為何要來找我？是腦子壞了嗎？還是想報仇？他這種殺人犯心裡在打什麼鬼主意我是不清楚，但我倒是知道怎麼沿著ＦＢＩ追丟的線索繼續查。」

「ＦＢＩ沒有接獲通知，所以這兩個人的死，你要負責。」

「錯，是他要負責才對。」

黛瑟蕊覺得額頭上似乎被誰捆了條彈力帶，她不喜歡這傢伙。或許他沒騙人，但每次他一開口，她就會想起女人額頭上的彈孔和倒在血泊裡的小女孩。

「再跟我說一次，」她想摸清事情的先後順序，他聽到槍響時人在哪？他何時打開房門？之後又看到了什麼？

瓦德茲把一模一樣的故事重講一遍，說他大喊「警察」後聽見槍聲，「我進房後發現屍體，但他已經從連通門逃跑，所以我追了上去，對他大喊，叫他站住，還開了幾槍，結果他竟然直接跳過柵欄，簡直像會飛一樣。」

「你進門時有拿著武器嗎？」

「有的，探員。」

「你追帕瑪時開了幾槍？」

「兩三槍吧。」

「有打到嗎？」

「或許吧，但我不是說了嗎，那小子跑得實在有夠快。」

「你是在哪追丟的？」

「他穿過水道，好像還往下丟了什麼東西。」

「我是問你哪裡。」

「橋邊。」

「他當時離你多遠？」

「八、九十碼吧。」

「這種距離你在黑暗中還是看得到他？」

「我有聽到水濺上來的聲音。」

「然後他就不見了。」

「對，後來我就回來幫那對母女。」

「你有移動屍體嗎？」

「我有把那女孩翻過來，檢查她的心跳。」

「你有洗手嗎？」

「我手上還沾著血。」

瓦德茲瞇起雙眼，一滴眼淚擠了出來，在他的皺紋間打轉，他舉手抹掉，「我不知道帕瑪會對她們開槍。」

這時一個年輕警員敲門走進房間，他臉蛋清秀，臉上掛著笑容。

「你們看我找到什麼，」他舉起拇指和食指間那把沾滿泥巴的手槍。

「厲害喔！不過腦袋好像還是沒找回來啊？」

警員皺起眉頭，笑容隨之消失。

黛瑟蕊打開塑膠夾鏈袋，「你白癡啊，這可是證據欸！」泥手槍丟進去後她又說：「帶我去你發現的地方。」

她跟著警員走出房外，在警車和救護車之間穿梭，一路上行經許多來圍觀湊熱鬧的好奇民眾。她聽不清那些人說了什麼，但心裡知道他們一定很驚訝竟然有FBI探員長得這麼嬌小可愛，現在大概已開起玩笑，或正在發些甜軟的怪聲。黛瑟蕊每天都得和眾人的眼光抗衡，但她知道就算再怎麼想長高，基因也不會改變，屁股的寬度更不可能縮減幾吋補到腿上。

警員帶她越過工廠和倉庫，沿著風暴侵襲時用來疏洪的函洞一路走到水泥橋邊，用手電筒照亮溝渠裡一個油滋滋的水坑。黛瑟蕊啪地一聲戴上塑膠手套，滑下長滿雜草的碎石坡，一路上盡是碎玻璃、廢棄輪胎、啤酒罐、葡萄酒瓶和漢堡包裝紙。

她第一個受訓站的長官曾告訴她，許多探員錯就錯在辦案時老是高高在上，不懂得放低姿態的重要性。「妳得以罪犯的方式思考，」他說，「要潛伏到社會底層，透過他們的雙眼看待這個世界。」

此刻，她正在發臭的溝渠中涉著餿腐的髒水前進，就算想高高在上，也不可能了。

31

奧迪聽見有人開了鎖，將金屬捲門往上拉，他睜開雙眼，看見一個漆成三原色的流動式塔可餅攤販，餐車上還漆有一隻戴著超大黃色墨西哥帽的卡通版大耳老鼠。這讓奧迪想起他小時候很愛看的飛飛鼠卡通，牠是全墨西哥最快的老鼠，總能智取外國傻貓，拯救村莊。

「昨晚不好過吧，」廚師邊說邊打開放有切片洋蔥、甜椒、墨西哥辣椒和起司的塑膠盒，點燃爐火，又將火壓熄，「要不要吃點什麼？」

奧迪搖搖頭。

「那喝點東西吧？」

奧迪拿了一瓶水。廚師身形矮胖，留著蓬亂的八字鬍，身穿油膩的圍裙，一邊說話一邊將水灑到電爐上，用鋼刷清理。他頭頂的牆上裝著一臺電視，螢幕上是沒有自己主見的觀眾認為公平又中立的福斯新聞。一個女記者站在犯罪現場的封鎖線前，對著鏡頭播報，畫面上有臺本田CR-V，身穿連身工作服的鑑識人員正在搜車。

「**休士頓今天清晨發生凶殺案，中槍身亡的是一對母女，兩人陳屍於航空大道星城旅店二樓的房間，屍體尚未移動。檢方目前正在犯罪現場進行調查，當地警方今早也已經開始追捕殺人的危險逃犯。**

這起命案於今早將近五點時爆發，其他房客表示當時有聽見數次槍聲，也有聽見警方叫凶手投降……」

奧迪感到一陣噁心，嘴裡滿是吐意，他嚥下口水，昨天吃下的東西此刻味道全湧了上來。瓶子從他手裡落下，灑出的水流進水溝，同時，畫面也跳成一名身穿格呢襯衫的高大白人在作證。

「一開始我聽見幾聲槍響，後來有人大喊『住手，不然我就要開槍了！』，接著又傳出幾次槍聲，簡直是子彈滿天飛。」

「你有看到凶手嗎？」

「沒有，我埋頭躲著。」

「你認識死者嗎？」

「我知道她們是母女，昨天還有看到她們在吃早餐。那個小女孩門牙缺了一顆，看她吃鬆餅實在覺得好可愛。」

奧迪無法再直視螢幕。凱西和思嘉莉永遠都會活在他心中，他不願相信兩人已血跡斑斑，沒有呼吸；他要逃，他不會放棄，他非要有人站出來解釋不可。

「警方已公佈嫌犯的姓名及照片，希望能盡快進行偵訊……」

他抬頭往螢幕瞄了一眼，看見自己犯罪檔案裡的照片，一會兒過後，畫面切成他的高中畢業照，他的皮膚瞬間變得滑嫩，頭髮留長，眼神也明亮了起來，簡直就像時光倒流……

畫面切換到汽車旅館外圍，有個留著短捲髮的人離鏡頭很近，相當顯眼，奧迪認出她是曾到監獄訊問他的那個FBI探員。她本來想問錢的下落，最後兩人卻都在聊書和史坦貝克、福克納等作家，她說她都是透過愛麗絲．渥克和童妮．莫里森的作品，來了解女性視角對貧窮問題的看法。

廚師一直在刷電爐，沒注意看電視。他擦擦手，盯著奧迪，「你在哭嗎？」

奧迪對他眨眨眼。

「我幫你做個墨西哥捲當早餐吧，吃了東西心情總會比較好，」廚師將洋蔥和甜椒放上電爐，「你吸毒嗎？」

奧迪搖頭。

「喝酒？」

「沒有。」

「我不是說你看起來怎麼樣哦，」廚師說，「只是每個人都難免有些壞習慣。」

電視新聞已由奧克拉荷馬州的龍捲風又進到世界大賽的第三場，奧迪別過身，面頰刺痛，眼裡燒著怒火。他仍能感受到凱西壓在他身上的重量，也記得她在他耳際呼吸的聲音，指尖上甚至還殘留著她的性感氣味。他當初真是瘋了，一切都是他的錯——愛因斯坦說所謂瘋狂，就是一再地重蹈覆轍，卻期望每次有不同的結果——奧迪的人生正是如此，他的每一天、每一段感情和每一場悲劇都是。

他彎腰靠近水溝，胸口不斷起伏，鼻水流個不停，許多他說不出名稱的部位都在發疼。一無所有的他手足無措，已無法再保持冷靜，他當初制訂的計畫似乎根本不可能完成，也不再重要。

而旁人則一如往常地繼續生活——通勤的人、逛街的人、觀光客、企業家、頭戴棒球帽的男孩和衣著破爛的乞丐之中，有些決心要留存自我的樣貌，有些企圖成為別人，至於奧迪，則只想好好地活著。

32

摩斯等在卡洛琳街和貝爾街轉角，看著車子紅燈停、綠燈行，又檢查了一下手機——還是沒人打來，或許他們說有裝GPS追蹤器根本是唬人的。他望向天空，盯著白雲幾縷的藍天，心想衛星或許正在監視自己也說不定，如果真是這樣，他還真想朝天空揮揮手，或送那夥人一根中指。

一輛六門房車停在人行道旁，黑人司機走下車，叫摩斯把雙腳打開，靠到車邊，用金屬探測器將他的胸口、背部和手腳都前前後後地掃過。那把點四五手槍摩斯包在一塊油膩的破布裡，和一盒子彈以及萊斯特免費贈送的單刃刀一起放在小貨卡前座。

司機對車內的人點點頭，後座的門隨之打開。艾迪．貝爾福特一身黑西裝，外套的翻領上別著花，一副要去參加婚禮還是葬禮的樣子；他是個看不出年齡的人，從二十五到五十歲都有可能，但他金黃色的捲髮和纖長的雙腿卻為他罩上一層復古的氣息，讓他彷如褐色老照片中走出來的人物。

艾迪本來在邁阿密混黑道，後來博南諾家族在八零年代末期撤離佛羅里達南部，他也將陣地轉移到休士頓，建立自己的人馬，開始騙銀行、存戶的錢，寄發詐騙信件，販毒、開妓院，也洗錢，賺了一大票後將觸角延伸到合法生意上，但仍舊掌控德州東部，若是誰有什麼大動作，卻沒先向他報備，或沒讓他抽成，最後都會付出慘重代價。

高級轎車開始前進。

「聽說你想見我，我很訝異呢，」艾迪邊說邊調整翻領上的花，「我的線人說你還在牢裡。」

「那你可能要請新的線人嘍，」摩斯努力裝出泰然自若的模樣，很怕艾迪聽出他的恐懼。他的眼神飄向艾迪額頭上的凹陷——據說是某個生意對手用圓頭鍾敲出來的。謠傳那傢伙後來被埋進沙裡，只剩一顆頭露在外面，還被逼得吞下點了火的手榴彈。當然啦，傳言或許不可信，但艾迪從沒否認過。

「其實我也有聽說你出來的事，那些線人小弟都覺得你簡直有如神助。」
「我是有想去跟神拜託一下啦，結果祂已經先走一步，害我撲了個空。」
「我看祂就是知道你要去才先跑走的。」
「有可能喔。」
艾迪被摩斯逗笑了。他用濃重的南方腔問：「所以你是怎麼出來的？」
「政府放我走。」
「政府還真是寬宏大量啊，那你用什麼回報他們？」
「沒什麼。」
艾迪用小指從牙齒後面摳出一塊東西。
「他們就這樣讓你走？」
「可能當初抓錯人了吧。」
艾迪笑了，摩斯也決定陪笑。此刻車子已飛馳在高速公路上。
「實在是很好笑欸，」艾迪揉揉眼睛說，「你竟然以為我會信這種鬼話。我給你十五秒，要是你不趕快招出你心裡在打什麼鬼主意，我就把你丟出去，對了，先聲明哦，我們可不會減速。」
摩斯的笑容一掃而空。
「兩天前，他們把我拖出牢房，用巴士載我到休士頓南邊的一條路邊，丟下我之後就走了。」
「他們是誰？」
「我不知道他們叫什麼名字，而且頭上又被蓋了麻布袋。」
「為什麼？」
「可能怕我認出他們吧。」
「白癡啊，我不是問你那個。他們為什麼要放你走？」

「哦，他們要我去找奧迪．帕瑪，他三天前逃獄了。」

「我有聽說，」艾迪用手指輕戳他鼓起的臉頰，戳出啵啵聲，「所以他們要你去查錢的下落是吧。」

「就是這樣。」

「你知道有多少人試過嗎？」

「知道，但我認識奧迪．帕瑪，要是沒有我，他根本不可能在獄中活下來。」

「所以他對你有所虧欠。」

「對。」

艾迪露出微笑，此刻的他簡直像影集《法網遊龍》或《火線重案組》裡的皮條客或藥頭。轎車往蓋維斯頓灣的方向開，沿途行經車站、鐵路機廠以及像積木一樣堆了好幾英畝的貨櫃。

「那你找到帕瑪之後呢？」艾迪問。

「他們給了我一支手機。」

「然後呢？」

「我就不用再坐牢了。」

艾迪再度大笑，他拍著大腿，簡直像在打土風舞的節拍，「小鬼，你被哄傻了嗎？你幹了這麼多壞事，怎麼可能有人會平白無故地放你出獄啊？」

雖然被譏笑、羞辱，摩斯仍感覺得出艾迪正在思考——究竟是誰沒先向他報備，就做出這種事？究竟是誰有那麼大的權力，能將已被宣判有罪的殺手放出監獄？背後主使一定很有門路，可能是司法部、FBI或州議會的人，如果能找到同樣為政府做事的人去探聽情報，或許會有幫助。

「如果找到帕瑪的話，一定要第一個打給我，聽懂了嗎？」

摩斯不敢跟他爭，也只好點頭，「阿姆加集團運鈔車在德菲斯郡被搶的事，你知道多少？」

「只知道事情最後搞得亂七八糟，還死了四個人。」

「那搶匪你認識嗎？」

「維儂．凱恩和比利．凱恩是紐奧良黑幫的人，兩個是兄弟，搶過加州十幾家銀行，後來才往東去到亞利桑那州和密蘇里州，負責策劃的都是維儂。他們還有一個長期合作的同夥，叫瑞比．伯爾斯，他本來也要一起去搶運鈔車，結果下手前的那個週末因為酒駕被逮，路易斯安納州對他發了逮捕令。」

「除了他們以外呢？」

「還有個臥底的。」

「車上的保全？」

「有可能。」

「那奧迪．帕瑪呢？」

「從來沒有人聽過他，但他哥哥卡爾倒是出了名地愛惹麻煩，十七歲就在貧民窟賣毒品，墨西哥來的海洛因啊，安非他命啊，你講得出來的他都賣，任何生意都要參一腳就是了。後來他加入西德州的一個幫派，主要是做提款機和郵件詐騙，在布朗斯維被關了五年，出獄時毒癮比進去前更嚴重。一年後他在一家菸酒雜貨店射殺了一個沒在值勤的警察，之後就消失了。」

「所以他現在在哪？」

「黑人老兄啊，找出答案，七百萬就不遠嘍。」

艾迪似乎並不苦惱，反而一副頗富哲思的模樣。通常這種規模的搶案他都會事先知道，但維儂．凱恩和比利．凱恩不是本地人，而卡爾和奧迪大概也只是去湊熱鬧的小咖罷了。

艾迪捏著鼻子，彷彿想消除耳鳴，「你知道我怎麼想嗎？我覺得錢早就不在了，卡爾．帕瑪如果沒死，大概也就是用那幾百萬買到了隱姓埋名的日子，但無論如何，他都已經消失得一乾二淨，比感恩節的火雞骨還乾淨。」

「瑞比・伯爾斯人在哪？」

「他現在很少幹非法勾當了，但旗下還是有兩個女孩子在克羅佛里夫的自助洗衣店拉客，另外他也有在哈里斯郡的一間學校兼差當拖地工。」

按鈕按下，轎車停在人行道旁，周遭湧上大量潮水。他們已來到摩根角外圍，車外的貨櫃集散場有整套工業用的起重機和井架。

「你該走了，」艾迪說。

「這樣我要怎麼回去開車？」

「你坐了十五年的牢，能走點路應該很開心吧。」

33

黛瑟蕊幾乎整夜沒睡，只顧著複習槍殺案的細節，希望答案能從一片混沌的雜訊中躍然而出。她一閉眼便沉沉睡去，終於逼自己睜開眼後，她看見有人靠在辦公隔間，搖頭晃腦地看著她。

艾瑞克．沃納咬著一根火柴棍，「我今天接到助理司法部長辦公室的電話，有人申訴妳。」

「是哦？我猜猜看，是說我長太矮，不能坐雲霄飛車嗎？」

「我沒在跟妳開玩笑。」

「誰申訴我？」

「警長萊恩．瓦德茲。」

「他怎麼說？」

「他說妳蠻橫又粗野，還胡亂誣賴、詆毀他。」

「他真的用了『詆毀』這個詞嗎？」

「沒錯。」

「我只是說他騙人，結果他就把整本字典給吞下去啦。」

沃納將半邊屁股靠在她桌旁，叉起雙手，「妳這種愛諷刺人的個性要是再不改，最後一定會惹上麻煩。」

「我如果不挖苦人，就只能靠現代舞跟大家溝通了。」

這次沃納笑了，「但妳平常不會找警察麻煩啊。」

「案發現場根本不在那傢伙的轄區內，他應該請求後援，通報ＦＢＩ才對。」

「妳覺得結果會不一樣嗎？」

「那對母女可能不會死。」

「妳又怎麼能確定呢？」

黛瑟蕊吸吸鼻子，用手抓了抓，「或許是不能，但牛仔警察跟罪犯之間只有一線之隔，我覺得瓦德茲一定就遊走在那條線上，一邊還在嘲笑我們。」

沃納將剛剛在咬的那根火柴棍丟進垃圾桶，他還有另一則消息要宣佈，但自己也覺得很為難。

「法蘭克．賽納戈斯會接手這件案子。」

「什麼？」

「因為他比較資深啊，畢竟這件殺人案牽涉到兩條人命。」

「但我還是在辦案小組裡吧？」

「這妳就得問他了。」

黛瑟蕊有很多話想說，但都忍了下來，她失望地瞪著沃納，覺得他背叛自己。

「妳會有其他機會的，」他說。

「我知道，」她說完後將眼神移向桌上的文件。

她再抬頭時，沃納已經走掉了，至少她沒有對他生氣或哀求他，算是有保住面子，現在她得去找賽納戈斯談談……有禮貌地好好談。黛瑟蕊和賽納戈斯有過一些糾葛，旁人大概覺得他們對彼此又愛又恨——賽納戈斯很想跟黛瑟蕊來一發，但她卻恨透了他的自大與專橫。許多外勤探員都沉浸於FBI警徽帶來的權力，在待人處事上因而變得太過積極，為了達到目的，他們可以逼人、哄人、騙人，也不吝使出恐嚇手段，之後還會拿這些事來說嘴，好像在比賽誰能解決最多案件，誰能尿到牆壁最高的地方似的。

身為女性，黛瑟蕊在尿尿這一項天生就處於劣勢，身高又總被大家拿來開玩笑，但賽納戈斯對她尤其感冒，他似乎覺得FBI讓她也成為探員，對他個人來說是種侮辱。

辦案小組於中午舉行簡報，賽納戈斯匆匆忙忙地甩門走進辦公室，和眾人握手、擊掌，叫大家集合。探員們將辦公椅排成一個圓圈坐好後，他開始說話，而且越說越有自信。四十出頭的他留著甘迺迪的髮型，藍色隱形眼鏡爍爍發亮，嘴裡戴著牙托。

「大家都知道今天之所以要開會，是因為有一對母女遭到殺害吧，頭號嫌疑犯就是他，奧迪．帕瑪，」他舉起一張照片，「他之前因為殺人被判刑，後來逃獄，最後一次有人見到他是在這一帶，」他在一張大型休士頓地圖上圈出一塊區域。

賽納戈斯轉向一位探員，詢問死者背景。

「凱珊卓．布蘭納，二十五歲，生於密蘇里州，父親是牧師，母親在她十二歲時就死了。她九年級時輟學，兩次逃家，後來受訓成為美容師和化妝師。」

「她是什麼時候搬來德州的？」

「六年前。凱珊卓的妹妹說她訂過婚，但後來男方戰死在阿富汗，他的家人也不願意承認他們的關係。這個妹妹是服務生，一直讓凱珊卓借住，但在一個月前開始注意到姊姊和她老公之間有些不對勁。」

「怎樣不對勁？」

「妹婿似乎有點太關心凱珊卓，所以妹妹要她離開，之後她就一直睡在車裡。」

「有違法紀錄嗎？」

「法院因為她沒繳停車費，兩次對她發出傳票，還有，她也沒繳回政府超發的六百五十元單親家長補助費，但除此之外沒有前科，沒用過假名，除了父母和妹妹外，也沒有近親。」

「她是怎麼認識帕瑪的？」

「她不在監獄的訪客名冊上，」另一個探員說。

「名字也沒有出現在之前的調查中，」又一個探員補充。

「而且不是因為她不到十四歲而沒紀錄，」第一個探員說。

「或許她是在旅館附近拉客，」賽納戈斯說。

「根據夜班經理的描述，好像不是這樣。」

「經理有抽成也說不定。」

凱西的高中畢業照被貼上白板，她一頭金髮，額前有瀏海，看起來淘氣又害羞。

「州警已經挨家挨戶地在旅館附近的幾條街調查，至於院子和倉庫，他們也帶了警犬幫忙，或許會搶在我們之前抓到帕瑪，但我還是要知道他去過哪裡，和誰有過聯絡，還有他是如何拿到犯案用的槍。我要你們去找帕瑪的家人和朋友談，任何認識他或可能幫助他的人都不能漏掉，問問看他小時候有沒有最愛去哪裡，有沒有去露過營，有沒有什麼地方讓他覺得特別自在。」

黛瑟蕊舉手，「他是在達拉斯長大的。」

賽納戈斯一副很驚訝的樣子，「是弗尼斯探員啊，我沒看到妳耶，下次妳可能要站在椅子上哦。」有人笑出聲，黛瑟蕊則一點反應也沒有。

「妳怎麼會來？」賽納戈斯問。

「我想加入辦案小組。」

「我這裡人手已經夠了。」

「但我一直很仔細地在調查原本那件搶案和那筆錢的下落，」黛瑟蕊說。

「錢已經不是重點了。」

「我看過帕瑪的心理評估報告和監獄檔案，還跟他談過話。」

「妳知道他在哪嗎？」

「不知道。」

「這樣啊，那妳就沒什麼用處了，」賽納戈斯將墨鏡從額頭上拿下來放進盒子裡。

黛瑟蕊沒有坐下，「奧迪．帕瑪的母親現在住在休士頓，他姊姊在德州兒童醫院工作，而萊恩．瓦德茲則是十一年前逮捕他的其中一名警官。」

賽納戈斯將一隻腳跨上椅子，手肘撐在膝蓋上，動作就像靠在柵欄邊一樣。他眼角有錯綜複雜的皺紋，猶如老瓷器上細微的裂痕。

「妳想說什麼？」

「奧迪．帕瑪在刑期結束的前一天逃獄，又出現在逮捕他的警官家門外，整件事似乎不太對勁。」

「還有呢？」

「汽車旅館的夜班經理指認出照片上的人就是帕瑪後，瓦德茲卻還是不請求支援，執意自己去抓他，實在也很奇怪。」

「妳覺得瓦德茲有問題？」

黛瑟蕊沒有回答。

賽納戈斯環視辦公室裡的探員，似乎正在猶豫，接著他站直身子，「好吧，妳可以加入，但別再接近那個警長了，他不是妳該管的人。」

黛瑟蕊想跟他爭。

「帕瑪畢竟去過瓦德茲家，所以他會擔心也是合情合理。別忘了，我們要追的是帕瑪，要是他真的在進行什麼復仇計畫，我們也得留心可能成為箭靶的人，像是法官、辯護律師和檢察官等等都要通知。」

「要派人保護他們嗎？」有人問。

「除非他們要求，否則先不用。」

34

詹森大道上那家老舊的格拉納達電影院自九零年代中期便已荒廢，門窗全用木板釘死，建築上到處都是塗鴉和鳥屎，人們也都改到半哩外的影城看電影了。格拉納達電影院建於一九五零年代，當時北休士頓是洪布爾以南僅存的大型購物區，許多父母都固定在週六早上讓孩子到電影院連看兩部片，自己則到賣場購買生鮮雜貨。

電影院對面有家拉蒙烘焙坊，奧迪大學時曾在那兒打工，但現在已經改成一家叫作「長城」的中國餐廳了。烘焙坊的老闆拉蒙先生曾告訴奧迪他和來自德州的戰爭英雄奧迪．墨菲同名；墨菲到休士頓宣傳他的自傳電影《火海浴血戰》時，拉蒙先生曾在格拉納達電影院見到他本人。

「他是我見過最勇敢的人，就是因為你們同名，我才把這份工作給你。你聽過他的事蹟嗎？」

「沒有，」奧迪說。

「他站在起火的坦克車頂，火都已經燒到腳上，卻還是用機關槍不斷掃射，中了不知道多少槍也不肯接受治療，堅持戰鬥到所有弟兄都脫離危險後才停手。你猜他殺了多少德國佬？」

奧迪聳肩。

「猜一下啦。」

「一百個。」

「沒那麼誇張好不好！」

「五十？」

「一點也沒錯！他射死了五十個德國兵。」

奧迪向拉蒙先生保證他一定會去看《火海浴血戰》，但一直沒機會，這件事也讓他很遺憾。

奧迪沿著電影院外圍走了一段後，爬上逃生梯，往上了大鎖的門踢了一腳，門沿著生鏽的鉸鏈轉開，砰的一聲摔在牆上，撞下數塊潮濕的灰泥。電影院內空空如也，霉腐味沖天，他掃視了一圈，發現從前成排的座椅都已拆除，只留下一個傾斜的大洞，裡頭散落著破爛的地毯、扭曲的金屬和壞掉的燈具；牆壁則漆成濃重的綠色和紅色，連接天花板和地板的部分仍保有裝飾線板。

奧迪枕著夾克，像嬰兒般縮成一團，試著在影廳裡入睡。他已忘記自己幾歲，前前後後算了算，才得出三十三這個數字。夜晚來臨，閃電打得夜色顫巍巍地發亮，這番景象讓奧迪想起在獄中的日子。當時他每一晚都蜷縮在床上，面對牆壁，重新為從前遭遇過的各種悲劇所折磨。

「會怕是一定的，」摩斯這麼告訴他，「所以覺得害怕時，你就要告訴自己，一個晚上最長不過八小時，一小時也只有六十分鐘，除非你不想看到明天的太陽，不然天總是會亮的，但你一定要對抗悲觀的想法，一天一天地撐下去。」

奧迪從沒想過自己會懷念獄中的任何人事物，但摩斯確實是例外，對他來說，這個大塊頭有點像保鑣，也經常幫助他，但最重要的是，摩斯是他的朋友。

逃獄的事獄方想必已訊問過摩斯，他或許還因而挨了一兩頓打——奧迪一想到這就覺得難過，但如果他將計畫告訴任何人，就必須承擔一定的風險，所以即便是摩斯，他也只能之後再寫信去解釋。

奧迪逼自己不再去想摩斯的事，轉而念起他和貝莉塔剛開始戀愛的那幾個月，很訝異自己竟能記起那麼多生動的細節。對他來說，戀愛就像註定要發生的意外，就像先把飛行傘丟出機外才往下跳，卻始終相信自己絕對追得到一樣。他越墜越深，卻一點也不覺得死亡等在盡頭。

一開始他負責載貝莉塔收送現金，每個星期會見到她四五次，厄本人在農場或去出差時，兩人就在車上、奧迪的房間和老闆的屋內做愛，但從不過夜，從不睡倒在彼此的臂彎裡，也未曾在隔天早上一起醒來，只能像賊兒般偷偷摸摸地抓住每一刻相處，在歡愉後盯著大海、夜空或奧迪房間的天花板。

「你這輩子愛過幾個人？」有天她這麼問。

「只有妳。」

「騙人。」

「對啊。」

「沒關係，你可以就這樣一直騙下去。」

「那妳愛過幾個男人？」

「兩個。」

「有包括我嗎？」

「有。」

「另一個是誰？」

「不重要。」

兩人躺在厄本的休旅車後座，海浪一波一波地打在車子停靠的沙灘上，彷彿有對強健的肺臟在一吸一吐，使潮水來回沖刷。奧迪對貝莉塔的許多事都很好奇，想知道關於她的一切。他原以為只要先將自己的生命故事一五一十地說出來，貝莉塔也會對他敞開心房，殊不知就算兩人促膝長談，她也甚少提及自己的事，但深邃又不露感情的眼裡卻好像又藏著奧迪難以探尋的記憶與過往，他有時都會覺得或許不要問才是最好。

對於貝莉塔，他究竟了解多少呢？她來自西班牙的父親在柯莉娜區開了間小店，賣她母親縫製的婚紗，一家人住在店鋪上面的兩層樓，她和姊姊共用一個房間，卻怎麼也不肯提這個姊姊的事；貝莉塔不喜歡狗，不喜歡鬼故事，也不喜歡地震、鵜鳥、蘑菇、棉花糖、醫院、漏水的筆、滾筒式烘乾機、資訊廣告、煙霧警報器、電烤箱和動物內臟。

貝莉塔的房間沒幾樣個人物品，多數抽屜除了內衣褲以外，什麼也沒放，而衣櫃裡的，就是她原本的五六件衣服和兩人上次一起去買的那些，所以奧迪也很難看出端倪。

只要奧迪問到關於她家人的事，問她在哪長大，什麼時候搬到美國，她就會生起氣來，就像他向她表明愛意時一樣——有時接受，有時又邊罵他蠢，邊將他推開。她總會笑他太年輕，把兩人之間的情愛講得微不足道，或許是希望藉此把他趕跑，卻造成反效果，畢竟她會這樣嘲謔，就代表她其實在乎。

貝莉塔瞄向奧迪腕上的錶，說差不多該走了。兩人已靠著好運冒了太多險，卻也非常滿足。奧迪很討厭送她回家。他不知道貝莉塔是否每晚都得服侍厄本，但心裡非常害怕，只要一想到有別的男人碰她，他就會把臉埋在枕頭裡痛苦地呻吟。被妒意與慾望撕扯的他會躺在床上，緊閉雙眼，沉浸在幻想中。貝莉塔的氣味已渲染了他的整個世界，每個角落都聞得到。

「妳喜歡這種生活嗎？」車子沿著濱海公路開時，他這麼問她。那天兩人只能偷得半日相處，而當時，和貝莉塔在一起的時間已成為奧迪衡量生命意義的方式了。

她沒有回答，表情不悲不喜。

他又問了一次，「妳喜歡跟厄本一起生活嗎？」

「他對我很好。」

「但妳不屬於他啊。」

「你不懂。」

「那妳跟我解釋。」

奧迪注意到她的脖子和臉頰都漲紅起來。

「你太年輕了，」她說。

「妳年紀明明也不比我大啊。」

「我經歷過的事比你多太多了。」

奧迪將眼神轉向海洋，看了片刻，感到挫敗、悲傷又迷惘，他不知道偷偷摸摸的愛是否算得上愛，又或者那根本像是四下無人時在林間倒塌的樹，就算摔出聲響，也沒人會聽見。對他來說，和貝莉塔相處的每分每刻都無比真實，相較之下，生活中其餘的一切反而都猶如幻覺。

「我們可以離開這裡，」他說。

「然後呢，去哪？」

「往東走，我在德州有家人。」

她露出悲傷的微笑，彷彿眼前是個可愛的傻子。

「有什麼好笑的？」

「你不是真的想跟我在一起。」

「我是啊。」

風從窗戶吹進來，將她的髮絲吹上嘴角。她將雙膝抬到胸前，低下頭來。

「妳到底經歷過什麼事？」他問。

她沒有回答，接著奧迪才發現她在哭。天色幾乎已經全黑，他把車停在路旁，彎過身去親她那幾乎毫無溫度的臉，向她道歉。他用指尖輕撫她臉上的凹陷與溝痕，猶如盲人般觸碰她的美，這時他才第一次了解到愛雖能帶來美善與喜悅，卻也同樣容易造成悲傷、痛苦與遺忘。

她推開他的手，要他載她回家。當天晚些時候，奧迪洗完澡，一動也不動地拿著牙刷在鏡子前站了好久，但並不是在看自己，而是任由貝莉塔的臉龐又近又遠地縈繞在他眼前。她頂著鮮明而堅定的雙眉和光滑的肌膚，微張著雙唇，呼吸時淺淺地喘，歡愉的嘆息如瀑般連綿不絕，棕色的雙眼時而遠眺，時而穿透奧迪的身體。在他心中，兩人之間的激情能讓整座城市燃燒，但她卻已漸漸離開他，彷彿只是經由他的身體，要繼續前往他永遠無法企及的遠方。

之後，他到走廊上用公共電話打給遠在達拉斯的母親。他上次跟她說話已經是六個月前的事了，但她生日時他有寄明信片和禮物回家，不過迷信的貝莉塔說他選的那個相框四周鑲有貝殼，會帶來厄運。

話筒內傳來嘟嘟聲，奧迪能想像母親避開邊桌和衣帽架，穿越狹窄走廊的模樣；聽著耳際的回音，他不禁好奇自己說的話究竟是完整地傳進線路，還是都被轉成訊號了。

「你還好嗎？」她問。

「我遇到喜歡的人了。」

「她是哪裡人？」

「薩爾瓦多。我想娶她。」

「你還太年輕了。」

「我知道她就是我註定要娶的人。」

「你有問過她嗎？」

「沒有。」

奧迪清晨才睡著，醒來時已接近中午。他想趁還有機會時，到外頭曬曬太陽，呼吸自由的空氣，於是離開戲院到街上走走，希望能藉此釐清思緒。他逃離監獄時，腦中已規劃好一切，但現在他不禁開始懷疑執行計畫的代價是不是太大了——兩個無辜的人已因為他而喪命，就算最後結果完滿，在過程中造成這麼多傷害，真的值得嗎？

他開始幻想大家都盯著他看，對他指指點點，用手遮著嘴說悄悄話。他經過一個身穿浴袍的男人和一個有刺青的年輕女子，她站在那兒，氣沖沖地朝樓上的一扇窗大吼，叫對方「他媽的把門給我打開」；一路上他也看到破爛的汽車、廢棄的冰箱、幾家打折店、商品展示間和一隊重機騎士。

走著走著，他抬頭看見一座教堂和正門口的標語：「**如果對神有愛，就掏錢宣示你的崇拜**」。教堂對面的街角有家小型菸酒雜貨店，門上架著鮮豔的霓虹招牌，裡頭的架上筆直地排著瓶子，有許多烈酒、利口酒和各種水果發酵製成的酒，奧迪不但沒喝過，甚至連聽都沒聽過，但他隨便想也知道，這些東西一旦喝下去，大概什麼都能忘記。

鈴聲從他頭頂傳來，走道空無一人；店門口裝有攝影機，奧迪看見自己出現在螢幕上。他向櫃臺後的那個男人點點頭。

店裡有投幣電話，他原本想撥給母親，但後來決定打到查號臺問電話。他聽著話筒嘟嘟響，一個櫃臺人員接了起來。

「我要找弗尼斯探員，」他說。

「你哪裡找？」

「我有情報可以提供給她。」

「你得先報名字。」

「奧迪·帕瑪。」

對方很用力地將話筒放下，奧迪聽見有人摀著嘴說話，還有許多人在走廊上大吼。他看向收銀臺，點點頭，隨後便轉身背對店員。

一個女人接起電話。

「請問是弗尼斯探員嗎？」

「對。」

「我是奧迪·帕瑪，我們之前見過。」

「我記得。」

「我有讀妳推薦的書。圖書室拖了很久才進，但我覺得非常好看。」

「你說想參加讀書會，結果一直沒打給我。」

「是啊。」

「奧迪，你知道我們在找你吧。」

「我不意外。」

「自首吧。」

「不行。」

「為什麼？」

「我還有些事得去完成，但我要妳知道我沒有射殺凱西和思嘉莉，我用我的名譽和我父母的生命跟妳保證，不是我。」

「你可以直接過來跟我解釋嗎？」

奧迪感到腋下在滴汗，他將話筒拿離耳邊，用肩膀抹抹耳朵。

「你還在嗎？」

「在的，探員。」

「奧迪，你為什麼要逃跑？明明只剩下一天了。」

「錢不是我偷的。」

「那你為什麼認罪？」

「我有我的理由。」

「什麼理由？」

「我沒辦法告訴妳。」

弗尼斯探員打破沉默，**「奧迪，我知道你可能是想替你哥或別的誰頂罪，但從法律的角度來看，只要有參與搶案，不管是負責劫持運鈔車、開車逃逸，甚至只是打電話，罪行都是一樣重的。」**

「妳不懂。」

「**那就跟我解釋啊，你為什麼要逃獄？不是都可以出去了嗎？**」

「要是不逃，我永遠都不會自由。」

「**為什麼？**」

他嘆了口氣，「弗尼斯探員，過去十一年來我都擔驚受怕，不只是怕壞事發生，連想著以前經歷過的那些事，也始終覺得恐怖。睡覺時我只敢閉一隻眼，只要有牆我一定靠著，但妳知道嗎，出來以後我一直睡得很好，我終於了解到恐懼才是我真正的敵人。」

她深深地吸了一口氣，「**你人在哪？**」

「一家賣菸酒的雜貨店。」

「**我去找你。**」

「我待會兒就要走了。」

「**那卡爾呢？**」

「他死了。」

「**什麼時候？**」

奧迪將話筒牢牢壓在耳朵上，用力閉緊雙眼，緊到眼前有五顏六色的光在打旋，接著色光消退，他腦海裡浮現出自己和哥哥坐在河邊的場景。當時卡爾滿臉是汗，大腿上躺著一把槍，胸前的繃帶滲出鮮血，他看進眼前的黑水，彷彿那條河能解答人生中最重要的問題。他知道他撐不到醫院，也無法逃到加州開啟新生活了。

「被我殺死的那個人有老婆，而且她還懷孕了，」他說，「真希望一切能重來，真希望我從來沒出生。」

「我要叫救護車了，」奧迪說，「你不會有事的。」但他嘴上雖這麼說，心裡卻很清楚哥哥不可能沒事。

「我這種人不值得原諒，也不配別人替我禱告，」卡爾說，「那裡才是我應該去的地方，」他指向三一河，油亮的黑色川流無情地翻滾打旋。

「不要講這種話，」奧迪說。

「跟媽說我愛她。」

「她知道。」

「接下來的事就不用告訴她了。」

奧迪想阻止他，但卡爾什麼也不聽，還拿槍指著奧迪，要他離開，見他不肯，又把槍口抵上他前額，對他大吼，血淋淋的口水噴得他滿臉都是。

奧迪爬進卡車，開上已印出車轍的顛簸小道，眼淚模糊了他的視線，他往後照鏡裡看，河岸邊卻一個人也沒有。後來有好幾年的時間，他都一直假裝卡爾已成功逃亡，改名換姓，也找到好工作，和妻小過著好日子，心底深處卻非常清楚哥哥做了什麼事。而此刻，弗尼斯探員仍在線上等著奧迪解釋。

「卡爾十四年前就在三一河死了。」

「怎麼死的？」

「溺死。」

「但沒人撈到他的屍體啊。」

「他帶著廢鐵跳進河裡，讓身體沉下去了。」

「我怎麼知道你沒騙人？」

「去挖挖看河底就知道。」

「那你為什麼都不說？」

「他要我發誓不告訴任何人。」

奧迪正要掛斷。

「**等等！**」黛瑟蕊說，「**你跑去警長家做什麼？**」

「我得確認一下。」

「**確認什麼？**」

但這個問題便懸在那兒，沒人回答了。

35

接近傍晚時，摩斯在學校體育館找到瑞比．伯爾斯，擔任清潔工的他正在拖地，看他揮甩拖把的樣子，大概會覺得他手裡是個有厭食症的舞伴。體育館裡瀰漫著汗臭、萬金油味和摩斯年輕時常聞到的某種什麼，大概是荷爾蒙的氣味吧。一個女孩坐在觀眾席上玩手機，她年約十三，身材過胖，一副很無聊的樣子。

「這種事不能讓機器做嗎？」摩斯問瑞比。

「機器壞了，」瑞比緩緩轉身，一邊說道。他一頭灰白的長髮綁成馬尾，身上那件短袖夏威夷襯衫尺寸太小，把他的前臂綳得像聖誕節吃的蜜糖烤火腿。

「大家都已經放學回家了。」

「我是來找你的。」

瑞比將拖把從左手換到右手，現在他有武器了。他上下打量摩斯，似乎在考慮要硬碰硬還是逃跑。

「我不是來找你麻煩的，」摩斯高舉雙手。「你在這工作多久了？」

「不關你的事。」

「學校知道你是重刑犯嗎？」

瑞比看著摩斯，吃驚地眨眼，神情變得狂躁，皮膚滲出汗水，雙眼也瞪得老大。

「我看一定不知道吧。」

瑞比已用雙手將拖把舉起。

「別緊張，你把水灑得到處都是了。」

瑞比看著那灘水。

「那個小女生是誰？」摩斯問。

「她是這裡的人。」

「什麼意思？」

「她媽在工作，我負責照顧她。」

「她媽是做什麼的？」

「掃廁所。」

摩斯走在光滑的木地板上，一面閒晃，一面假裝在運球，並做出射籃的姿勢，想像不存在的籃球落進框裡，聽著體育館裡的回音。摩斯已稍微調查過瑞比，知道他在州立監獄坐過兩次牢，比較久的那次長達六年，另外也曾因為郵件詐騙和毒品持有罪而進過少年感化院，但光從犯罪紀錄根本看不出一個人的生長背景，看不出他是醜、是窮或是笨，也看不出他父親是不是粗暴的酒鬼。

瑞比酗酒，這點摩斯看得出來，因為他的眼白佈滿血絲，嘴角還有黏液乾掉後裂成的一塊一塊。酒鬼分成很多種，有些喜歡享受當下的刺激與快感，有些則是為了逃避，為了沉浸在孤獨之中。

「跟我說說德菲斯郡的運鈔車搶案吧。」

「你在講什麼我聽不懂。」

「你原本也是同夥。」

「你搞錯人了。」

「但在行搶前因為酒駕被抓。」

「你弄錯了。」

瑞比又開始拖地，但比之前用力得多，如果說他之前像在跳華爾滋，現在大概就是狐步舞。摩斯才走近了些，拖把便立刻往他的頭揮來，他輕易閃開，並將拖把從瑞比手裡搶來，靠在膝蓋上折成兩半。女孩抬起頭來，但整串動作發生得太快，她什麼也沒看見，於是又低頭繼續玩手機。

摩斯將斷成兩半的拖把交給瑞比，瑞比拿在手裡，猶如啦啦隊員拿著兩顆彩球。

「學校會要我賠錢。」

摩斯探進口袋，抽出一張二十元的鈔票，塞進瑞比夏威夷衫的口袋裡。這樣的情況讓瑞比不得不屈服，他坐到觀眾席上，從口袋裡拿出一個金屬扁酒瓶，轉開瓶蓋，舉起來大口暢飲，雙眼濕潤了起來。他抹抹嘴後開始說：

「大家都以為他們嚇得倒我，以為我是個窩囊廢，覺得我沒救，我可悲，但我告訴你，我什麼都不怕。你知道有多少人來問過我搶案的事嗎？他們威脅我、揍我、用香菸燙我、騷擾我、折磨我，FBI每兩年也都要把我抓去重新偵訊，我知道他們一直在偷聽我講電話，還監控我帳戶。」

「瑞比，我知道錢不在你手上，跟我談談搶案的事就好。」

「我當時被關在郡立監獄。」

「但你本來是要負責開車的。」

「本來，但最後沒去成。」

「維儂．凱恩和比利．凱恩呢，你對他們了解多少？」

「我認識他們。」

「你還跟他們一起搶銀行。」

瑞比又從扁瓶裡灌了一大口酒，「我跟比利在少年感化院認識後就一直是朋友，後來有一天他突然打給我，說有事要找我幫忙，當時我剛被裁員，汽車貸款也快要到期，所以就答應了，我就是那時才認識維儂的。維儂是老大，有一套標準程序，每次他和比利都會分別走進銀行，排在不同的隊伍，不時讓其他人先，為的就是要差不多同時抵達窗口。他們會把手槍藏在摺好的報紙或雜誌裡，只讓櫃臺人員看到，而且不亂吼，不叫大家趴到地上，也不朝空中開槍，只是輕聲細語地命令櫃臺人員在包包裡塞滿現金，接著就若無其事地走出來，再由我開車把他們載走。我們就這樣搶了三四十家銀行吧，以加州為起點，一路往東走。」

「那德菲斯郡那次呢？」

「那次的規模大多了。維儂認識一個在保全公司上班的傢伙，那間公司是專門幫銀行和證券業運鈔的。」

「是史考特．波翔嗎？」

「不知道，維儂那個朋友我也沒見過。」

「波翔就是死於搶案的那個保全人員。」

瑞比聳聳肩，「或許他是臥底，也或許不是，維儂沒說，但反正那次的計畫非常完美。保全公司的運鈔車每兩個月都會去銀行收取有瑕疵的鈔票，就是破掉啊、被丟進洗衣機啊、或是沾到東西的那些。這些錢會運到芝加哥附近的一家資料銷毀機構，聯準會就這樣白癡地用一大臺焚化爐全部燒掉耶，有夠離譜的對不對？維儂弄清楚他們運錢的時間和路線後，我們就計劃要挾持運鈔車，把保全綁起來，設法弄開後車廂，搶走那些沒有任何記號，也無法追蹤的錢。鈔票上的編號根本沒人知道，我們也不算是偷誰的錢，而且反正最後都要燒掉嘛，對吧？」

「那奧迪．帕瑪怎麼會加入？」

「一定就是被維儂找來的吧。」

「你從來沒見過帕瑪？」

「沒。」

「那他哥呢？」

瑞比搖搖頭，「計畫失敗前我根本沒聽過他們倆的名字。我告訴你，維儂和比利就那樣死掉，我沮喪得不得了。比利十幾歲時打翻過硫酸，所以後來是變得有點古怪、有點神經質沒錯，但他是個好孩子，還跟我妹在一起過一段時間。」

「那後來呢？你有再聽到過卡爾的消息嗎？」

「我聽說他跑去南美了。」

「你覺得錢是被他帶走了嗎？」

「至少警察是這麼說的。我覺得他至少欠我五十萬吧。」

「怎麼說？」

「維儂知道我沒辦法參加時，有答應要分我一點錢，結果你看我現在淪落到什麼地步——我他媽的竟然在拖地，還得當費歐娜公主的保姆。」

女孩抬起頭，對他哀了一句，「我好餓。」

「去販賣機買點東西吃。」

「我沒錢。」

瑞比摸遍所有口袋，卻只找到剛才那張二十元，於是看向摩斯，「你有小鈔嗎？」

摩斯給了他一張五元鈔票，女孩拿過去後甩頭就走，瑞比看著她離開，眼神似乎都集中在她的屁股上。

「你說她媽在哪？」

「在工作。」

「你最好乖乖盯著地上，不要亂瞄。」

「看一下有什麼不行嘛，」瑞比咧著嘴笑道，「看完再回家關燈幹她媽就好啦。」

摩斯抓住他的襯衫，扣子被扯得掉到凸起的木板上，又再彈起來。瑞比雙腳亂踢，掙扎著想站穩，「我開玩笑的啦，」他哀號，「你怎麼那麼沒幽默感啊？」

「我看我的幽默感大概是躲進你的屁眼裡了，可能得用靴子捅出來。」

摩斯將他往長凳一推，便步出體育館，走到樓下時，遇到剛才那個女孩，她正在吃洋芋片，不時還舔舔手指。

他停下腳步，轉頭問道：「他有亂摸過妳嗎？」

她搖搖頭。

「要是他摸的話，妳要怎麼辦？」

「割掉他的屌。」

「聰明。」

36

奧迪在波娜黛特家門外等了兩小時，邊等邊觀察身旁的街道和漆黑的窗戶，心裡覺得FBI特種部隊或許就埋伏在樓梯井裡，屋頂上也可能部署了狙擊手。暮色漸濃，飄移的雨雲不時遮住太陽，在社區內罩出如大理石花紋般的陰影。

附近的居民來來去去，此刻經過他身旁的是一個在遛狗的女人，她手裡牽的那隻懶狗一副心不甘情不願的模樣，看見消防栓也不想去聞，還胖得連腳都舉不起來；一個身穿黑西裝的高瘦男子彎著腰在抽菸，他盯著雙腳之間的水泥地，彷彿正試著解讀誰用粉筆草草留下的訊息。

奧迪穿越馬路，努力裝出在地人的模樣，但事實上，他已經不知道自己究竟屬於哪裡了。淺灰色的灌木旁停著一排汽車，車子另一側則是綠到彷彿加了化學製品染色的草坪，他停在一輛蓋著藍色塑膠布的車旁，車罩被微風吹皺時，看起來就像包藏著什麼生物。他蹲下身子，手往塑膠布裡伸，將每顆輪胎的上側都摸過一遍，卻找不到鑰匙——波娜黛特明明答應過的，但或許她改變心意了。他又趴下來找了一次，這時一道銀光閃現，攫住他的目光，鑰匙就躺在輪胎後方的柏油路上，於是他爬進車底。

這時他聽見背後的人行道上傳來腳步聲，隨即蹲起身來，原以為會有十多把手槍指著自己，結果只有一個男子站在他面前，擋住了太陽。男人身材高眺，鼻子很長，下巴的鬍子看得出是由鬢角延伸留成，褲管塞在靴子裡。

「你好啊。」

奧迪擠出微笑，對他點頭。

「東西掉了是嗎？」

「嗯，鑰匙。」

男子吸了口菸，讓菸在燒的那端亮了一下。奧迪看不見對方的眼睛，但直覺地認為他的眼神一定遲鈍又殘酷——監獄裡有某些人就是這樣，大家若非不小心，否則絕不會靠近他們，而且一定不敢再犯。

奧迪拉掉車罩，那是臺幾乎全新的豐田Camry。男子踩熄香菸。

「把鑰匙丟給我。」

「為什麼？」

「這件事很簡單，叫你做你就照做，」男子的手插在外套口袋裡，「不然傢伙一旦拿出來，我就不得不用了。」

奧迪把鑰匙丟給他。

男子走到車子後方，打開後車箱。蓋子升了起來。

「進去。」

「不要。」

那隻手伸出來了。男子拿著一把槍筒猶如黑色小空心管的手槍，指著奧迪的胸膛。

「你不是警察。」

「進去。」

奧迪搖搖頭，看著手槍從自己的胸口舉到額前。

「老兄，我可不介意殺你哦，反正他們說活人或屍體都可以。」

奧迪彎腰靠向後車廂，槍口抵上他的後腦勺。他眼前並沒有出現閃光或煙火，在那一瞬間，四周的黑暗都濃縮成一個小白點，而後全然消散，彷彿老舊的黑白電視被誰關掉似的。

有時，奧迪會覺得自己一直活在他人的期望之中，也有時，他會想像貝莉塔活在平行宇宙裡，和主人厄本．柯維住在加州，替他打掃房子，和他同床共枕。在那個平行宇宙裡，卡爾在父親的修車店修引擎，香菸不會致癌，波娜黛特的老公不是酒鬼，而奧迪自己則是工程師，在國際援助組織幫忙建置汙水處理及水利系統。

人們總說生命中有許多會影響一輩子走向的旋轉門和岔路，有時事後回頭看，才會發現自己當初其實有所選擇，卻經常因為境遇所迫和命運的箝制而拱手放棄選擇權。

現在再回顧過往時，奧迪可以很清楚地想起他遇上人生岔路的那一天。當時是十月中的一個週三早晨，他到大宅接貝莉塔。她面戴墨鏡，頭頂草帽，朝車子走來，奧迪開門後，她坐進老位子，但這時，他注意到她的左眼半闔，腫得發青。

「那是怎麼回事？」

「沒事。」

「他打你？」

「是我惹他生氣。」

「他沒有權力這樣對妳。」

貝莉塔給了他一個憐憫的笑容，彷彿他是個未經世事的小男孩，永遠不可能了解身為女人、身為她的感受。她下車改坐後座，一路上車內一片沉默，氣氛沉重，兩人並未因彼此的陪伴而感受到溫度，奧迪也難以放鬆，無法盡情地欣賞她的美麗。

厄本是不是發現他們的私情了？她是不是被處罰、挨打了？奧迪感到視線一陣模糊，只想撕裂厄本的世界，砸爛每張賭桌、每臺點唱機、每瓶烈酒和每顆果樹。

那天他和貝莉塔只講了幾句話。她收完錢，開出收據，再填單存款，兩人三點就回到家了。奧迪替她開門，伸手要牽她，但她毫不理會，這時他才發現掛在她頸上的，已不再是原本那個銀色小十字架，反而換成了一個新的墜飾，可能是綠寶石。

「妳怎麼會有這個？」

她沒有回答。

「他給妳的嗎？是打完妳才給，還是打之前就給了？」

她不願聽他說話。

「他有先幹妳嗎？」

她轉過身來，甩了他一個耳光，原本還要再打，但奧迪抓住她的手，想把她拉到身邊親，見她不肯屈服，終於大吼了一句。

「為什麼？」

「他救了我。」

「我也可以救妳。」

「你連自己都救不了了！」

她掙脫他的手，消失在屋內。

接下來那個月，貝莉塔可以說是設下陷阱、埋下暗樁，說話也變得惡毒，只為了和奧迪保持距離。**如果她不想跟我走太近，那就順她的意吧**，奧迪這麼告訴自己，但一顆心卻不肯聽話。他不管走到哪、做什麼事，眼前都是貝莉塔的身影，只要一想到她被別人佔有，他便臉燙胸痛，元神彷彿就那麼一點一滴地流逝。

後來的某個星期六，奧迪裸著上身在厄本的山中大宅修噴水池，因為水幾個星期前就不噴了。他走進漂滿浮垢的水裡，來到女水妖的雕像旁。她的胸部和蘋果一樣大，臀部渾圓，頭上戴著花圈。池裡有一塊沒一塊地鋪著亮藍色磁磚，奧迪開始用削筆刀的刃部將排水口的淤泥刮掉。貝莉塔在走廊看他，叫他把衣服穿上，免得曬傷，這是過去一個月來，她第一次對他表現出關心。

這時削筆刀滑掉，割破他的手掌，他看著傷口，把手舉起，血流至手腕。

「你這傻瓜！」她用西班牙文大喊。

不消幾秒，她便帶著急救箱趕到，並拿出繃帶和消毒藥水。

「這可能要縫。」

「不用，會自己好的。」

她清理完傷口後開始止血。

「妳在生我的氣嗎？」他問。

她沒有回答。

「我做了什麼讓妳不開心的事嗎？」

「傷口要保持乾燥。」

「妳愛我嗎？」

「不要問。」

「我想娶妳。」

「閉嘴！不要再說了。」

「為什麼？」

「我總有一天會被送回去的。」

「什麼意思？妳在怕什麼？」

「我曾經失去過一切——這種事我沒辦法再經歷一次了。」

接著她把故事告訴奧迪，向他描述地表是如何猛搖劇晃，描述人們是如何像硬殼著地的烏龜般受困，說建築像餅乾一樣被震得粉碎，四周的聲響猶如汽車高速駛過隧道。短短四十秒間，聖薩爾瓦多東邊的高山瞬間崩塌，壓垮柯莉娜區的四百棟房屋，又因為當時多數人都在睡夢中，所以死傷慘重。

貝莉塔的丈夫將她拖到屋外，又先後回去找她的弟弟和姊姊，但都沒有救到。強化水泥建成的四層樓房如六角形手風琴般倒塌，只留下碎石和煙塵。地震後有整整八天的時間，大家都徒手猛挖，確實有從幾間房子內救出生還者，但發現的大多是死屍。最後人行道上堆滿屍體，臭氣薰天，其中有一個從地下室拉出來的八歲小女孩，還有一對年長的夫婦，被埋在土裡的兩人抱在一塊兒，猶如銅鑄的雕像。

貝莉塔的父母、丈夫、姊姊和眾多鄰居都死了，全家只有她和弟弟奧斯卡倖存，當時他十六歲，而十九歲的她還懷有身孕。災後復原進行的同時，兩人決定往北邊的美國去——畢竟他們無家可歸，身無分文，又失去了所有家人，還有什麼選擇呢？

於是兩人橫越叢林、高山、河流與沙漠，跋涉了幾千哩，一路上不是坐貨車後面、搭巴士，就是用走的。抵達墨西哥後，姊弟倆付錢請兩個「偷渡嚮導」帶他們過邊境，也不知道對方是不是在騙人，就跟著走進連接亞利桑那州的沙漠。一行人背著瓶裝水，在晚上行路，由於視線不佳，皮膚都被架有帶刺鐵絲網的柵欄和荊棘刮出深傷，最後又因為跑不贏邊界檢查人員，被抓起來五花大綁，丟進貨車載到監獄關。在獄中什麼都沒鋪的地板上度過三晚後，兩人又被載回墨西哥。

第二次姊弟倆試圖自己通過邊界，卻在準備要從地洞爬過圍欄時被匪徒發現，衣服被剝個精光，身上所有的東西也都被搶走。貝莉塔遮住胸部和隆起的肚子，一幫男人猶豫著要不要強暴她。

「拜託，她都懷孕了，」其中一人說。

「我告訴你，懷孕的最好了，」另一個匪徒回道，「她們因為想留金主在身邊養孩子，所以都幹得超猛超浪。」

匪徒一把手放上她的肚子，奧斯卡立刻衝上去，結果還沒出手就慘死現場。

「靠，你看啦。」

奧斯卡癱倒在地，鮮血從鼻孔不斷流出，貝莉塔顫晃著跪在他身旁的泥地上，那幫匪徒理都不理，就逕自走了。她看著圍欄裡的地洞和前方綿延的沙漠，又回頭望向來時的路，決定把衣服穿上，爬越深溝，但心裡早就做好在當晚喪命的準備。

那是貝莉塔這輩子最看不見曙光的幾個小時，身上完全沒有水和糧食的她隻身橫越沙漠，一路上必須忍耐夜晚的寒冷和各種昆蟲，並提防尖銳的石子，邊境巡邏車經過時還得躲進壕溝。她一路走到日出，又再走到中午，最後終於有個卡車司機給她水喝，載她到土桑。她在一臺廢棄的車裡過了兩夜，隔晚的床換成鋸木場裡的木屑堆，再隔天則是睡在鐵道旁的一臺貨車內，吃的東西猶如狗食，還得到處翻垃圾桶，最後終於靠著搭便車和自己的雙腿，抵達聖地牙哥。

一個表親曾告訴她聖地牙哥有許多採水果的工作，但幾乎沒有領班願意雇用懷孕的青少女，所以她只好在工人吃睡的營地幫忙洗衣煮飯，最後羊水破了，她卻連床位都等不到，就在醫院的走道上生產。

那是三年前的事。後來她陸續幫人採過作物、洗過衣，也做過清潔工和其他更糟的工作，一直以來都是西班牙文中所說的「sin papeles」——沒有身分、沒有戶籍，和隱形人沒兩樣。

貝莉塔向奧迪敘述事情經過時，一滴淚都沒有掉，也沒有想嚇他或博取他的同情。她說有一次，兩個男人把她從田裡抓走，矇眼塞嘴後逼她去妓院賣淫，還說不去就要殺她，但就連講到這種不公不義的經歷時，她也沒有為自己打抱不平。她的過去是段真實的生命史，不是什麼道德寓言；她和成千上萬的非法勞工一樣，都為貧窮所逼迫，受希望所牽引。

貝莉塔說話時，奧迪一動也不動，似乎一方面怕她不想再講，一方面又怕她說出更駭人的事……兩人的手靠得很近，他卻覺得萬分沉重，沒有力氣握住她，而貝莉塔則繼續往下說，她淺碟般的雙眼散發一股強大的引力，將他吸進這段不屬於他的經歷，讓他深怕迷失在情節之中。

最後，故事結束。

奧迪的唇間竄出一聲悶哼，那聲音連他自己都不認得，「那妳兒子呢？」

「我表姊在幫忙照顧。」

「他們在哪？」

「聖地牙哥，」她撫摸奧迪綁了繃帶的手，「我星期天都會去看他。」

「妳有他的照片嗎？」

她帶他走進臥室，打開抽屜，拿出一個銀色小相框。照片裡的她大腿上窩著一個小男孩，他的頭頂著她的下巴，頭髮恰恰垂在眼睛上方，雙瞳和母親的一樣，都是最純粹深邃的棕色。相片下方有行潦草的字跡：**人生苦短，但愛無涯浩瀚。淋漓地享受每個片刻，別留下任何遺憾。**

貝莉塔拿回照片，沒有再說什麼。故事已經說完，現在他什麼都知道了。

37

人在第四區一家汽車旅館房內的摩斯坐在窗邊，看著混雜毒蟲和娼妓的奇特族群來來去去。這些人沒能趕上經濟發展的浪潮，如風暴過後的殘骸般被沖刷上岸。在德州，錢不是用滾的，而是一系相承地流下來，就像小便一樣，如果誰幸運地靠自己賺到錢，大家會予以鼓勵、祝福，但不可能會有人願意伸出援手，幫助別人致富。

房間裝有渦漩紋窗簾，鋪著尼龍地毯，左右兩側陽臺上的黑人女子探出身去展示自己，負責監督的老鴇則在街上拉客。一個世紀前，休士頓滿是妓院和鴉片館，即便是市裡的貴婦也會抽幾管來改善體質，反觀現在，販毒的大都是黑人青少年，他們傲慢、自私，名牌衣褲的口袋裡全裝著最新潮的科技產品。

時間來到傍晚，摩斯上街想找家酒吧坐坐，吃點便宜的東西，發現各式車輛已經開始擁擠爭道，猶如快要大打出手的人群。他走進一家店，點了杯啤酒，背對門口坐著——他還沒成年時，就經常拿著哥哥的身分證到這種廉價的地方喝酒。

他看著氣泡在冰過的玻璃杯內上衝，又喝了一口，把酒留在嘴裡品嘗。這杯啤酒缺乏禁忌的滋味，不像青少年時期的那麼好喝，但他仍照樣乾掉，畢竟上次喝酒已經是許多年前。

摩斯坐了一陣子後，不想繼續待在室內，於是將雙手插進口袋，往外走去，經過工廠、車行，以及薰得附近六線道都是油煙味的速食店。走到路口時，他往身旁的報紙販賣機一瞄，看見奧迪・帕瑪的臉出現在頭版上——看那不對稱的笑容和塌陷的瀏海，準是奧迪沒錯。

休士頓汽車旅館槍擊案造成兩人死亡

摩斯讀不到報紙摺起來的下半部，身上又沒有零錢，只好拜託路人，但對方避得遠遠的，彷彿他有傳染病。這時摩斯所受的挫折似乎已累積到臨界點，他開始猛踢金屬販賣機，踢到轉軸變形斷掉，再從機器的殘骸中撿起一份報紙，抖開來仔細讀，但心裡非常不願相信奧迪射殺了一對母女。

或許他終於崩潰了吧，摩斯知道自己的脾氣有時也是一觸即發，又經常看這種事發生，因而如此忖度。獄中曾有些人收到老婆或女友的信，得知愛人變心、和自己最好的朋友搞上，或領光他們的積蓄遠走高飛，便亂了方寸，在牢房裡上吊，用刮鬍刀割腕，挑釁監獄裡最兇狠的囚犯，或者試圖翻越鐵絲網，最後落得全身彈孔的下場。

或許奧迪．帕瑪正是為了愛人逃獄，畢竟他總是看著筆記本裡的照片，撫摸照片上那個女人的臉龐，還會呼吸急促、滿臉大汗地尖叫著驚醒——這就是愛情的力量。人並不會因為陷入愛河而盲目或堅強，反而容易因之發狂、受傷，變得更有人性、更加真實。

摩斯來到一家嘈雜的鄉村酒吧，店外的格子棚架上纏著節瘤滿佈的葡萄藤，七彩燈泡在庭院中掛成十字交叉。店裡有樂團在表演，身穿牛仔襯衫當團衣的成員們唱著海灘男孩的歌曲，吉他奏出的滑音聽起來像有人正往活生生的貓身上猛踩。

他穿越人群，經過一桌女客。她們全都穿著同樣的粉紅T恤和芭蕾舞裙，其中一人戴著頭紗，頸上掛著一塊「L」字樣的吊飾，雙手各拿一瓶啤酒，在舞池中旋轉。

摩斯找到一小塊空位後，單腳抵牆往後一靠，跟著音樂搖頭晃腦。這時，他感到口袋裡一陣震動，才發現從沒有人打來過的手機竟然在響。他匆忙地用粗大的手指摸找小小的按鍵，謹慎地將話筒靠到耳邊聽，但音樂太大聲，他什麼也聽不見。

「等等，」他說完後擠過人群，來到廁所，走進其中一間。門的內側有許多塗鴉和不知道是誰畫的生殖器，有人還草草寫下：**我童年過得那麼美滿，結果現在把自己搞得這麼爛，真的也是很不容易啊**。

「你不是應該在找奧迪・帕瑪嗎？」話筒內傳來一個聲音。
「你又知道我沒在找了。」
「那想必他是跟海灘男孩住在一起嘍。」
摩斯想把手機丟進馬桶，當作大便沖掉。
「人已經找到了，」對方說，「我要你去接他。」
「他在哪？」
「我會把地址傳給你。」
「你會什麼？」
「我會傳簡訊給你，白癡！」
「既然你們已經抓到奧迪了，還需要我幹什麼？」
「你想回去坐牢嗎？」
「不想。」
「那就照我說的做。」

奧迪從小就很怕被困在密閉空間裡，有次玩捉迷藏時，卡爾把他鎖進舊冰櫃，好一陣子才放他出來，害他差點窒息。
「你的叫聲有夠娘的，」卡爾說。
「我要跟爸說。」
「你要是敢講，我就再把你關回去。」
此刻奧迪睜開雙眼，卻猶如剛失去視力的盲人般，只能期盼色彩與光亮突然又重新出現在世界上。輪胎與地面的摩擦讓他的肩膀和臀部不斷震動，他的手腕和腳踝都被塑膠繩綁住，一呼吸就會聞到廢氣和自己身上的臭味。他告訴自己不要慌，要盡量想些快樂的事——對了，高中時的那場區域冠軍賽，他打出兩支左外野全壘打，繞過一壘時朝空中揮拳，並在跑回本壘的途中和隊友擊掌，還看見坐在觀眾席上的父親也獲得旁人和其他父母的喝采，和自己同步享受名人般的待遇；這時，另一個畫面在奧迪腦中閃現成形——是辦在達拉斯的德州博覽會。煙火在摩天輪上方爆開，博奇．孟齊斯騎在一頭重達三百磅，名叫「瘋暴」的印度聖牛上，任牠怎麼旋轉、後仰、衝撞，都像鬼針草般緊緊扒在牠顫動的背上。

車子不時停下，大概是遇到紅燈吧。奧迪聽見收音機正在播一首西部鄉村歌曲，歌詞是關於一個寂寞的牛仔和讓他傷心的女子。**為什麼大家總愛怪罪女人呢？**奧迪覺得疑惑，他一點都不認為貝莉塔是他苦難的來源，反而覺得她拯救了自己。原本對未來毫無展望的他在遇上她後，才開始有了在乎的人，如果不是為了她，他現在又何必努力活著呢？

汽車駛離大路，在一條高高低低的小徑上相當顛簸地行進，輪胎激起的石頭不斷打到輪艙和車子底盤。奧迪想找東西當武器，摸摸四周，才發現身體壓著一顆備用輪胎。他蜷成一團，用手指將尼龍層扯開，再沿著胎圈摸，找到固定用的中央軸套和緊鎖在套裡的翼形螺帽。

他想把螺帽轉開，車子卻突然傾斜，讓他的關節被尖銳的金屬刮下一塊皮。他再轉了一次，覺得螺帽有變鬆，卻無法拿起輪胎，因為他就壓在上面——沒用的，怎麼會笨到以為自己辦得到呢？又試了一次後，他的肩膀已幾乎要脫臼。

車子漸漸減速，最後停下，引擎空轉的同時，有人下車打開後車廂的鎖，車廂蓋隨之升起，奧迪吸進涼爽的夜間森林空氣，看見夜空和林木映襯著高䠷男子的身影。男子抓起奧迪的衣領，將他摔成正面朝下，再往後拉到泥地上丟著。奧迪痛苦地呻吟，轉頭看見離他最近的幾棵樹在汽車大燈照射下呈現黯淡的銀色，也發現兩人身處在黃土路邊的一塊空地，附近有石頭砌成的基座，上面很久以前大概是房子或磨坊，但現在只剩下雜草纏繞的碎石堆。

高個子剪斷奧迪腳踝上的塑膠繩，但沒替他的手鬆綁，之後又打開後座的門，拿出一支鏟子和一把十二號口徑的削短型獵槍，示意奧迪往前走，將他推到光下。兩人穿越膝蓋高的雜草，一隻鳥從他們頭頂的枝葉間衝出，男子立刻將獵槍指向空中。

「不過是貓頭鷹罷了，」奧迪說。

「你他媽的以為自己是誰啊，高爾嗎？」

兩人走到房屋殘骸後頭一塊淤沙的淺灘，基座中的許多水泥塊已半埋在土裡，其中一塊的某側嵌著一個金屬環。男子將一條鎖鍊卡進去，壓著奧迪跪下，再用鍊子捆住他右踝，像綁狗般把他栓在水泥塊上，接著便剪斷他腕上的塑膠繩，往後一退。奧迪站起身來，摸摸他磨破的皮膚，鏟子就躺在他身旁。

「挖。」

「為什麼要挖？」

「這樣你才有墳墓。」

「我為什麼要挖自己的墳墓？」

「這樣山裡的獅子、豺狼和禿鷹才不會來吃你的身體。」

「我死後就不會在意了。」

「是這樣沒錯，但你在洞裡可以活久一點，會有時間禱告一下，有時間在心裡跟你媽和你朋友道別，死的時候才不會覺得自己太悲慘。」

「你想用這套說詞來唬人？」

「畢竟我心腸可是很好的。」

奧迪站在鏟尖後頭，用雙手拉起鏟柄，將鏟面深深戳進鬆軟的沙地，感覺到心臟在胸腔內猛跳，也聞到腋下發出的酸臭。挖地的同時，他腦筋也一直在轉，不想在衡量各種可能的後果前，就用光體力。

鎖鏈給他的活動空間約莫是一個直徑十五呎的圓，他走到最遠處測試邊界時，感到水泥塊有稍稍移動。高個子坐在一塊石板上，背往後靠，穿著牛仔靴的雙腳交叉在一塊兒，獵槍夾在左前臂下。

奧迪停下動作，抹拭額頭上的汗水。

「是你殺了她們嗎？」

「誰？」

「那對母女。」

「我不知道你在講什麼鬼。」

「汽車旅館的事。」

「你給我閉嘴繼續挖。」

月亮從雲朵後浮出，在樹下照出陰影，也在樹冠周遭圈出一環柔光。洞越挖越深，但四周的土卻因為粗糙又乾燥而不斷崩塌。男子點了一根菸，吐出來的雲霧似乎比吸進去的還多。

「只是想問問看你是不是喜歡殺女人和小孩而已，」奧迪大膽地說。

「我從來沒對女人和小孩開過槍。」

「是誰派你來的？」

「付錢的人。」

「我可以付你更多錢。你知道我是誰吧？奧迪．帕瑪，聽過德菲斯郡的運鈔車搶案嗎？七百萬，就是我幹的，」奧迪改變站姿，鎖鏈鏘啷鏘啷地打在水泥塊上，「錢一直都沒人找到。」

高個子笑了，「他們就說你一定會這樣講。」

「這是事實。」

「要是錢真的在你手上，你就不會住那種破爛的汽車旅館，也不會在聯邦監獄裡蹲十年了。」

「你又知道我住破爛的汽車旅館了？」
「我有看新聞好嗎。繼續挖。」
「我可以叫朋友付錢給你。」
男子將槍口往奧迪胸前一指，接著往低處瞄，「你再不閉嘴，我就射你的腳，讓你邊流血邊挖，反正泥土也需要滋潤一下。」
這時高個子的電話響起，他槍口仍對準奧迪，一邊將手伸進口袋，把手機拿出來掀開。奧迪在想或許他可以鏟沙往對方眼裡甩，再把水泥塊搬起來，帶著逃進樹林，但之後呢？
他不知道電話另一頭的人在說什麼，只聽見高個子的聲音。
「你什麼時候打給他的……他已經要來了是吧……他知道多少？好吧，但你要付兩倍的錢。」
掛掉電話後，高個子走到洞旁。
「不夠大。」

摩斯依照指示，往東駛出市區，開下州際高速公路，進入一連串越來越窄，車轍越來越明顯的小徑，最後來到一片濃密的松林，林間的防火道和乾涸的河床呈十字交叉。他看看里程表，對方說開上最後一條岔路後再三哩就到了，而且泥土上有輪胎剛留下的痕跡，於是他慢下車速，關掉引擎和大燈，打N檔滑下小丘。他望進黑暗之中，看見樹叢間有個黯淡的光點在搖曳。
他停到路邊，緩緩開門，引擎冷卻時發出嗖嗖聲。他從座椅底下拿出點四五手槍，塞進牛仔褲後頭，再幾乎毫無聲響地關上門。他沿著小路往光源前進，雙眼也逐漸適應黑暗，卻總覺得對方不是真的想移交犯人，而是埋伏在某處等著出擊。他舔舔嘴唇，聞到松針的味道，也聽見鏟子插進地裡的聲音。
摩斯不喜歡鄉下。他生長在都市，去離家最近的外賣餐廳周遭逛逛就算了，要他跑到牧場看剛出生的小羊嬉戲，或欣賞整片的小麥在微風中搖曳，門都沒有。鄉下有太多會發出嗡嗡聲、會咬人、會滑行、會咆哮的生物，而且南方的某些鄉村區域更有許多殺人成癖的鄉巴佬，他們常用私刑處死黑人，還以之為競技。

他看見前方有塊空地，一臺銀色轎車停在最遠的角落，大燈照亮佈滿灌木殘株和雜草的低窪沙地，一旁有兩個男子，一個坐在石頭上，另一個則在挖洞。

摩斯想到高處觀察，於是爬上斜坡，很小心地走，一面聽著鏟子起落的聲響。這時一顆石頭從他腳下滑掉，其他幾顆也連帶滾落，掉進窪地，擊出回音。

坐著的那個男子跳起身來，看進黑暗，雙手握著削短型獵槍。

「那可不是貓頭鷹，」他說。

「是什麼都有可能，」另一個男子邊挖地邊說——是奧迪．帕瑪，摩斯認得出他的聲音。在泛白的燈光下，奧迪面有菜色，眼球下方凹陷發黑，但最讓摩斯吃驚的是他的眼神。他從前那雙沸騰著生命與能量的眼睛內縮凹陷，簡直就像受驚的動物還是被痛毆的狗似的。

摩斯趴在斜坡頂端，從兩顆大石間偷看，白天的體溫尚未因寒夜而下降。奧迪繼續在挖，而另一個男子正是曾出現在奧迪母親家門外的那根竹竿——眼神殘酷，絡腮鬍很可笑的那個前科犯。此刻他已走到燈光邊緣，雙手仍拿著獵槍左右揮指。

「有人嗎？」

摩斯縮起身子，膝蓋和手掌基部都被石頭割傷。他以扔手榴彈的方式將一顆石子從頭頂丟出去，高個子立刻將獵槍瞄向聲音來處，子彈在一片靜謐中如大砲般爆裂。

槍響退去後，男子已蹲到崩塌的建築基座後頭。

「我知道你在那邊，」他大吼，「我沒有想傷害你。」

「但卻決定開槍？」摩斯回應。

「你不能這樣偷偷靠近。」

「他們說你在等我。」

「是韋伯斯特先生嗎？」

奧迪停下動作，沿著斜坡往上看，似乎想找出聲音來源。

「你來了為什麼不直接說？」高個子問。

「因為你好像有點愛亂開槍。」

「我沒有要傷害你的意思。」

「那就把槍放下。」

「我幹嘛聽你的？」

「如果你還想看到明天的太陽就照做。」

奧迪仍盯著坡頂，「摩斯，你什麼時候出來的？」

「幾天前。」

「我不知道你可以假釋。」

「我也不知道。」

「最近還好嗎？」

「很不錯啊，還有見到我老婆。」

「你們一定有很多話要聊吧。」

摩斯笑了，「我們大戰好多回合，我到現在還腰酸背痛咧。」

高個子不滿地嘟囔，「現在是怎樣，開家長會嗎？」

摩斯沒理他。

「喂，奧迪！他們說你殺了一對母女。」

「我知道。」

「是你幹的嗎？」

「不是。」

「我就知道。你挖洞幹嘛？」

奧迪指向高個子，「他說要當墳墓。」

高個子插嘴，「我只是要讓他在你來之前有事做而已。」

「他叫我挖大一點，才夠兩個人躺，」奧迪大喊。

「兄弟，他是在鬼扯，別聽他的，」男子邊說邊將獵槍指向奧迪。

摩斯想把男子看得更清楚，於是一邊往更高處走，一邊思考下一步該怎麼做。他盡量不露出身影地從岩石邊觀察，試著瞄準擊錘已拉到頂的點四五手槍，手握得之用力，連槍口都在顫動，但從這個距離看來，除非運氣好，否則什麼也射不中。

「你到底是要不要來接他？」高個子大吼的聲音詭譎地在林間折射。

「我有事要先跟你談，」摩斯回答，「把獵槍放下吧，有槍指著我，我談得不安心。」

「我怎麼知道你沒帶武器。」

「你現在也只能相信我了。」

高個子走到車頭燈耀眼的燈光下，把獵槍抬到頭頂，放到Camry的車蓋上，接著舉起空無一物的雙手，「放了。」

「我們男人之間不說謊的，對吧？」

「兄弟，你不用提防我。」

「請不要再這樣叫我了，我們不是筆友或什麼鬼的。」

摩斯將點四五手槍塞進牛仔褲，站起身來，拍掉上衣正面的泥土，滑下斜坡，眼神始終沒離開高個子和他的獵槍。

奧迪想到頸上的肌肉幾乎扭轉打結，仍舊想不透摩斯為什麼能出獄，又為什麼會出現在這裡。他彎腰按摩被鎖鏈磨痛的腳踝，高個子叫他進洞裡去。

「不要。」

「不照做我就射你。」

「用什麼射？」

這時摩斯才走到五十碼遠處，奧迪看不清五官，但認得出那步伐。他慢慢靠向水泥塊，單手將鎖鏈拉起來，像綁繩索般繞在另一隻手上。

摩斯離男子越來越近了，他用左手掏出一條手帕，擦擦額頭，右手按在臀部上；高個子則點了一根菸，站在車頭燈前，任由燈光直射摩斯的雙眼。

「你們倆怎麼會認識？」他問。

「我們認識得可久了，」摩斯回答。

「你車停哪？」

「斜坡後面，很遠。」

接著好一陣子兩人都沒說話，最後高個子打破沉默，「所以呢？」

「你把奧迪交給我，然後就滾蛋。」

「你是在請我幫忙還是命令我？」

「你可以告訴大家是我請你幫忙啊，如果這樣你會比較爽的話，」摩斯瞄了奧迪踝上的鎖鏈一眼，「鑰匙給我。」

「沒問題。」

高個子把手伸向背後的口袋，卻從褲頭掏出一把手槍，就在那瞬間，鎖鏈從奧迪手中甩出，在空中飛旋，擊中他持槍的那隻手，然後迅速彈回，閃過摩斯的頭，擊中後方一個比骨頭還硬的什麼，砸出一道光火。高個子又開了第二槍，這次差點擊中，但摩斯已躲回圓石後方，蹲下時太過用力，扭傷了膝蓋，於是一邊咒罵一邊胡亂地回敬對方子彈，兩人就這麼開始一場槍戰。

奧迪將鎖鏈重新纏回前臂上，彎腰撿起水泥塊，因為太重而有點站不穩。他抱著石磚蹣跚走向車子的模樣簡直就像懷孕後期的孕婦，看得出他很怕背後不知道何時會射來子彈。乳酸開始在肌肉中堆積，讓他的前臂痠得像在燒，但他沒有停下腳步。跑到車子旁邊後，他放下水泥塊，撿起獵槍，用單手拉開保險，靠著車蓋瞄準目標。

高個子在最後一刻發現奧迪，立馬滑進洞底。奧迪咆哮著叫兩人都住手，隨之而來的是一片沉默，他只聽得見自己的呼吸和血液在耳裡搏動的聲音。

「你瞄準他了嗎？」摩斯大喊。

「你們倆我都瞄準了，」奧迪說。

「我是來幫你的。」

「這我現在還沒辦法確定。」

奧迪將頭伸到窗戶旁往車內看，引擎還在運轉。

「我告訴你們，我要開車走了，等我離開後，你們要怎麼廝殺都不關我的事。」

「你要是敢上車我就開槍，」高個子回應。

「開就開吧，但我看最後大概會是你先被這把獵槍打中。」奧迪看看自己的腳踝，「鑰匙在哪？」

「我是不會給你的。」

「隨便你。」

奧迪彎腰撿起水泥磚，開門抬了進去，接著擠進駕駛座，坐在磚頭上方。

高個子對摩斯大吼，叫他好歹做些什麼。

「不然你要我怎樣？」

「射他啊。」

「你自己射。」

「他要逃走了。」

「除非你先告訴我洞為什麼要挖到裝得下兩個人，不然我不幹。」

「我不是說了嗎？只是要讓他有事做而已。」

奧迪開著Camry往後猛衝，車頭燈的光在地上甩了一圈，遠離躲在洞裡的高個子和避在圓石堆後的摩斯，照亮松林間的黃土路。他等著聽見槍響，等著子彈轟碎玻璃。

但什麼也沒等到。他吸了一口氣，又再吐出，滿臉的汗水瞬間冰冷下來。

一團煙塵在林木間漂蕩，摩斯聽見車子困難地開上斜坡，壓輾著鬆散的碎石。

「老兄，現在怎麼辦啊？」高個子大吼。

「我看我應該把你射死，埋到洞裡。」

「你又知道我不會對你開槍了？」

「我就是知道，因為你沒子彈了。」

「少說大話。」

「我有數。」

「你會數什麼屁，你怎麼知道我沒有其他彈匣可以重裝？」

「我不覺得你有。」

「我看沒子彈的人是你吧，老兄，你根本只是想先嚇唬我。」

摩斯站起身來，膝蓋疼得像在燒，他一跛一跛地步離圓石堆，朝高個子走去。男人躺在剛挖成的洞裡，看著不過是個影子，幸而月光及時灑落，摩斯才得以把他看清楚。

「我們是好兄弟欸，」高個子說，「我們都想完成任務不是嗎？你把槍放下吧。」

「子彈用光的人不是我。」

「你明明就在說謊，還一直講幹嘛啦。」

摩斯已走得很近，能看見高個子詭異的絡腮鬍，「你原本想怎麼害我跟奧迪？」

「我只是想把他交給你啊。」

摩斯舉起點四五手槍，「你給我老實回答，不然我就讓你的腦漿從後腦勺噴出去。」

高個子的槍仍對準摩斯，他扣下扳機，聽見喀擦一聲悶響，只能嫌惡地丟下武器。

「跪好！手放頭後面！」摩斯站在坑洞邊緣命令，然後繞著下跪的男子邊走邊說：「你還沒回答我的問題。」

「好啦，好啦，我本來是要殺你沒錯……他說什麼最後的細節也不能馬虎。」

「誰說的？」

「我不知道他叫什麼名字，只有接到電話。」

「是這樣嗎？」

「真的，我對天發誓。」

「對天發誓的人都是在說謊。」

「我跟你保證，是真的。」

「手機呢？」

「在我口袋。」

「也有可能喔。」

「丟給我。」

高個子將貼緊後腦勺的其中一隻手放下，拿出手機丟了過去——和摩斯的那隻爛貨長得一模一樣。

「那傢伙長怎樣？」

「我沒看過。」

摩斯瞇起一隻眼，眼神沿著下臂往前延伸，手指摩娑著扳機。

「你想怎麼樣？」高個子問。

「我還沒決定。」

「只要你放我走，我就絕對不會再出現，也不會再跟你搶著找奧迪．帕瑪，你可以自己一個人逮他。」

「躺進洞裡。」

「拜託，老大，不要。」

「躺下。」

「我媽已經七十六歲了，聽力很差，也看不太清楚，但我還是每天傍晚都打給她，所以我才說我絕對不會傷害奧迪．帕瑪的母親。他們派我去威脅她，但我做不到。」

「閉嘴，我正在思考，」摩斯說。「有一部分的我覺得應該對你開槍，但這麼一來我可就麻煩了。每次假釋委員會的主席問我是不是很後悔犯下那些罪，我都會把手按在胸口上，告訴他我已經徹底改變，變成一個慎重、寬容的人，脾氣也不像以前那麼急，所以如果我現在射你，就等於證明自己是騙子，但除此之外，還有一個問題。」

「什麼問題？」

「我沒子彈了。」

摩斯握著槍的拳頭沿著既短又陡的弧線甩出，槍柄擊中高個子的太陽穴，讓他口吐白沫，身子往前一倒，在洞裡摔出砰的一聲。他明早醒來時，頭上或許會腫著一塊，腦袋裡也會有恐怖記憶，但至少還醒得來。

38

一開到路上，Camry便融入車陣，不顯得有什麼特別。奧迪用雙手握住方向盤，努力抑制想飆車的衝動，以免引起旁人注意，又因為一直覺得被跟蹤而不斷往後視鏡瞄，每見車頭燈靠近，都深怕車內的人會直接上前把他揪出來，讓他的靈魂燃燒殆盡。

一陣子過後，他開下柏油路，駛經一座穀倉和一片有馬兒和水塔的牧地。一旁的斜坡上有房屋的輪廓，屋子的窗戶一片漆黑，門廊周圍裝有花俏的欄杆。奧迪將放在副駕駛座上的磚塊拉近，讓鎖鏈垂在石頭邊緣，用獵槍槍口抵住金屬圈相扣的位置，別開頭按下扳機。槍聲震痛他耳膜，碎裂的磚石也打上他後腦杓，他將冒著煙的鏈條丟開。

接著他開回四線道，心裡想著摩斯。第一眼看到他時，奧迪只想穿越雜草堆，衝上去抱他，想和他一起跳舞、大笑，再去喝一杯，聊近況、憶當年，說獄中那些苦都不算什麼，說死寂的世界彷彿又鮮活起來，讓人心跳加速，讓人得再喝一杯才能平復激動的情緒。

在獄中，囚犯們都叫摩斯老大哥，一方面是因為他體型壯碩高大，一方面是因為他就像大哥一樣，幾乎不必參與眾人每天為了爭地、當頭而發生的爭執。他並未刻意營造這種形象，也不會胡亂利用這樣的地位，有時奧迪都在想，會不會是因為自己太亟欲和人類接觸，太想找個不會跟他鬥、不會要他命的人來相處，才逼得摩斯和他變成朋友。

摩斯怎麼會出獄？他在外面幹什麼？而且他怎麼會知道我在森林裡？究竟還能不能把他當朋友？又或者他已經投效別人了？

奧迪盯著路上的白線，感到羞愧、內疚又氣憤難平，畢竟當初的計畫已支離破碎。他還記得凱西和思嘉莉生氣蓬勃、笑容滿面的模樣，但現在母女倆已因他而死，雖然他不是凶手，卻也難辭其咎。

他在逃出來前，已被當紙玩偶打過，被當糞便沖過，也被揍過、刺過、噎過、燒過、捆過，現在他還有什麼好害怕的？

奧迪從來都不憤世嫉俗，他認為恨得太用力的人最恨的其實通常都是自己的某些特質，但失去貝莉塔後，憤怒似乎成了他最常感受到的情緒，就像機器的預設值一般。他知道這一切都始於二零零三年的除夕夜——就在那天，他終於看見未來有多殘酷，因而不得不做出決定。

當時厄本要辦派對，奧迪忙了好幾個禮拜，不但要跑腿、安排外燴、佈置餐桌，還得四處收取包裹。厄本也請了一些臨時工幫忙籌備，花園裡搭起了大帳篷，彩燈繞在枝葉上，讓樹木如星斗般閃亮，外燴廠商也載來一卡車一卡車的食物，架設起臨時廚房。他們將金屬棍穿過一隻豬的身體，架在炭爐上慢慢地轉，讓油脂滴得煤炭滋滋作響，那香味便和現場花藝裝飾的馥郁混雜在一塊兒。

奧迪自從聖誕節載貝莉塔去望彌撒後，就再也沒見到她了。當時她說在那麼神聖的日子裡，做什麼事都逃不過神的法眼，所以不讓他進教堂，儀式結束後也不讓他碰，但奧迪不介意，因為他發現就算得不到貝莉塔，光是用想的也很快樂。他對她的身體瞭若指掌，只要閉上眼，就能在腦海中描繪出她肩上柔和的凹陷和起伏的肩骨，就能想像自己正舔舐著那些高與低，也幾乎能觸碰到她腰部的曲線，感受到她胸部的重量，並聽見他舞動手指時，她越發急促的呼吸聲。

後來，貝莉塔向奧迪轉述她和厄本在除夕派對開始前的談話。她說她當時坐在梳妝臺前，從鏡子裡看著厄本打開一個天鵝絨布盒，拿出一條墜著火蛋白石的項鍊，主石周圍鑲著一圈小鑽。

「今晚我會把妳介紹給大家，」他用西班牙文對她說。

「怎麼介紹？」

「我會說妳是我女朋友。」

她只是盯著他，讓他雙頰發燙。

「妳不就希望這樣嗎？」

她沒有回答。

「我沒辦法娶妳，畢竟前一次婚姻已經嚇到我了，這妳也懂的吧，但我會把妳當妻子來對待。」

「那我兒子呢？」

「他在那兒過得很開心，妳週末還是可以去看他，逢年過節也行啊。」

「他為什麼不能搬來？」

「大家會說閒話。」

派對在傍晚開始，奧迪負責引導客人開進石砌大門，並幫大家停車——每輛幾乎都是價值不菲的歐洲車。厄本穿梭在人群中握手、講笑話，扮演親切稱職的主人，而貝莉塔在十一點為他端來食物。她身穿一件讓她曲線畢露的絲質洋裝，胸前是一片半透明的黑色薄紗，肩帶細如鞋繩，彷彿比空氣還輕，讓人覺得洋裝隨時可能滑下來，在她腳邊落成一圈。

「不要嫁給他，嫁給我，」奧迪說。

「我是不會嫁給你的。」

「為什麼？我愛妳，而且我覺得妳明明也愛我啊。」

她搖搖頭，回望派對一眼，「我都不記得上次跳舞是什麼時候了。」

「我跟妳跳。」

她哀傷地撫摸他的臉，「你得待在這。」

「我們晚點可以見面嗎？」

「厄本會要我陪他的。」

「他一定會喝醉，妳可以偷溜出來。」

她又搖頭。

「我會在大門那邊等妳，」她舉步離開時奧迪這麼說。

整個晚上奧迪都邊聽音樂，邊看貝莉塔跳舞。她將頭髮挽起，抬高下巴，臀部的擺動如流水般自然，看得所有男人都目不轉睛，就像飛蛾抗拒不了火炬似的。

午夜一到，驪歌響起，一團團的煙火在山脊上空爆成絲絲彩光，狗聽了吠個不停，警報器也處處響起。

狂歡派對進行到最後，厄本已經醉到站不穩了。他向最後一起離開的四個客人揮手道別後，奧迪關上大門，開始撿大家丟在車道上的空瓶。

「玩得開心嗎？」厄本問。

「你是說停車停得開不開心嗎？」

他笑著摟住奧迪，「你也去享受一下吧，挑個女孩子，我出錢。」

「新年快樂，」奧迪說。

「孩子啊，你也是。」

奧迪在大門外等貝莉塔，看著花園裡的樹仍閃著彩燈。一小時、兩小時過去了，他不願離開，她卻也依舊沒有出現，於是他用自己的鑰匙打開後門，進入屋內，躡手躡腳地穿越走廊，來到貝莉塔的房間，卸下衣物，溜進她被窩，因為不想把她吵醒而沒有摸她，只是靜靜地抓住她睡衣的一角，看著她呼吸時胸口起伏的模樣。

結果他睡著了。

不久後貝莉塔把他叫醒，「你得趕快走。」

「為什麼？」

「他要來了。」

「妳怎麼知道？」

「我就是知道。」

她看著門，「是你沒關嗎？」

「我有啊。」

黑暗中的門就那麼開著。

「他一定發現了。」

「我們還不確定，妳先別想太多。」

她將奧迪推下床，叫他把衣服穿好。他光腳拿著鞋襪，偷偷摸摸地往屋外走去，沿途聽見某間房內傳來收音機的聲音，也聞到咖啡香；溜出廚房後，他走下樓梯，小心翼翼地踏著滿是尖銳碎石的車道前進，像在跳舞似的。

元旦凌晨的街道幾乎杳無人煙，他開車回到家，發現酒吧外停了幾輛車，心想大概是舞孃們想多賺點錢，所以還沒下班吧。

結果他才踏進房內，就被人從背後猛力一推，三名男子將他壓制在地，用撕開時聲音刺耳的膠布連眼帶嘴地捆住他整顆頭，再罩上布袋，把他整個人綁死，拖他下樓，推進汽車後座。車內的人聲奧迪認得，厄本在開車，坐在他兩側的則是厄本的姪子。關於這兩個姪子，奧迪只知道他們名字的縮寫是J. C.和R. D.，兩人都愛穿窄管牛仔褲配壓釦襯衫，也喜歡留雜誌說時尚的小鬍子，但他總覺得那樣不但追不到女人，還可能吸引到同志。

奧迪的嘴越來越乾，臉部皮膚也被黏得很痛。厄本發現了，怎麼會？一定是今晚被他看到了。奧迪直覺地想否認一切，卻又覺得或許應該坦承求饒——只要貝莉塔不被牽連，要他當壞人，要他受罰都可以。

奧迪想藉由車子轉彎的次數推定位置，但最後實在數不清。其中一個姪子嘲謔地說道：「他沒被送去墨西哥還真夠幸運的，不然就會有人在水溝裡發現他的頭了。」

車子開到路邊停下，由於車轍太深，車底猛地撞上路面，輪胎往側邊一滑，陷進坑洞。車體穩住後，有人把門打開，將奧迪拖到外頭，壓他跪下。

厄本說話了，「孩子啊，我們無法選擇自己的生辰，但如果想決定別人的死期，其實就只是一顆子彈或一個致命招數那麼簡單。」

他將布袋扯掉，突如其來的光亮刺痛奧迪的雙瞳。他眨眨眼，看見眼前是採石場內一面鑿痕斑斑的石牆，牆底積著一灘比廢油還黑的水，像個小湖似的。

膠布撕掉時，奧迪的髮根和皮膚都被扯得疼痛不已。厄本已拿走他的錢包，將他的駕照和社會安全卡都摔在泥地上，又把他和貝莉塔在海洋公園拍照機內的合影也丟進水裡，那張她坐在他大腿上的照片被微風吹移，如落葉般打旋。厄本蹲到他身旁，撐著大腿，手掌垂在雙腿間。

「你知道你為什麼會在這嗎？」

奧迪沒有回答。厄本示意姪子將奧迪拖起身來，狠狠地朝他腹腔揍了一拳，痛得他上半身往前一栽，失聲大叫。

「你覺得你比我聰明是吧，」厄本說。

奧迪張嘴說不出話來，只能搖搖頭。

「你覺得我是拉丁美洲來的白癡，覺得我什麼屌都不懂是吧。」

「我沒有，」奧迪氣喘吁吁地說。

「我那麼信任你，讓你親近我……」

厄本的聲音在顫抖，眼中也射出火光。他向姪子點點頭，兩人隨即將奧迪拖到水窪旁，壓他跪下。奧迪在玻璃般的平滑水面上看見自己的倒影，發現自己似乎在幾秒內瞬間變老，頭髮白了，皺紋浮現了，就像父親一樣，臉上盡是失望與懊悔。

他的臉碰上水面，影像也隨之模糊。他努力想甩開抓住他的手，但兩人將他的頭越壓越深；他雙腳猛踢，盡量不張嘴，可是身體很快便陷入缺氧狀態，大腦的本能迫使他開始吸氣，把水吸入肺裡，再看著嘴裡吐出的泡泡漂到眼前。這時他被扯離水面，開始咳嗽、吐水，嘴巴一張一闔，猶如瀕死的魚，而兩名姪子很快又再將他推回去，把身體的重量加諸他頸上，壓得他額頭都已碰到池底。奧迪抓住他們的腳和皮帶想往上爬，彷彿拉著繩子在攀岩，但他越是掙扎，便越發虛弱。

最後他失去意識，兩人把他從水裡拉出來時，他毫無知覺，醒來後也只能趴在地上吐水，全身都在起伏、顫動。厄本蹲到他身旁，如父親般捧著他後頸，把臉靠得很近，說話的氣息如羽毛般掃在他臉上。

「我讓你進我家，喝我的酒……把你當兒子對待，還想收你當乾兒子，結果你卻背叛我。」

奧迪沒有回應。

「有聽過伊底帕斯的故事嗎？他殺父娶母，讓國家陷入災難，但其實他出生時就有人預言過這一切。原本的國王為了阻止悲劇發生，把還是嬰兒的伊底帕斯丟在山腰上，卻有個牧羊人救了他，撫養他，所以他才有辦法長大讓預言成真。我是不相信神話，但我現在知道這種故事為什麼會流傳了，或許老國王根本應該直接殺了伊底帕斯，也或許那麼牧羊人根本應該少管別人的閒事。」

厄本將奧迪的脖子捏得更緊，「在你出現以前，貝莉塔是愛我的，我救了她，供她受教育，給她衣服穿，讓她有地方住，」他搖晃手指，「我大可餵她吃一堆古柯鹼，派她去邊境進進出出，但我卻好心讓她當我的女人。」

他望向兩個姪子，又回頭看著奧迪，再度提高音量說道：「要是再讓我看到你，我絕對不會留你活口，要是你再敢接近貝莉塔，你們倆都活不成，如果你想為愛而死，沒問題，如果你希望你們像羅密歐與茱麗葉一樣最後都沒命，也沒問題，但我不會讓你們死得太痛快。我有朋友可以讓人在半死的狀態下活好幾個禮拜，他們會鑽你骨頭，潑你硫酸，挖你眼睛，斷你手腳，做這些事他們開心得很，而且做得非常順手，你會被折磨到求他們讓你死，但偏偏無法如願，你也會說出所有祕密，又哀又求，什麼都答應，但他們也絕不會手軟，你聽懂了嗎？」

奧迪點點頭。

厄本看看他磨破的拳頭，轉身往車子走去。

奧迪在他背後喊道：「你還欠我薪水。」

「那些錢我沒收。」

「那我的東西呢？」

「希望燒得乾淨，」厄本已打開車門。

他從座位上拿出外套穿好，拉拉袖子，「要我是你的話，一定不會再去想貝莉塔，畢竟她被用過的次數比監獄裡的保險套還多。」

「既然這樣，就放她走啊。」

「你講這話又是存什麼心呢？」

「我愛她，」奧迪脫口而出。

「真是浪漫的愛情故事啊，」厄本回話。他向姪子點頭，兩人便各賞奧迪一腳，一個踢他肚子，一個踹他背，讓他痛到覺得內臟都要散了。

「乖乖過好你自己的日子，」厄本用低啞的聲音說，「不要不知感恩。」

39

德菲斯郡刑事法院的地下室存放著過去一百五十年來所有已判決案件的資料，像是案例摘要、法庭紀錄、證據清單和庭上陳述等，各種各樣淒涼的故事和鄙劣的行徑都記載其中。

坐在玻璃窗後的女人叫莫娜，她那比夜半天色還黑的頭髮盤得很高，整個人看起來頭重腳輕。她將吃到一半的三明治放到旁邊，抬頭看黛瑟蕊，「親愛的，妳需要什麼？」

黛瑟蕊已填好調閱檔案的申請表格。

莫娜看著申請單，「找這些可能需要一點時間。」

「沒關係。」

莫娜簽名批准申請，在表格上蓋了兩個章，將單子捲成一管塞進圓筒，接著筒子便彈進輸送道，往下被吸走。她將筆塞在耳際，仔細地打量黛瑟蕊，「妳在ＦＢＩ工作多久了？」

「六年。」

「妳也得跳跨欄嗎？」

「有時候要。」

「我想也是。這樣的話，妳身手一定得比男人好上許多才行吧，」莫娜站起身來，彎腰往黛瑟蕊的鞋子瞄了一眼。

「怎麼了嗎？」

莫娜不好意思地看著她，往等候室一指。

黛瑟蕊坐下翻了幾本過期的雜誌，不時看看手上那隻本來是父親在戴的錶。他在她畢業那天把手錶送她，要她每晚都一邊想著父母，一邊替錶上發條。

「我開始工作後只遲到過一次，」他這麼告訴她。

「就是我出生那天對吧，」她回應。

「這妳知道？」

「對，老爸，」她笑著說，「我知道。」

洞穴般的檔案室瀰漫著墨水、地板蠟、平裝書和皮製書衣的氣味，從高窗射進的光束照亮空氣中的微小塵粒。

黛瑟蕊從販賣機買了咖啡，但一喝便覺得受不了，決定丟掉改喝汽水。她飢腸轆轆，實在想不起上次吃飯是什麼時候。

這時莫娜喊她的名字，並將十多個資料夾從窗口滑出來。

「就只有這些嗎？」

「不，親愛的，」她指向身後一臺堆滿箱子的推車，「而且還有另外兩車。」

黛瑟蕊到閱覽室找了張桌子坐下，抽出一本關於搶案的資料，開始一頁一頁地檢視照片、時間軸、驗屍報告和庭上陳述，試圖將細節串起來，彷彿在心中剪接影片。

運鈔車於三點出頭在康羅北邊遭到劫持。阿姆加保全公司因為簽有合約，所以時常必須派車到銀行或貸款機構收取有瑕疵的鈔票，再運到伊利諾州的資料銷毀中心。

出車時間和載運路線每兩週會變更一次，也就是說一定有人向搶匪洩露資訊。據傳在搶案中喪命的保全史考特．波翔是內應，但審判時並未有人能提出證據。有關當局調查第四名搶匪和錢的下落時，也檢視了波翔手機的通話和定位紀錄，但得到的證據都太過薄弱，不夠證明他是臥底。

奧迪．帕瑪坦承犯案，但不願透露同夥的名字，也沒供出哥哥和保全。他身受重傷，所以警方在事發三個月後才得以和他談話，又過了八個月他才恢復至可以出庭的狀態。

黛瑟蕊接著開始看目擊者證詞。警方的紀錄顯示，晚間約莫八點十三分，也就是劫車事件發生的五小時後，德菲斯郡警長辦公室的一名員警和搭檔在例行巡邏時，發現一臺運鈔車停在四十五號州際公路的北側便道里格蘭路上，正在查車牌號碼時，又看見有人獨自駕駛一臺深色休旅車到場，打開運鈔車後門，將一袋袋的現金搬到自己車上。

員警隨即請求後援，但兩臺車上的嫌犯發現警車後都立刻疾駛而去。

黛瑟蕊讀著無線電通話的內容，發現通報人正是萊恩．瓦德茲，和一名叫做尼克．芬威的警官，接著提姆西．路易斯也開著警車加入追捕。

無線電通話開始於一月二十七日晚上八點十三分。

芬威警官：這裡是一五二二小隊，市郊連通道路西三零八三號附近的隆邁爾路上有可疑車輛，目前正在調查。

派遣中心：收到。

芬威警官：確認車輛為運鈔車，車號NCD0479，停在路肩，可能是搶案那臺。

派遣中心：收到。車裡有人嗎？

芬威警官：有兩三名男子，都是白人，體格中等，黑衣黑褲。瓦德茲警官正在靠近……開火了！開火了！

派遣中心：呼叫各單位，現場警官已開火，地點在隆邁爾路和西側市郊連通道路的交叉口。

芬威警官：他們要跑了，追緝中！

派遣中心：收到。所有可支援單位，所有可支援單位，現場警官已開火，正在進行追緝行動，請小心靠近。

芬威警官：目前在荷蘭斯彼勒路上，時速七十哩，路況有點塞。嫌犯繼續在開槍……要到里格蘭路了，後援車呢？

派遣中心：再五分鐘才會到。
路易斯警官：一五二二小隊，哪裡需要支援？
芬威警官：里格蘭路。有帶釘子嗎？
路易斯警官：沒有。
芬威警官：運鈔車剛通過里格蘭路，正繼續往北前進。
派遣中心：支援已經從西側陸續抵達。

追緝行動又持續了七分鐘，巡邏車和運鈔車時速都超過九十哩。時間來到晚間八點二十九分，無線電通話紀錄如下：

芬威警官：運鈔車失控打滑！整車翻覆！糟糕！他好像撞到什麼。
派遣中心：收到。
派遣中心：地點在哪？
芬威警官：老蒙哥馬利路，在露營車營地西邊約四百公尺，嫌犯正在朝我們開槍！現場已開火，已開火……
路易斯警官：我在路上了。
芬威警官：（無法辨識）。
派遣中心：一五二二小隊請重複。
芬威警官：警車遭嫌犯攻擊，我要下車了。（接下來的五分鐘派遣中心不斷呼叫三名警官，但沒人回應。）
芬威警官：已制伏三名嫌犯，運鈔車起火，另有一名保全受重傷，無須再增派後援。

派遣中心：收到。消防及醫護人員已出動。

黛瑟蕊重讀剛開始的幾句對話，發現他們經常用相似，甚至一模一樣的詞句來描述事發經過，彷彿事先交換過筆記還是已說好口徑要一致似的——執法人員為了確保後續審判能順利進行，通話時大都會這樣。追捕行動最後結束於一場車禍，運鈔車轉彎時翻覆撞上一臺小客車，造成起火，燒死獨自開車的駕駛，奧迪．帕瑪和凱恩兄弟則不斷開槍，試圖殺出重圍。

芬威警官和瓦德茲警官表示他們當時身陷彈雨之中，只能躲在車後回擊，但火力不及敵方，情勢危急，幸好路易斯警官及時趕到，倒車往正在開槍的嫌犯撞去，讓兩人得以移動到比較有利的位置。

三名警官共開了七十多槍，三名嫌犯全數中彈，兩人當場死亡，一人嚴重受傷。德菲斯郡的驗屍官赫爾曼．威爾福表示維儂．凱恩是因胸口中槍而死，而他弟弟比利則三度中彈，腿部、胸口和頸上都有傷口，兄弟倆皆因出血過多而現場喪命；奧迪．帕瑪頭部中彈，而被塞嘴綁在運鈔車裡的保全人員史考特．波翔則因車禍傷重不治。

黛瑟蕊拿了五本犯罪現場的相片集快速翻看，接著才回頭審視其中幾張。從照片上她可以看到兩臺阻斷道路的警車旁是運鈔車扭曲的殘骸和燒毀的小客車，運鈔車的門被撞開，裡頭積著一大灘血。黛瑟蕊藉由電腦的繪圖及模擬功能，在心中重建出一幅立體圖，將現場的所有「角色」都置放其中。

相簿裡的照片數量比編號來得少，也就是說要不是編錯，就是有人把相片拿走。二零零四年時，德州幾乎所有警車都已配有相機及硬碟錄影系統，員警可以手動開啟，但警車時速達到門檻時也會自動啟用；比較新的系統則會永遠保持錄影狀態，而且影片會在警車返回總部時自動透過Wi-Fi下載。

蒐證時，辯方曾問及行車紀錄器的事，但警方表示兩臺警車都沒有裝設。對於這個小細節，黛瑟蕊一直覺得很疑惑，她回頭翻照片，找到一張是芬威和瓦德茲開的那輛警車斜停在道路的對角線上，擋風玻璃碎得一蹋糊塗，車門的金屬外板也坑坑洞洞。

她用手機應用程式將照片放大，研究起警車的儀表板，發現擋風玻璃前有塊凸起——是警方說沒裝的照相機。黛瑟蕊在筆記本上寫下照片編號，在一旁畫上問號。

她在幾張照片的背景中看見燒毀的小客車，翻覆的殘骸裡有具燒焦的屍體。那臺車因撞擊、起火而扭曲變形，看起來就像抽象的雕刻作品。

黛瑟蕊深入研讀小客車的資料，得知那是一九八五年出廠的一臺龐帝克，車牌發於加州，而驗屍報告顯示駕駛為女性，年約二十五。她燒焦的屍體在照片中呈拳擊手的姿勢，雙肘彎曲，雙拳緊握，研判是高溫造成身體組織和肌肉緊縮的結果。驗屍人員並未在她體內驗出酒精或藥物殘留，也未發現兒時骨折的跡象。

由於未能辨識出長相和指紋，警方很難確認女子的身分，只能從全國性的ＤＮＡ和口腔資料庫搜找，之後國際刑警組織以及許多處理非法移民問題的跨國團體也加入尋人行列。黛瑟蕊查出那臺龐帝克六千最初是由車商於一九八五年在俄亥俄州哥倫布售出，之後轉手過兩次，最終登記在南加州拉蒙那的法蘭克．奧布里名下。

她拿起iPhone，打給華盛頓的同事尼爾．詹金斯。兩人一起受訓，但詹金斯不願出外勤，只想在ＦＢＩ總部坐辦公室，而且特別喜歡待在資料監控部門，因為這樣他就可以偷聽別人說話。詹金斯這個人很客套，接起來還想閒聊一下，但黛瑟蕊沒時間跟他浪費。

「幫我查一臺車，龐帝克六千，一九八五年的車款，加州車牌，車號3HUA172，」她一股腦兒地唸出車牌號碼，「毀於二零零四年一月的一場車禍。」

「**還有什麼要查的嗎？**」

「駕駛是女性，看看當局有沒有查出她的身分。」

「**妳很急嗎？**」

「查到再打給我。」

接著黛瑟蕊將注意力轉移到死於搶案的那名保全人員身上。史考特．波翔是退役海軍，曾兩次出征墨西哥灣，也一度參與波士尼亞戰役，於一九九五年退役，之後在阿姆加保全公司任職了六年。警方懷疑波翔是臥底，但並未發現他和搶匪之間有任何通話紀錄；一張加油的發票顯示他曾在搶案發生的一個月前，和維儂．凱恩到過卡車停靠站的同一家快餐店，女服務生雖有指認出波翔，卻不記得他是否有和凱恩交談。

黛瑟蕊在箱底發現一片DVD，在證物清單上查閱光碟的編號後，發現是奧迪．帕瑪接受傳訊的影片。

她回櫃臺找莫娜，莫娜看到她似乎很驚訝。

「妳已經在這待六小時了。」

「妳明天還是會看到我。」

「我們再四十五分鐘就要閉館了，所以除非妳有睡袋……」

「我需要DVD播放器。」

「那邊那個房間，有看到嗎？裡面有電腦，鑰匙在這，別弄丟了，還有，只能用到六點，看不完的話就明天再來吧。」

「了解。」

黛瑟蕊開啟電腦，看著畫面閃現，聽見光碟開始旋轉。病床上的奧迪．帕瑪由架在定位的攝影機拍攝，他頭部纏滿繃帶，鼻孔和手腕都有插管。黛瑟蕊讀過他的醫療報告，知道當時沒有任何人認為他會活下來，醫生為了救他，得像拼拼圖般，將他碎裂的頭骨連同金屬板黏在一塊兒。他昏迷了三個月，一開始的幾週腦部活動都只有最低水平，專家對於要不要拔管議論紛紛，但德州只處決死刑犯，不殺腦死病人，否則一大票政客就沒戲唱了。

即便奧迪後來脫離昏迷，醫生們仍不認為他能恢復說話和行動能力，他雖讓眾人跌破眼鏡，卻也又花了兩個月的時間，才恢復到能躺在床上接受傳訊的狀態。

在影片中，辯護律師克萊頓．羅德坐在奧迪身旁，奧迪則用拼字板拼出簡短的句子和旁人溝通；當時擔任檢察官，現在已是州參議員的愛德華．道令戴著手術用口罩，一副深怕被細菌感染的樣子。

召開傳訊前，法官漢彌爾頓詢問道令為什麼帕瑪是由地檢署起訴。「法官大人，聯邦法雖然也適用，但就我所知，如果不根據州法來審理被告的案子，可能會產生利益衝突，」道令刻意說得很模糊。

「怎樣的利益衝突？」

「有一名高階聯邦官員的血親可能是目擊證人，」道令回答，「所以ＦＢＩ才建議由地檢署來處理。」

法官漢彌爾頓似乎對這個答案很滿意，於是轉而向律師羅德確定他的當事人是否了解傳訊的目的。

「報告法官大人，他了解。」

「是嗎？但他說出自己的全名都有困難啊。」

「他可以用注音板拼。」

「帕瑪先生，你聽得到我說話嗎？」法官問。

奧迪點點頭。

「今天傳訊你，是因為你遭到起訴，罪名包括三項一級謀殺、劫持車輛，以及二級車禍殺人，我說得夠清楚嗎？」

奧迪發出呻吟，緊閉雙眼。

「犯下這些罪行，最高可處死刑或無期徒刑，不能保釋，也不能減為有期徒刑。這些罪名和刑罰你都了解嗎？」

奧迪緩慢而慎重地將手移到注音板旁，拼出「了解」兩個字。

漢彌爾頓法官轉向道令，「你可以開始了。」

「我謹代表德州全體人民起訴奧迪．史賓賽．帕瑪，這是第四十八號公訴案，審理編號六百四十二。」

檢察官道令花了十分鐘列舉所有謀殺及搶劫罪名，之後才略述整起公訴案的概況，說奧迪與他人共謀，竊取了屬於美國聯邦儲備系統的七百萬元。

這時漢彌爾頓法官說話了，「先生，目前檢方已經以多項重大罪名起訴你，我必須提醒你要善用自身的權益。你有權委任律師，所以政府替你請了羅德先生，但如果你有意願的話，還是可以自行聘用律師。今天由羅德先生協助你接受傳訊，你有意見嗎？」

奧迪表示沒有。

「你想提出抗辯嗎？」

奧迪顫抖著手開始拼字，但克萊頓．羅德抓住他，「我的當事人要提出無罪抗辯，」他邊說邊瞄向道令，彷彿想徵得他的同意，接著又靠回奧迪身邊，「孩子，我們可不能一開始就火力全開。」

「被告有意願申請保釋嗎？」法官問。

「德州地檢署絕不接受保釋，」道令說，「法官大人，他犯下的可是重大罪行，而且錢也還沒找到。」

「我的當事人一時半刻也沒辦法離開醫院就是了，」羅德回應。

「他有家人嗎？」法官問。

「父母和姊姊，」羅德說。

「有其他親友或重大財產嗎？」

「報告法官大人，沒有。」

「那麼不許保釋。」

影片到此結束。黛瑟蕊按下退出鈕，將光碟收進塑膠套，放回箱子裡。

傳訊後過了五個月，奧迪．帕瑪才到德菲斯郡法院受審，那時法官已經換人，而克萊頓．羅德則和地檢署交換條件，最後檢察官捨棄一級謀殺，改以二級殺人起訴，換取奧迪全面認罪。關於事發經過，奧迪絲毫沒有爭辯，檢方宣布降罪起訴時，他也不願發言。

《休士頓紀事報》對於判決的報導如下：

> 二零零四年犯下運鈔車劫持案的二十三歲男子被控武裝搶劫及二級謀殺，昨日受審後法院宣判有罪。該起失敗的搶案造成一名保全人員及一名汽車女駕駛身亡，兩名搶匪也因而喪生。
>
> 奧迪．帕瑪坦承偷竊目前仍下落不明的七百萬元，並供認其他所有罪行後，法官馬修．科葛蘭判處他十年的有期徒刑。
>
> 判決出爐前，科葛蘭法官曾因檢察官愛德華．道令未以一級謀殺罪名起訴帕瑪而表示不滿，「他犯的可是重罪，在我看來，今天的判決對於冒著生命危險將他繩之以法的警察來說，根本是種羞辱。」
>
> 審判結束後，探員法蘭克．賽納戈斯向媒體表示ＦＢＩ已針對搶案進行過一千多次訪談，也正持續關注搶匪親屬及同夥的動向，但因為該批鈔票本已預定要銷毀，編號並未記錄下來，所以實在無法追蹤。
>
> 「我向各位保證，我們仍持續在追查這起案件，也有定期和州警及郡警進行會談，研擬計畫與策略。我們仍堅信搶匪必須為整件事負起責任，但隨著時間過去，真相也越來越難查清，所以我們也需要大眾的協助。」

看到報導引用法蘭克・賽納戈斯的發言，黛瑟蕊很訝異。為什麼他沒說自己曾參與原先的調查呢？既然偵查行動是由FBI主導，那麼賽納戈斯一定和萊恩・瓦德茲及其他警官談過，至於奧迪・帕瑪也絕不例外，但之前黛瑟蕊聲稱自己對案情比其他探員都了解時，賽納戈斯卻沒有糾正她、反駁她或貶低她，這實在很不符合他的作風。

她翻了頁，讀到另一則新聞。

州長表揚英勇警官

文　麥可・吉德立

德菲斯郡警官萊恩・瓦德茲、尼克・芬威及提姆西・路易斯雖然在飛車追逐遭劫的運鈔車後，又立刻面臨槍戰，卻仍堅定地守望相助，精神可嘉。瓦德茲、芬威及路易斯三名警官在二零零四年一月的混戰中表現英勇，不但因而保住性命，也將危險罪犯送進監獄服刑。如此追捕搶匪其實並非他們的義務，但三人仍勇於挺身而出，因而在今天獲頒德州之星獎——也就是本州的最高榮耀。

頒獎典禮於國會山莊舉行，德州州長瑞克・派瑞和檢察長史提夫・克奈利將獎項頒發給三位警官後，也盛讚他們勇敢的作為以及對大眾的貢獻。

照片上的三名警官都身穿制服，站在州長派瑞身旁對鏡頭微笑。芬威、瓦德茲和路易斯看起來不是很自在，但反正眾人的目光也是集中在州長身上，背景裡有個正在轉身的人被拍到側臉，是法蘭克・賽納戈斯。他手裡拿著對講機，或許是去擔任隨扈吧。

黛瑟蕊按下手機上的重撥鍵。

「再幫我個忙，」她對詹金斯說，「查查尼克．芬威和提姆西．路易斯這兩個州警，他們倆二零零四年時都在德菲斯郡的警長辦公室任職。」

40

奧迪藏身老舊的格拉納達戲院深處，蜷成一團，試著入睡，卻不斷夢到十多年前在三一河邊那個風雨交加的日子。當時他站在水畔，看進河底深處，雷電從頭頂那些形如球莖的烏雲中轟隆劈出。突然間，一具骷髏乘著黑色的河瀾浮出水面，胸腔中有隻像海豹的生物，受困的牠滿嘴白色尖牙，尖叫著想逃出來，骷髏卻又沉入河裡，除了幾圈漣漪外，什麼痕跡也沒留下。隨後各種恐怖的怪物都紛紛從黑淵中升起，往奧迪猛撲，掙扎著要自由。

奧迪猛然睜開雙眼，尖叫聲卡在喉間。他坐直身子，在碎裂的鏡中看見自己，卻認不出來——眼前的人形容枯槁，慘不忍睹，簡直被老天開了個大玩笑……

熬過黑夜後，奧迪倚在潮濕的牆邊，寫下他需要的東西。若是換成別的越獄囚犯，現在一定在逃亡，可能賣了手錶、金牙或腎臟，也可能坐在開往墨西哥或加拿大的巴士上，或者在貨櫃船上工作，藉此逃往他處，甚至是直接游向古巴。或許他根本渴望自我毀滅吧，但奧迪實在也不覺得自己有辦法下定決心自我了斷。

還需要什麼？

紙膠帶
睡袋
SIM卡
水

他記得自己之前被厄本的姪子狠毆，又被警告不准再跟貝莉塔見面後，也曾一邊按揉各處瘀傷，一邊列著類似的清單。當時他住進墨西哥邊境的一家廉價汽車旅館，像病人般躺在那兒，希望哪天上蒼會為他平反，偶爾也會爬進浴室，往洗手臺裡吐血，吸吮斷裂的牙齒。到了第四天，他終於能夠出門，但兩個街區走了一小時，最後終於走到藥房和菸酒鋪買了止痛藥、消炎藥、冰敷袋和一整罐波本威士忌。

他和著酒把藥吞下後，搖搖晃晃地往汽車旅館回去，一路上一直覺得自己看見貝莉塔，見她迎面走來，前一秒還隨風飄揚的裙子下一秒就貼緊她的大腿；也看見她的頭髮用玳瑁髮簪固定在後——她從薩爾瓦多帶上路的物品中，那是僅存的一件。

她步伐優雅，背挺得很直，下巴高高抬著，路人見了她都微笑著站到一旁，似乎要讓路給她走。她走到僅五十碼遠處時，奧迪大叫出聲，但她沒有回應；他朝她奔去，又再喊了一次，她仍毫不遲疑地繼續大步邁進。

「貝莉塔，」這次他提高音量，她卻加快腳步，穿越馬路，一臺車急停下來，喇叭聲大作。

「貝莉塔！」

女子停下腳步轉身，她好瘦、好老，不是貝莉塔。她兇狠地叫奧迪滾，罵得他啞口無言，只能張著雙手退開。

回到汽車旅館後，他列了一張清單，寫下自己需要的物品。他對厄本的銀行戶名、帳號和常來往的分行等細節很清楚，於是一月九日星期五那天，一名戴著墨鏡和棒球帽的男子到八家分行各領了一千元。他大可領個一兩萬，甚至可以把錢全部領光，但他只是要拿老闆欠他的薪水和一些醫藥費——他填寫提款單，偽造厄本的簽名時，就是這麼告訴自己的。之後，他買了些新衣服，並開始在分類廣告上找二手車。

「最後一次，」奧迪下定決心，要再見貝莉塔最後一面。他知道就算心已碎成千百片，他的尊嚴仍在，所以他不會苦苦哀求，只想好好問她。

奧迪在後車廂內放了一個小過夜包和現金，於晨間禮拜開始的一小時前抵達教堂，把車停進附近的一條死巷，等著大門打開。屋頂上方的天際線模糊不清，高速公路就在不到一個街區外，他能清楚地聽見車聲。她會來嗎？他心想，厄本會准她來嗎？

牧師開門後，奧迪坐進幽暗的洗禮區，看著教區居民陸續抵達。貝莉塔很晚才到，厄本的姪子把她載來後等在外頭，邊抽菸邊聽收音機。奧迪一開始沒留心，後來才注意到有個小男孩坐在第四排，身旁是個大餅臉的西裔女子。她頂著染出來的黑髮，臉部線條僵硬，即便是捲著她頭髮的那條七彩圍巾也無法讓她看起來柔和一些。

貝莉塔將手指浸入聖水，在胸前劃十字，經過奧迪時頭垂得很低。她屈膝跪拜，隨後沿著長椅移動到男孩身旁抱他，而他也猶如陷進新積的雪般，倒入她的懷抱。

當天的彌撒只有大約三十人到場，奧迪坐到貝莉塔後面那排，為的就是能看見她的側臉。她身穿一件褪色的藍色夏季洋裝，腹部繃得很緊，腳趾上有金扣設計的白色拖鞋已經磨損。奧迪原以為她臉上沾了土，仔細一看才發現是許久未消的瘀青——他害她被打了，這簡直和親手揍她沒兩樣。她身旁的小男孩穿著短褲、長襪和擦亮的黑皮鞋，雙腿直直地往前伸，靠在她手臂上，正抬頭看著她，睫毛濃密得像肩章上的垂穗。

大家都起身後，儀式開始了。一個胖牧師隨著風琴聲和眾人默唱的聖歌步入中央走道，背後跟著兩個大概是兄妹的孩子，兩人身穿白袍，手拿聖經和蠟燭。貝莉塔轉頭偷看奧迪，眼中先是浮現一絲寬慰，卻隨即露出恐懼；她重新看回前方後，戴著圍巾的那個女子也回望了一眼，神情變得嚴肅，似乎很清楚眼下的狀況。她一定就是貝莉塔的表姊吧，奧迪心想，替她照顧兒子的那個。

奧迪的眼神始終沒有離開貝莉塔，「我得跟妳談談，」他用氣聲說。貝莉塔什麼話也沒說。這時牧師已抵達聖壇，從孩子手裡拿過聖經，放在講臺上，聖歌也已接近尾聲，唱到最後一段時，大家的歌聲都越來越有自信。

貝莉塔在胸前劃了個十字，站在她正後方的奧迪下巴幾乎要碰上她的肩，也聞得到她的香水味。不，不是香水，也不是肥皂、洗髮乳或爽身粉，而是不經修飾而原始的，她的氣味。他竟以為自己沒有她也能活下去，實在蠢得可以。

小男孩一手搓揉著貝莉塔的裙褶，一手抓著熊布偶，大腿上放著聖歌集假裝在讀。

「跟我走，」奧迪低聲說。

貝莉塔不理他。

「我愛妳，」他說。

「他會把我們倆都殺了，」她呢喃道。

「我們可以跑到天涯海角，讓他永遠都找不到。」

「他總是會找到的。」

「去德州的話就不會了，我有家人住在那。」

「他最先找的一定就是德州。」

「我們可以躲起來。」

兩人已盡可能地悄聲說話，卻仍難免引起注意。貝莉塔的表姊轉身對奧迪罵道：

「¡Fuera! ¡Fuera! Usted es el Diablo.」

她直指他的胸口，罵他是魔鬼，撇手叫他滾出去。有人「噓」的一聲要他們安靜，眼鏡滑落的牧師也抬頭看去。

奧迪傾身向前，氣息緊貼在貝莉塔頸上，「妳經歷了那麼多危險才來到這裡，不應該受現在這種折磨，妳應該跟妳兒子一起快樂地生活才對。」

一滴眼淚在她下睫毛的邊緣打轉，她倉皇地摸上自己腹部柔軟的隆起。

「人生苦短，」奧迪說。

「但愛無涯浩瀚，」她悄聲道。

他將下巴靠在她肩上，「從側門出去，沿著柵欄一直走，會看到一扇門，別被他們發現。我會在那邊等妳，車跟錢我都有。」

牧師講完道後，奧迪溜出教堂，回到龐帝克裡頭。路的另一側有座滑板場，場內有條U型水泥滑道，上頭噴滿塗鴉。大家前前後後地滑，跳到空中炫技，再降落到高臺上。奧迪感到口乾舌燥，要是她沒來怎麼辦？他憑什麼要她對他有信心呢？他雖已採取行動，但根本只是在碰運氣，只是懷抱著盲目的希望，而非真有什麼期待。

彌撒結束了，奧迪誰也沒等到，只好緩緩開過教堂，看著厄本的姪子護送貝莉塔上車。她兒子抱著她大腿，臉埋在裙褶間，不想要她走，而她也彎下腰來抱他，替他將卡到眼睛的頭髮撥開。兩人都流著淚，車門卻砰地關上，沒多久她就消失無蹤了。

奧迪坐在那兒，足足盯了一分鐘之久，彷彿在等演員重新出場似的，他無法相信一切就這麼結束了。失去愛人的他仰頭望天，猶如正在思索自由為何物的奴隸，藍天寬廣無邊，恰似他內心的那片空虛。「好啊，給我一點指引啊，」他很想大叫，「告訴我該怎麼熬過去啊。」

這時有人敲他的車窗，剛剛那個臭臉表姊牽著男孩，用動作示意奧迪開窗。

「把你的住址寫給我，」她用西班牙文說。

奧迪發瘋似地開始找筆和紙，最後找到車子的動產所有權轉讓書，在上頭草草寫下汽車旅館的名稱，二十四號房。

「她會聯絡你。」

「什麼時候？」

「不要得寸進尺。」

等待似乎是種消極的行為，但奧迪卻反常地焦躁難眠、精力充沛，他不斷踱步、思考，做伏地挺身，開著電視不看，也不睡覺，只覺得度日如年，覺得就算自己的心臟被尖木刺穿，被切碎、燒毀、深埋，也不會停止跳動。

他等了三天才收到貝莉塔表姊的音訊，又過了兩天後，他站在國家大道的灰狗巴士站前，看著乘客陸續下車，直盯著每個人的臉。她會不會沒搭到巴士？要是她改變心意怎麼辦？

但這時，她踩下最後一階，站在兩臺巴士間，手裡提著一小件行李。霎時間，奧迪完全說不出話來，就傻在那兒，彷彿兩人之間有段極其遙遠的距離。貝莉塔微微一笑，顯得憔悴、疲憊，又不失美麗；她抓著一個毫無美感的橘色行李箱，一個小男孩緊靠在她腹邊。他穿著米色絨褲、T恤和亮紅色運動鞋，明顯看得出相當惶恐。

奧迪說不出話，也不知如何是好。他接過貝莉塔的行李放在地上，接著擁住她，抱得有點太緊。

「別這麼激動，」她邊說邊掙離他的擁抱。

奧迪很氣餒，但貝莉塔拉起他的手，放在她肚子上，他有所領悟地用眼神發問。

「是你的，」她說完後等著看他的反應。

奧迪彎下腰，從臀部將她整個人抱起來，高舉到空中，把臉壓在她肚子上，隔著棉製洋裝猛親，而她則笑著說要下來。

小男孩站在行李箱旁。他的頭髮和烘焙用巧克力同色，雙眼棕得不可思議。

「你好啊，」奧迪說，「你叫什麼名字？」

男孩看向母親。

「米格爾，」她說。

「很高興認識你，米格爾。」

奧迪跟他握完手後，他看著自己的手指，彷彿深怕被奧迪偷走幾根似的。

「鞋子很酷哦，」奧迪說。

米格爾看著自己的雙腳。

「紅得很好看。」

他將一隻腳站成內八，看看鞋子，然後又把臉埋回母親的裙子裡。

當天傍晚三人便開車上路，直到午夜過後才歇息，但其實米格爾早已抱著他去哪都要帶的破舊玩具熊在後座睡著了。就這個年紀來說，他長得不算高，眼皮一開始下垂，拇指就會自動放進嘴裡。

一路上車窗都開著，兩個大人談論著未來，貝莉塔也說起兒時的故事，像丟麵包屑般不時留下線索，希望奧迪循線問她問題，但有時兩人不須多言，便心有靈犀。她把頭靠在他肩上，輕撫他的大腿。

「這真的是你想要的嗎？」她問。

「當然。」

「你確定你愛我。」

「對。」

「如果你敢欺騙我的感情，做出讓我失望的事，或者中途落跑……」

「我不會的。」

「你會娶我嗎？」

「會。」

「什麼時候？」

「明天。」

這時電臺播起一首歌。

「我不聽鄉村音樂的，」她說，「你也不要想帶我去貓王教堂結婚。」

「妳沒開玩笑吧？」

「沒有。」

「好吧。」

41

黛瑟蕊在晨光中替自己倒了一碗綜合穀粒，並放上切片香蕉。她明天無法去探望父母，得打給他們說一聲。平常她週六都會回家吃飯，飯後就看著父親坐在扶手椅上觀賞美式足球賽，他不時會對螢幕大吼，做出丟黃旗的動作，彷彿自己是裁判似的。

黛瑟蕊做好心理準備後撥下號碼，她母親接起電話問道：「**請問有什麼事嗎？**」——那裝模作樣的腔調聽起來很假。她點餐時也老愛用這種怪腔，搞得服務生都弄不清她到底是個性本來就傲慢還是故意羞辱人。

「是我，」黛瑟蕊說。

「**哎呀，親愛的，我們剛剛才聊到妳呢，是不是呀，哈洛德？是黛瑟蕊，對，黛—瑟—蕊——她打電話來。**」

黛瑟蕊的父親在助聽器關著時等同聾人，但她一直覺得他是因為懶得聽母親嘮叨，所以才經常故意不開。

「**我剛剛才去買了火腿，**」她母親說，「**準備要抹芥末和蜂蜜烤，想說妳喜歡這樣吃。**」

「我有工作，」黛瑟蕊說，「沒辦法回家了。」

「**這樣啊，太可惜了……哈洛德，黛瑟蕊不能回來，她—要—工—作。**」

「**但我們有準備烤火腿耶，**」她父親在一旁大吼，好像大家都聾了似的。

「**她知道啦，哈洛德，我跟她說了。**」

「**她交到男朋友了嗎？**」他問。

「**妳爸問妳有沒有找到好男人，**」她母親說。

「跟他說我已經結婚，還生了兩個小孩，叫丁滿跟彭彭。彭彭放屁很臭，但是個貼心的好孩子。」

「別開這種玩笑，」她母親說。

她父親又在一旁大喊，**「跟她說喜歡女生也沒關係，我們不在意。」**

「她不是蕾絲邊，」她母親罵道。

「我只是說就算是的話，我們也沒關係，」她父親說。

「不要跟她講這種話！」

不久兩人就吵了起來。

「我得掛了，」黛瑟蕊，「抱歉明天沒辦法去看你們。」

她掛上電話，拿了東西出門，走下屋外的樓梯，向正在扯窗簾的房東薩克維爾先生揮揮手。時值週末，她開往休士頓北部的郊區時車並不太多。

半小時後，她抵達湯博爾，把車停在一棟藍白相間的漂亮平房外。屋前的草坪青得像綠寶石，花圃裡的灌木修剪得稀稀疏疏，讓人看了都覺得冷。黛瑟蕊按下大門電鈴，但沒人來開，這時她聽見後花園傳來孩子尖叫笑鬧的聲音，於是自行拉開側門的門閂，沿著屋旁的小徑走去。

戶外庭院的棚架上掛著氣球和彩帶，兒輩和孫輩都有人在樹叢間跑著追狗；女人們圍在桌邊聊天，有些在打蛋準備煎法國吐司，有些則拌著鬆餅麵糊；院裡的少數幾個男人則聚在烤肉架旁，此刻，烤肉技巧才是決定他們社交地位的關鍵，賺多少錢、開什麼車都暫時沒那麼重要。

曾任職於德菲斯郡的退休法醫赫爾曼．威爾福坐在折疊式導演椅上，長褲用皮帶繫得很高，身穿一件胸前有鈕扣的開襟毛衣，大腿上放著塑膠盤。他看著那群孩子，每聽見一聲尖叫就縮一下身子，好像很受那聲音折磨似的。

一個看來很有威嚴的女人一邊將手往圍裙上抹，一邊朝黛瑟蕊走來，看看她的警章後說：

「這是家族聚會。」

「我也不想來叨擾，但我有很重要的事要找他談。」

女人嘆了口氣，但赫爾曼似乎很高興能暫時離開。他領黛瑟蕊進屋，請她喝酒，她拒絕後他隨口聊了幾句，說老了以後變得很沒耐心，只希望大家趕快散會等等。

「家人就是這點討厭，」他生動的眉毛下方有雙銳利的眼睛，「想不見到也難，不像同事，退休後就可以避不見面。」

黛瑟蕊將犯罪現場的照片和地圖攤在客廳的咖啡桌上，赫爾曼幾乎是帶著感情地在檢視那些資料，彷彿是想起自己從前還年輕又有用的歲月似的。

「妳是想知道擊斃犯人的子彈是從哪發射的嗎？」

「我想釐清整件事的先後順序。」

「維儂．凱恩和比利．凱恩都是被警槍打死的，維儂頸部中彈，比利則是心臟。」

「那奧迪．帕瑪呢？」

「他是近距離中槍。」

「多近？」

「三、四呎遠吧，」老法醫拿起一張相片，「就子彈射入的角度看來，我覺得開槍的人應該站在他面前。」

「子彈有找到嗎？」

「他身上有子彈射入和穿出的傷口，可是彈殼沒有找到。」

「找不到是正常的嗎？」

「那天現場總共開了七十槍，要把彈殼都湊齊可不容易啊。」

「是哪個警官對他開槍？」

「沒辦法確定。」

「為什麼？」

他咯咯一笑，「因為人活下來，就沒有屍可以驗啦。」

「那為什麼他倒地的位置離其他人那麼遠？」

「警方說他當時逃到一半。」

「可是他離開槍的人明明只有四呎啊。」

他聳聳肩。

「而且他的手還燒傷了，這又怎麼解釋？」

「因為油箱爆裂起火。」

「那為什麼只有燒到手？」

赫爾曼嘆了口氣，「探員，拜託一下，是誰開的槍，還有他的手為什麼燒傷很要緊嗎？重點是他活下來了。我的工作是替驗屍官鑑定死因，所以妳問我也沒用啊。」

「那個女人的身分一直查不出來，你不覺得奇怪嗎？」

「不會啊。」

「真的？」

「隨便去哪個郡的停屍間看看吧，到處都是沒人認領的屍體。」

「確切來說是多少？」

「說了妳別嚇到，去年布魯克斯郡總共發現一百二十九具屍體，其中有六十八具都是無名屍，很可能是死在沙漠裡的非法移民，有時候甚至只找得到骨頭。搶案那個女人實在很可憐，被燒到無法辨識就算了，臉還因為高溫而碎得亂七八糟，根本連重建都沒辦法。探員啊，整件事沒有什麼陰謀，我們只是查不出她的身分罷了。」

這時，黛瑟蕊發現威爾福的女兒正從門縫偷瞄著她，一副隨時都會插手保護父親的樣子，於是收起照片，謝了他一聲，還說打擾他吃早午餐真不好意思。

她才說完，外頭便傳來孩子的尖叫和哭聲，威爾福嘆了口氣。「大家都說有孫輩是福氣，但我家的孫兒孫女實在很讓人抓狂，我總覺得自己好像困在關滿小矮人的瘋人院啊，」他瞄了黛瑟蕊一眼，「沒有要開妳玩笑的意思哦，探員小姐。」

42

奧迪從大玻璃窗外看著健身房裡的珊蒂．瓦德茲。她正在跑步，肩上的頭髮不斷甩動。

一會兒過後，已沖過澡的她身穿高爾夫短褲出現，小麥色的腿上沒有襪子，只套著運動鞋，看起來要價不斐的背心雖寬鬆，卻讓她的胸部線條顯露無遺。她買了杯外帶咖啡，沿路逛街，中途試穿了一件上衣。

奧迪從報紙中探出頭來，看她穿越明亮的中庭，搭百貨公司的手扶梯上樓，來到透明的球形屋頂下。那兒有個池子，水沿著玻璃牆流入，據說是要營造雨林的氛圍。珊蒂的朋友站在往下的手扶梯上，兩人朝對方揮手，一同喝咖啡敘舊，交換電話後說下次再約。

之後珊蒂在另一家店挑了裙子和上衣試穿，幾分鐘後她從試衣間出來，走回架旁找別的尺寸。

奧迪一直都不太受命運之神眷顧，卻仍靠自己撐了過來，所以好運降臨時，他也察覺得很慢，幸而他及時發現珊蒂將上健身房用的包包留在更衣間裡，於是偷溜進去，拉開拉鍊，拿出她的手機。

店內的一個助手經過，「你有什麼事嗎？」

「我太太要我幫她拿手機，」他指向正在看標籤的珊蒂，說時遲那時快，她正巧就轉身朝更衣間走來。奧迪趁助手去幫另一個顧客的空檔低頭開溜，跟珊蒂的距離不到一呎，整路上都很怕有人驚叫或喊警察求援，但他走了十五呎……二十……三十呎……最後踏出店門，搭上手扶梯，穿越人群，什麼事也沒發生。

幾分鐘後，他坐在Camry的駕駛座上，瀏覽珊蒂的簡訊，找到她兒子傳來的一則，按下回覆鍵，打上：

我們改變心意，想把你接回家，我十五分鐘後會在學校等你。愛你的媽。

他按下傳送鍵。一會兒過後手機發出震動，有新訊息傳來：

怎麼了嗎？

我待會兒再解釋。在停車場等我。

奧迪重新搜尋通訊錄，按下另一個號碼，接電話的是個聲音爽朗活潑的女人。

「橡樹嶺高中您好。」

「我是警長萊恩．瓦德茲，」奧迪故意把母音拉長。

「有什麼事嗎，警長？」

「我兒子就讀高一，叫麥克斯，他今天要先回家，我幾分鐘後會過去接他。」

「他有送假條嗎？」

「沒有，所以我才直接打來。」

「但您太太說他現在可能有危險。」

「所以我們才要親自去接他啊。我是用我太太的電話打的。」

秘書確認號碼後說：「**好的，我這就去課堂上帶麥克斯。**」

奧迪掛掉電話，把手機丟在大腿上，趁著等紅綠燈時，伸手從後座的帆布袋底下拿出削短型獵槍，將僅有的三發子彈放在手掌上把玩，感受那金屬圓弧的冰冷。

他把車停在校門附近，看著大門，讓引擎空轉。天空的顏色是最純粹的藍，不是深藍，沒有煙靄，也不為霧霾玷染。

此時手機發出震動，是麥克斯傳來的簡訊：**妳在哪？**

「你走來大門。」

「但有東西要給妳簽。」

「跟他們說我們趕時間，我待會兒再簽。」

片刻之後，麥克斯推開厚重的玻璃門跑下階梯。他將棒球帽戴得很低，蓋住耳朵，邊走邊找母親的車，高瘦的身子移動時有種青少年式的忸怩。

奧迪打開警示燈。麥克斯走到染色玻璃旁，彎腰往內看，這時窗戶降下。

「上車。」

男孩不敢置信地對他眨眼，隨後便發現他腿上有把獵槍。有那麼一瞬間，麥克斯似乎在思考逃跑的可能。

「你媽在我手上，」奧迪說，「不然你以為我怎麼能把你弄出來？」

麥克斯猶豫了一下。奧迪拿出珊蒂的手機，「上車，我會帶你去見她。」

男孩不安又害怕地看向身後，卻也只能爬進後座。奧迪將獵槍放到左手邊的地上，駛離人行道，並將門全部鎖上。麥克斯試了試門把。

「我要跟我媽說話。」

「等一下。」

奧迪沿著四十五號州際公路往北行駛，一路都開在中央線道上，不時加速、放慢，往後照鏡看，以確保沒有人跟來。

「她人在哪？」

奧迪沒回答。

「你把她怎樣了？」

「她沒事。」

奧迪切到外線，「把你的手機給我。」

「為什麼？」

「拿來就是了。」

麥克斯交出來後，奧迪搖下窗戶，將母子倆的手機都丟到高速公路的路肩上，電話瞬時砸得粉碎，裂片在柏油路上猛彈亂飛。

「喂！那是我的手機欸！」麥克斯看出後座的窗戶大吼。

「我會再買一支給你。」

麥克斯狠狠地瞪著他，「你根本沒打算要帶我去見我媽吧？」

奧迪沒說話。

麥克斯猛拉門把，開始尖叫，又捶窗對經過的車輛大吼，卻發現駕駛都關在自己的小空間內，根本不理他，於是又往方向盤猛撲，讓Camry斜切過兩個車道，差點擦過安全護欄。周圍的車子都紛紛避開，喇叭聲四起，但麥克斯仍不肯放開方向盤，奧迪只好肘擊他的臉，打得他跌回後座，掩著鼻子的手指間鮮血直流。

「你差點就害我們沒命了，」奧迪大吼。

「反正你之後也會殺我，早死晚死有差嗎？」麥克斯打著嗝說。

「你說什麼？」

「你會把我殺了。」

「我為什麼要殺你？」

「你想報仇。」

「我沒有要傷害你的意思。」

麥克斯放下雙手，「這不叫傷害叫什麼？」

奧迪的心仍跳得很快，「對不起，我不是故意要打你的，你嚇到我了，」他遞出手帕，麥克斯用來壓住鼻子。

「把頭往後仰，」奧迪說。

「我自己知道該怎麼做，」麥克斯生氣地回應，之後車內便一片靜默。奧迪又再往後照鏡看，心想剛剛的風波有可能被照相機拍下，也或許哪個駕駛已經通報了。

鼻子不再流血後，麥克斯小心翼翼地碰了碰，「我爸說你偷了一堆錢，所以他才對你開槍，他還說這次他一定會逮捕你，然後狠狠把你幹掉。」

「我想也是。」

「你這什麼意思？」

「你爸希望我死。」

「我也希望！」

他說完沒精打采地把臉垂到胸口，盯著沿途經過的田地和農舍。

「你要把我帶去哪？」

「安全的地方。」

43

黛瑟蕊來到位於康羅的一棟簡樸小木屋前敲門，聽見屋內有個女人吼道：「瑪希，把音樂關小聲一點……別讓狗跑出去了。」

一個青少女將門開了個縫。她身穿緊身抽鬚牛仔褲，上半身是米妮T恤。一隻狗猛刨木地板，想擠到她的雙腿間。

「我們不買東西。」

黛瑟蕊亮出警章。

瑪希轉頭大喊，「媽！是FBI。」

這小姑娘電視看太多了。

瑪希抓住那隻看起來很濕的狗頸部，將牠往走廊內拖去，留下黛瑟蕊一個人站在門口，而後一個正在擦手的女人出現了。

黛瑟蕊舉起警章，「抱歉打擾了。」

「根據我的經驗，會講這種話的人通常都不是真的覺得抱歉。」

波翔太太用手背將眼前的幾綹頭髮撥開。她身著短褲和一件濕了幾塊的過大牛仔襯衫，「狗滾得全身髒兮兮的，我剛剛在幫牠洗澡。」

「我想就妳已故的丈夫請教妳幾個問題。」

「他今年一月已經過世滿十二年了，說什麼**已故**，根本就是墓木**已拱**。」

兩人移動到凌亂的客廳，波翔太太將沙發上的雜誌搬開，挪出空位，雖沒戴手錶，卻看了看手腕。黛瑟蕊坐了下來。

「我正在重新調查阿姆加劫車搶案，」她說。

「他逃跑了對吧？我有看到新聞。」

黛瑟蕊沒有回答。

「到現在還是有些人會用異樣的眼光看我……在超市啊，加油站啊，或是我去學校接瑪希的時候——他們都在想同一件事，都覺得我知道錢在哪，」她諷刺地笑了，「實在是哦，要是那幾百萬真的在我手上，我們還得過這種日子嗎？」這時她鼻孔撐大，似乎突然記起某件沒想完的事，「大家都怪小史。」

「誰怪他？」

「所有人——警察、鄰居和完全不認識的陌生人都一樣，但阿姆加怪得最兇，所以他們才不肯付他的壽險費，搞得我得打官司，後來雖然告贏，大部分的錢卻也都被那些渾帳律師賺走，他們簡直跟小偷沒兩樣！」

她說劫車搶案發生時，她從新聞廣播上聽到消息，於是試著打給先生。黛瑟蕊只是靜靜地聽。

「但他沒接。瑪希放學回家後，我只好騙她說爸爸出了意外，因為真相我實在說不出口。郡上的驗屍官說他是傷重致死，是因為想保護那些錢才喪命，他明明是他媽的大英雄一個，結果卻被說成壞蛋。」

「警方說了什麼？」

「他們明明找不到證據，卻一直散播謠言，只因為找不到那筆錢，就開始抹黑一個無法為自己辯護的人。」

「他通常都是負責送錢去芝加哥的嗎？」

「去過五六次吧。」

「常跑不同路線嗎？」

她聳肩，「小史不跟我談工作內容的。他以前是軍人，在阿富汗打仗時就是這樣，從來不提部署的事，因為那是作戰機密。」

波翔太太站起身來，拉開網紗窗廉，「而且他本來根本不該去跑那一趟的。」

「為什麼？」

「有一臺運鈔車意外受損，所以之前有一筆錢沒送成。小史原本應該可以放假，但他們叫他幫忙跑。」

「誰叫他幫忙？」

「他上司，」她抹掉臉頰上的一塊灰，「所以車上才會有那麼多錢，因為那些是累積了一個月的量，不只兩週。」

「運鈔車怎麼會受損？」

「有人加錯油。」

「誰？」

「不曉得——大概是學徒或哪個白癡吧，」波翔太太放下窗簾。「我兼兩份差，而且兩個工作的薪水都只比最低薪資高一點點，但每次買什麼東西，都還是會被用異樣的眼光看待。」

「他們會懷疑妳丈夫，不會沒有原因吧。」

波翔太太皺起臉，嘲弄地說：「警方就只有那張搶案發生前一個月在加油站拍的照片，妳看過嗎？」

黛瑟蕊搖搖頭。

「那妳就自己去看看吧！我們家小史只是替一個男的壓門，讓他先過，剛好那傢伙就是維儂・凱恩。小史可能只是說『你好嗎？』，或聊聊天氣或足球，但這不代表他跟那些人是一夥的。」

她越講越氣，「他為國家奉獻，最後因為工作而喪命，大家卻把他當成有罪的壞蛋來對待，反而是那小渾帳跑去自首後，竟然只被判十年徒刑，不用上電椅，現在還在外面逍遙得跟小鳥一樣，根本沒天理。妳一定覺得我憤世嫉俗又扭曲吧，一點也沒錯。小史得過很多勳章，他不應該遭受這種對待。」

黛瑟蕊將眼神移開，不知該如何回應，只好說抱歉打擾，又道了聲感恩節快樂後便走出屋外，發現天色似乎比方才明朗，樹木的綠在藍天的襯托下也顯得更深濃了。她打給人在華盛頓的詹金斯，請他找出阿姆加保全公司二零零四年一月的職員名單，以及波翔上司的名字。

「都是十一年前的事了，」他回答，「不一定會有紀錄。」

「我也不抱太大的希望。」

44

摩斯將小貨卡停在一排二樓是辦公室的店面前，靠到椅背上，闔起雙眼，覺得好像有誰將他的腦子擰乾，掛在豔陽下曬——這是他本世紀第一次宿醉，下次最好也是一百年後。

放他出獄的那些人現在一定已經知道他沒抓到奧迪．帕瑪了，也就是說，他們會通報他失蹤，或者採取更毒辣的手段。無論如何，他的刑期都不可能減免，要是沒被抓回監獄大概也活不成，屍體還可能被埋入森林、沙漠或丟進墨西哥灣。據說艾迪．貝爾福特新發明了一種棄屍方式，用可移動式的伐木機將屍體甩到他想丟的位置——摩斯一想到鮮血在地上濺成弧形的樣子，就不禁覺得噁心。

但最令人不解的問題是，為什麼？他們為什麼要奧迪死？要是摩斯知道原因，這一切可能會變得比較容易接受，如果有誰願意解釋一下的話，或許他會願意原諒那些人，放下那些事。

他一直想起奧迪在空地上那驚慌失措的樣子。兩人一起坐牢時，摩斯從沒見過奧迪露出慌張或害怕的模樣，他在一群烏合之眾中總顯得高貴雍容，見識廣博到不會因為任何事而驚訝、錯愕，彷彿連亞當偷吃蘋果，夏娃穿上衣服的時刻他都親眼見證過。

摩斯低頭看著赤裸的雙臂。雖有從窗戶射入的陽光照耀，他仍覺得冷，仍希望克莉絲朵在身旁……想抱她……聽聽她的聲音。

街角有個老舊的電話亭，他從口袋摸出幾個零錢後，溜進去依指示操作。電話響到第三聲時她接了起來。

「喂，寶貝？」

「**嗨**。」

「一切都還好嗎？」

「**你聽起來很醉。**」

「我喝了一兩瓶。」

「**事情進行得順利嗎？**」

「我有找到奧迪．帕瑪，但被他給跑了。」

「**你有受傷嗎？**」

「沒有。」

「**有惹上麻煩嗎？**」

「我的計畫可能要失敗了。」

「**我實在很不想澆你冷水，但我不是早就跟你說過了嗎？**」

「我知道，對不起。」

「**我有說我怪你嗎？**」

「妳怪我也是應該的。」

「**那你現在要怎麼辦？**」

「還不知道。」

「**去自首吧，把所有事都告訴警方。**」

「弄清楚誰才是可以相信的人之後，我就會去了，這幾天妳就先回妳父母家住吧，聽我的。」

「**為什麼？**」

「為了確保妳的安全，因為我不相信放我出來的那些人。」

摩斯瞥出窗外，看見一個過胖男子將賓士停在路邊。他身穿襯衫，打著藍色領帶，走到車外後從衣架上取下外套，又抓了公事包，接著走上階梯，頭也不回地將遙控器往後一指，車子隨之上鎖。

「寶貝，我得走了，」摩斯說。

「**去哪？**」

「我之後會再打給妳。」

摩斯跑越馬路，一步跨兩階，搶在裝有彈簧輪軸的門自動關上前把腳伸進去。剛才的那個律師用下巴夾住公事包，正忙亂地用一副沉甸甸的鑰匙和磁卡在開門。

「請問是克萊頓．羅德嗎？」

律師轉過身來。克萊頓．羅德年約六十五，頂著渾圓的肚子和蓬亂的白髮，最令人印象深刻的是那尾端上勾的八字鬍，簡直就像在南方賣炸雞的；他身上的西裝年輕時或許很合身，但現在鈕扣撐得之緊，哪時候會飛出來戳瞎人眼也不知道。

「你有預約嗎？」

「沒有，律師。」

摩斯跟著走進辦公室，羅德掛好外套後坐到桌子後方。他雙眼外凸，瞳色黯淡，眼神似乎不斷流轉，看任何東西都不超過片刻。

「說吧，孩子，是命運暴虐的弓箭和弩石把你逼來找我了嗎？」

「什麼？」

「你是要告人嗎？有沒有受傷？還是人家對你做了什麼壞事？」

「都沒有，先生。」

「那你找律師做什麼？」

「羅德先生，我來找你不是為了自己，而是想跟你談奧迪．帕瑪的事。」

律師頓時僵硬了起來，無框眼鏡後頭的雙眼也睜得老大，「我不認識這個人。」

「你是他的辯護律師。」

「你弄錯了。」

「德菲斯郡的運鈔車搶案。」

羅德偷偷用腳拉開書桌底層的抽屜。

摩斯單眉一揚，「羅德先生，把槍從抽屜拿出來前，可要先想清楚喔。」

羅德瞄向抽屜，又推了回去。「這種事總得謹慎點嘛，」他語帶抱歉地說，「你跟帕瑪先生是朋友嗎？」

「我們認識。」

「是他叫你來的嗎？」

「不是。」

羅德盯著電話，「理論上我是不能談論案件細節的，畢竟我們律師有保密特權嘛，這你懂吧？不過奧迪．帕瑪實在沒資格埋怨，他已經夠幸運了。」

「幸運？」

「幸運有我啊！他本來有可能上電椅，最後只被判了十年徒刑，天下哪有這麼好的事啊？還不都是靠我爭取來的。」

「你是怎麼辦到的？」

「只是努力盡到我的責任罷了。」

「那他如果沒有好好謝你的話，可就不應該嘍。」

「客戶很少在謝人的啦，他們喔，沒被判刑就覺得自己戰勝司法系統，官司打輸時就怪我，不管怎樣我都是有勞無功。」

摩斯知道他這話說得沒錯。犯人老愛說他們被律師暗捅，被警察陷害，或只是運氣不好，從來都不承認自己愚笨、貪婪、復仇心切，奧迪是唯一的例外。他從不抱怨判決不公，也不嚷嚷刑期太長，經常幫其他囚犯準備上訴、請願，對於自身的處境卻從未有隻字片語。

「你知道奧迪為什麼要在出獄前一天逃跑嗎？」

克萊頓．羅德聳聳肩，「那小瘋子腦袋裡的金屬可是比烤土司機還多啊。」

「不對，」摩斯說，「我覺得他非常清楚自己在做什麼。他有提過錢的事嗎？」

「沒有。」

「你也沒問是吧。」

「那跟我的工作內容無關。」

「律師，不好意思，我也不想講粗話，但你根本是滿口狗屁。」

羅德靠回椅背上，雙掌十指交叉地放在胸前，「小子，我告訴你，奧迪．帕瑪那可悲的小渾球只被判十年，已經是老天對他最大的恩賜了。」

「他為什麼不是以一級謀殺的罪名被起訴？」

「一開始是，但我跟檢方進行認罪協商，最後才降刑起訴。」

「未免也降太多了吧。」

「我不是說了嗎，我是個努力盡責的好律師。」

「地檢署為什麼會同意？他們可以得到什麼好處？」

羅德不耐地嘆了口氣，「你知道我怎麼想嗎？依我看，大家當初都覺得奧迪．帕瑪會死，也希望他死，即便他奇蹟似地活下來後，醫生也說他大概就是個植物人了，所以檢察官才建議我們協商，因為只要他認罪，德州就可以省下一筆審判的費用，而帕瑪也同意了。」

「原因不可能這麼簡單。」

羅德起身打開直立式檔案櫃，拿出一個看起來比沙包還重的法律文件夾，「拿去！你可以自己看。」

檔案夾裡有關於審判的新聞剪報，還有一張奧迪在庭上跟克萊頓．羅德並肩而坐的照片，當時他頭上仍纏著繃帶。

「他當時還無法正常說話，所以我沒辦法讓他上證人席。記者們都跟瘋狗一樣亂喊亂叫，說他害死那無辜的女人和保全，最好被判死刑。」

「大家都怪奧迪是吧。」

「不怪他要怪誰？」羅德看向房門，「不好意思，我還有工作得處理，不送了。」

「錢到底跑到哪裡去了？」

「你已經問了太多問題，不要得寸進尺，否則我就要把你攆出去了。」

45

德菲斯郡的綜合執法大樓位於司法正義大道一號——這個地址聽起來雖像雄心萬丈的宣言，卻也有些癡人說夢。大樓的設計既現代又實用，卻缺乏從前的警察局、郡級法院和市政廳所散發的古樸魅力，可惜歷史似乎不比土地珍貴，那些老建築都已被賤價出售了。

黛瑟蕊看進車子側邊的後照鏡，整整儀容。奧迪．帕瑪的電話一直讓她思緒紊亂，他說自己沒射殺那對母女，卻也沒求她相信，也沒請她諒解，好像根本不在乎她信不信似的，還說哥哥已經不在人世，如果想要證據，疏浚三一河後就找得到。

為什麼現在才告訴她？為什麼十一年前判決還有再議空間時不說？但奧迪是那麼地直接，而且不耍話術，讓黛瑟蕊不禁**很想**相信他。

她回想自己走進汽車旅館房間的那一刻。當時她就覺得現場除了凶手殘暴莫名的行徑外，還有些不對勁。奧迪有什麼理由要殺凱西和思嘉莉？或許是因為凱西打給警方通報，但他又為什麼要選在瓦德茲敲門大喊「警察」的那一刻開槍呢？

根據瓦德茲的說法，奧迪開了三槍殺害母女後，衝破連通門，從隔壁房逃走，沿著走廊跑向階梯，下樓後穿越停車場，而且衣著完整，完全沒有在住了兩晚的汽車旅館房裡留下任何私人物品，也就是說他在瓦德茲敲門、大喊「警察」、並刷卡進房這極短的時間內就殺人逃逸？這一切實在不合邏輯，違反常理，難怪黛瑟蕊總覺得事有蹊蹺。

瓦德茲的警長辦公室位於四樓，從窗戶看出去是一間難以名狀的工廠，門上沒有標誌，看不出儲放、生產的到底是什麼。黛瑟蕊敲門進去後，瓦德茲仍繼續講他的電話，沒有抬頭，只是用手在空中畫圈，示意她坐下。

通話結束後，瓦德茲靠回椅背上。

「希望沒打擾到你忙公事，」她說。

「被停職時想忙也很難啦，警察只要開了槍，就得一直等到調查結束才能復職。」

「規矩就是這樣。」

「我知道。」

已坐下的黛瑟蕊將手提包放在膝蓋上，用雙手緊握上部，卻突然覺得自己很像總帶著毛線和棒針去面試的瑪波小姐，因而有點尷尬，於是將包包放到雙腿間的地上。

警長十指交叉地將雙手放在腦後，打量著她，「探員啊，我看妳對我好像不是很有好感喔？」

「我不是對你沒好感，而是不相信你。」

瓦德茲點點頭，一副他個人的誠信和這細微的語意差別都無關緊要的樣子，「妳來做什麼？」

「我是來道歉的，那天問話的過程顯然冒犯到你了。」

「妳那樣實在很不得體。」

「我只是想把工作做好罷了。」

「妳用那種方式跟別人講話就是不對，而且我跟妳一樣是執法人員欸，妳簡直就把我當狗屎……當成犯人在對待。」

「我大概是看到那個年輕媽媽和她女兒慘死在那兒，才一時思緒混亂，沒看清楚事情的全貌。」

「沒錯。」

黛瑟蕊已經想好要跟瓦德茲說什麼，話卻一直卡在喉間，讓她覺得自己彷彿在吞沒抹奶油的乾麵包。

「我不太習慣那麼近距離地觀看死者，」她說，「你在這方面的經驗顯然比我豐富許多。」

「什麼意思？」

「就我所知，當初那起運鈔車搶案簡直就像大屠殺。對那些搶匪開槍，你心裡是什麼感覺？」
「我只是盡到自己的責任而已。」
「再跟我說說搶案的過程吧。」
「妳不是已經讀過檔案了嗎？」
「你說當時運鈔車旁邊停著一臺休旅車，但你們一開始用無線電跟派遣中心通話時卻沒有提到。」
「那臺休旅車是停在運鈔車離我們最遠的那一側，我們一開始沒看到。」
「這樣似乎也說得通，」黛瑟蕊說。
「什麼叫說得通？他媽的就真的是這樣！」
成功激怒瓦德茲讓黛瑟蕊暗自得意，但她藏得很好，「我其實也想跟路易斯和芬威談談。」
「他們已經不在郡上任職了。」
「能不能拜託你給我他們的電話和聯絡地址呢？」
瓦德茲沉默了片刻。黛瑟蕊瞥出窗外，看見遠處有團火焰，燒出來的煙塵將火光抹污成模糊的金黃色。
「我可以給妳路易斯的地址，妳有紙跟筆嗎？」瓦德茲說。
「有。」
「德州傑佛遜郡博蒙特的瑪格諾利亞墓園。」
「什麼？」
「他在一場輕航機意外中死了。」
「什麼時候？」
「六、七年前吧。」
「那芬威呢？」

「就我最後聽說的消息，是在佛羅里達礁島群那邊開了間休閒酒吧。」

「你有地址嗎？」

「沒。」

「知道店名嗎？」

「好像就叫『休閒酒吧』的樣子哦。」

他那諷刺的語氣讓黛瑟蕊怒火中燒，「行車記錄器的影片到哪去了？」

瓦德茲猶豫了片刻，但隨即回過神來，張大嘴巴說：「什麼影片？」

「我在犯罪現場的照片裡看到你警車的儀表板上有攝影機，但檔案裡卻都沒提到有影片。」

「那臺攝影機壞了。」

「為什麼？」

「一定是被往我們射來的子彈打壞了吧。」

「這是警方正式發布的解釋嗎？」

瓦德茲氣得咬牙切齒，彷彿嘴裡有一大團痰在翻滾，但仍擠出笑容，「我不知道官方解釋是怎樣，也不是很在意，畢竟那些人想置我於死地，我連躲子彈都來不及了。探員小姐，有人對妳開過槍嗎？」他沒等黛瑟蕊回答，便自顧自地說下去，「沒有，我想一定沒有。你們這種享有特權的人老愛躲在象牙塔裡，看不見真實世界的面貌，就只知道帶著槍和警章去追捕那些白領階級的罪犯啊、逃稅的人啊或是聯邦要犯，但妳知道面對揮舞大刀的毒蟲或握有半自動手槍的藥頭是什麼感覺嗎？妳根本沒上過最前線，沒應付過人渣，也沒拚命救過同事或朋友，所以等妳親身經歷過其中任何一項後，再來質疑我的行為和動機吧，在那之前，妳他媽的都不准踏進我的辦公室。」

瓦德茲已站起身來，他頸上青筋暴露，額前汗珠滿布。

這時辦公桌上的電話響起，他連忙接了起來。

「妳說什麼？……我沒有打給他們……學校就這樣放他走？」他瞄了黛瑟蕊一眼，「好，好，妳先冷靜下來……再從頭跟我說一次……妳記得妳最後把手機放在哪嗎？……所以可能是被偷了……冷靜點，我們會找到他的……我知道……沒事的……我現在就打去學校。妳人在哪？……我派警車去接妳。」

他放下電話，用手包住話筒。

「有人假裝是我，打去我兒子讀的高中。」

「什麼時候？」

「四十五分鐘前。」

「你兒子現在在哪？」

「校方說不知道。」

46

奧迪沿著休士頓外圍的南側高速公路開進布拉佐李亞郡，在雷克傑克森市往西轉上六一四號幹道，朝東哥倫比亞區駛去。他前方那臺小貨卡鏽痕斑斑，背面的窗上有張本應貼在保險桿上的貼紙：**德州愛國者聯盟——退黨者死**。駕駛丟出香菸，閃著火光的菸頭在柏油路上亂彈。

路邊的農田大都整齊又繁茂，田裡滿是向日葵、棉花和玉米採收後留下的殘株。車子行經地窖、風車、穀倉和牽引機，大家都進行著日常的工作，一點都沒注意到一個男人開著毫不顯眼的Camry載著青少年經過。

途中奧迪偷瞄了麥克斯一兩眼，看見他嘴角滲出唾沫，眼周泛紅，似乎嚇壞了。他一定無法理解這種事怎麼會發生在自己身上吧，說起來也是情有可原，畢竟多數的孩子在成長過程中都聽過許多童話故事，看過許多孤兒和流浪狗最終都會找到家園的勵志電影，以為世界就是這樣。這些情節都寓有深意，旨在告訴大家好人終有好報，而且有愛就有希望，但對於許多從小被皮帶抽、被拐杖打，被拳頭揍的孩子來說，現實可沒那麼平順美滿。

奧迪有個叔叔，是他媽媽那邊的親戚。家族聚會時，這個叔叔老愛把奧迪拖到大腿上坐，一隻手搔他癢，另一隻手的拇指則往他肋骨間猛戳，戳得他痛到覺得自己快要昏厥。

「你們聽，」叔叔總會這麼說，「他這簡直是哭笑不得嘛。」

奧迪始終無法理解叔叔為什麼要這樣傷害自己，也不知道折磨小男孩為他帶來了怎樣的樂趣。此刻，他看著麥克斯，衷心地希望他不必遭遇有施虐傾向的叔伯、學校的惡霸或喜歡欺負弱小的壞蛋。

開離康羅兩小時後，兩人抵達沙金特區——說是區倒也不盡然，其實只是分布在坎尼溪沿岸的建築群。小溪蜿蜒數哩，在幾處繞了很大的圈子，最後流向墨西哥灣沿岸，但道路則非常筆直，車一開過活動橋，便馬上接到沙金特海灘。

抵達路和海灘的交叉口後，奧迪往東轉上單線的運河大道，途經不少受熱龜裂的路段，也遇上多處崩塌。他沿著海濱開了三哩，路邊的房舍越來越少，大都是就算潮水漲起、暴風侵襲，海水也淹不到地板的高腳度假屋。這些屋子都因冬季而關閉，陽臺上的傘竿空空如也，家具不是收在屋內，就是用繩索固定住，而船隻則有些停在棚內，有些綁在前院。

道路左側是緊鄰大西洋近岸內航道的大運河，河裡有疏浚用的平底船和觀光郵輪，再往內陸則是沼澤和連綿不知多少哩的無樹大草原、淺塘遍布的濕地和狹窄的水道。奧迪看見一群雁鴨在詭譎的暮色中排成V型飛過天際，猶如指向遠岸的一支箭。

路的另一側連接平坦狹長的海灘，灘上到處都是成團的海草和輪胎的痕跡。奧迪下車掃視這片空無一人的海灘，看著夜幕漸垂，天空逐漸暗成濁水的顏色，接著走到後座把門打開。

「我們停在這做什麼？」麥克斯問。

「我們今晚要在這過夜，我會去找合適的地方。」

「我要回家。」

「不會有事的，就當作是去同學家過夜吧。」

「怎樣，你把我當九歲小孩嗎？」

奧迪用紙膠帶捆住麥克斯的雙手，一面指向沙灘，一面推著他往前走。

兩人走近一幢被沙丘和低矮灌木遮蔽的漆黑房屋，奧迪蹲在潮標以上的一塊凹地旁，花了十分鐘觀察附近是否有人為活動的痕跡。

「你乖乖待在這，不要出聲，也不要想逃跑，不然我就把你鎖進後車廂。」

「拜託不要。」

「那就不要亂跑，我一下子就回來。」

看著奧迪消失在陰沉的天色中，麥克斯非但沒有如自己預期地放下心來，反而更加害怕。他不喜歡黑暗，因為四周一片漆黑時，蟲唧、他自己的呼吸聲和海浪擊岸的水聲都會放大。他沿著沙灘望去，看見海上有幾個移動緩慢，抑或完全靜止的光點，可能是船隻，也或許是鑽油平臺。

為什麼這個男人就是不會讓他感到害怕呢？途中麥克斯瞄了奧迪一兩眼，偷偷端詳他的臉、他的雙眼和額頭，似乎想從中看出恨意以及對於殺戮和復仇的渴望——殺人魔的特徵應該不難察覺吧。

一路上，麥克斯默默記下所有指標和地標，藉此推測他們所在的位置，希望有機會報警。他知道車子先是往南駛離休士頓，接著轉西開經舊洋區和休格谷區，然後抵達貝城。

途中奧迪試圖跟他聊天，問起他父母的事。

「你問這幹嘛？」

「我有興趣啊。你跟你爸感情好嗎？」

「還算可以吧。」

「你們常相約去做什麼事嗎？」

「有時候。」

其實是很少，幾乎沒有了。

麥克斯蹲伏在黑暗中，聽著海浪的聲音，回憶起自己和父親還沒疏遠前的時光。要是他會打棒球、籃球，或者對越野單車感興趣的話，情況或許會大有不同，事實上，他連滑板也不是溜得非常好，遠不如國中班上的狄恩．奧賓和派特．克萊恩。但這些都不是他和父親漸行漸遠的原因，他最痛恨的其實是夜裡的那些爭吵——他雖未參與其中，卻總是一動也不動地躺在床上聽。

妳都不知道自己那副樣子有多難看！我沒騙妳！妳就是在跟他打情罵俏，我看到什麼我自己知道。嫉妒？我？妳做夢啊，妳這冷血的賤女人連生孩子都有問題，我會因為妳而吃醋才有鬼！

每次吵到最後，兩人便會開始摔東西、甩門，有時還會傳出哭聲。就麥克斯看來，父親似乎認為妻兒都不知惜福、不懂感恩，甚至覺得他們不值得他付出。但爸媽很少吵隔夜架，通常珊蒂早上又會一如往常地準備早點，替丈夫包好午餐，和他親吻道別。

此刻麥克斯非常想念父母，好希望爸爸來營救他。他想像一隊閃著亮燈、響著警笛的警車朝他飛馳而至，頭頂傳來直升機的螺旋槳聲，海豹突擊隊也乘著充氣船聲勢浩大地上岸。他側耳聽了片刻，卻完全沒聽見警笛、螺旋槳和划船的聲音，於是謹慎地沿著小徑走去，不時回頭觀望，深怕被奧迪看到。他走到車旁，望著夜色頓了片刻，知道還要再走一百碼才會到大路上——他可以在路上攔車，也可以現在就觸發汽車警報器。

最後他決定拔腿狂奔，因為手被捆住無法自由擺動，整個人幾乎像馬兒在奔騰。這時，他突然絆到什麼，隨即正面著地重重摔進沙裡。

「豈不是跟人家溜滑板時摔倒的方式一模一樣嗎，」奧迪從柵欄後走了出來，肩上架著獵槍。麥克斯吐出一口沙。

「你說你不會傷害我的。」

「我是說我不想。」

奧迪拉他起身，替他拍掉身上的沙，但麥克斯生氣地將他的手推開，不讓他碰。兩人回頭沿著小徑從沙灘往屋子走去，爬上樓梯，來到坐擁海景的後陽臺。陽臺的欄杆和扶手經過鹽蝕、風吹和日曬後，漆已經差不多掉光了。

奧迪檢查過百葉窗和外門後，捲起外套的袖子，用手肘往門把上方的方形小玻璃一撞，把手伸進去轉動門鎖，將門推開，叫麥克斯走路時要小心碎玻璃，又吩咐他坐在餐桌旁等，自己則快速地到屋內各處檢查每個房間。房子裡有股霉味，似乎已許久沒有通風，沙發上散落著床單，床鋪只用塑膠套包著。

奧迪發現一個書籃，裡頭是地圖和三個月前的報紙；壁爐架上和幾個房間裡都放有家庭照——是父母和三名兒女組成的五口之家。相片裡的孩子從蹣跚學步的嬰兒長成青少年，中間大概隔了十多年。

他替冰箱插上電，打開櫥櫃想看看有沒有乾燥過或保存期限長的食物，接著在沒開燈的狀況下打開一扇護窗板，從屋子面海的那一側望向墨西哥灣，看著灣內那些幾乎像空中城市的鑽油平臺。

麥克斯一聲也沒吭。奧迪在貯物箱裡找到亞麻布，拿去點燃了熱水器的母火。

「水要幾小時後才會熱起來，」他說，「我們可能明早才能洗澡，先拿櫃子裡的衣服來穿吧。」

「那是別人的。」

「是這樣沒錯，」奧迪說，「但如果真的需要，偶爾打破規矩也是無可避免的。」

「你一定要這樣綁著我嗎？」

奧迪想了一會兒，決定將剛才在某間臥室架上看見的鈴鼓拿到廚房，叫麥克斯站起來，再把鈴鼓黏在他雙膝間，這麼一來，麥克斯只要一動，就一定會發出聲響。

「乖乖坐在扶手椅上，要是你亂動讓我聽見，我就把你的手**和腳**都捆起來，聽懂了嗎？」

麥克斯點頭。

「你會餓嗎？」奧迪問。

「不會。」

「我還是會去煮點東西，吃不吃隨便你。」

他在食品儲藏室裡發現一盒螺旋麵，倒進煮沸著水的帶柄深鍋後，又找到一個番茄罐頭、一些香草以及大蒜粉和其他調味料。麥克斯看著他下廚。

之後兩人沉默地坐著吃麵，餐桌上只有鈴鼓偶爾晃動和叉具刮擦盤子發出的聲響。

「我不常做飯，」奧迪說，「所以煮得不是很好。」

麥克斯把盤子推到餐桌中央，將蓋到眼睛的瀏海撥開，看著奧迪前臂上那些縱橫交錯的傷疤。

「是在監獄裡弄的嗎？」他安靜地又看了一分鐘後問。

奧迪點頭。

「怎麼會傷成這樣？」

「大家難免會有爭執。」

麥克斯指向奧迪的右手背，有條傷痕從他的拇指基部一路延伸到手腕，「那條是怎麼來的？」

「牙刷融化後做成的小刀割的。」

「那條呢？」

「折疊式剃刀。」

「怎麼會有人有剃刀？」

「大概就是獄卒幫忙弄進去的吧。」

「他們這樣整你是想幹嘛？」

奧迪悲傷地看著麥克斯，「想殺我。」

語畢他站到水槽邊洗碗，一面看著窗外的天空，「今晚可能會有暴風，但如果明天天氣好的話，我們可以去釣魚。」

麥克斯沒回應。

「你會釣魚吧？」

他聳聳肩。

「打獵呢？」

「我爸教過我一次。」

「在哪教？」

「山裡。」

奧迪想起他和卡爾在青少年時期一起去打獵的場景。卡爾非常沉著，開槍時從不顯露任何情緒，甚至連身體都不會顫動，就能面色不改地獵到鴨子、松鼠、白尾鹿、鴿子、兔子和鵝，反觀奧迪在緊張、焦慮狀態下開的槍總會讓獵物抽動、流血。

「你是不是想開槍射我？」麥克斯問。

「什麼？當然沒有！」

「那你把我抓來幹嘛？」

「我想跟你做朋友。」

「朋友咧！」

「真的。」

「你他媽的根本就瘋了！」

「不要罵髒話。我們其實有很多共通點。」

麥克斯不屑地哼了幾聲。

「你去過拉斯維加斯嗎？」奧迪問。

「沒有。」

「我去那裡結過婚。十一年前的事了，我娶到全世界最漂亮的女人……」他停下來回憶當時的景況，微笑的唇邊浮出皺紋，「就是在大家常聽說的那種小教堂結的。」

「貓王小教堂那種嗎？」

「對，但不是那間，」奧迪說，「是賭城大道上的婚鐘小教堂。他們有提供一種叫『我願意』的服務，整個儀式含音樂和結婚證書只要一百四十五塊。婚禮舉行前我和我太太去逛街，我以為是要買婚紗，結果她是想找五金行。」

「為什麼？」

「她買了兩碼的軟繩，然後叫我找十三枚金幣給她，但她說那只是象徵，所以不用真的是純金。」

「象徵什麼？」麥克斯問。

「耶穌和祂的門徒，」奧迪回答。「我把金幣交給她，就等於對她許下承諾，承諾我會照顧她和她兒子。」

「兒子？你沒說她有兒子啊。」

「沒有嗎？」奧迪摸著前臂上的一條傷疤，「他是我的伴郎，我讓他拿結婚戒指。」

麥克斯沒有回應。有那麼一個片刻，奧迪覺得他或許記得，但那個片刻稍縱即逝。

「他叫什麼名字？」

「米格爾——是西班牙文，就等於英文中的麥可。」

麥克斯又沉默下來。

「婚禮舉行時，貝莉塔把軟繩的兩邊分別綁在我和她的手腕上，說那條繩子象徵著我們之間永恆的連結，說我們的命運再也分不開了。」

「聽起來很迷信，」麥克斯說。

「是啊，」奧迪說話的同時，遠方的第一道閃電也轟出陰暗的天空，「她是挺迷信的沒錯，但在她看來，事物沒有善惡，會入邪的只有人心；環境沒有淨污，會腐敗的只有靈魂。」

麥克斯打了個呵欠。

「去睡吧，」奧迪說，「明天可是大日子呢。」

「你想對我幹嘛？」

「我要帶你去釣魚。」

47

數輛警車停在瓦德茲家的車道上，屋前的街道兩側也停滿沒有警方標誌的巡邏車，警探正挨家挨戶地調查，鑑識小組也已從麥克斯的臥房採集了他的指紋和頭髮。

廚房裡的指責聲和爭吵聲越來越大。

「我們還無法確定綁匪是不是奧迪．帕瑪，」黛瑟蕊試圖緩和場面。

「不然還會有誰？」瓦德茲說。

「他都已經來恐嚇過我們了，」珊蒂一邊附和，一邊用衛生紙輕按眼睛。

「怎麼個恐嚇法？」

「他跑來我們家啊，這還不夠明顯嗎……而且還去跟麥克斯說話耶。」

黛瑟蕊點點頭，看向坐在椅凳上的賽納戈斯。他摸著下巴，一副胸有洞見的模樣。

「但這也不代表他就會綁架麥克斯，」黛瑟蕊說。

珊蒂聽了頓時失控，「妳到底有沒有搞清楚狀況？萊恩對他開槍，逮捕他，還把他送去坐牢欸。」

「我知道，但就算是這樣，整件事也還是不合理。」黛瑟蕊試著從別的角度切入，「麥克斯幾歲了？」

「剛滿十五。」

「你們有兒子的事，你告訴過帕瑪嗎？」

瓦德茲搖頭。

「帕瑪被判刑後，你跟他還有聯絡或書信往來嗎？」

「沒有。妳到底想說什麼？」

「我只是想搞清楚帕瑪上星期天為什麼會出現在這裡。而且如果他是衝著麥克斯而來的話，為什麼不一開始就把人帶走？為什麼要等到現在？」

瓦德茲生氣地對她眨眼，「因為他是瘋子！他腦袋壞掉！」

「他在獄中的精神醫師可不這麼認為，」黛瑟蕊努力穩住聲音。「他跟麥克斯說了什麼？」

「說什麼很重要嗎？」

「我必須知道才能推測他的動機。」

瓦德茲將雙手舉到空中，「你們明明應該派人來保護我們的，提供我們安全的住處是你們的責任。」

這時賽納戈斯說話了，「萊恩，我沒有不派人保護你，是你自己沒有要求。」

「所以是我的錯嘍，法蘭克？」

「是你自己說你可以應付的。」

兩人就這麼大眼瞪小眼。他們直呼對方的名字，讓黛瑟蕊有點訝異，或許是當年調查搶案時就認識了吧。

「根本不該讓麥克斯去上學的，」珊蒂靠在丈夫胸口啜泣著說，「都是我的錯，都怪我沒聽你的。」

瓦德茲摟住她，「這不是任何人的錯。我們會把他平安救回來的，」他瞥向賽納戈斯，「法蘭克，你也說說話啊。」

「我們一定會盡力的。」

賽納戈斯站起身來，搓著手說，「那麼我來總結一下目前的發現。麥克斯離開學校後的那十分鐘，珊蒂和他的手機都還有訊號，最後追蹤到的位置，是在伍德蘭市北邊大約十六哩的四十五號州際公路上。我們已經在調閱高速公路和百貨公司的監視錄影帶，希望能查出帕瑪開的是什麼車，一旦確認後，就可以經由道路攝影機追蹤他的動向，縮小尋人範圍。」接著他看向珊蒂，「我們需要麥克斯近期的照片，好發給媒體，另外也可能要舉辦記者會，妳可以發表聲明嗎？」

珊蒂望向丈夫。

「這樣能引起更多注意，」賽納戈斯說，「家屬總要出面動之以情，說請把兒子還給我們這類的話……」

黛瑟蕊也補充道：「麥克斯身體有沒有什麼狀況，像是過敏之類的？」

「他有氣喘。」

「有在用藥嗎？」

「他身上有帶。」

「妳知道他的血型嗎？」

「這很重要嗎？」

「為了謹慎起見，」黛瑟蕊解釋，「我們要讓醫護人員和醫生大致了解狀況，這樣他們才能及早準備，沒別的意思。」

珊蒂又啜泣了一聲，瓦德茲怒目瞪向賽納戈斯，「法蘭克，叫她給我滾出去。」

賽納戈斯示意黛瑟蕊往拉門走，並帶她走入庭院，院裡就他們兩人。他轉身望向泳池，一張臉罩在從池子射出的詭譎藍光中。

「我覺得妳似乎把他們當作犯人在對待。」

「我沒有。」

「另外，我還覺得奧迪．帕瑪似乎讓妳性慾大開，是不是啊，探員？一想到他這種下三濫的殺人犯，妳下面就都濕了是吧？」

「你他媽的以為自己是誰，竟然敢對我講這種話？」

「我他媽的就是妳老闆，妳也差不多該認清現實了。」

黛瑟蕊步離燈光，臉上覆著被風吹起的頭髮，雙眼在陰影中閃爍。

「奧迪．帕瑪的腦力並沒有受損，他非常聰明，幾乎聰明到異於常人的程度。如果被搶的那些錢真的全在他手上，他為什麼要冒險回來？為什麼要冒險綁架警長的兒子？這一切根本不合理，除非……」

「除非怎樣？」

黛瑟蕊頓了一會兒，往上吐出一口氣，吹起前額上的一綹頭髮。

「要是第四名搶匪根本不存在呢？要是錢其實是被警方拿走了呢？」

「妳在講什麼鬼話？」

「聽我說完。」

賽納戈斯等著。

「你想想看，帕瑪和其他搶匪劫持了運鈔車，結果還沒能把現金移走就遇上警察。警方高速追車後雙方爆發槍戰，最後搶匪死光，錢也就放在那兒任人拿取了。」

「那奧迪．帕瑪為什麼沒去拿？」

「可能是為了義氣。」

「如果真是這樣，他為什麼不去告發警察？」

「所以他們才希望他死，才要對他開槍。」

「結果他卻活下來了。」

「或許正是因為如此，他才要回來──來討他的份。」

賽納戈斯搖頭，用拇指和食指抹抹嘴唇，「就算妳想的沒錯，帕瑪也該請律師去協商才對，更何況妳的推測根本不可能。」

「或許他就是請律師協商後，才得以逃掉更恐怖的刑責，只坐十年的牢。」

「不，他在獄中的那十年才是最折騰的。」

黛瑟蕊還想反駁，卻被賽納戈斯打斷，「妳現在提出的這個陰謀論不但涉及警方，還把地檢署、辯護律師、驗屍官，甚至法官也都牽扯進來了。」

「我看不盡然，」黛瑟蕊說，「其實一個消失的檔案就能改變他的罪名。」

賽納戈斯舉起一隻腳，將擦得光亮的鞋尖往長褲上摩。

「妳知道自己在說什麼嗎？」他的聲音憤怒地顫抖，「奧迪．帕瑪明明是冷血殺手，妳卻一直幫他找藉口。容我提醒妳一下，當初是他自己認了罪，這點可是千真萬確。」賽納戈斯吸了吸鼻子，將痰往花園裡吐，「弗尼斯探員，或許妳覺得我對妳太嚴厲，但我自有理由，因為我實事求是，妳卻沉溺在幻想中，不願面對真相。醒醒吧，別再這麼幼稚了，妳以為自己還是可以成天玩彩虹小馬的七歲小妹妹嗎？現在，妳給我進去跟那對善良的夫妻說我們會竭盡全力，把他們的兒子救回來。」

「我知道了，長官。」

「我聽不見。」

「知道了，長官！」

48

風暴在淩晨來襲，橫掃墨西哥灣，帶來暴雨、掀起巨浪，雨水和海水席捲一扇扇的窗，寒風也吹入門底和地板的縫隙，閃電從遠方的雲層後浮現，轟出的那瞬間就像在為雲朵描圈。奧迪小時候很喜歡這樣的夜晚，喜歡躺在床上聽雨隆隆地打在窗上、潺潺地流進水溝；反觀此刻，他卻睡在地上，因為他的身體已經習慣硬床和薄毯了。

奧迪盯著睡夢中的麥克斯，看了很長一段時間，好奇他夢到什麼——是和大膽主動的女孩子在一起嗎？還是打了全壘打？又或者是拿下關鍵達陣，為球隊贏得比賽？

在成長過程中，大家都一直告訴奧迪他可以自由選擇自己想要的職業，無論他想當消防隊員、警察、太空人，甚至總統都不是問題。九歲時他夢想成為戰鬥機駕駛，但可不是《捍衛戰士》裡的湯姆·克魯斯那種——那部電影拍得太像電腦遊戲，根本沒有戰鬥氛圍；他想當的，是德國傳奇飛行菁英馮·里希特霍芬男爵那種駕駛。奧迪有一本關於紅男爵的漫畫，其中有幅圖深印在他心中——男爵看著英軍的雙翼戰機著火墜地，行禮致意，但臉上並未露出勝利的表情，反而浮現一種惆悵，彷彿是可惜勇敢的對手就此殞落。

奧迪終於睡著後，夢到當年那段從拉斯維加斯出發，途經亞利桑那州和新墨西哥州南部群山，最後抵達德州的旅程。他們邊走邊玩，去了許多景點，像是鳳凰城的兒童博物館、坎普維德附近的蒙特蘇馬城堡，和瓜達魯普山脈中的卡爾斯巴德洞窟，也到新墨西哥州的觀光農場騎馬、趕牛入圈，在那兒過了兩夜，奧迪還幫米格爾買了頂牛仔帽和附有人造皮套的玩具左輪手槍。

通常他們都在路邊的汽車旅館或野營地的小屋過夜，米格爾有時睡在兩人中間，有時自己睡另一張床。某天早上，貝莉塔睡醒後賞了奧迪一巴掌。

「怎麼啦？」

「我夢到你不見了，」她說。

「什麼？」

「我夢到我起床後，就發現你已經不在了。」

他用雙臂環住她，把頭靠上她腹部，聞她棉製睡袍那乾淨的味道，而她則交叉著雙手將袍子脫掉，露出胴體，把他的手拉到自己最敏感的部位，接著兩人便慢慢地做愛。高潮來臨時，貝莉塔緊緊抓住奧迪，彷彿得靠他支撐，自己才不會墜落似的。

「你會永遠愛我嗎？」她問。

「永遠。」

「你是不是覺得我這個妻子不夠好？」

「妳是全世界最棒的。」

上路後的第五天他們穿越州界，駛入德州，一望無際的天空中拉著數道白煙，但噴射機已飛到肉眼看不見的高處。漸漸地，米格爾也不再沉默，會因奧迪的笑話而發笑，也喜歡高高地坐在他肩上，晚上甚至指定要由他來唸床邊故事。

不過貝莉塔也不介意。她會照看兩人，並一直去檢查門鍊有沒有掛好，始終處於緊繃狀態，只有在睡覺時才真正放鬆。睡夢中的她呼吸很淺，奧迪總會將手指輕輕地壓在她頸上，觸摸她的脈搏，感受她的血液在皮膚底下像首歌一般流動。

在那之前，奧迪都不相信真的有人會為愛而死，他認為那種情節只存在於約翰．唐恩和莎士比亞等詩人、作家的作品中，但和貝莉塔在一起後，他終於明白那些角色為何會受該等折磨，也明白為何世上任何事物都無法讓他們犧牲愛的喜悅。

屋外越發強勁的風吹得窗戶轟隆作響，閃電才剛打下來，雷響就幾乎在同一時間爆出天際。麥克斯筆直地坐起身來，衝下床鋪，結果撞到衣櫃的門，差點跌倒，奧迪趕緊扶住他，猶如在舉重般笨拙地將他抱起來，不讓他踩到地，因為他的腳像在跑步似的亂擺，甩得膝間的鈴鼓噹噹作響。

麥克斯咳得止不住，他大口大口地吸氣，彷彿想要趕快吞下去，再吸下一口似的。

「你還好嗎？」

他無法回答。

奧迪將他放回床上。他臉色蒼白，汗流浹背，胸口緊繃，嘴唇泛青。

「你的氣喘噴霧劑在哪？」

他抓來麥克斯的書包，翻找各個內袋，此時麥克斯已經開始喘哮了。

「放輕鬆，慢慢地呼吸，」奧迪說。

他握住書包一側，斜斜地開始搖，把東西全倒出來，氣喘噴霧劑也隨之彈到地上。跪在麥克斯身旁的奧迪手忙腳亂地用力地搖晃噴劑，硬將噴嘴塞進他唇齒間，他卻不願意吸。

「快點吸。」

麥克斯別過臉。

「不要這樣，」奧迪說。

奧迪抓住麥克斯的頭，將噴嘴塞進他唇間往內壓，等他吸氣，並捏住他的鼻子，迫使他將那些空氣留在體內。

最後，麥克斯終於恢復正常呼吸，胸口不再緊繃，整個人也放鬆下來。他閉上眼睛，雙頰沾滿淚水。

「我想回家。」

「我知道。」

雷電在屋頂上轟然劈開。「我最討厭暴風雨了。」
「你從小就是這樣，」奧迪說。
「你怎麼知道？」
奧迪嘆了口氣，不太敢再繼續說，但或許他也別無選擇。氣息已恢復正常的麥克斯坐起身來，靠在床頭板上。
「你還知道我有氣喘。」
「對。」
「為什麼？」
奧迪閉上雙眼，仍能清楚描繪出當時的場景：那是新墨西哥州梭羅區外路邊的一間汽車旅館——用空心水泥磚建成，車子可以停在房間正前方的那種單層建築群；停車場裡滿是長途卡車、四輪小貨卡和各式露營車；櫃臺小姐即便在午夜仍毛毛躁躁地瞎忙，像顆剛充飽的電池似的。
「趕快帶這個小可愛去睡覺吧，」她說，「早餐供應到十點。我們有游泳池，但中午之前水可能會有那麼一點冰。」
奧迪抱米格爾進房，將他放在比較小的那張床上後，不禁訝異於這個孩子脆弱卻完美的程度。房間離高速公路不到二十碼遠，每對大燈的光都會掠過牆面，每輛卡車經過時都會震動房內的燈具，而且聲響劇烈到車子彷彿就要衝破前牆。
雖然噪音不斷，他們終究是睡著了。即便每天都離加州越來越遠，兩人卻都隱約覺得厄本．柯維仍在追殺他們。
睡了不知多久後，奧迪被一個猶似尖叫的聲音吵醒，是米格爾在噩夢中抽搐，他的胸口劇烈起伏，每次呼吸似乎都是苦戰。貝莉塔從包包裡拿出氣喘噴霧劑，罩住米格爾的口鼻，一直壓到確定藥物已深入他肺部後才放開。她將他摟到胸前搖晃，在他啜泣時把他靠到自己頸上哄，最後他終於蜷成一團睡著，小臉不時被經過的卡車照亮。

「我要你答應我一件事，」米格爾入睡後，她靠在奧迪的胸口說。

「任何事都沒問題。」

「我只要你承諾我一件事，其他的我都不在乎。」

「好。」

「答應我你會一直照顧米格爾。」

「我會一直照顧你們兩個的。」

「但要是我發生了什麼事——」

「妳不會有事的，別這麼悲觀。」

「什麼是悲觀？」

奧迪試著解釋，但不知道用西班牙文怎麼說。

貝莉塔叫他安靜，「我要你以對死亡的恐懼……以你母親的生命……對神發誓，如果我遭遇什麼不測，你一定要好好照顧米格爾。」

「可是我又不信神，」奧迪開玩笑道。

貝莉塔將他的下唇捏到瘀青，「答應我。」

「好啦，我答應妳。」

屋外狂風怒號，牆壁被吹得嘎吱作響。麥克斯仍倚坐在床頭板邊，等著奧迪回答問題，但奧迪卻閉上雙眼，陷入沉默，彷彿被回憶刺痛。不知為什麼，麥克斯竟感到有點愧疚，因為奧迪散發出一股殘破的氣息，不對，他好像被困在什麼地方，像是兔子誤入陷阱般，雙腳往地上猛踢，試圖掙脫，卻讓鐵絲網越纏越緊。

「你生日是什麼時候？」奧迪問。

「二月七號。」

「哪一年？」

「兩千年。」

「你是在哪出生的？」

「德州。」

「最早留在你腦海裡的是什麼事？」

「什麼意思？」

「你最早的記憶。」

「想不起來。」

「你搬過家嗎？」

「沒有。」

「你去過加州嗎？」

「沒有。」

奧迪翻下床去拿他的背包，從其中一個內袋抽出一張照片，上面有個女人站在花拱門下，手裡拿著一小束捧花；有個小男孩躲在她的裙褶間，害羞地看著鏡頭。

他將照片遞給麥克斯，「你認得這個人嗎？」

麥克斯仔細看過照片後搖搖頭。

「她是我太太。」

「那她現在在哪？」

「我不知道。」

奧迪從他手中將相片拿走，輕輕地用拇指和食指夾住，眼中閃著淚光。接著他把照片重新放進背包，躺回地上要睡覺。

「你不是要告訴我你為什麼知道我那麼多事嗎？」麥克斯說。

「不急，明天再說吧。」

49

瓦德茲拿著車鑰匙走出家門，毫不理會擠在車道尾端的記者。他往西開向瑪格諾利亞，心裡還一面因為方才跟珊蒂吵架而憤恨不平——那女人實在是伶牙俐齒又愛疑神疑鬼，一會兒才在自責，下一秒就馬上怪罪起他來了。

單身時的生活容易多了，以前他只需要擔心自己，現在卻覺得頸上好像纏了條鐵鍊般，不管他飛得多高，她只要輕輕一拉，就能將他扯回地面。

維克多．皮爾金頓的豪宅居高臨下，看出去就是歐米爾湖，兩層樓都為環狀式陽臺所圍繞，是棟富有南方風格的哥德式建築，顏色漆得像婚禮蛋糕。雖然外貌過時，但房屋內部其實非常新潮，有撞球間、私人電影院，以及可以用來關人禁閉或充當防空洞的槍枝儲藏室。

來開門的是一名黑人婦女，她當皮爾金頓的管家已經二十年了，但除非有人主動跟她說話，否則她絕少開口。有些家僕喜歡討好主人，但她卻都只是像鬼魂般，在家中各處遊蕩，彷彿沒別的事好做。

她將瓦德茲領進客廳，不久後他身著長睡袍的米娜阿姨便穿過雙扇門，嗖嗖地走了進來。她是他母親的妹妹，年約四十五，身材依舊姣好，但某些邊邊角角仍不免鬆弛。米娜用雙手抱住瓦德茲，開始啜泣。

「這實在太令人難過了——我聽說後好震驚，真的好震驚，」她不願放開他，「珊蒂現在怎麼樣？她還好嗎？我原本想打給她，但又不知道該說什麼。」她從他的肩膀往下摸向前臂，「麥克斯這麼可愛的一個孩子……一定會沒事的，警方一定會找到他，逮捕那卑鄙的傢伙。」

瓦德茲好不容易才掙脫她的雙手。

「維克多呢？」

「在辦公房，」她瞥向樓梯，「我們倆都睡不著。你上去吧。」

皮爾金頓正用付費電視在看拳擊賽。他坐在扶手椅上，身子前傾，雙肩不斷猛甩，猶如在揮拳，「喂，打他啊，你是娘炮嗎！」他朝瓦德茲揮手，示意他坐下，但雙眼始終盯著比賽，接著又補了句，「萊恩，深呼吸，你氣沖沖地跑來可不行喔。」

「操他媽的，我們現在要怎麼辦？」

皮爾金頓沒理他，「你知道今天這兩個選手的問題在哪嗎？他們怕受傷，所以都不敢站出來。你看這個小子，他是波多黎各人，只要贏了這場就可以挑戰曼尼·帕奎奧，但如果不想兩輪就被曼尼擊趴，一定要不怕被打，靠近一點才是嘛。」

「你到底有沒有在聽我講話？」

「有，我聽到了。」

皮爾金頓站起來伸懶腰，從玻璃壺裡倒出一些咖啡，也沒問瓦德茲要不要。兩人雖然只差十五歲，但皮爾金頓仍是瓦德茲母親那邊的姨丈，所以老愛擺出長輩的姿態。

「你的美女太太最近如何啊？」他問。

「我的天啊，你有沒有認真在聽我說？」

「不要沒事就呼天搶地的，神是給你叫著玩的啊？」

「我兒子都失蹤了，你卻還一副沒事的樣子。」

皮爾金頓毫不理會他說了什麼，「她實在是好老婆的料啊，你知道我是怎麼發現的嗎？」

瓦德茲沒回應。

「是她的氣味告訴我的，」皮爾金頓將方糖丟入咖啡，攪拌了一下，「人跟狗的差異其實不大，我們最先具備的感官就是嗅覺，那是人類最原始的本能，既直接又非常管用，你懂嗎？」

不，瓦德茲心想，**不懂**。皮爾金頓想講什麼鬼話都沒關係，只要他不染指珊蒂……並幫忙找到麥克斯就好。

拳擊賽結束，來自波多黎各的小伙子敗下陣來。皮爾金頓關掉電視，拿著咖啡走到窗邊，那兒有架指向對面屋舍的復古望遠鏡。

「這都是你的錯。」

「什麼？」

「帕瑪的事。你之前明明可以處理的。」

「你以為我沒試過嗎！監獄裡一半的渾帳都收了錢，結果卻連一個人都幹不掉。」

「萊恩，你現在再講什麼藉口都沒屁用了，你以為帕瑪出來後會讓大家好過嗎？你以為他會去買件毛背心，然後開始打高爾夫就算了嗎？」

「不要跟我說教。」

「你說什麼？」

「我不喜歡別人對我說教。」

「是啦是啦。」

「倒是姨丈你呢？你當時開了幾槍？」

皮爾金頓抓起一個灰熊造型的紙鎮，拿在手裡把玩，而怒不可遏的瓦德茲則繼續衝著他的鼻子罵。

「叫別人幫你幹壞事，現在又嫌人家手髒，像你這種人，有什麼資格訓斥我。」

瓦德茲張嘴要繼續罵，卻沒發出聲，因為皮爾金頓將紙鎮由下往上一甩，砸進他腹部，讓他跪倒在地，接著又以大個子不常有的矯捷動作迅速撿回那隻青銅製的熊，拿在瓦德茲的頭頂上。

「萊恩，你這只會說大話的空殼，如果我沒幫忙，你根本什麼都不是，你的工作、豪宅和你那不為人知的房地產組合，全都是拜我所賜。我已經請法蘭克負責掩護你這個白癡了，所以別指望我會再為了你浪費更多政治資本。當初沒有殺帕瑪滅口，是你自己的問題。」

「那我現在能怎麼辦？」仍氣喘吁吁的瓦德茲說。

「把他找出來。」

「就憑我一個人？」

「不，萊恩，所有郡立、州立和聯邦機關都會幫忙，我想這樣資源應該夠吧。等你找到他後，我會親自好好處置。」

「那我兒子怎麼辦？」

「你就祈禱他不要礙事吧。」

50

黛瑟蕊二樓的住處位於休士頓海茲區米爾羅伊公園對面的一條窄巷裡，要爬一層木梯才能抵達。房仲說屋內面積有一千平方呎，但她每次重新擺設家具時都覺得很懷疑。

她爬上木梯時，突然覺得自己好像忘了什麼，檢查了一下手提包，卻發現鑰匙、手機和所有東西都在。

爬上樓梯平臺後，她發現家門開著一個縫，頓時呆住，心想會不會是母親跑來。但母親雖然有鑰匙，來之前也通常會先打電話，更一定會關門。

還有誰有鑰匙？或許是房東薩克維爾先生跑來檢查，他現在大概在裡頭偷穿我的內衣褲吧。

她從槍套中拿出格洛克半自動手槍，猶豫著要不要通報，但又怕其實根本沒事。如果最後是烏龍一場，大家一定會毫不留情地恥笑她，賽納戈斯也絕對會三不五時就拿出來講。

她將耳朵貼在門上，偷聽裡頭是否有腳步聲、聊天聲或任何動靜。如果是她母親的話，一定早已打開電視，畢竟她爸媽在家時，是把電視當作神明在崇拜。

她用腳慢慢把門踢開，踏入連接大門的短廊，手裡的槍已握熱，還有種詭異的黏著感。走廊盡頭是客廳和狹長型廚房，臥室在左側，廁所在右邊。她已在這兒住了三年，但此刻，她正用完全不同的眼光檢視屋子——陰暗處可能躲人，角落或許暗藏危機。

她首先走進臥房，把槍由左往右指，也檢查門後。臥室呈狹長型，加大雙人床放在最遠的角落，另外還有木製梳妝臺、衣櫃和一張紅色大椅。所有東西都擺在跟她離開時一樣的位置：剛乾洗好，還包著塑膠套的黑色夾克和長褲仍攤在床上，床頭櫃上的老舊銀製相框也還在，黑白照片上的是她父母，那天是他們的大喜之日。

走道對面的廁所裡洗手臺上雜亂地放著洗髮乳、泡澡劑和爽身粉，玻璃架上則擺有更多盥洗用品和一個柳編籃，籃裡全是從飯店免費拿回來的小瓶小罐；至於浴簾，是她自己拉上的嗎？剛剛簾子是不是飄了一下？

她左手往後一伸，打開頭頂的燈，半透明的浴簾被照亮，簾上沒有陰影，裡頭沒人，只有水龍頭滴水的聲音。

她轉身走回短廊，再踏入客廳，環視沙發、扶手椅、咖啡桌和書櫃，櫃上那些全是她覺得自己應該要看的書。她看著一堆洗好但還沒摺的衣物、一籃待燙的衣服和早餐後留在水槽裡的盤子，實在不曉得自己到底是忽視生活，還是太專注於工作。

咖啡桌上本來不是有個資料夾嗎？裡頭有運鈔車搶案現場的照片副本，其實就是可以證明警車儀表板上有照相機的那幾張，另外還有關於案件的陳述、她的筆記和剪報。

她掃視客廳，發現資料夾也不在書櫃或長椅上。**我有拿進臥室嗎？**她單腳跪地，檢查沙發和咖啡桌底下，臉頰都壓到地上了。這時，她隱約感到微風吹來——一定是窗戶或陽臺的拉門開著。

就在那瞬間，她突然意識到自己除了去替她那株孤零零的植物澆水外，根本鮮少打開拉門的鎖——早應該去檢查陽臺的——黛瑟蕊才想到這，燈下便閃過黑影，一個不明物體也砸上她的後腦勺。

摩斯在日出前一小時醒來，腋下夾著一瓶波本威士忌，頭邊的枕上有個髒兮兮的玻璃杯。他一動也不動地躺著，聆聽自己血液緩慢的搏動和外頭狂風驟吹的聲響。他不知道自己是何時睡著，只記得那個支離破碎的夢，夢裡全是他在獄裡見過的臉。大家總說殺過人後會很容易夢到死者，但摩斯卻從未念起他在運動場上用槓鈴打死的那個傢伙。鐸伊．哈特伍德是死有餘辜沒錯，但現在的摩斯已長了年歲、變得成熟，比較能自制，若能重來，結局或許會不同。

他跌跌撞撞地走進漆黑的浴室，彎腰喝著水龍頭的水解渴，同時聽見流浪漢在外頭爭奪紙箱和菸蒂的吵鬧聲。

他走回臥房，打開電視，小小的畫面斷斷地閃動，一個女主播把路況報得像什麼會扭轉人生的大事；而後新聞切到下一段，由兩個播報員報導本日頭條。

「休士頓母女雙屍案的在逃嫌犯奧迪・帕瑪再度下手，綁架一名警長的兒子。人質於昨天中午離開他就讀的高中後，便下落不明。」

摩斯將音量調大。

「奧迪・帕瑪於一週前逃離聯邦監獄，目前已成為警方、FBI及法警局大規模追捕的對象。」

「失蹤者為現年十五歲的麥克斯威爾・瓦德茲，為德菲斯郡於十年多前在運鈔車搶案中逮捕帕瑪的警長萊恩・瓦德茲之子。瓦德茲家預計於今天稍晚舉辦記者會……」

接下來的頭條摩斯都沒注意聽，因為他只顧著在想奧迪為什麼會做出這種事。在摩斯坐牢的漫漫歲月中，奧迪是他所遇過最有智慧的人，說他像尤達大師，像甘道夫，像《駭客任務》的莫斐斯都不為過，但現在他卻如此不要命地到處犯案，為什麼？

這讓已經宿醉的摩斯頭更痛了。或許人的行為其實根本不那麼受動機控制吧，他心想，破事爛事就是會發生，沒有邏輯可言，或許奧迪壓根兒沒有什麼遠大的計畫。

他從外套口袋裡摸出一瓶阿斯匹靈，將兩片藥錠放進嘴裡咬，然後趴到地上，猛做了五十下伏地挺身，搞得頭痛越發劇烈。他在鏡前用力硬起肌肉，發現自己已大不如從前那麼結實。

接著他洗澡、刮鬍，穿上牛仔褲，並扣起上衣，拿起外套時聽見口袋裡的紙喀擦一聲。他伸手拿出自己在圖書館寫的那張筆記，重讀一次，試圖釐清搶案及後續事件。紙上的人名與日期已被他的汗水沾汙，但他仍記得那個明明親眼目睹槍戰，卻一直嚷嚷著要保密的老人。

西奧・麥克阿利斯特似乎很害怕，但他怕的不是摩斯，而是另有其人。究竟是誰會跑去恐嚇這個獨居在林間，門邊就擺著獵槍的老人呢？

51

黛瑟蕊坐在沙發邊緣，手裡的冰袋壓在後腦勺上。一個女性醫護人員用筆燈照進她的雙眼，要她往上下左右看。

「我現在比的是幾？」

「拇指算嗎？」

「別開玩笑。」

「三。」

賽納戈斯站在陽臺看，「妳一開始就應該先檢查陽臺的門才對，」他高高在上地放著馬後炮。黛瑟蕊沒回話。她舌頭腫脹，大概是被攻擊時自己咬到了。

「妳怎麼沒直接通報呢？」賽納戈斯問。

「我不確定是不是需要。」

他環顧屋內，將架上的書都摸過一遍——菲利普．羅斯、安妮．普露、童妮．莫里森、愛麗絲．渥克。

「可能只是哪個毒蟲罷了。」

「很少有毒蟲會闖進民宅，」黛瑟蕊說話時又一陣想吐，只能極力忍住。

「東西都還在對吧？」

「除了那個檔案以外。」

「反正裡頭的照片和案件陳述本來就不應該出現在這，」賽納戈斯翻起她的食譜，「這次的調查由我主導，妳只管聽我吩咐就好，知道了嗎？」

「是，長官。」

黛瑟蕊知道賽納戈斯一定會狠狠罵她一頓，她若想自保，也只能閉上嘴巴，忍氣吞聲。與此同時，她也努力地尋思著究竟是誰會想偷檔案？是誰知道她印了犯罪現場的照片和案情陳述？她在檔案室登記過名字，拜訪過赫爾曼．威爾福，還問過萊恩．瓦德茲行車記錄器的事。

賽納戈斯仍在說些什麼，但黛瑟蕊舉起一隻手，「我們可以待會兒再談嗎？我現在實在很想吐。」

醫護及鑑識人員終於離開後，賽納戈斯叫黛瑟蕊隔天早上不用去上班。

「我被停職？」

「妳請病假。」

「但我沒事啊。」

「那就當作妳被停職吧，接到通知再回來。哦，還有，不必打給沃納，他已經同意我的決定了。」

洗過澡後，她坐在床邊，思緒在黑暗中攪動。她光腳走到冰箱前，拿了新的冰袋，發現手機有兩則提醒簡訊，於是打進留言系統。說話的是人在華盛頓的詹金斯：

「妳要我查的那臺龐帝克六千一開始是一九八五年在俄亥俄州賣出，後來陸續有過三名車主，最後擁有的人是加州聖地牙哥一個叫法蘭克．羅布瑞多的男子，他專買二手車，做轉賣生意。他說二零零四年一月時，有個男的用九百塊跟他買了那臺龐帝克，他簽了所有權證明書，開了動產所有權轉讓契據，也有在五天內呈交義務解除申請，但移交程序卻一直沒完成，因為買家沒到公路局繳交轉移申請，也沒支付相關費用。羅布瑞多不記得那個男的叫什麼，但他說德菲斯郡有個警官曾告訴他買主用的是假名。我已經聯絡加州公路局，請他們找找看當初的文件了，有進度的話會隨時告訴妳。」

留言結束，第二則開始，詹金斯說道：

「龐帝克六千的事加州公路局回覆我了，文件的電子檔目前遺失，所以他們正在找紙本。不過有件事很奇怪，那份文件有別人也想找，是半年前的事了，提出申請的是三河監獄圖書室的一個管理

員。」

黛瑟蕊看了一下時間，現在打去監獄已經太晚了。詹金斯繼續說：

「我也找了妳給的兩個名字，提姆西．路易斯七年前死於輕航機意外，至於尼克．芬威，佛羅里達州似乎沒有叫這個名字的人經營酒吧，但我會再查查看。」

留言結束，黛瑟蕊望出窗戶，看著寧靜的街道。奧迪．帕瑪是可以使用圖書室的電腦，但他為什麼會對那臺龐帝克有興趣？整件案子有許多線索拼不起來，就像小孩在鋼琴上亂彈的音符湊不成樂章，只讓人覺得吵似的。

黛瑟蕊坐到桌前，打開包包，拿出iPad，翻閱之前的電子郵件。其中一封夾帶有帕瑪的監獄檔案和他過去十年來的訪客名單。

她看著不到半面的訪客名單。奧迪的姊姊去看過他十多次，此外還有其他八人，其中一個正是法蘭克．賽納戈斯——想必是負責調查這起懸案時去偵訊過奧迪。他去過監獄三次，兩次在二零零六年，最後一次卻是一個月前——這就怪了，當時他明明已把檔案轉交給黛瑟蕊了，既然案子已不再由他處理，又為何要找奧迪談呢？

她繼續檢視名單，發現一名叫厄本．科維的訪客押證件時，用的是加州的駕照。黛瑟蕊搜尋這個名字，得到的結果顯示科維是來自聖地牙哥的企業家，他的發言曾在數篇關於一個高爾夫球場建案的報導中被引用。該球場名叫「甜水湖」，但當地環保團體認為建案會破壞附近的濕地，因而發起抗議，結果總部被炸毀，也有傳言指出科維非法捐贈政治獻金給市議員。

黛瑟蕊開啟FBI的頁面，鍵入她的帳號密碼，又輸入鑰匙圈上掛的安全驗證器隨機產生的一組號碼，進入設有多層防護的資料庫。她搜尋厄本．科維後，立刻找到相符的結果。科維有四個假名，從情資報告看來，他曾在拉斯維加斯為帕南諾犯罪家族效力，但在班尼．帕南諾和他的兩個兒子於九零年代中期被判敲詐罪後，便與他們分道揚鑣。

之後科維開始在聖地牙哥經營夜店和脫衣舞俱樂部，海撈了一筆，又將觸角延伸到營建業、農業和房地產開發。

為什麼厄本．科維會去探奧迪．帕瑪的監？

檔案裡列有幾個地址和科維同夥的名字，此外還有電話。黛瑟蕊看看手錶。時近午夜，但加州才十點，於是她撥下號碼，接起來的那個男人咕噥了一聲，毫不友善。

「請問是厄本．科維嗎？」

「你誰？」

「我是FBI探員黛瑟蕊．弗尼斯。」

對方沉默了片刻。

「妳是怎麼拿到這支電話的？」

「我們的資料庫裡有。」

他又頓了一下。

「有什麼事嗎，探員小姐？」

「十年前你去過德州的一座聯邦監獄，記得嗎？」

「不記得。」

「你去拜訪一個叫奧迪．帕瑪的犯人。」

「所以呢？」

「你怎麼認識帕瑪？」

「他替我做過事。」

「什麼事？」

「幫我跑腿，我叫他去拿什麼他就得去。」

「他做了多久？」

「**我不記得了。**」

這段談話似乎讓科維感到很無聊。

「**所以他不算是你特別重視的員工嘍？**」

「不是。」

「**但你還是跑了大半個國家去獄中探望他。**」

科維沉默下來，接著嘆了口氣，「**探員小姐，如果妳想指控我什麼的話，我建議妳有話快說，有屁快放。**」

「奧迪．帕瑪是因為劫持運鈔卡車，偷了七百萬元而被判刑。」

「**那跟我無關。**」

「所以你是以朋友的身分去探望奧迪．帕瑪？」

「**朋友咧！**」科維笑了出來。

「什麼事這麼好笑？」

「**他偷了我的東西。**」

「偷什麼？」

「**我非常愛惜的珍寶——還有八千塊。**」

「搶案是你舉報的嗎？」

「**不是。**」

「為什麼不告發他？」

「**我本來想自己處理的，沒想到最後我根本連一根手指都不必動。**」

「什麼意思？」

「**奧迪・帕瑪會搞成那坨屎樣，都是他自己的錯。**」

「所以你到底為什麼去探監？」

「**為了笑他。**」

52

奧迪醒來後一陣迷茫地盯著天花板，突然覺得自己的所作所為實在蠢到離譜——他竟然綁架了一個男孩，期待負負真能得正，藉此彌補從前的錯誤。硬幣就算已經十多次都擲到同一面，下回丟到正或反的機率依舊不會改變；人生就算真有無形的天秤或命運的橫木，到頭來兩側也不一定會平衡。

人在洪水或颶風這類的災難中倖存後，記者常會問他們是怎麼撐下來的，有些人會說是上天應驗了他們的禱告，或說自己時候未到，講得好像所有人的死期冥冥中其實都早有註定，但通常大多數的生還者都沒有答案，他們沒有祕訣或特殊技能，只是靠著運氣活了下來，並不比他人勇敢、聰明或堅強，所以常會覺得愧疚。

奧迪起床到廚房往窗外望，看見幾簇濕得發亮的草倚在沙丘上，也感到未歇的狂風仍猛烈地吹打著屋外的護窗板。這種粗糙又原始的早晨總讓人覺得自己戰勝了黑夜。

廁所傳來沖水聲，接著他聽見鈴鼓搖動。麥克斯光腳倚在門框上，一頭亂髮，臉上印有枕頭的痕跡。

「你要吃早餐嗎？」奧迪問，「這裡有即溶咖啡，但沒有牛奶。」

「我不喝咖啡。」

「謝謝你告訴我。」

奧迪將蛋粉攪進碗裡，繼續說道：「睡得還好嗎？床會不會太硬？我可以再幫你鋪一條毯子。」

麥克斯沒有回應。

「你不用回答沒關係，」奧迪說，「我已經習慣一個人說話了。」他將蛋液倒進燒熱的平底鍋，

「抱歉沒有麵包，但我有找到一些餅乾。」他看出打開的護窗板，「我知道我有答應要帶你去釣魚，但

暴風還沒走，風還是很大，而且我聽收音機的新聞說古巴外海又有一個風暴形成，雖然已經季末，但還是可能發展成颶風，不過暫時還不會往西北移動就是了。」

「我不想去釣魚，我想回家，」麥克斯說。

奧迪將一盤食物放到他面前，兩人安靜地吃。餐後奧迪將盤子洗淨、擦乾，麥克斯則坐在那兒沒動。

「你說今天要告訴我的。」

「是這樣沒錯。」

奧迪環顧房間，彷彿在計算空間體積。他走到包包旁，抽出筆記本，把同一張照片拿給麥克斯看。

「記得我說我結過婚嗎？」

麥克斯點頭。

「我花了很久的時間才找到這張照片。我結婚那間教堂的攝影師因為酗酒被開除，沒留下新地址就離開拉斯維加斯，又去歐洲旅行了幾年，最後決定把舊圖檔都丟掉，但儲物籠裡有幾片光碟他沒丟到。」

麥克斯皺起眉頭，卻又似乎突然領略了什麼，「你給我看這個幹嘛？」

「那是你，」奧迪指著照片上的男孩說。

「什麼？」

「你當時才三歲，牽你的那個女人是你媽媽。」

麥克斯搖頭，「這不是珊蒂。」

「她叫貝莉塔・希爾拉・維加，是薩爾瓦多人。」

麥克斯這次沉默了更久。

「你的全名叫米格爾・希爾拉・維加，」奧迪說，「你是在二零零零年八月四號出生於聖地牙哥醫院，我看過你的出生證明。」

「我生日是二月七號，」麥克斯開始有點不悅地說，「我是美國人。」

「我沒有說你不是。」

「我**不是**非法移民，我有父母。」

「我知道。」

「但你說我是被收養的。」

「我只是說這是你母親。」

「屁，」麥克斯大吼，「我根本沒去過拉斯維加斯和聖地牙哥，我是在休士頓出生的。」

「讓我解釋——」

「你說謊，我不想聽！」

「你小時候很喜歡一個玩偶，記得嗎？綁著紫色領結，眼睛是黑色鈕扣的那隻，你取名叫波波熊，跟瑜珈熊的好朋友同名。」

麥克斯頓了一下，「你怎麼知道？」

「波波只有一隻耳朵，」奧迪說，「另一隻被你像吸大拇指一樣吸掉了。」麥克斯仍不發一語。「我們當時從加州要往德州去，中途停在拉斯維加斯結婚，後來又經過亞利桑那州和新墨西哥州，去了好多地方。你記得卡爾斯巴德洞窟嗎？裡頭有鐘乳石和石筍，你說看起來像粉紅色的冰。」

麥克斯猛搖頭，彷彿不願讓自己想起來。

奧迪試圖用貝莉塔的話從頭說起，說她是如何在地震中失去丈夫、父母和姊姊，描述她是如何艱辛地橫越沙漠，在途中失去弟弟，最後抵達加州。說著說著，他眼眶已盈滿淚水，卻因為深怕停下來後會再也說不出話，所以硬忍著繼續道出這交織著愛與失落的故事。

「她懷著你來到美國，」他說，「後來在聖地牙哥把你生下，不過我是在愛上她的一段時間後才認識你的。跟貝莉塔在一起非常輕鬆，我腦子裡想的只有她，根本完全忘了自己。後來我們為了逃離一個壞蛋而私奔，計劃到德州開始新生活。當時她已經懷了我們的孩子，也就是你的弟弟或妹妹，但……」

奧迪邊說邊看著麥克斯眼中的自己，不禁覺得說出真相或許是個錯誤，或許他不該如此推翻麥克斯這輩子所知曉、所相信的一切，試圖重建這男孩的記憶。

「不對，」麥克斯悄聲說，「你說謊。」這句話冰冷又堅定，還帶著憎恨，讓奧迪頓時昏眩不已，彷彿被捲進終將帶來毀滅的巨大漩渦。

在獄中的那些年，奧迪心中一直想著米格爾，想像他在成長過程中第一次騎單車，掉下第一顆牙，開始上學，學習讀書、寫字，並經歷生活中一成不變的無數瑣事；想像自己帶著米格爾去看球賽，和他一起聽球棒斷裂的聲音，在球飛向天際，掉進人人高舉著手的觀眾席時，一同感受人潮的湧動；也想像自己和他的初戀女朋友見面，領他初嘗啤酒的滋味，帶他去看人生中的第一場搖滾演唱會；更想像三人一起到薩爾瓦多拜訪貝莉塔的大家族，漫步在她小時候走過的沙灘上；想爬她爬過的塔樓，搭她搭過的快車，看她看過的夕陽、電影和書，想和母子倆分食麵包，睡在同一個屋簷下。

但這些根本都是癡心妄想。一切都毀了，早就來不及了。

麥克斯不會謝他，只會怪他，因為在那孩子眼裡，奧迪非但沒有救他的命，還毀了他的人生。

53

校方堅持要等參議員道令抵達後才肯開放禮堂，所以大批記者和攝影師只能等在雨中，導致記者會一開始的狀況不太理想。姍姍來遲的道令向一張張淋濕的臉道了歉，便開始宣佈教育政策，但記者們清一色只想問德菲斯郡警長之子的綁架事件。

「受害的警長萊恩．瓦德茲我認識，」道令說，「我跟他是老朋友。我想在此向他和他的家人保證，我們一定會竭盡全力，把他兒子平安地救回來。」

道令重新開始他準備好的演說，但另一名記者又吼道：「你在德菲斯郡擔任檢察官時，為什麼沒有以一級謀殺罪起訴奧迪．帕瑪？」

道令用手掌抹過嘴巴，麥克風裡傳出鬍子刮擦的聲音。

「不好意思，我可不會把我負責過的所有公訴案件都拿出來重新分析一遍。」

「奧迪．帕瑪是不是賄賂州政府官員，所以才獲得降罪起訴？」

「這種說法實在太荒謬了！」參議員漲紅著臉，狠狠地指向發問的記者，「負責審判奧迪．帕瑪的不是我，做出最後決定的也不是我。我當檢察官時紀錄良好，所以我不必也不會針對我的決策向各位說明。」

一名助理走到他身旁，在他耳邊悄聲說了些什麼，道令點點頭，雙唇不確定地抽了一下，才又開始說話，但這次語氣比較柔軟，聽起來真誠又正直。

「各位，聽我說，就你們看來，這或許只是一篇報導，但對瓦德茲一家來說，這件事攸關他們的兒子。所以或許你們在開始追究責任前，應該先想想落在殺人魔手中的那個可憐男孩，以及他正在禱告，正在苦等消息的家人。如果神願意垂憐，讓男孩平安無事地回家，那之後還會有很多時間可以檢視帕瑪的案子。身為公僕的我向大家保證，我一定會盡最大的努力，讓事情圓滿落幕。」

他毫不理會接踵而至的問題，逕自踏下講臺，擠出側門，來到走廊上，開始長篇大論、髒字不斷地大罵記者「他媽的都是下賤東西，跟水蛭一樣嗜血。」

道令走到大門，看見皮爾金頓站在外頭，縮在傘下，怒氣瞬間轉移。他叫隨扈全都「滾蛋」，自己則拽著皮爾金頓下樓，走向在等在路邊的高級轎車。司機拿傘想幫兩人撐，卻只被道令罵了聲「閃」。

道令將皮爾金頓推進車內。

「不是說事情都在掌控之中嗎？」

「大體上來說是這樣沒錯，」維克多說。

「什麼叫大體上？」

「不過是出了個小錯而已。」

「他都綁架了那個屁孩欸！這還叫『小』錯？你他媽的是望遠鏡拿錯邊嗎？面對那傢伙，我們一點籌碼都沒有。」

「警方已經盡全力在追了。」

「媽的，你講這還真讓人安心啊，要是他把事情抖出來怎麼辦？」

「沒有人會相信他的。」

「我的天啊！」

「放輕鬆。」

「少在那邊叫我放鬆。克萊頓．羅德已經打來跟我哭，叫我派人保護他了，說是有個黑鬼跑去他辦公室，問他關於奧迪．帕瑪的問題，現在記者又在那邊質疑我當初為什麼沒以死罪起訴他。我告訴你，責任我可不扛喔。」

「這件事誰也不用扛。」

「錯，要由現在不知道躲到哪去的那個渾帳扛。」

「你聽我說，我——」

「你他媽的給我閉嘴！我不想聽！維克多，我才不管你花了多少錢幫我競選，那些錢我會全部還你。我再也不想看到你，也也不想再跟你有任何往來。你去把那個王八給我找出來，然後我們從此斷絕關係。」

54

摩斯將小貨卡停在距離棚屋八十碼的松樹林間，沿著小徑穿越及腰的草叢來到門口。此時風雨已歇，但天空的顏色仍像弄濕的香菸。他將雙掌往褲管一抹，拉開紗門，用腳撐住，敲敲裡頭的門。門驟然打開，兩隻眼睛從漆黑的屋內往外看，猶如蒼白的雲朵，卻突然燃起火光，彷彿變了形狀，讓摩斯頓時受到驚嚇，蹣跚後退，紗門砰的一聲隨之關上。

「又是你！你根本是活得不耐煩，想逼我開槍對吧？」西奧．麥克阿利斯特用雙手握住來福槍。他頭戴羊毛帽，邊緣刺出幾撮灰髮，「你想幹嘛？」

「我還有一個問題。」

「給我滾！」

「是關於那個男孩的事。」

西奧瞇起雙眼，猶豫了一會兒，「你怎麼知道那男孩的事？」

「管道跟你一樣。」

「是警長派你來的嗎？」

「對。」

「他想幹嘛？」

「他要你繼續配合。」

摩斯根本不曉得現在是什麼狀況，但決定要裝到西奧發現他只是在套話為止。

老人上下打量他，抓抓頸上被蟲咬的傷口，「進來談比較保險。」

摩斯跟著西奧踏進黑暗的走廊，一路上都是食用油和咖啡渣的味道。電視的藍光籠罩著客廳，一個亞洲女子坐在扶手椅上，看著罐頭笑聲不斷的喜劇。她身穿單寧短褲和背心，年紀只有老人的一半。

「警長會繼續給錢嗎？」

「你就只想要錢嗎？」

「我有新老婆要養啊。第一任三年前死了，後來又從亞洲娶到這個，不過她當然也算美國人啦，知道我意思吧，畢竟已經結婚了嘛。」

廚房的地板很髒，油地氈有多處翹起，底下是泛黃的報紙。

「你跟警長說我從沒把那男孩的事告訴過任何人，完全沒有，我可是很守信用的。」

「因為你收了錢啊。」

「不夠多。」

「你還要多少？」

西奧又抓抓脖子，想了一會兒，說出一個數字，「兩千。」

「這麼獅子大開口啊。」

「你講話小心點，不要讓警長覺得我在威脅他，覺得我不知感恩，我只是想問問看可不可以罷了。」

「我知道了，所以你要警長再給更多錢，才願意繼續保守那男孩的祕密？」

「對。」

西奧走到洗手槽邊，轉開水龍頭，用果醬瓶裝水喝。水滴流經他的鬍渣，最後滴到他格子襯衫的鈕扣上。他將瓶子再裝滿水，遞給摩斯。

「我不用，謝謝，」摩斯說。「你是在哪找到那孩子的？」

西奧把水喝光。「那邊，」他指向破爛窗簾外的某處，「那小傢伙全身髒兮兮的，不知道自己在哪，頂多三四歲吧，戴著一頂牛仔帽，身上還有一把裝在槍套裡的銀色塑膠槍。他能活下來還真是奇蹟，畢竟他那麼小一隻，很可能掉進溪裡、撞斷腿或被車輾過就死了。我看他滿身泥巴又濕答答的，就問他說『小英雄啊，你家在哪？』，但他一個字也沒回答。」

摩斯觀察他說話時的表情轉換，「他有受傷嗎？」

「我看是沒有。」

西奧用拇指壓住鼻子一側，用另一邊將鼻涕啪地一聲擤進水槽。

「他是打哪來的？」

他壓壓鼻子側邊，「我自有猜測，但也只是在心裡想想而已。」

摩斯點頭，「帶我去你找到他的地方。」

「為什麼？」

「我想看。」

西奧領摩斯出門，兩人沿著柵欄走，走出只剩一個轉軸支撐的柵門，穿越又高又密的雜草與荊棘。

「我以前都把狗養在這，那些狗是訓練來打獵的，要是剛好很餓的話，早就把那男孩給吃了，但他竟然在狗群中坐了一整夜，沒哭鬧也不說話，全身髒得要命，好像很習慣住在垃圾堆裡似的。」

「結果你怎麼處理？」

「我帶他回家，給他東西吃，後來發現他腿上到處都是割傷和瘀青。我原以為他媽隨時都會來找孩子，但一直沒等到，就開了新聞來看，因為我想說要是有人丟了兒子，應該會打給警方或委託搜查隊找，是這樣沒錯吧？」

摩斯點頭，「後來呢？」

「我把警長請來，跟他問搶案和槍戰的事，當時他還只是基層警官。」

「所以這跟槍戰是同一天？」

「沒有，是隔天……還是兩天之後了。」
「你說你有目睹槍戰對嗎？」
「我有看到黑暗中的光火。」
「所以你就是在那時認識瓦德茲警官的？」
「他幫我寫了一份證詞，說會給我獎賞。」
「關於那男孩的證詞？」
「還有關於槍戰的。」
「他跟你說了什麼？」
「他說如果有人問起男孩的事，不能說是在這邊找到的。」
「不然要說是哪裡？」
「離這邊兩哩遠的水庫附近。」
「他有說為什麼嗎？」
「沒，」西奧拉下頭上的羊毛帽，回望身後的屋子、拖車和生鏽的卡車貨櫃。「他給了我兩千塊，當作救那小牛仔的賞金，報紙也有登一篇關於我的報導。」
「你後來還有再見過那男孩嗎？」
西奧搖頭，「我有在報紙上看到瓦德茲警官的照片，他因為跟那些搶匪交火而獲頒英勇勳章。」
「所以你後來就也沒再見過他了？」
「他每隔幾年都會過來，所以我才知道他升成警長。我覺得他大概希望我趕快死，但我偏偏死不了。他從來都是親自上門，沒派過別人，所以我想他一定非常信任你。」
「大概是吧。」

55

黃橙色的太陽高掛在空中，照得陽臺霧氣蒸騰，照得柏油路閃閃發亮。麥克斯坐在沙發上，彎腰盯著貝莉塔的照片，而奧迪則坐在扶手椅中望著他，等他回應，覺得自己好像只要一瞇眼，就能看見那個跟母親並肩坐在教堂裡，假裝在讀聖歌集的三歲男孩。現在的他已幾乎是個男人，但奧迪卻沒能在他的成長過程中念床邊故事給他聽，沒能替他的傷口貼ＯＫ繃，也沒能告訴他人生就是時而悲涼，時而美好。

「所以你是說我真正的母親是薩爾瓦多來的非法移民？」

「她是沒有合法身分沒錯。」

「然後我是在聖地牙哥出生的？」

「對。」

麥克斯靠回沙發上，盯著天花板。

奧迪繼續說道：「她是個非常漂亮的女人，黑色的長髮在陽光下會閃閃發亮，瞳孔裡一點一點的金色讓她的眼睛看起來就像蜂巢一樣。」

「那她現在人呢？」

奧迪沒有回答。自從他開始擬思綁架計劃以來，就非常害怕麥克斯丟出這個問題，但此刻他已無法回頭，只能全盤托出或是選擇沉默。

「我原以為逃到一半就會被射殺、被抓回去，或者淹死在湖裡，不確定能不能見到你，所以我把事情經過寫在裡頭，希望就算我遭遇了什麼不測，你也還是有機會得知真相。喏，你自己看吧，要燒掉也可以，決定權在你手上。」

他遞出筆記本，但麥克斯不拿。

「我要你說給我聽。」

「你確定？」

「確定。」

於是奧迪發自內心地將記憶中的故事一五一十說了出來：

那是旅途的最後一天。車子開過奧斯丁後東轉，沿著德州二九零號公路行駛，途經艾爾金、麥克德和吉丁士，在布倫罕接上德州一零五號公路，經由納瓦索塔開往蒙哥馬利的湖邊，因為奧迪想讓貝莉塔看看他小時候釣魚的地方。

由於情況已不再那麼急迫，奧迪決定改走農田間和酒莊內的小路，三人就一路在開著窗戶，放著廣播的車內大唱牛仔要回家。米格爾沒見過水牛，奧迪指了一隻給他看。

「牛怎麼會長毛！」米格爾說完夫妻倆都笑了。

奧迪問米格爾能不能從一數到十。

他正確地數完。

「那你會唸字母表嗎？」

米格爾搖搖頭，「我只會唸ＡＢＣ。」

「字母表上的就是ＡＢＣ啊。」

兩人又笑了，不知道什麼事這麼好笑的米格爾皺了皺眉。

雖然氣氛輕鬆有趣，奧迪卻越開越心神不寧。他們即將抵達的康羅湖和卡爾的名字密不可分，因為奧迪兒時曾和哥哥在湖邊共度許多時日，那是他一生中最美好的回憶。當時卡爾還沒坐牢，父親的肺也還沒長出腫瘤，父子三人總是快樂地釣魚、游泳、划獨木舟，有時生火煮飯，在一旁講鬼故事、開玩笑，有時拿著手電筒玩捉迷藏。

駛經岔口一哩後，奧迪開過一座橋，帶著妻小來到林間的野餐區。附近有條被陽光照得泛白的木棧橋將湖泊分割成兩塊，其中一區有塊浮臺漂在離岸邊百碼遠處；湖水黑沉冰涼，奧迪用指尖一摸，覺得幾乎像絲綢般滑順。

三人坐在康羅湖岸，看著阿椰島吃午餐，餐後將麵包屑丟給鴨子吃，又去買了冰淇淋。怎麼都不願拿下牛仔帽和玩具槍的米格爾站在奧迪大腿上，吃到巧克力滴得上衣正面都是。而後三人看著栓在塢旁的小船，說那些船的主人大概都是名流。

奧迪摟住貝莉塔，將她編成辮的頭髮繞在拳上。在他眼裡，她清新、年輕又美麗。

「你相信有些事會發生就是會發生嗎？」她問。

「像是命中註定那樣嗎？」

「對。」

「我覺得人在好運時都知道要好好把握，就算遇到厄運，也會努力扭轉局勢。」

奧迪緊緊摟住貝莉塔，她也用力回摟，讓他感受到她的臀部在裙下扭動。

「你今天心情好像不太好，在想什麼？」她問。

「想到我哥卡爾，」他親親她的頭髮，「我們小時候常一起來。我原本以為舊地重遊會很不錯，但現在我只想趕快離開。」

「我們薩爾瓦多有句俗語，說回憶能維持人的溫度，」她邊說邊輕撫他的臉頰，「但或許你不太一樣吧。」

時近傍晚，三人重新上路。奧迪計劃在休士頓郊區歇腳，早上再打給母親，確定厄本沒有派人去守著之後再回家。

「我想噓噓，」米格爾說。

「可以忍一下嗎？」

「忍什麼？」

奧迪聽了只好停在路邊，「好吧，小兄弟，我帶你去樹後面解決。」

「跟牛仔一樣。」

「沒錯，一模一樣。」

兩人在潮濕的空氣中穿越樹林，腳下是一層又一層的枯葉與松針，每踩一步便會有成群的蚊蚋隨之湧出。

「要我抓著你嗎？」

「不用。」

米格爾站開雙腿，將下腹部往前推，看著金色的細流噴灑到樹幹上。

「大男生就是要這樣，」他說。

「沒錯，」奧迪說。

米格爾繼續說著什麼，但奧迪的注意力已被吸到傳來警笛聲的縹緲遠處。

「是消防車嗎？」米格爾問。

「我看不是，」奧迪邊說邊轉頭回望，但看不見彎道後方的狀況。

警笛聲越來越近，奧迪一開始還分不清聲音是打哪個方向來。他先望向在龐帝克副駕駛座上揮手的貝莉塔，接著一個轉頭，看見一臺頭燈灼眼的卡車，又過了片刻，才驚覺那車速根本快到無法轉彎。果然，卡車滑進對向車道，內側輪胎陷進鬆軟的路肩，駕駛想挽救，卻轉得太猛，導致車子扭向左側。奧迪完全能想像他奮力想控制車輛，最後卻只能在快撞上時，以詭異的方式舉起雙手，試圖保護自己的模樣。一切都太遲了，有那麼一瞬間，傾斜的卡車只有兩輪貼地，爾後便完全傾覆，沿著雙線道往旁邊滑。

原本還好好停在路邊的龐帝克在剎那間消失，奧迪聽見金屬被輾軋而過的聲響和一陣爆破，更看見火光迸發，瞬時覺得時間慢得幾乎停了下來。他努力地逼自己彎腰拉起米格爾，捧住他的臀部，將他像嬰兒般抱著，然後回頭跑進樹林，停在路緣。

卡車還在那兒，龐帝克卻不見了。奧迪讓米格爾站回地上，用力地抓住他，指尖深深陷進他那沒什麼肉的前臂，「你好好待在這，手抓著樹不要放。」

「媽咪呢？」

「我說的話你聽懂了嗎？」

「媽咪去哪了？」

「待在這兒別動。」

天啊！完了！完了！

他跌跌撞撞地爬坡，試圖釐清方才發生了什麼事。他不願相信自己的眼睛，一直希望跑到車旁後會發現一切都沒事。

警車在他身後響著警笛，旋著閃燈，而他面前的卡車則開膛剖肚地以側面著地，彷彿車內有東西爆炸過似的。奧迪試著呼吸，卻喘不過氣，他看見龐帝克翻覆在三十碼遠處的路上，面目全非，車形完全消失，只剩一團扭曲的金屬和兩顆輪胎在空轉。

奧迪大喊貝莉塔的名字，猛拉車門的殘骸，但衝擊力道似乎已將門緊緊焊密。他趴倒到地上，彎著身子滑進碎裂的後窗，爬過龐帝克塌陷的車頂，胸前沾滿汽油，手和膝蓋也都被玻璃劃破。

他在亂成一團的斷裂架線和扭曲座椅中看見一隻手，鮮血從指尖淌流而下。有那麼一瞬間，他覺得手或許已和身體分家。

他抓住上方的座椅，將身體往前擠，肩膀幾乎要脫臼，接著終於找到她。貝莉塔卡在儀表板下，身體不自然地折拗，他伸手摸她的臉，而她睜開雙眼，雖還活著，卻顯得無比驚恐。

「剛剛是怎麼回事？」

「是車禍。」

「米格爾呢？」

「他沒事。」

煙霧燻上奧迪的眼，竄入他的喉，讓他想乾嘔，他聽見漏油在高溫金屬上灑成一陣嘶嘶聲。

「妳的腿動得了嗎？」

她動動腳指。

「手指呢？」

她又彎彎手指，但手臂已骨折，臉頰和額頭也都被玻璃割傷。

貝莉塔試著移動，但雙腿被碎裂的儀表板卡住。這時奧迪聽見槍聲，卡車裡的兩人設法從窗戶爬出來後，倒到地上。

其中一人轉身後摔倒，雙手緊抓著脖子，指間血流如注；另一人幾乎在同一時間中槍，膝蓋被打得粉碎。身穿制服的警員雙手握槍，槍口朝上，他皮膚黝黑，留著軍人那種中規中矩的髮型。

奧迪被壓在龐帝克仍在轉動的輪胎下，透過破碎的車窗往外瞄，看見大約三十碼遠處，也就是卡車離他最遠的那一側，有另一名員警。受傷的其中一名男子用顫動的眼神無助地看著奧迪，掙扎著想站起來，但這時員警開了兩槍，命中目標，男子往後一退，衣服上血花四濺，又被第三槍打得身子一旋，腿軟墜地，彷若全身的骨頭都瞬間消失。

開槍的警察仍舊沒看到奧迪，這時他聽見同事大喊，於是把槍收進皮套，便跑不見了。奧迪本來正想呼救，卻沒喊出聲，因為兩名警官再度出現，但這次，他們是忙著將一個個封好的帆布袋往警車打開的後車廂搬，來來回回地搬了一次又一次。其中一袋被尖銳的金屬刮破，鈔票應聲掉出，被微風吹得四散在柏油路上，有些還捲進雜草、貼上樹幹。

奧迪又聽見其他警車的警笛聲。

他爬回貝莉塔身邊，用手臂和肘部的力量將她拉近。她的頭被坍陷的車頂擠成奇怪的角度，奧迪握住她的手，抓牢她的腰後用力一扯，聽見她痛苦地呻吟。

接著奧迪退出車外，朝兩名警察大喊，其中一個轉身走來。他身穿有熨斗燙痕的長褲，腳踩黑皮鞋，奧迪抬頭，看見他蒼白的雙頰因疲憊而漲紅。他將一袋錢放到地上。

「我們得把她救出來，」奧迪求道。

警員聽了轉身，「喂，瓦德茲。」

「幹嘛？」

「有麻煩了。」

瓦德茲走到警員身旁，彎下腰來，雙臂壓在大腿上，一把左輪手槍槍口朝下地從他的右手垂出，

「這傢伙是打哪冒出來的？」

他搭檔聳聳肩。

瓦德茲將身子又彎低了一些。他嘴裡散發出酸臭味，雙脣間黏著藕斷絲連的口水。轉頭看看困在殘骸裡的貝莉塔後，他搔搔下巴。

奧迪抓住他的上衣，將布料扭成一團。

「快救她！」他大吼。

就在那瞬間，路上光火閃現，一個「嗖」的聲音劃破天際，藍色火焰從卡車破裂的油箱竄出，延燒整條柏油路，看得貝莉塔雙眼圓睜。

「起火了！」奧迪大吼，他喊了一遍又一遍，同時回頭往扭曲的殘骸裡爬，試著將貝莉塔拉到身邊。他大聲朝警官呼救，但兩人只是袖手旁觀，他見狀只好再爬出來，跑到車子彼端，脫掉上衣，往烈焰猛打，雙手卻突然著火，只好丟下衣服，但仍試圖用手將金屬扳開，可惜最後終究不敵熱氣，只

能退開。瓦德茲撿起帽子戴上，另一名員警則提起數袋現金。

貝莉塔的尖叫聲逐漸轉弱，最後完全消失。奧迪崩潰跪倒，雙手伏在地上啜泣，燒傷的拇指流出鮮血，這時他才意識到有個警察站在他面前。瓦德茲丟掉空彈匣，開始重裝子彈，接著往奧迪面前一站，把槍指在他額頭上，眼神不帶一絲情緒，似乎深知理性與邏輯在這毫無道理的世上並沒有用武之地。

奧迪轉頭，看見頭戴牛仔帽的米格爾站在樹叢中，手上仍握著玩具熊。槍口下的他死命地縮成一團，似乎是想藉此擠出心中的所有知覺與情感，使肉身終成為隨風而逝也不可惜的塵土，之後再將靈魂注入新的身體，讓自己重新變得完整。

「別誤會，我不是針對你，」瓦德茲扣下扳機時這麼說。

麥克斯記得。他腦海深處的門窗開了，風將紙張吹落桌面，吹得塵土飛揚；機器嗡嗡運轉，電話鈴鈴作響。一幅幅畫面終於串起，猶如數段影片連接、倒帶後重新播放，畫面上是那個身穿花洋裝，散發香草與芒果香氣的女人帶他到博覽會看彩燈、賞煙火。

雖然心中的那盞燈終於點亮，麥克斯卻試圖把火熄滅。他不要有人重寫他的過去，只想擁抱自己所熟知的、真正活過的那段人生。為什麼家裡都沒有我新生兒時期的照片呢？他狐疑地想。在此之前，他從未真正質疑過，但此刻，他在心中翻閱珊蒂收在梳妝臺裡的相簿，不禁發覺裡頭都沒有他裹在棉毯裡，或在醫院床上喝奶的相片。

他父母從未提起他出生的過程，老是說什麼「你來到我們的生命中時」，或「我們等你等了好久」，還提過試管嬰兒和流產等話題，說他們非常渴望擁有他，非常愛他。

這傢伙根本是在編故事，他可是殺人犯啊！大騙子！然而麥克斯卻能從故事中感受到一份真實，因為奧迪說話的模樣讓人覺得他是真的從頭見證了一切。

「你還好嗎？」奧迪問。

麥克斯沒回答，只是一語不發地走進浴室，把水捧入嘴裡，想沖掉口腔內的味道。他看著鏡中的自己——對，他跟父親長得很像，兩人都有橄欖色的皮膚和棕色的雙眼，至於珊蒂雖然皮膚白、有雀斑又是金髮，但那也不代表什麼，他們養他、愛他，無論如何，他們都是他的父母。

麥克斯放下馬桶蓋，坐了上去，雙手抱頭地想著這個陌生男子為什麼非得告訴他這些不可，為什麼就不能讓他好好地過原本的生活呢？

他小時候想當牛仔，銀色玩具槍會發射塑膠子彈，牛仔帽的帽帶上有星星，泰迪熊繫著紫色領結——這些事他都記得，但過去幾小時內，他竟成了完全不同的人。

他在聖地牙哥出生，去過德州，還親眼看著母親喪命。

56

黛瑟蕊走過辦公室前的門廊，看見一個年紀與她相仿的美女打扮得漂漂亮亮地在工作，大概是待會兒要跟男友去看電影，或和姊妹淘去喝一杯吧，畢竟是週末了。黛瑟蕊沒有計劃任何休閒活動，卻也不覺得憂鬱或怎樣。

飲水機旁的白板上貼著一張從報上剪下來的照片，上頭的黛瑟蕊站在星城旅店外往二樓指，身旁的警探整整比她高上兩呎。有人替她寫上設計對白：「**是飛機耶，長官！飛機！**」

她沒把剪報撕掉，心想就讓他們笑個夠吧。黛瑟蕊雖不該進辦公室，但因為知道賽納戈斯已在一小時前離開，也知道同事們大概都不在乎她究竟是在家，還是在辦公桌前休養，所以還是來了。

她聽見電話在響。

「**請問是弗尼斯探員嗎？**」

「你哪位？」

「**妳大概不記得我了，我們在三河監獄談過話，妳問我奧迪．帕瑪的事。**」

黛瑟蕊皺眉看看來電顯示，「我記得你啊，韋伯斯特先生，你有奧迪的消息嗎？」

「**有的，探員，我想應該算有。**」

「你知道他人在哪嗎？」

「**不知道。**」

「但你不是說有消息要告訴我嗎？」

「**大家都說他犯了那件搶案，但我覺得他或許是無辜的。**」

黛瑟蕊在心中默默嘆氣，「這麼驚人的結論，你又是怎麼得到的呢？」

「不是有個女人在搶案中喪命嗎——身分一直沒查出來的那個，我在想，奧迪綁架的那個男孩就是那女人的孩子。」

「你說什麼？」

「當時她身邊應該有帶著一個小孩。不要問我車子被撞上時他為什麼不在裡面，我也不知道，可能是有人把他丟出去吧，幾天後才有人發現那孩子。」

「你怎麼知道？」

「我剛剛才跟發現那孩子的人聊過。」

「在電話上談？」

「不是的，探員。」

「他去監獄找你？」

「我已經不在獄中了。」

「但你不是被判無期徒刑嗎！」

「有人放我出來。」

「誰？」

「名字我不知道，但他們說只要我找到奧迪．帕瑪，就不用再回去坐牢，不過我不信，我覺得他們只是想殺奧迪，而且如果我打來找妳的事被發現，我八成也活不了。」

摩斯．韋伯斯特已經出獄？黛瑟蕊仍因這個消息而丈二金剛摸不著腦袋。

「等等！等一下！你剛剛說什麼！」

「我身上沒剩多少零錢，很快就會用光，」摩斯說，「所以拜託妳先聽我講。我的消息來源說他發現那男孩的地方其實就在槍擊現場附近，但警方卻說是在幾哩之外，還有個警察去叫他說謊。」

「你從頭開始講——是誰放你出獄的？」

「**我不知道**。」

「你有看到他們的臉嗎？」

「**沒有，我頭上罩了東西。探員，他們一定會說我逃獄，但我沒有，是他們放我走的**。」

「摩斯，你得來見我，我可以幫你。」

摩斯聽起來好像快哭了，「**奧迪才是真正需要幫助的人，因為他值得，至於我，就算真能活命，最後也得回去坐牢，所以就免了。真希望我從沒跟奧迪交上朋友……真希望我現在能幫他什麼**。」

話筒嗶了一聲。

「**我沒零錢了**，」摩斯說，「**關於那男孩的事，妳千萬要記得**。」

「摩斯？去自首吧，把我的手機號碼抄下來，」她吼著唸出電話，但不曉得他有沒有聽見電話被切斷前的最後那幾個數字。

她打到交換臺請人幫忙追蹤發話地點，一會兒過後，接線員查出電話是從康羅一家超級市場的公共電話打的，而黛瑟蕊則已聯絡上三河監獄的典獄長斯巴克斯。

「**摩斯．韋伯斯特在奧迪．帕瑪逃獄的兩天後移監了**，」他說。

「為什麼？」

「**移監這種事常有，上面不一定會說明原因，可能是因為管理上有調度，也可能是基於人道理由**。」

「但這總得經過誰批准吧，」黛瑟蕊說。

「**那妳就得問中央了**。」

一小時後，已打了十多通電話的黛瑟蕊仍在線上，「聽你在放屁！」她大聲痛斥聯邦監獄局的一名資淺員工（那傢伙一定很後悔回電給她），「摩斯．韋伯斯特到底為什麼會從高安全等級的聯邦監獄轉到布拉佐李亞郡的度假營地？」

「探員，我無意冒犯，但德靈頓是農場式監獄，不是度假營地。」

「他可是被判了無期徒刑的殺人犯啊。」

「我只能就手邊的資訊跟妳報告。」

「什麼資訊說來聽啊？」

「韋伯斯特趁著在西哥倫比亞市的冰淇淋店休息時，用自製的刀逼迫法警棄械後逃逸，法警沒有受傷。這起逃獄事件有通報州警。」

「是誰批准移監的？」

「我手上的資料沒有記錄。」

「他逃獄的事為什麼沒通報ＦＢＩ？」

「這是監獄系統內的事。」

「把法警和所有目擊者的證詞都傳來給我，另外也請務必查出移監原因和批准的人是誰。」

「我已經留便條給長官了，他星期一早上一定會馬上處理的。」

黛瑟蕊聽得出對方那官僚式口氣中的諷刺，於是摔下話筒，甚至想把電話拿起來砸——換作男人就會這樣，但已受夠男人的她可做不出這種事。

她選擇將摩斯的話重想一遍，接著登入電腦，調出關於失蹤兒童的資料。

韋伯斯特先生，你知道德州每年有多少孩子失蹤嗎？

她將搜尋範圍縮小到二零零四年一月，讀到《休士頓紀事報》的一篇報導。

男孩赤足遊蕩　幸由民眾發現

德菲斯郡民眾於週一在伯恩特溪水庫旁發現一名牛仔裝扮的小男孩，警方表示就他的狀況來看，

應該是整晚都在野外遊蕩。

該名男童約年三、四歲，在水庫東側由帶著愛犬巴斯特的西奧・麥克阿利斯特發現。

「我們當時只是在小路上散步，後來巴斯特發現灌木叢裡有東西。我剛開始以為是一團破布，靠近一看才發現是個小男孩，」麥克阿利斯特先生說。「那小傢伙還真是勇敢，我看他肚子餓，讓他吃了些東西，後來因為實在找不到他母親，所以才報警。」

當局將男孩送往聖法蘭西斯醫院檢查，醫生發現他脫水、受寒，身上也有多處刮傷和瘀青，因而研判他整夜都待在戶外。

副警長萊恩・瓦德茲表示：「男孩顯然有受到創傷，還無法跟我們說話。我們目前的首要任務就是找到他的母親，並提供她所需要的一切協助。」

黛瑟蕊叫出地圖。伯恩特溪水庫離槍擊現場幾乎有兩哩遠，而男孩則是在搶案後三天才被發現，兩件事之間的連結只有萊恩・瓦德茲……和摩斯・韋伯斯特的那通電話。

將近一個星期後，《休士頓紀事報》又登載了另一篇報導。

孤單牛仔之謎

德菲斯郡民眾於上週一發現頭戴牛仔帽的小男孩在伯恩特溪水庫附近遊蕩後，整起事件仍未查明，德州及聯邦當局都表示已加緊調查，希望能盡速破案。

該名男童年約四歲，特徵為橄欖色皮膚及棕色眼睛，身高三十五吋，體重三十三磅，被發現時身穿鬆緊帶牛仔褲及棉質上衣，頭戴牛仔帽。

當局目前正在ＦＢＩ的犯罪資訊中心（NCIC）系統中搜尋，並搭配使用全國失蹤人口及身分不

明者搜查系統（NamUs），希望能找出男孩的父母或監護人。

主導此次調查的副警長萊恩．瓦德茲表示：「男孩一個字都不肯說，所以情況相當棘手，我們認為這可能是創傷後的結果，也或許是因為他不會講英文。目前我們暫時以發現他的狗『巴斯特』來稱呼他。」

讀完後黛瑟蕊打到德菲斯郡的家庭及保護服務部，將原由解釋了三次後，才跟一名從二零零四年就任職於該部門的社工說上話。

「有什麼事快說，我很忙，」話筒另一端的女人在喧鬧的街上說，「我跟四個警察要去毒窟救孩子。」

於是黛瑟蕊簡略地說道：「二零零四年一月那個三、四歲的男孩，就是被發現在德菲斯郡水庫附近遊蕩的那個，他後來怎樣了？」

「妳說巴斯特？」

「對。」

她吼著叫身旁的人等一下，「我記得，我記得，很怪的案子，小鬼一句話都不說。」

「你們有找到他的親屬嗎？」

「沒有。」

「所以後來呢？」

「寄養到人家家裡了。」

「誰家？」

「這種資訊我不能透露。」

「我了解，所以不如這樣吧，由我來說，如果說錯，妳就掛斷，如果說對了，妳就留在線上。」

「不管妳說對說錯，我都可能會直接掛斷。」

「男孩寄養在副警長和他太太家，之後被他們收養了，對吧。」

對方沉默了很長一陣，黛瑟蕊能聽見她的呼吸聲。

「這樣應該夠久了吧，」女人說。

「謝謝妳。」

57

陽光短暫地射出破碎的雲層，在水面上照出陰影，看起來就像水底有史前海獸在竄動。奧迪和麥克斯坐在露天陽臺上俯視沙灘，看著海鷗逆風飛行。

「中槍是什麼感覺？」

「我不太記得了。」

「這一定是意外，」麥克斯說，「他們以為你跟搶匪是同夥的。」

奧迪沒有回應。

「我爸不可能故意做這種事，你一定弄錯了，」麥克斯說，「而且他也沒拿那些錢。如果你去找他談，他一定會幫忙的。」

「現在才去太遲了，」奧迪說，「太多人會受波及，他們有太多東西可以失去。」

麥克斯摳著椅子扶手上斑駁的漆塊，「那你為什麼不早點說？」

「我昏迷了三個月。」

「但你還是醒來了啊——你為什麼不告訴警方……或律師呢？」

奧迪想起當時在醫院醒來後，慢慢意識到周遭人事物的感受。他能聽見護士們彼此交談，也能感覺到他們替自己清洗身體，但一切都像酒醉後夢到的場景。而後他終於睜開眼睛，卻只看得見模糊的形狀和飛旋的色彩，更無法承受眼前的光亮，於是又睡了回去。漸漸地，奧迪有意識的時間越來越長，他覺得自己彷彿走在灼眼的光之隧道中，黑影時而蒙蔽光線，各種輪廓與天使紛紛出現在眼前。

一段時間後，奧迪再度睜眼，這次他看見一名神經科醫生站在床邊對一群實習醫生說話，並指示其中一人上前檢查。被點名的那個年輕捲髮男子走到床邊，彎腰準備要拉開奧迪的眼皮。

「醫生，他醒了。」

「別胡說八道，」神經科醫師說。

奧迪眨眨眼，引起一陣騷動。

插在他口鼻中的管子彷彿在他的肺裡前後拉扯，讓他無法說話；他轉過頭去，看見床邊那臺機器上的橘色儀表，又看見液晶顯示器上有綠色光點沿線滑過，猶如立體音響設備螢幕上跳躍的彩色聲波曲線。

他頭邊有個鉻製小架，上面放著一個塑膠點滴袋，液體順著軟管流進他滿滿捆著手術用膠布的左臂。

正對病床的天花板上有面鏡子。他看見一個男人躺在白色床單上，猶如固定在標本卡上的昆蟲，頭部滿是繃帶，連左眼也被包住——這幅景象是如此超現實，讓他一度以為自己已經死掉，只是靈魂出竅。

這樣的情況持續了好幾個禮拜，期間他學會藉著眨眼或抬起包滿繃帶的手掌和旁人溝通。當初的那個神經科醫師幾乎每天都去探視，他說自己叫海爾，總穿牛仔褲和牛仔靴，講話很慢，嘴型做得很誇張，彷彿奧迪的心智年齡只有五歲似的。

「可以動一下腳趾嗎？」

奧迪照做。

「看著我的手指，」海爾說著將手指左右移動，奧迪的眼神也跟著移轉。

接著海爾又用金屬鉤滑過奧迪的雙臂及腳掌。

「有感覺嗎？」

奧迪點頭。

當時醫護人員已移除他口鼻裡的管子，但他聲帶瘀血，仍無法說話。海爾拉來一張椅子，反坐下來，雙臂掛在椅背上。

「帕瑪先生，我不知道你能不能理解，但我還是要解釋一下。擊中你的那顆子彈從正面打入，穿過你的左腦，從後腦勺射出。我們可能得花上好幾個月，才能確定你有沒有受到永久性傷害並評估嚴重性，但你能活下來，而且還可以溝通，就已經是天大的奇蹟了。我不曉得你信不信教，但一定有人在某個地方替你禱告。」

海爾露出鼓勵式的微笑，「你有聽到我說的對吧，子彈只射穿你的左腦，沒有傷及右側，這樣已經很幸運了。有時大腦在某側失能後還是可以運作，就好像飛機壞了一個引擎，還有另一顆能飛一樣。就你的狀況來說，子彈可以說是錯過了最有價值的地段，也就是腦幹和視丘。」

「人的左腦控制言語和說話能力，所以你的這些功能就算會恢復的話，也需要一段時間。幾天後我會安排你去照MRI，並開始進行一些神經功能檢驗，來測試你大腦運作的狀況。」

他握住奧迪的手，奧迪捏緊他的手指。

幾小時後，奧迪在黑暗中醒來，房內只有儀器發出的光。一個男人坐在床邊，但奧迪無法轉頭看他的臉。

男人傾身向前，將拳頭抵上奧迪纏著繃帶的頭，往他碎裂的頭骨猛壓，讓他覺得彷彿有顆手榴彈就要將自己的腦袋炸碎。

「感覺得到嗎？」男人說。

奧迪點頭。

「我說的話你聽得懂嗎？」

他又再點頭。

「帕瑪先生，我很清楚你是誰，也知道你的家人都在哪裡。」

男子繼續將拳頭往他頭上擰，輾軋他破碎的頭骨和金屬片，折磨得他雙手不住地在空中揮舞，猶如失去控制的機器人。

「那男孩在我們手上，聽懂了嗎？如果你不希望他死，就照我說的做。」

痛得不得了的奧迪非常奮力地才聽明白對方在說什麼。

「嘴巴閉緊一點，知道嗎？乖乖認罪，不然就等著看那男孩死。」

心率監測儀嗶嗶嗶地發出警報，奧迪隨之失去意識。他沒期望自己醒來，也不想醒來，只想一死了之。每晚他都夢到車禍現場，都聽著貝莉塔臨死前的尖叫，都看著米格爾的那副表情驚醒，最後害怕得根本不敢睡，寧願盯著天花板上的鏡子，看著自己的喉嚨在吞口水時微微起伏。

「他是誰？」麥克斯問。

「一個叫法蘭克．賽納戈斯的ＦＢＩ探員。」

麥克斯盯著奧迪，似乎有點懷疑他誇大其辭，邊說邊隨口扯謊。

「你的意思是你會去坐牢都是因為我？」

「把我關進牢裡的不是你。」

「但你會認罪是因為他們威脅要殺我？」

「我跟你母親保證過。」

「你可以跟警察講啊。」

「是嗎？」

「你可以向他們證明你的身分。」

「怎麼證明？」

「他們不會不相信你的。」

「我當時還無法說話。等到我恢復時，他們不但已經扭曲、銷毀了可以證明我清白的所有證據，還捏造出偽證，我根本一點辦法也沒有，而且如果我採取行動的話，他們就會把你殺掉。」

麥克斯站起身來，憤怒地踱步，「你胡說！這一切都是屁！我爸不可能會傷害我。敢碰我的人他都不會放過，等他找到你，你就死定了……」麥克斯閉緊雙眼，扭曲的臉上混雜著憤怒與嫌惡，他咬牙切齒地說：「我爸得過英勇勳章，他是超級大英雄。」

「他**不是**你爸。」

「你他媽的根本就是騙子！你胡說八道！我原本開心得很，爸媽也很愛我，你幹嘛跑來綁架我，你有什麼資格這麼做！」

麥克斯衝進屋內，用力摔上臥室的門，奧迪也沒追上去。此刻，他覺得自己和麥克斯已完全變成陌生人，覺得自己好像將相機拿在眼前，記錄著這男孩的生活，卻無法參與，覺得兩人雖身在一處，卻無法產生連結。他倆之間的那條線早在火焰吞噬龐帝克，在貝莉塔尖喊奧迪名字的那瞬間，就已經斷了。

所以他憑什麼期待麥克斯發出善意的回應呢？麥克斯會說那些話，其實也是人之常情吧？

十一年來，所有人都希望奧迪閉嘴，希望他隱沒到背景中，要他消失，要他死……其實，若是大家放他清靜，他或許會順他們的意，或許想殺他的那麼多人之中會有誰成功，也或許監獄中每天無止盡上演的暴力情節終能將他擊垮。然而貝莉塔一直住在他心中，仍舊讓他著迷，讓他如夢遊般走向險路邊緣，只為遵守他曾向她許下的承諾。

奧迪並不被動。一開始他任人打罵，受盡屈辱，其實是為了懲罰自己，為了藉著承受那些折磨來忘卻心中真正的痛苦，但後來他再也難以逆來順受，因為他已被欺凌到極限，無力再容忍。奧迪知道自己是代罪羔羊，是被丟進蛇籠的老鼠，知道自己終將被悲傷與曾許下的承諾慢慢壓垮。

在獄中被打、被捅、被燒、被威脅的事，奧迪無法對麥克斯說出口，此外還有一件事他也沒說：在他服滿刑期的一個月前，到醫院威嚇他的那個男人曾去過三河監獄，隔著壓克力窗遠遠地示意他拿起電話。奧迪將話筒緩緩靠到耳邊，再度聽見男子的聲音，想起兩人上次談話時的場景，心中霎時升起詭異的感受。

男子懶懶地用四根手指抓抓臉頰，「記得我嗎？」

奧迪點頭。

「你會怕嗎？」

「怕什麼？」

「外面的世界。」

奧迪沒有回答。他雖昏眩得發抖，一副快手軟的模樣，卻仍緊緊將話筒壓在耳邊，結果壓出痛了他好幾個禮拜的瘀青。

「你實在讓我大開眼界，」男子說，「要是當初有人跟我賭你可以在裡頭活十年，我一定會笑他腦殘。你究竟是怎麼撐過來的？」他沒等奧迪回答又說：「這世界不曉得是發生什麼事，怎麼連在監獄裡都他媽的找不到能幹的殺手呢？」

「能幹的那些不會被抓，」奧迪努力掩藏聲音中的恐懼，一顆心卻像被困在垃圾桶裡的貓咪一樣，在胸腔中重重地捶個不停。

「我們甚至想讓你再接受一次審判，但檢察官臨陣退縮，所以也沒辦法，」男子用手指敲著隔板，「所以啦，你就要出獄了是吧，那你覺得自己撐得了多久呢？一天？一個禮拜？」

奧迪搖搖頭，「我只想安靜地過自己的生活。」

男子從夾克裡拿出一張照片，壓在壓克力窗上，「認得出他是誰嗎？」

奧迪看著相片上那個身穿短褲和T恤的青少年，眨了眨眼。

「他還是在我們手上，」男子說，「所以哪怕你只是妨礙到我們一丁點兒……懂我在說什麼吧？」

奧迪掛上電話，拖著被銬住的雙手和雙腿，低著頭蹣跚地走回牢房，心情猶如即將被處刑那樣絕望。那天晚上他瘋狂地爆發，讓憤怒淨化他、傷他、再帶走他的疤痕後，整個人感覺好極了。這麼久以來，他都一直在對抗隱身陰影裡的敵人，但現在，起碼他知道那些人是誰了。

58

奧迪聽見不遠處傳來車子搖晃著開過坑洞時，引擎空轉發出的聲響，於是從廚房的窗戶偷偷往外瞄。一臺老舊的道奇小貨卡開經風暴留下的水窪，激得水花飛濺，接著停在房子迎風的那一側，倒車到停船的棚屋門前。

一個老人走下車來。他身穿連身工作服，腳踩工裝靴，頭戴休士頓油工隊的帽子——雖然油工隊在一九九六年就已遷離休士頓，但對某些人來說，從前的回憶永遠不會褪色。老人打開門鎖，拿掉一艘鋁製小艇的油布船罩，整齊地摺好，然後將拖船架鉤到小貨卡的拖車球上。

可能是鄰居或屋主的朋友，剛好來借船；或許他沒有鑰匙，不會上樓；麥克斯呢？啊，在臥室用iPad聽音樂。

老人從小貨卡後方拿出一臺船外發動機，鉤在鋁艇尾端，轉緊螺栓，又搬來油桶和一箱釣魚用具。所有東西都安置好後，他坐回駕駛座，卻突然抬頭，看見護窗板開著。他抓了抓頭，再度下車，穿越草坪。

奧迪拿起獵槍抓在身旁，告訴自己別擔心得太早。老人只要不去碰門，應該就會認為護窗板只是被風吹開……此刻他已爬到陽臺上，踩得木板嘎吱作響。他關上護窗板，檢查轉軸，確認沒有地方彎曲、壞掉後，往門邊走去，還差四步遠時，就發現那格碎裂的窗戶。

「臭小鬼，」他一邊咕噥，一邊將手伸進破窗，拉開門鎖，「這些小渾蛋到底破壞了多少東西？」

他推門進屋，但迎面而來的，卻是指在他額前僅約一吋之遙的黑色雙管獵槍。他頓時腿軟，幾乎站不穩，臉孔也失去血色。

「我不會傷害你，」奧迪說。

老人想回話，可是嘴巴開開闔闔，卻發不出聲音，彷彿在講金魚的語言；同時，他也用雙手猛打心臟的位置，在胸口上拍出空洞沉悶的聲響。

奧迪放下獵槍，「你還好嗎？」

老人搖頭。

「是心臟不舒服嗎？」

他點頭。

「你有帶藥嗎？」

他又再點頭。

「在哪？」

「車上。」

「哪裡？儀表板？置物箱？還是在包包裡？」

「包包。」

這時麥克斯走出臥室，仍黏在他膝間的鈴鼓噹啷作響。他看見老人後停下腳步。

「他心臟有問題，」奧迪說，「車上有藥，你現在趕快幫我去拿。」

麥克斯毫不質疑奧迪的指令，立刻飛奔下樓，跑越草坪，鈴鼓響了好一陣才停。護窗板已經關上，所以奧迪看不見小貨卡。

奧迪替老人拿來一張椅子，要他坐下，而他血色不佳、滿臉大汗地看著奧迪，彷彿眼前是《小氣財神》中的聖誕鬼魂。

「你叫什麼名字？」

「東尼，」他低啞地回答。

「是心臟病發嗎？」

「心絞痛。」

麥克斯打開小貨卡的門，四處翻找，最後終於找到一個破舊的運動包，又看見鑰匙還插在車裡。機會來了，他可以開車逃跑，讓樓上的奧迪措手不及，也可以攔人幫忙或跟誰借電話，拯救自己，成為英雄，或許到時蘇菲亞．蘿賓絲會願意跟他出去。

他邊翻包包，腦子一邊在轉，這時他摸到一支手機，旁邊就是裝著藥的塑膠瓶。麥克斯回頭往屋子瞄了一眼，打開手機，傳了簡訊給父親：

我是麥克斯，我沒事。我在沙金特區東邊的海濱小屋，在海灣跟運河中間。房子是藍色的，瓦屋頂，有陽臺和停船棚。

他將手機關掉，塞進內褲胯下的位置，拿了藥後關上車門，沿著沙灘望去，看見西側半哩遠處有臺四輪驅動車正在灘上印出胎痕。

「藥有找到嗎？」奧迪站在陽臺上大喊。

「有，在這。」

麥克斯將瓶子舉到頭上晃了晃。

「把整個包包都拿上來。」

「好。」

奧迪幫東尼倒了杯水，打開藥瓶。

「一顆還兩顆？」

東尼比出二的手勢。奧迪將藥丸放在他掌上，看著他吞下去。

「他會不會怎樣啊？」麥克斯問。

「應該待會兒就沒事了。」

「還是叫救護車比較好吧？」

「先等他一下。」

東尼睜開雙眼，表情近乎安詳，藥物顯然讓他的心跳恢復規律，也消除了疼痛。他對麥克斯微微一笑，又要了杯水。

「心臟的老毛病又犯了，」眼皮依舊低垂的他解釋道，「醫生說我得做繞道手術，偏偏我沒保險，所以我女兒兼兩份差，一直在存錢，可是費用要十五萬九，等她存夠，我早已經死二十年了。」

他用破布似的手帕擦擦臉，「所以我才去釣魚，好讓餐桌上的菜豐盛一點。我都跟海利根家借船，不過他們不知道，」他抬頭看奧迪，「他們大概也不知道你們在這吧。」

奧迪沒有回答。

「所以你們是誰？在這裡做什麼？」

他由上往下地打量麥克斯和奧迪。瞄到麥克斯膝間的鈴鼓時，突然領略了什麼，雙眉隨之一揚，「你是警察在找的那個孩子！新聞報得很大欸，」接著他對奧迪皺眉，「他們也有報說你是殺人犯。」

「他們報錯了。」

「所以你要怎麼處置我？」

「我正在考慮。」

「我看我大概不能去釣魚了對吧。」

「今天不行。你通常都幾點回家？」

「傍晚左右。」

「你有手機嗎？」

麥克斯插嘴道：「包包裡沒有。」他瞄向東尼，兩人用眼神交換了些什麼。

「我女兒一直叫我帶，」東尼說，「但我就是用不來。」

「你好一點了嗎？」奧迪問。

「待會兒就沒事了。」

「應該送他去醫院才對，」麥克斯說。

「除非他再惡化，不然現在不必，」奧迪邊說邊檢查窗戶，並關上獵槍的保險。

「那我女兒怎麼辦？」東尼問，「她會擔心我的。」

奧迪看看手錶，「她到傍晚才會開始擔心。」

59

黛瑟蕊用跑的穿越夾道等候的記者和電視臺攝影師，但途中仍不免被他們如狗兒討食般簇擁。轉播車和採訪車停滿瓦德茲家門外的那條街，招來許多人圍觀，也有不少愛看熱鬧的群眾聚集在那兒想一探這條重大新聞的發展。

負責與受害家屬溝通的員警單手插腰，用另一隻手開門，身後的走廊上站著雙眼圓睜、眼裡滿是希望的珊蒂．瓦德茲。赤著腳的她身穿褪色T恤和牛仔褲，頭髮蓬亂，脂粉未施，顯然睡眠不足。談話在窗簾與百葉窗都拉上的客廳進行，黛瑟蕊坐下，婉拒了咖啡。

「你先生在家嗎？」

珊蒂搖搖頭，「萊恩那種個性根本坐不住，就算只是出去搖樹或在屋頂上大吼他也高興。」

黛瑟蕊說她了解，但珊蒂似乎半信半疑。

「妳為什麼沒說麥克斯是領養的？」

用衛生紙捂著鼻子的珊蒂頓了一下，「這很重要嗎？」

「你們是不是故意隱瞞這件事？」

「沒有！當然不是！」

「你們是什麼時候領養他的？」

「他四歲時——這到底有什麼重要的？」

黛瑟蕊不理會她的問題，「是透過領養機構嗎？」

「我不知道妳在暗示什麼，但該跑的程序我們一項都沒漏，」珊蒂雙膝併攏坐在沙發邊緣，指間那濕透的衛生紙被她搓得都破了。「萊恩說他被丟在樹林裡，有人發現他又髒又冷地在那邊遊蕩。萊恩帶他去醫院，又幫他找媽媽，所以之後才一直有跟家庭及保護服務部保持聯繫。」

「你們是先讓他寄養在家裡，之後才領養他的？」

「我們一直想生孩子，注射、取卵、人工授精，什麼方法都試過了，但一點用都沒有。麥克斯出現後，我們才開始考慮領養這個選項，他就像上天送給我們的禮物。」

「麥克斯知道嗎？」

珊蒂朝雙手瞄了一眼，「我們想等他大一點再告訴他。」

「他已經十五歲了。」

「時機一直不對。」接著她轉移話題，「妳知道他前五個月都沒說過任何一句話嗎？真的是一聲不響。沒人知道他的真名，所以有好長一段時間，我們都叫他巴斯特——就是找到他的那隻狗。後來他終於開口，說他叫米格爾，但萊恩不喜歡這個名字，所以我們決定改叫他麥克斯，他好像也不介意的樣子。」

黛瑟蕊沒順著她的話應，「米格爾有說他姓什麼嗎？」

「沒有。」

「他有提過他家在哪嗎？」

「有一兩次他曾指著圖片，說了一些可能是線索的話，但萊恩說我們最好不要把他逼得太緊，」珊蒂揉揉眼睛。「我以前一直好怕有人會來找他，每次聽到電話響或有人敲門，都覺得是他母親要來討孩子，但萊恩總說就算是也沒關係，因為麥克斯在法律上已經是我們的兒子了。」她淚眼汪汪地看著黛瑟蕊，「為什麼要這樣懲罰我們？我們明明做了好事，我們是好父母啊。」

奧迪看進廚房的櫃子，清點存糧，但知道自己時間所剩不多，根本不必擔心食物吃光。臉色依舊蒼白，但已不再大汗淋漓的東尼注意著他的一舉一動。

東尼很愛說話，一直提些眼下的事，藉此聊起自己的人生經歷。或許是讀過什麼文章，相信人質應該和綁匪建立連結吧，但奧迪實在聽得要無聊死了。

「你當過兵嗎？」他問。

「沒有。」

「我以前是海軍，但二戰和韓戰時還太年輕，越戰時又已經太老，都沒打到仗，所以被派去當焊工。以前我負責鋪修水管，還要去鋪石棉，讓機房絕緣，大家都說纖維就是黏在我衣服上，被我帶回家，我老婆瑪姬洗的時候吸進肺裡，所以才會死掉，倒是我的肺還好端端的，我看人們說有些事很諷刺就是這樣吧？」

「我不覺得。」

「大概就是運氣不好啦。我可不是在抱怨哦，」他停頓了一下，雙脣細如兩條線，「算了，裝個屁啊！我就是在抱怨沒錯，只是從來沒有人聽而已。」

「退休軍人不是應該有健保嗎？」奧迪問。

「因為我沒有派駐到海外。」

「這樣不太對吧。」

「知道不對有什麼用，現實就是這樣啊。」

東尼縮了一下，往自己胸口猛地一捶，彷彿是藉此重新啟動無形的心律調節器。實在應該送他去醫院的，至少也該讓他看個醫生，畢竟奧迪真的不想再害死人，害自己良心不安了。怎麼每次要進行計畫的下一步時，總會有問題冒出來呢？或許是因為奧迪不覺得自己能撐這麼久，所以沒有想好備用方案吧。真相已經告訴麥克斯了，其中的某些細節那孩子或許不信，但信不信是他的自由，就好像被帶去做禮拜或上主日學的孩子有權選擇要不要信教一樣。

奧迪點了點現金，還剩下一百一十二塊。他將錢放進褲子前面的口袋，接著拉開帆布包，拿出手機，裝入新的ＳＩＭ卡，啟動開關，走到有收訊的地方。他首先打到德州兒童醫院找姊姊波娜黛特，人在病房的她被叫來接電話。

奧迪瞄了東尼一眼，他邊跟麥克斯說話邊點頭，兩人可能是在計謀什麼，不過是或不是很快就都無所謂了。

「是我。我不能講太久。」

「**奧迪嗎？警察有來找過我，**」波娜黛特捧著話筒用氣聲說。

「我知道。」

「**你不會傷害那男孩吧？**」

「不會。」

「**去自首吧，讓他回家。**」

「我會的，但妳得先幫我個忙。我一直托妳保管的那份檔案還在嗎？」

「**在啊。**」

「拜託妳幫我拿去給一個叫黛瑟蕊．弗尼斯的ＦＢＩ探員，一定要直接拿給她，不能拜託別人轉交，親自拿去，知道嗎？」

「**那我要說什麼？**」

「叫她從錢的下落追起。」

「**什麼意思？**」

「她讀過檔案後就會懂了。」

波娜黛特的聲音在顫抖，「**她會問我你在哪裡的。**」

「我知道。」

「**那我要怎麼說？**」

「告訴她孩子安全無恙，有我在照顧。」

「你這樣會把我害得更慘的。我一直跟大家說你是好人，結果你卻辜負我。」

「我會補償妳的。」

「你如果死了要怎麼補償我？讓那孩子回家吧。」

他的家究竟在哪呢？奧迪心想，「我會的。」

掛斷電話後，他打了另外一通。雖不怎麼確定，但若是問他現在還有誰可以相信，那大概就是當初在獄中保他性命的兄弟了吧。奧迪不知道摩斯為什麼不在三河監獄裡，也不知道他究竟是如何找到自己，但林間的那個大洞顯然是要挖來葬他們倆的。

接起電話的是一個女人，「**和諧牙醫您好。**」

「喂，請找克莉絲朵．韋伯斯特。」

「**我就是。**」

「我叫奧迪．帕瑪，我們見過一兩次。」

「**我知道你是誰，**」克莉絲朵緊張地說。

「你有摩斯的消息嗎？」

「他幾乎每天都會打給我。」

「你知道他為什麼會出獄嗎？」

「**為了去找你。**」

「找到以後呢？」

她頓了一下，「**把你交給放他走的人。他們還說錢如果找到的話也全部歸他。**」

「根本沒有什麼錢啊。」

「摩斯知道，但他原本以為抓到你就可以減刑。」

「所以他現在不這麼想了嗎？」

「他已經知道他們騙人了。」

奧迪凝視窗外那些振翅飛在浪上的海鷗，聽著牠們從喉間深處發出的詭異叫聲。這些鳥兒有時叫起來還真像小嬰兒。

「妳下次接到他的電話時，跟他說我有個計畫。我希望他可以來把我手上的男孩接走，到時找到人的功勞就歸他。請把地址告訴摩斯，接下來的六小時我都會待在這。」

「他可以打給你嗎？」

「我會把手機關掉。」

「那孩子沒事吧？」

「他很好。」

「那我何不現在就打給警方，告訴他們你在哪裡？」

「妳先問問摩斯，如果他答應的話，就讓他報警吧。」

克莉絲朵想了一會兒，**「如果你害我的寶貝摩斯出任何差錯，我一定親自去找你。還有，帕瑪先生，我告訴你，摩斯或許還沒那麼慌，但我可是怕得不得了。」**

「我知道，夫人，他告訴過我。」

60

皮爾金頓抬眼望向快速飄移的雲朵，被強光照得瞇起雙眼。空氣中瀰漫著一股潮濕的荒野氣味，微風從西邊吹來。通往他家的窄徑上有棵枯樹，樹枝猶如乾涸湖床上的白骨，兩臺車就停在那稀疏得可憐的樹影下。

「這次一定要好好處理，」他咬著沒點燃的濕軟香菸，「誰都不准劃清界線落跑。」

他看見正在檢查來福槍的法蘭克．賽納戈斯將右眼湊到瞄準鏡前，瞇起左眼；瓦德茲則關上後車廂，拉開一個裝著來福槍的黑色盒子；另外還有兩名男子，他們身穿大腿側邊有口袋的工作褲，化名傑克和史達夫，是請來的傭兵。除非真有什麼重要的事，否則他們不會說話；只要是能賺錢的差事，他們都幹。傑克的一頭長髮綁成馬尾，髮線卻退得厲害，讓雙眉顯得有些孤單；史達夫比較矮，也比較黑，理著平頭，時常緊張地用手腕抹嘴，頸上有許多疤痕，被火燒傷的那種。

皮爾金頓不住地盯著那皺巴巴的皮膚看。

「我的臉礙到你了是嗎？」史達夫問。

皮爾金頓連忙把頭撇開，咕噥著道了歉。他平常都是掌控全局的角色，不喜歡被人催逼。他父親當年因證券及通訊詐欺而坐牢，出獄後竟開始尊敬起罪犯和惡棍。在壞人兇暴的世界裡，大家把權力看得比錢更重要，暴行不只是手段，也是所有事的結局，若想掌權，就得搬出粗大的棍棒，用力打、趁早打，也得打得夠多次才行。

戴著手套的皮爾金頓拍拍手，彷彿要跟小聯盟球隊喊話似的，「我們既然是團體，就要人人為我，我為人人，對吧？」

沒人回應。

賽納戈斯生氣地瞥了瓦德茲一眼，「誰製造的問題，就該由誰來解決。」

「我都已經朝他腦袋開槍了，」瓦德茲回嘴，「你還要我怎樣？」

「怎麼沒開兩槍呢？」

「不要吵了，」皮爾金頓說。

「媽的，帕瑪簡直跟吸血鬼一樣，」瓦德茲說，「捅他心臟、燒他、埋他都沒用，總是有人拉他一把，讓他起死回生。」

「跟一般人沒兩樣啦，還不都會流血，」史達夫回道。他穿上黑色防彈背心，拉緊扣帶。

「所以那傢伙命很硬就對了，」傑克說。

「要是那小鬼想起來怎麼辦？」賽納戈斯問。

「不會的，」瓦德茲說。

「你又知道？帕瑪抓他一定就是希望他當證人啊。」

「麥克斯當時還不到四歲，沒有人會相信他的。」

賽納戈斯仍不放心，「要是帕瑪去做ＤＮＡ檢測呢？要是他可以證明他跟搶案無關怎麼辦？」

「不可能的。」

瓦德茲將自動型手槍的彈匣拔掉，裝了一個新的，而賽納戈斯則看向皮爾金頓，希望他能消除自己的疑慮。

「麥克斯不會亂說話的，他是個好孩子，」年紀比較長的皮爾金頓說。

「那屁孩根本就是殘留下來的證據，早該銷毀的。」

瓦德茲插嘴了，「誰都不准碰他，聽到沒？我要大家都答應。」

「我什麼都不會答應你，」賽納戈斯還嘴，「誰叫你要領養那個拉美弟啊，我才不要因為他而去坐牢。」

瓦德茲用身體將賽納戈斯撞到卡車上，前臂也抵上他喉嚨，車子隨之搖晃。

「操你媽的，他是我兒子，任何人都不准碰他。」

賽納戈斯也回瞪著他，兩人都拒絕眨眼，互不退讓。

「好了，冷靜一點，」皮爾金頓說，「我們還有正事要做呢。」

瞪眼僵局又持續了幾秒，瓦德茲才放手，兩人將彼此推開。

「很好。法蘭克，簡報一下吧，」皮爾金頓說。

賽納戈斯將一卷衛星地圖攤開在福特Explorer的車蓋上。

「目前推定房子在這，運河大道上。那邊只有一條路可以進出，所以除非他有船，不然只要我們封路，他就逃不走了。」

「帕瑪知道我們會去嗎？」皮爾金頓問。

「不太可能。」

「他有武器嗎？」

「要假設他有。」

「媒體那邊呢？」皮爾金頓又問。

賽納戈斯回答道：「我們會說帕瑪向家屬要求贖金，瓦德茲警長因為非常擔心麥克斯的安危，所以決定自行處理。」他轉向其他人，「你們要假裝我完全沒參與這件事，知道嗎？如果我們在路上被攔下來，就由警長負責發言，手機、呼叫器、GPS追蹤器、對講機和所有身分證件都不准帶，武器也要藏好。」

「我要帶手機，麥克斯可能會打來，」瓦德茲說。

「好，但只能帶手機。」

瓦德茲感到既矛盾又疑惑。每個殺人犯都必須忍受難以從夢中抹滅的畫面，忍受那些一旦印入潛意識以後，就再也無法擦除的殺人場景。殺害凱西．布蘭納和她女兒思嘉莉後，他連續三天都夢到她們。他在槍殺兩人的當下並不知道她們是誰，原以為浴室裡的人是奧迪，結果竟是個小女孩；殺了思嘉莉後，他別無選擇，只好也對凱西下手。

他無法開口將這件事告訴任何人，無論是老婆、同事、牧師或酒保都一樣，這都是奧迪．帕瑪的錯。當初那七百萬早已花光，所以錢不是重點，眼下最重要的是麥克斯，是拯救了他的婚姻，讓他擁有完滿家庭的麥克斯。沒錯，他和珊蒂是可以繼續嘗試，領養機構和代理孕母也不是找不到，但麥克斯是那麼無預警地降臨在他們的生命中，是讓人再驚喜不過的偶然，也是他禱告了那麼久以後，老天對他的應許。

但現在奧迪．帕瑪卻把麥克斯給抓走，而他的動機正是整個事件中最大的問號。如果他真想殺麥克斯，何不在一開始找到家裡去時就動手？所以不會的，他絕不會殺那孩子，這樣就好……但如果帕瑪把實情告訴麥克斯，引導他想起來怎麼辦？如果麥克斯因而和養育他的父母反目成仇，又該怎麼辦？

奧迪．帕瑪根本不該活到現在，要是他當初死得乾淨點就好了。

61

波娜黛特．帕瑪還沒換掉護士制服，就穿著亮色上衣和合身長褲來到ＦＢＩ大樓，等在大廳裡。

找妳這輩子見過最矮的人就對了，奧迪這麼告訴她。

一定就是她沒錯，黛瑟蕊．弗尼斯走出電梯時，波娜黛特心想。這個探員即便穿了高跟馬靴，仍不到她的胸口，但比例卻很正常，猶如真人的縮小版模型。

黛瑟蕊想坐下來談，於是兩人遠遠地坐到皮沙發的兩端。要去搭電梯的人經過時總會瞥她們幾眼，讓波娜黛特很不自在，想趕快把這件事解決，所以她直接將一個淡黃褐色的資料夾從肩包裡拿了出來。

「我不知道這些東西有什麼意義，為什麼重要，但奧迪叫我要親自拿給妳，不能透過其他人。」

「所以他有跟你聯絡。」

「他打去醫院找我。」

「什麼時候？」

「一小時前。」

「他人在哪？妳有通報警方嗎？」

「我這不就在告訴妳了嗎。」

黛瑟蕊翻開檔案。第一份文件是貝莉塔．希爾拉．維加的出生證明，她是薩爾瓦多人，生於一九八二年四月三十日，父母分別來自西班牙和阿根廷，一個開店，一個當裁縫；下一份文件則是貝莉塔的結婚證明，由拉斯維加斯的一間小教堂發於二零零四年一月，而新郎的名字，正是奧迪．史賓賽．帕瑪。

黛瑟蕊抬頭，「妳怎麼會有這些？」

波娜黛特似乎在思考自己會不會因為回答問題而捲入事端，她顯然很怕受到牽連。

「是奧迪寄給我的，我們之間有聯絡管道。他給了我一個電子信箱的帳號密碼，要我每個禮拜都登入，去草稿匣看他留下的訊息。有時他會附加檔案，但不管有沒有，我都要把所有東西印出來，再把草稿刪除，清空垃圾桶。他叫我不能告訴任何人，信箱也不能有其他用途。」

黛瑟蕊完全懂了——奧迪一定是用監獄圖書室的電腦建了匿名的Gmail或Hotmail帳戶。利用草稿匣傳訊是恐怖分子和青少年常用的老把戲，因為信件沒有寄出，比較不會在網路上留下痕跡，也不容易被查到。

資料夾裡有張照片，是奧迪站在綴著白色與粉紅色花朵的拱門下，摟著一個年輕女子的腰，她的裙褶間躲著一個小男孩在偷瞄。

「妳知道妳弟結婚的事嗎？」

波娜黛特搖頭。

「那妳認識這個女人嗎？」

「不認識。」

黛瑟蕊接著看到一份發於聖地牙哥郡的出生證明，文件上的男孩出生於二零零零年八月四號，複姓希爾拉．維加，名叫米格爾，生父為已身故的艾德格．羅伯多．狄亞茲。

她加速翻閱檔案夾裡的資料，發現裡頭有德州土地查冊紀錄、所有權憑證影本、收據、財務紀錄、公司收益報表和雜誌文章，想必是花了許多年才收集而成。

有個名字在檔案裡不斷出現，那就是維克多．皮爾金頓。在德州長大的人一定都聽過他，黛瑟蕊跟他更可以說是有特殊淵源。她的高祖父威利斯．弗尼斯於一八五二年出生於皮爾金頓家的農場，在田裡替他們工作了將近五十年，威利斯的太太艾絲米則是乳母兼裁縫，維克多．皮爾金頓的祖父大概就是喝她的奶水，穿她縫的襪子長大的。

帝國般的皮爾金頓家出了兩名國會眾議員和五名州參議員，卻於石油危機在七零年代中期爆發時瓦解，家族財產灰飛煙滅，還有一名成員因證券詐欺及內線交易入獄，但黛瑟蕊想不起來是誰。

近年來，維克多・皮爾金頓透過房地產買賣與惡意收購發了大財，替家族挽回了一些顏面。剪報中有張照片是他在休士頓美術館外對著鏡頭微笑，負責主持當天那場拉美募款會的他打著黑色領帶，牙齒潔白，一頭捲髮抹得油亮；另一則新聞則報導他擔任遊騎兵隊比賽的開球嘉賓，他身上的棒球制服還留有在箱裡壓出的摺痕。媒體替皮爾金頓取了個綽號，叫「主席大人」，而他也將這個角色扮演得很好，拍照時手裡總有根沒點燃的雪茄。他太太是個繼承父母雙姓的社交名媛，一九七六年的那個晚上，小布希就是因為跟她父親一同在派對上狂歡，才因為酒駕而在緬因州被抓。

錢滾錢這個道理黛瑟蕊不是不懂，但她從不羨慕那些富有的名流，因為他們通常都笨得離譜，不知民間疾苦，也看不見大自然的美。她將奧迪的檔案再翻閱了一次，發現其中有幾份文件提到空殼公司和海外帳戶，心裡盤算著要找專查假帳的審計員幫忙。

翻到最後時，一張下半頁已不知被誰撕掉的條子從兩張紙之間掉出，如落葉般飄蕩到地上，標題是：

加州公路局

所有權轉移及解除通知

黛瑟蕊讀了片刻，才驚覺這份文件非常重要，因為上頭提到的龐帝克六千不管是車型、款式或車牌號碼，都和二零零四年在德菲斯郡起火後，燒死女駕駛的那臺一樣，而且是法蘭克・羅布瑞多於二零零四年一月十五日在加州聖地牙哥以九百元賣出，買家的名字，正是奧迪・史賓賽・帕瑪。

黛瑟蕊翻到背面，發現文件其實是影本，但看起來不像假的。

「妳認得這個簽名嗎？」

「是奧迪的字。」

「妳知道這代表什麼嗎？」

「不知道。」

但黛瑟蕊已經懂了。她抱起檔案夾，迅速走向電梯，留下大廳裡的波娜黛特。好多線索霎時間全都兜在一塊兒，讓她難以招架，覺得自己就像婚禮上忙著接捧花的伴娘，她越接新娘就丟得越多，多到她用雙手都抱不住。車裡的那個女人就是奧迪的太太貝莉塔・希爾拉・維加，而照片上的男孩八九不離十是她兒子。

她回到辦公桌前，再度打開資料夾，仔細觀察婚禮照上的小男孩。他不太像薩爾瓦多人，反而有西班牙的味道——貝莉塔的母親雖來自阿根廷，父親卻正好是西班牙人；黛瑟蕊接著叫出麥克斯・瓦德茲青少年時期的照片來比較，發現要是不論年齡，他和男孩根本長得一模一樣。怎麼會這樣？

瓦德茲一定有動用他在地檢署的關係，並拜託認識的律師和法官幫忙，才得以順利進行領養計劃；至於米格爾之所以沒人去認領，是因為他父親死於地震，母親在火燒車中身亡，奧迪又身陷昏迷，甦醒的機會微乎其微。病歷顯示奧迪是近距離中彈，槍手幾乎有如劊子手在施刑般，將武器直指向他，畢竟這麼一個目睹整起事件的證人，總得滅口吧？但他卻活了下來。

「加班到這麼晚啊？」

黛瑟蕊啪地一聲迅速將檔案闔上，倒抽了一口氣。她看得太認真，以至於完全沒聽見艾瑞克・沃納走近的聲響。

「天啊，妳簡直比監獄鬥牛大賽的處女牛還神經質耶，」他走到她桌旁說。

「你嚇到我了。」
「妳在看什麼？」
「舊案子的資料。」
「帕瑪的事有進展嗎？」
「報告長官，沒有。」
「我在找賽納戈斯，他一直不接電話。」
「我從昨晚之後就沒見到他了。」
沃納從口袋裡拿出一條胃藥，撕掉包裝紙，「闖空門的事我有聽說。妳還好嗎？」
「我沒事。」
「妳不是應該依照吩咐在家休息嗎？」
「嗯。我可以問你一個問題嗎？」
他將一片胃藥含進嘴裡，「要看是什麼問題。」
「你為什麼讓法蘭克主導這次的調查？」
「他比較資深。」
「還有其他原因嗎？」
沃納舉起一隻手，示意黛瑟蕊別再追問，「我有跟妳說我見過甘迺迪總統嗎？我爸以前是他的隨扈，不過幸好不是最後一任，不然他一定會愧疚死的。我當時年紀還小，但非常喜歡甘迺迪講的一句名言，他說要走政治這條路，訣竅其實和打美式足球一樣，只要看見洞口有光，就一定要衝過去。」
「所以是因為政治考量？」
他那哀傷的微笑顯得很諷刺，「所有事不都如此嗎？」

62

離開水上高腳屋前，奧迪將床單拆掉，洗好碗盤，又再沖了一次馬桶，接著將幾條乾淨的內褲和一件雨衣塞進枕頭套。

「我只是借用，」他告訴麥克斯，「之後會還。」

「你要去哪？」

「我還沒決定。」

「你真的知道自己在幹嘛嗎？」

「我一開始是有計畫的。」

「你計劃怎樣？」

「確保你的安全。」

「結果成效如何啊？」

奧迪噗哧一笑，麥克斯也跟著笑了起來，讓他心頭一暖，也放鬆不少。他坐牢時往往會幻想這樣的時刻，雖說在破碎的生命中，最平凡的夢想經常幻滅，現實也總與想像不符，但方才的場景卻沒讓他失望。

「所以你打算怎麼處置我？」麥克斯問。

「我朋友會來接你，確保你安全到家。」

東尼坐在餐桌旁看。他的雙手被膠帶捆住，但仍拿得到面前的水和藥，至於腳踝上的膠帶奧迪則已替他撕掉。

「那我呢？」他問。

「我會載你去醫院。」

「我才不想去什麼爛醫院，他們要說什麼我都已經知道了。」

奧迪看著越來越黑的天色沉思。西邊的地平線已染上一抹一抹的紅霞與橙光，彷彿有誰劃破一包正在燃燒的煤炭似的。他拿起包包和枕頭套，「東尼，我要先去把這些放在車裡，之後會回來找你。」

「你該不會是要偷我的車吧？」

「我要把車停到安全的地方。」

麥克斯不時焦慮地瞄向緊閉的護窗板。自從發了簡訊給父親後，他就一直覺得體內有股力量在侵蝕自己，彷彿有隻餓鼠想竄出。他不曉得那麼做究竟對不對，卻又很想相信父親會以他為榮，會拍他的背表示讚許，會跟朋友說嘴，說兒子跟他當初在槍戰現場一樣，都非常冷靜沉著。

「不要走！」他脫口而出。

奧迪停在門邊，「摩斯很快就會到了。」

「我不想一個人留在這。」

「我可以陪他，」東尼說，「不然就讓我帶他走。我會給你一點時間逃跑，之後再報警。」

奧迪將包包提到餐桌上，拉開一個收納袋，拿出手機和一張新的ＳＩＭ卡。

「我們離開後，你就可以打給你媽了。」

麥克斯沒有回應。

「怎麼啦？」奧迪問。

「沒事。」

「你確定？」

麥克斯點點頭，卻連自己都說服不了。他感覺得到東尼的手機塞在內褲裡，也能想像警方抵達時的畫面；想說出自己做了什麼事，卻又不想讓奧迪失望。

「別擔心，」奧迪說，「不會有事的。」

「你怎麼知道？」

「因為你一直都福大命大呀。」

63

黛瑟蕊正往停在地下室的車走去時，一輛滿是凹痕，用漆噴成藍色的小貨卡停在她身邊，她轉頭瞄了駕駛座上的男子一眼，結果差點跌倒。

她搖晃了片刻，試圖站直身子，但一腳的鞋跟已卡進通風口。她為了拔出來，只好往後一跳，開始轉動穿著靴子的腳。

「要幫忙嗎？」摩斯問道。他一隻手垂在方向盤上，另一手扶著副駕駛座的頭枕。

黛瑟蕊很想把槍從套子裡拔出來，但知道這麼做會讓自己顯得手忙腳亂又不專業，因為她手裡抱著奧迪．帕瑪的檔案夾，要是掉了，文件一定會飛得到處都是。

「你在這幹什麼？」她問。

「上車。」

「你是要自首嗎？」

摩斯思量了一會兒，「可以這麼說，但妳得先跟我來。」

「我哪裡都不會跟你去。」

「奧迪需要我們幫忙。」

「幫助奧迪．帕瑪可不是我的工作。」

「探員，我知道，但他現在孤軍奮戰，又有一群人想殺他啊。」

「誰？」

「我覺得應該是真的偷了錢的那夥人。」

黛瑟蕊對摩斯眨眨眼，頓時覺得他可能一直都在偷看自己的信箱，「闖進我家的是不是你？」

「不是的，探員。」

「你有帶武器嗎？」

「沒有。」

黛瑟蕊將鞋跟從縫隙裡拔出來後抽出手槍，指進副駕駛座開著的窗戶，「下車。」

摩斯沒有動作。

「如果必要的話，我會開槍。」

「我知道。」

摩斯往擋風玻璃外一瞥，之後又一個仰頭，一副今天過得不太順的樣子。

黛瑟蕊仍舉著手槍，「告訴我他在哪裡，之後由我們接手。」

「妳想怎麼做我非常清楚，」摩斯說，「妳一定會報告上司，然後他會召開會議，跟特種部隊說明大致的情況，要他們搜索奧迪所在的區域，分析衛星影像，設立路障並撤離那個社區的所有居民，但在這些事進行的同時，奧迪．帕瑪早就只剩一攤血了，所以就算妳不來，我也要自己去。」

「你不能就這樣開車跑掉，我現在就要逮捕你。」

「那也沒辦法了，妳就開槍打我吧。」

黛瑟蕊用手指順過頭髮，小心地撫摸頭上的腫塊。身為一名受過訓練的探員，她的每根神經都傳遞出「逮捕摩斯．韋伯斯特」的訊息，但她的直覺卻不願屈服。過去二十四小時以來，有人闖進她家，把她打到昏迷，偷走檔案，但上司不僅說謊、坐視不管，更從一開始就不讓她參與調查，還派她做些毫不相關的工作，免得她礙事。奧迪．帕瑪的事她如果猜錯，前途肯定就此斷送，即便猜對，也沒人會謝她，所以無論如何，她都必輸無疑。

於是她上車繫好安全帶，將點四五手槍放在大腿上，槍口正對摩斯胯下，「不准給我胡來，就算只是闖停車號誌，我也會轟掉你的卵蛋。」

64

兩臺福特Explorer開到黃土路的路肩上，停在離屋子百碼遠的一叢矮樹下。天空是洗碗水的顏色，深灰的海面上浮著幾道白沫。大雨將至，陽光隱沒，時間不斷流逝。

賽納戈斯下車將來福槍放在車蓋上，臉湊到槍托旁，木頭冷硬平滑的觸感瞬時爬上肌膚。他努力穩住心跳，透過瞄準鏡將房子四面都掃視過一遍，尤其留意門窗，但整間屋子似乎門戶深鎖，不像有人的樣子。

「你確定是這裡嗎？」

瓦德茲點點頭，舉起望遠鏡。海岸線一片荒涼，只有運河裡一艘疏浚船的桅杆和行駛在海灣中的兩艘船發出光亮。

「所以要怎麼進行？」他問。

「先確定他們還在不在。」

賽納戈斯走到第二輛車旁，吩咐傑克和史達夫先到房子另一側探查。兩人確定對講機沒問題後沿著運河出發，很快便消失在陰影中；瓦德茲和賽納戈斯待在戶外，任由雨珠淋在頭髮和防彈背心上；皮爾金頓則根本沒下車，一副老大的模樣，但其實真正在指揮行動的根本是賽納戈斯。

瓦德茲用望遠鏡再看了一次，感到自己頸上的脈搏跳得很慢。他記得搶案發生當晚的情況，記得自己是如何用冒汗的雙手握住方向盤，全身緊繃地等待卡車出現。他姨丈皮爾金頓花了四年的時間才製造出這個機會，畢竟派人滲入保全公司後，還得等他們做到比較高的職位，才能摸清運鈔的路線和時間；至於白癡兄弟檔維儂．凱恩和比利．凱恩則是瓦德茲找來的——當警察就是有這種好處，可以認識各種不三不四的人，舉凡缺德的律師和政客、劫車犯、小偷，或是破門行竊的、洗錢的、專撬保險箱的、走私軍火的，都不例外。

凱恩兄弟劫持了運鈔車，停在偏遠路段的路肩上，原以為會有另一臺車來接應，殊不知等著他們的竟是突襲。屠殺過程遠不如計畫中那麼迅捷，但人終究是死光了，豈料奧迪・帕瑪卻如鬼牌般，出乎所有人意料地在錯的時間出現在錯的地點，幾乎被滅口，卻又差了一點。

於是瓦德茲成了眾矢之的。同夥的酒鬼芬威和賭徒路易斯都已不在人世，但誰叫他們那麼蠢，非得到處灑錢不可，明明說好要藉著皮爾金頓的土地買賣洗錢，他們卻迫不及待地想炫耀。人要是突然發財，總會招來注目，也難免要被寫成封面故事，所以把他們處理掉，也是為了謹慎起見。

「有人出來了。」

賽納戈斯瞇著一隻眼，隔著來福槍的瞄準鏡看，「是帕瑪。」

「但沒看到麥克斯啊。」

「他一定在裡面。」

帕瑪踏下門階，穿越草坪，走向一臺掛著拖船架的道奇小貨卡。他打開車門，將包包丟進去，接著在副駕駛座上鋪了一塊毯子。

「他應該是準備要走了，」賽納戈斯瞳孔放大，手指已扣在扳機上，「現在就幹掉他吧。」

「等他靠近一點。」

帕瑪走到船邊，解開拖船架的繩索，雙手往牛仔褲上抹了抹。**要射中應該不難**，賽納戈斯邊想邊拉下保險，將十字標線的中心點對到帕瑪雙眼間，接著才往下瞄準胸口，以免打歪。他深吸一口氣，慢慢地從肺中呼出，又淺淺地吸了半口，在吐出的同時目測距離，並觀察風向和帕瑪的步伐，眨眨眼，做好心理準備，再眨眨眼，扣下扳機。

奧迪解開拖船架，檢查東尼車子的輪胎和油箱，希望在遠離海濱前都不必加油。其實費了這麼大一番功夫才找到麥克斯並說出真相，現在跑掉似乎不太合理，但摩斯抵達後會確保他的安全——再怎麼樣都不會比他現在的處境危險。

弗尼斯探員應該已經拿到檔案，知道該怎麼做了——當然啦，除非奧迪看錯她這個人——倘若如此，他也只能繼續逃命，逃到被捕為止。假如他是唯一的目標，倒還沒關係，但現在麥克斯也已得知祕密，把他當親兒子來養的瓦德茲還會像生父般保護他嗎？

這時，奧迪用餘光瞄見一道細小的亮光，說時遲那時快，一發子彈嵌入他左肩，猶如大錘打西瓜般震碎他的鎖骨，又迅速飛出他體外，這時他才聽見子彈轟進金屬船身時那劇烈的聲響，覺得耳邊彷彿有煙火炸開。他墜倒在地，抓住左臂，手裡一團濕黏。

槍手改變射擊方向，開始對船猛攻，一顆顆子彈紛紛打穿金屬；奧迪趴到拖船架底下，往前爬到道奇小貨卡駕駛座的車門旁。

又一陣彈雨從沙灘的方向襲來。奧迪知道敵方不會一直射偏，也知道自己的左臂已形同殘廢，於是打開車門，伸手將鑰匙一轉，但引擎轟隆發動的同時，兩輪子彈卻也將駕駛座的窗戶擊碎。他將排檔桿打到D檔，放下手煞車，讓小貨卡開始前進，自己則壓低身子跟著跑，不讓頭高過擋風玻璃，不料右前輪首先傳來爆破聲，接著是後輪，車速慢了下來，他也只好放棄掩護，奔向樓梯，一步跨三階地往上衝。

碎裂木片差點打中奧迪的右手時，他已跑上陽臺，正全力往門邊衝刺，心中深怕門被鎖住，自己必死無疑，幸好最後順利打開。他跌進屋內，將麥克斯拉倒在地，又滑到東尼身邊，割斷他腳上的膠帶，叫他也趴平。東尼不斷大吼，想知道是誰在開槍。

「他們有射中我的車嗎？船應該沒事吧？要是船被搞爛，我的飯碗就不保了。」

奧迪爬進客廳，靠到彼端的牆上，伸頭從護窗條之間的縫隙偷瞄，看見百碼遠處有兩臺車箱型的剪影。屋外一片漆黑，只有一艘疏浚船遠遠地在運河內發亮，毛毛雨絲筆直打在熾熱的燈絲周圍，形成一團光暈。

「你的手，」麥克斯大喊。

奧迪正努力地在傷口上加壓。子彈碎片沒有留在他體內，但要是不趕快止血，他最後勢必會因為失血過多而喪命。

「去幫我找床單，」他說，「然後撕成條狀。急救箱在浴室，裡頭有紗布。」麥克斯聽話地弓著背拉開亞麻色的櫃子。

奧迪捏了一團紗布塞進子彈射入時打出的傷口，肩後的彈孔則拜託麥克斯幫忙。接著他將數條床單繞過腋下，纏住肩膀，剩餘的綁在胸口，但他邊包紮，血也一邊滲。

「都是我害的，」麥克斯一臉慘白地啜泣著說。

奧迪盯著他看。

「是我發簡訊給我爸，告訴他我在哪的。」

「你怎麼會有辦法？」

「東尼的包包裡有手機，」麥克斯將手伸進褲襠，拿出電話，「我來跟我爸說，我會叫他們不要再開槍。」

「太遲了。」

「要是我說的話，他會聽的。」

麥克斯撥下號碼，但手機被奧迪拿走。瓦德茲接起電話。

「**喂，麥克斯嗎？**」

「不，是我。」

「**你這人渣，我要跟麥克斯說話。**」

「他聽得到。」

「麥克斯，你沒事吧？」

「爸，趕快叫他們不要再開槍了，這一切根本就是天大的錯誤。」

「閉嘴！他有沒有傷你？」

「沒有，拜託你們趕快停火。」

「你聽好，他說的話一個字都不能信，他是在騙你。」

「我是不是領養的？」

「閉嘴，聽我說！」

瓦德茲已開始大吼，話筒裡也傳來模糊的爭執聲。奧迪關掉擴音功能，將手機貼到耳邊，「你不必這樣吼他。」

這句話惹火了瓦德茲。**「幹你媽的，他是我兒子，我想怎樣跟他說話都可以。」**

「你只會對他說謊。」

「白癡！你會害他沒命的。你為什麼就不能閉上你的鳥嘴呢？」

「像上次那樣嗎？」

瓦德茲步離車邊，開始走動，奧迪能看見抵在他耳邊的手機發出的亮光。

「聽好了，你給我把雙手舉高，乖乖出來投降。」

「事情沒那麼簡單。」

「事情就是這麼簡單。」

「屋裡除了我們以外還有別人，他住這附近，冬天幫忙照看鄰居鎖起來的房子。你們剛剛把他的車給射爛了。」

瓦德茲沒有回話。

「他心臟有問題，現在狀況不太好，你們要是直接闖進來的話，會把他害死的。」

「**就算他真的死了，也是你的錯。**」

「你又想要像殺了凱西和思嘉莉以後那樣誣賴我嗎？」

奧迪聽見話筒中傳來吸氣聲。他知道自己不該刺激瓦德茲，但一想到無辜的人因他喪命，又實在嚥不下那口氣。他望出廚房的窗戶，朝沙灘一瞥，看見兩顆頭在沙丘間移動。那兩人雖已蹲低，但藏得不夠好，他們頭戴只露出眼睛的面罩，不斷往屋子的方向跑。**要搞夜戰那套是吧**，奧迪心想。

「**讓他出來，**」瓦德茲說，「**我保證會把他送到醫院。**」

奧迪望向靠在廚房吧檯上的東尼。

「我不相信你。」

「**你到底要不要幫他？我給你三十秒決定。**」

瓦德茲掛斷電話，走回車旁，開始和其他人討論些什麼。奧迪見狀爬到東尼身邊。

「你還好嗎？」

「我沒事。他都說不會對我開槍了，就讓我出去吧。」

「他是騙人的。」

「拜託，他們是警察欸！」

「不是好警察。」

「喂，我爸可是郡上的警長，」麥克斯反駁。

奧迪還想勸，卻也知道東尼待在屋內不比出去安全，畢竟敵方隨時都可能衝進來大肆掃射，奪取所有人的性命。

東尼將兩顆藥倒在手上，沒配水就吞下，「如果對你來說沒差的話，我寧願出去見他們，也不要待在這，我想這樣活命的機率會比較大。」

65

黛瑟蕊坐在駕駛小貨卡的摩斯身旁，心裡一直想著自己違反了哪些法律。她無視規定，違抗命令，還賭上工作，但這件案子實在不尋常到她無法置身事外。此刻坐在她身邊的這個男子明明應該還在坐牢，再不然也該戴著手銬，卻信誓旦旦地說自己絕對沒有逃獄。放他出來的人不論是誰，一定都既有影響力，人脈又活絡，而且就摩斯所言，他們對錢不感興趣，只想置帕瑪於死地。

「車子是不是你偷來的？」開出休士頓邊界後，兩人都沒再說話，這時黛瑟蕊終於打破沉默。

「我沒有，探員，」她的指控似乎讓摩斯很受傷，「是他們給我的。」

黛瑟蕊打開手機，撥到維吉尼亞辦公室詢問摩斯．韋伯斯特目前的狀況，並請對方幫忙調查她乘坐的那臺雪佛蘭。

她看向摩斯，「你騙人，車子明明就是你逃跑後從冰淇淋店附近的車庫偷的。」

「什麼啊？」

「我竟然坐在贓車上。」

「拜託，別這麼看不起人好不好，我要偷的話會選這種破車嗎？把自己搞得像土包子一樣幹嘛？還有，我才沒有逃跑，是他們放我走的！」

「誰知道你說的是真是假。」

「如果可以選的話，我幹嘛偷雪佛蘭來開，害自己丟臉啊？」

她晃晃手槍，「你是不是在說謊，我自會評判。」

而後車內又是一片窒人的沉默，最後仍由黛瑟蕊先開口。她換了個話題，問起找到男孩的那個老人。

「西奧・麥克阿利斯特家其實是在離路邊很遠的地方，」摩斯解釋道，「但沒有遠到他聽不到槍聲，車子起火他也有看見。隔天他就發現了那個男孩。」

摩斯隨意地敲打方向盤。黛瑟蕊喜歡手大的男人。

「所以我才在想，男孩的母親會不會其實就是身分一直沒查出來的那個女人。」

「你怎麼知道她？」

「報紙上寫的啊。」

「她現在有名字了。」

摩斯瞥了她一眼。

「叫貝莉塔・希爾拉・維加。」

他揚起雙眉。

「你聽過這個名字？」

摩斯看回前方的道路，「奧迪以前常做噩夢，不是每天啦，但他驚醒時嘴裡總喊著一個名字，就是這個『貝莉塔』。我有問過她的事，但他都說只是做夢罷了。」他望了黛瑟蕊一眼，「奧迪會不會就是那男孩的生父啊？」

「就出生證明看來不是。」

黛瑟蕊不再說話，開始就著心中的圖像拼湊線索。奧迪和貝莉塔在拉斯維加斯的一間小教堂結婚，並在五天後來到德州。如果他真要搶劫，何必帶著妻子和那男孩？若說他們根本只是遭到波及的旁觀者，還比較合理。或許奧迪和那孩子因為撞擊力道猛烈而飛出車外，也或許車停在路邊時，兩人本來就不在車內；貝莉塔的屍體沒人認領其實也不奇怪，畢竟奧迪陷入昏迷，而男孩年紀太小，也幫不上忙。

這時摩斯問道：「這就怪了，奧迪怎麼從來都沒提過那男孩的事呢？」

「或許有人拿那孩子威脅他。」

摩斯的齒間傳出口哨聲，「如果真是這樣，那小傢伙肯定珍貴得不得了哦。」

「怎麼說？」

「奧迪在獄中真的是受盡各種狗屁折磨，妳沒親眼看到，可能很難想像，但要是換作其他人，大概都會覺得一死百了還比較快活。」

黛瑟蕊忙著在腦海中拼湊故事碎片，暫時沒理摩斯。其實兩人思考的方向相同，雖然切入角度有異，仍共同建構出一個駭人的假設，只不過是對是錯，還沒人曉得。

或許奧迪．帕瑪目擊了車禍和槍戰，還親眼看著太太喪命。整件事攸關七百萬元，所有目擊證人當然都得剷除，幕後集團不是得殺了奧迪，就是得確保他守口如瓶——兩種方法他們都試過。

參與槍戰的警官總共三名，一死一失蹤，只有萊恩．瓦德茲仍安然無恙；負責偵辦搶案的檢察官愛德華．道令剛選上州參議員，至於當年主導調查的法蘭克．賽納戈斯現在已任職ＦＢＩ的管理階層。除了這些人以外，還有誰可能涉案？奧迪．帕瑪要是不肯閉嘴，整個陰謀也不可能成功，所以他們一定是將男孩當作籌碼，也因此才會把他留在身邊……就近看守。

那第四名搶匪呢？兩名警官一開始回報時，是說深色休旅車停在運鈔車旁，負責接運一袋袋的現金，至於休旅車疾駛而去，最後燒毀在康羅湖附近等細節，則是槍戰結束後才補充上去的。取得回報中心關於偷車案和火燒車的在檔紀錄對警方來說並非難事，所以或許是他們選了一起與搶案根本無關的事件牽扯進來也說不定。

失蹤的那名搶匪從未有誰看見，當然也沒人能描述外型和特徵，一般之所以都認為是卡爾．帕瑪，有很大一部分是因為警方不斷聲稱他們握有三手情報或接獲匿名爆料，藉此散播謠言。卡爾的名字就這麼傳到媒體界，自然而然地催生出相關報導，再加上他在墨西哥和菲律賓等地被「目睹」的消息不時傳出，報導很快便成了大眾眼中的事實。然而，從沒有人真的拍到照片或採集到指紋，卡爾也總能在ＦＢＩ確認他的身分前便有如神助地逃掉，所以這一切很可能都是由賽納戈斯這種有權有關係的人捏造出來的。只要虛構的搶匪一直活著，就比較不會有人再去細查搶案。

黛瑟蕊的思緒飄回當下時，太陽已隱沒成地平線上的一點亮光，車外的農田也逐漸為濕地、溝渠和淺湖所取代；矮草被風吹得彎腰，空氣中瀰漫鹽和雨的味道，天寬，地廣，海闊。

66

「讓這孩子跟我去吧，」東尼邊說邊用雙手搓頭，彷彿整張頭皮都在癢似的。

「他待在這比較安全，」奧迪用空洞又緊繃的聲音說，接著他從東尼的包包裡拿出反光背心，「把這穿上吧。」

東尼搖搖晃晃地起身將背心套上。

「他們不會對你開槍的，」麥克斯說著看向奧迪，似乎想尋求支持，「我爸在外面，他是警長。」

東尼看著麥克斯，露出微笑，「我不夠勇敢，不敢待在這。」

「你已經很勇敢了，」麥克斯回話。

奧迪想阻止東尼，卻又無話可說，因為待在屋裡實在不比出去安全。剎那間，慘死汽車旅館房內的思嘉莉和凱西又浮現在他腦海中，讓他不禁開始尋思——如果他當時在場的話，能不能保護她們，能不能避免那樣的結局呢？

東尼指向奧迪的肩膀。此刻血已滲出繃帶，沿著前臂流下，血珠一顆一顆的，猶如水銀灑在打過蠟的木地板上。

「年輕人啊，我實在搞不太懂你到底想怎樣。」

奧迪攤開雙掌，看著掌心，「我想確保麥克斯的安全，確保你的安全，也希望自己能活下來，讓你搞不懂的是哪個部分？」

「我想是第三句話吧，他們為什麼要你死呢？我今年七十二歲了，是退役海軍，不但找不到工作，老婆也已經過世，心臟時好時壞，上個小便要一小時那麼久；我的孩子全是女兒——沒有要抱怨的意思哦，她們對我很好——重點是，我經歷過許多，雖然沒有兒子，但我看你那麼照顧麥克斯，根本不像是想傷害他的模樣啊。」

「謝謝你這麼說，」奧迪回話。

「不必謝。」東尼回頭看了麥克斯一眼，「祝你好運啦，小伙子。」

東尼穿越陽臺，緩緩走下樓梯，四周一片漆黑，每一階他都必須用腳感覺。他走到小貨卡旁，停下來檢查彈孔，用氣音咒罵了幾句後，朝路邊走去，腳步漸穩，胸中的疼痛卻越發劇烈。

以前在軍中時，教育班長總說焦慮是最危險的敵人，因為恐懼產生時，焦慮會趁勢而入，讓人喪失思考能力。**怎麼沒看到警車？他們為什麼沒有出來接我？**

就在那瞬間，一陣強光照得東尼幾乎要往後跌。他將雙手靠在額頭上擋光，卻什麼也看不見，只覺雙眼被一圈一圈的紅光刺痛。

「停在那邊，不准再往前，」一個聲音說。

「我沒帶武器。」

「手放頭上。」

「哎，我真的快被照瞎了，能不能把光調弱一點啊？」

「跪下。」

「我年紀大了，膝蓋不好。」

「叫你做什麼就照做。」

「我只是來檢查房子而已，你們不必對付我。我不是壞人，那男孩很安全。」

「你叫什麼名字？」

「東尼·史羅德。」

「你為什麼會認識奧迪·帕瑪？」

「我不認識他，只是暴風過後我來檢查房子時，他剛好在這而已。你們把我的車和海利根家的船都打壞，千萬別賴帳不賠啊。」

「老頭子啊，捲進這種事算你倒楣。」

「你這什麼意思？」

奧迪聽見遠處傳來一記沉悶而濕黏的爆裂聲，又看見鮮血在車頭燈熠熠照射下，飛濺成一層緋紅的薄霧。東尼倒在柏油路上，頭往側邊歪，彷彿想找枕頭躺似的。

麥克斯目睹慘劇後放聲尖叫，往門邊飛奔，奧迪用沒受傷的那隻手將他整個人抱到空中，才沒讓他衝出去。

「他們開槍打他！」麥克斯哭喊道，他望著奧迪，不敢置信地眨眼，「他們對東尼開槍！」

奧迪不知該作何回應。

麥克斯抽噎著說：「為什麼？他明明沒有傷害任何人，也跪下了啊，可是他們卻朝他的頭開槍。」

奧迪知道他們這是要剷除所有目擊證人，完成十一年前搞砸的任務。麥克斯跪倒在地，猶如斷了提線的戲偶般垂頭喪氣，奧迪看了好是心痛，很想用拇指抹掉那顆在他下唇上流轉的眼淚。

這時，屋外的車頭燈熄滅，奧迪知道敵人就要來了。他坐在麥克斯身旁，心中一片虛無，覺得自己彷彿被掏空；雖然理智上知道情況緊急，身體卻已準備好要放棄，血在流，他的希望也在消逝。這場逃亡就到此為止了吧？就算設法來到了海邊，之後又能怎樣？他們會留麥克斯活口嗎？

已止住眼淚的麥克斯彎著雙膝緊繃地靠坐在牆邊，盯著手機看。

「我記得，」他沙啞著嗓子低聲說道：「你跪在那裡，有人站在旁邊，用槍指著你的頭，你看著我……」

「麥克斯，你得趕快跑。」

「他不會對我開槍的。」

「很難說。」

外頭的樓梯上傳來腳步聲，奧迪望出廚房窗戶，看見有顆頭從陽臺地板旁浮現。他單腳跪地，替獵槍裝好子彈，把槍放在窗臺上。

「我會去引開炮火，我一走你就趕快逃。」

「逃到哪去？」

「你可以游到運河另一側，途中千萬要把自己藏好。」

「你不能出去。」

「我別無選擇。」

經過開合橋後，摩斯減速轉上運河大道，開始往東行駛，沿路的屋舍多半因冬季而大門深鎖。除了車頭燈照亮的範圍外，他只看得見泛白的海岸和比天色更黑沉的洋面。路上的房子越來越少，最後一棟都不剩，運河和海岸線也接到一塊兒，合成一條有時不到百碼寬的窄路。雖然海平面就在幾呎之下，沿途仍有許多凹陷與隆起，人或趴或躺，都可以藏得很好；空氣中瀰漫著鹹味、煙燻味和海草腐爛的臭味，或許是有營火在燒，也或許是青少年在沙灘上喝酒。

摩斯慢下車速，過了彎道後才看見紅色後車燈，發現小路被兩臺車阻斷，於是趕緊關掉大燈，把車停住，並熄滅引擎，就在那瞬間，黛瑟蕊也一個轉頭。

「你有聽到嗎？」

是槍聲。

兩人豎耳細聽。第二記槍響更加震耳，而後一陣短促的半自動手槍射擊聲傳來，聽著就像鞭炮在空油漆桶裡爆炸。黛瑟蕊掀開手機，打電話請求後援，摩斯雖因太暗而看不清她的表情，卻聽得出她的聲音在顫抖。

他往擋風玻璃外看，但只有在雨刷每次剛刷過時，才看得清楚。要是有望遠鏡就好了。

黛瑟蕊拉開靴子的拉鍊，「你待在這。」

「妳要去哪？」

「外面。」

「妳瘋了嗎？」

黛瑟蕊舉起手槍，「這東西我還知道怎麼用。」

「那些傢伙可不會跟妳嘻嘻哈哈，交換電話欸。」

「我也不會。」

摩斯看著她離開，自己也往座位底下摸。他把那支大型左輪手槍放在大腿上，輕輕打開包在外頭的油膩破布，拿起來掂了掂，想起十三歲時第一次拿槍的感覺。當時的他深深著迷於那種感受，覺得一把長六吋、重四十磅的手槍讓他不再軟弱、卑微，讓他有尊嚴、有勇氣，也開始善於表達自己的想法。當然啦，那都只是稍縱即逝的幻想，但他也是在獄中受了好多年的苦後才明白。

已在他前方三十碼的黛瑟蕊越走越遠，她穿著長筒襪，看起來就像十二歲的女孩。摩斯左瞻右盼，仔細觀察低矮的灌木叢後，決定走沙灘那側，希望能在沙丘間開出一條路。

黛瑟蕊覺得自己行跡過於暴露，於是越過淺溝，爬上小丘，整個人趴在地上，爬過凹凸不平的一段，任草刺癢下巴，最後來到離兩臺福特Explorer三十呎遠的地方。乍看之下，車裡似乎沒人，但她定睛一瞧，發現副駕駛座的門開了一些，裡頭坐著一個人在抽雪茄。她趴平身子，將兩手的前臂都壓在沙地上，瞄準男子頭部，扳機上的手指繃得很緊。

「FBI！手放置物箱上。」

男子猛然回頭，表情非常驚訝，彷彿聖母瑪利亞突然出現在眼前似的。他舉起一隻手，另一手卻往下摸。

與此同時，摩斯正從車子的另一側偷看，雖看不清男子的臉，卻隱約感覺得出他會放手一搏——或許他不認為黛瑟蕊會開槍，也或許他覺得自己動作一定比較快。

男子流暢地用單手將一般人雙手才能拿穩的衝鋒槍架到窗臺上，按下扳機，子彈隨之衝入小丘上蔓生的雜草間，發出斷斷續續的爆裂聲。黛瑟蕊開了兩槍，打中男子的腋下和頸部，他往側邊一倒，半邊身體露出車外，車內的燈光照亮了他的臉。

摩斯從藏身處衝了出來，跳越溝渠，跑到黛瑟蕊身邊，發現她的上衣沾了血。

「只是擦傷而已，」她將前臂伸給摩斯看。方才的槍聲太大，讓她沒有察覺自己其實正在大吼。

摩斯看著男子歪倒的身體，「那是誰？」

「一個叫維克多．皮爾金頓的傢伙。」

黑暗中又掠過更多光火，槍響也紛紛在片刻後傳來。摩斯扶黛瑟蕊起身，她站起來還差點不及他的腰。「不是說沒帶武器嗎？」她指著他的點四五手槍問。

「抱歉，探員，我騙了妳。」

她搖搖頭，「我們走吧。」

67

外頭的人影都消失後，奧迪猜想敵人大概都已靠在牆邊，準備從門窗進攻了。他的獵槍放在窗臺上，正對著門梯最高的那階。

「做好準備，待會兒就要跑了。」

「我好怕，」麥克斯說。

「把事情搞得一團亂，真的很對不起，我實在不該把你捲進來的。」

遠處傳來一連串的槍聲，同時奧迪也看見一個黑影出現在陽臺上。他扣下扳機，聽見對方發出呻吟、倒下樓梯後，毫不猶豫地把門甩開，衝到陽臺邊，牢牢抓住欄杆，往外一跳，從十五呎高處重重落地，雙膝都陷進腹部。喘吁吁的他翻身躺在地上，大口大口地吸氣。

這時他看見兩個原本藏匿在某處的黑影出現在地平線上，朝屋子衝來，又見另一名槍手站在沙灘上，雙手伸直，準備發射，於是他倉皇爬起，開始狂奔，每遇到沙丘就奮力跳上頂部，再從另一側滾下來，過程中恐懼竄滿全身。海面離他有八十碼遠，沙灘一片荒涼，只有漲潮線上黏著許多海草。大洋的另一端是哪裡呢？古巴？墨西哥？或貝里斯？但不管是什麼地方，他都無緣造訪了。這個人口多到難以計數的世界有光照，有溫度，他卻活在只有一人的宇宙中，獨自在沙灘上奔逃，猶如再也無法發亮的燈塔。

他看著高高低低的沙灘，心中湧起一股令人絕望，甚至有些喘不過氣來的哀愁，同時也覺得自己被遺棄。這世界為什麼就這麼不需要他呢？為什麼非得將他趕盡殺絕，連猶豫一下都不肯呢？

他發出呻吟，爬起身來沿著沙灘猛跑。有些子彈落在地上，打得海沙飛揚，有些則咻咻地飛過他耳邊；每波攻擊之間都有停歇，可見這些人不是胡亂開槍，而且他們絕非等閒之輩，而是勢在必得的專業殺手。

奧迪採取「之」字形跑法，結果再度掉進窪地。他握住受傷的手臂，舉頭望天，思考下一步該怎麼做，又發覺自己或許根本沒有選擇。

放棄吧。

不要。

那就起來啊。

沒辦法。

他回望剛才逃跑的路線，看見參差不齊的草堆中藏著人影，他們勢必在補充子彈，要等他出來。昆蟲都已停止鳴叫，此刻奧迪周遭只有魂，只有鬼，只有怨怒和急於索他性命的眾神。

摩斯和黛瑟蕊抵達小屋後蹲伏在陽臺下，四周瀰漫著水泥冰冷的礦物氣味和熱帶蕨類植物的味道。階梯旁有個男子癱倒在地，手抱著臉在呻吟；陽臺上也傳出聲音，是一名青少年和一個手拿衝鋒短槍的人正走下門階。

「我說什麼你照做就對了。」

「你竟然對他開槍！」

「閉嘴！」

黛瑟蕊認得其中比較老成的那個聲音。兩人下樓時，摩斯站到階梯正下方，將手伸出木階間的空隙，抓住其中一隻腳的腳踝，瓦德茲往前一跌，麥克斯必須跳開才沒被撞到；黛瑟蕊則從陰影處走出，把槍抵在瓦德茲頭上。

「不準動！」

「感謝老天，還好妳來了，」他說，「我們已經找到帕瑪，但他還在逃跑。」

黛瑟蕊看向男孩，「麥克斯？」

男孩點點頭。

「你還好嗎？」

「你們得幫幫奧迪，」他哭喊著哀求道，「他們想殺了他！」

黛瑟蕊從沒聽過如此悲傷、絕望，又如此真切的聲音，於是轉頭往麥克斯手指的方向看去，就在那瞬間，瓦德茲趁機抓起衝鋒槍，滾成背部著地的姿勢，一面摸找扳機，但摩斯早已看穿他的意圖，將麥克斯推到一旁，往他胸口連開了好幾槍。子彈沒能射穿防彈背心，但仍打得瓦德茲放開手槍，縮成一團，邊呻吟邊撫按肋骨。

摩斯再抬起頭時，麥克斯已往沙灘狂奔而去。

「快去攔他，」黛瑟蕊說，「他這樣會沒命的。」

摩斯撿起衝鋒槍追去，沙子很軟，讓他跑得相當辛苦。過去十五年來，他多半把情緒維持得很穩定，但現在猛虎已經出柙，然而這次他不是為了滿足殺戮慾或心裡的渴望而戰，而是為了甩開在獄中腐爛的自己，好好地活一回。就算只能活出轉瞬的燦爛，也強過一生庸庸碌碌的凡夫俗子。

他前方傳來引擎聲，一臺越野型沙灘車直接從沙丘頂部開過，前後輪先後騰空，而後開始攪著沙子前進，車頭燈開著，為的就是要找到奧迪。燈光前後掃射，短暫地照亮一個孤單的身影——他跑著翻越一個又一個的沙丘，猶如受傷的鴨子般，驚慌失措地在高高低低的草堆間奔逃。

掛在奧迪受傷手臂上的獵槍還有一發子彈，他把槍換到另一隻手，轉身開火，差點跌倒。子彈飛得很高，他卻跌進窪洞，吃了滿口的沙，看見數道光束從頭頂掠過。這些人不可能半途而廢，他們一定會窮追猛打，非要他的命不可。

前方的沙灘上錯列著用來防止海水侵蝕的圍欄，欄底黏著一團團被潮汐沖上岸的海草，奧迪就以柵欄為掩護，從這一道跑向下一道。接近海面時，他看見一個猶如擱淺鯨魚的詭異土堆，後來才發現是有人把船拉上沙灘，也或許是繫繩斷掉後被沖上岸的。奧迪抓住肩膀，飛撲到那條玻璃纖維製的小船後頭，已形同殘廢的那隻手仍握著獵槍，指頭得用另一手扳開。

越野型沙灘車停在沙灘遠處，車頭燈仍前前後後地掃過沙丘，不斷搜尋他的身影。

他聽見腳步聲……知道有人正急速朝自己奔來，於是抓住溫熱的槍口，準備將獵槍像棒子般甩出去。

就算死，我也要拉你們其中一個渾蛋陪葬！

他猛力一甩，卻在最後一刻放手。獵槍從麥克斯頭邊旋飛而過，掉進海中，激起水花，麥克斯則倒在他身邊，大口吸氣。

「不是叫你往另一邊跑嗎？」

「我爸好像死了。」

奧迪沒問發生了什麼事，但知道現在他倆大概都活不成了。

「我去引開炮火，你趕快往運河跑。」

「跟我一起去。」

「不行。」

「為什麼？」

「我不會游泳。」

麥克斯看看奧迪的肩膀，又看看船，接著站起身來，試圖把船拉進水裡，但距離太長，沙又太乾，他只好左右搖晃船身，和奧迪一拉一推，終於讓船開始一點一點地慢慢滑下沙坡，但同時沙灘車也開到柵欄邊，車頭燈掃過沙丘，一路照到海濱。

麥克斯已站在淺灘處，準備在浪潮下次湧起時，一口氣把船拖進海裡。小船終於滑入水中後，奧迪失去重心，臉部著地，吞了一大口水，麥克斯趕緊拉他起身，把他推到船上，自己則涉水將船再往更深處拽，踩不到地後雙腳才開始打水。

奧迪沿著船舷望去，看見沙灘車已停下，片刻後一道光束就佔滿他的視線，彈雨在船尾打出如蛛網般的裂痕。他大聲叫麥克斯沉入水面，自己則平躺在船內的雨水灘中；敵方又朝船身掃射了數輪，奧迪爬回船邊，大喊麥克斯的名字，卻看不見他的身影。

最後麥克斯終於從左船舷邊浮出，臉上滴著海水。

「我們離岸邊太近了。」

奧迪往沙灘看去，發現車子離海濱不比他們遠。這時海流將小船往側邊沖捲，一名槍手沿灘猛追，車上留著一個人在控制大燈。子彈繼續打上船身，趴在甲板上的奧迪上衣已經濕透，雙頰浸水越來越深，水也開始變鹹——兩人正在下沉。

隨後炮火暫歇，奧迪滾到側邊，用沒受傷的那隻手抓住船緣，和麥克斯一起踢水，但船難以負重，已開始顛簸。然而此時車頭燈卻突然轉向，子彈也莫名地開始射偏。奧迪往岸上看，發現有個人在沙灘上狂奔，還不時穿梭於灌木叢和草堆間，猶如進攻招式靈活多端的四分衛。

電影《大地驚雷》中，有一幕是坐在馬上的魯斯特．柯本用嘴咬住韁繩，雙手各執來福槍和左輪手槍，一面往彈雨裡衝，一面吼道「臭王八，武器可要拿好啦」，而此刻摩斯．韋伯斯特那氣勢萬鈞的模樣，跟柯本比起來一點都不會輸。

他無視眼前的炮火，彷彿已憤怒到失去理性，已將生死拋諸腦後。控制車燈的人很努力地想把光對準摩斯，但幾發子彈在他胸前擦出傷口，讓他開始如魁儡般不斷抽動。

另一名槍手試圖反擊，但整個人暴露在車頭燈的亮光下，猶如幽靈一般。摩斯直直往前走，瞄準、開火，再瞄準、再開火，射光所有子彈後，將衝鋒槍往旁邊一丟。

槍手採取FBI學院教給探員的標準蹲伏姿勢，但並未因而能夠倖免。子彈轟進他喉嚨，他先是全身顫動，隨即倒在地上，鮮血滲入沙裡。

摩斯解決敵人後，海濱一片寂靜。這時小船已幾乎完全沉沒，只剩船頭還浮在水面上，奧迪用單手支撐身體，把頭靠在船緣。水很冷，海流也不斷拉扯他的雙腿，將他往下拽。

「我們得靠自己游了，」麥克斯說。

「你去吧，我待在這。」

「不會很遠的。」

「我的肩膀已經沒救了。」

「你可以踢水啊。」

「不要。」

「我是不會把你丟在這的。」

奧迪想起父親曾告訴他要緊抓著船隻殘骸不放，要像笠貝一樣，死命抓緊，但當時他不知道笠貝是什麼。

「就想像你單手掛在懸崖上，還有人在搔你癢好了。」

「我很怕癢耶。」

「我知道啊。」

你要像嚇得窩進毛衣的小貓一樣。

你要像正在吃瑪麗蓮·夢露母奶的嬰兒一樣。

於是他緊緊抓住船頭，但沒受傷那隻手的手指終究變得麻木，無力再支撐。疲憊不堪的他幾乎已完全失去意識，沒感覺到自己鬆手，沒有掙扎著亂抓，也沒再多吸一大口氣，就落入水面，只想悠悠睡去，沒力氣再拚命。

奧迪下沉時抬頭看向小船，很好奇地在想星星從水中是否也看得見，這時她出現了——他逃出三河監獄，游過喬克谷水庫那晚去到他身邊的那個天使再度降臨。她身上的半透明寬袍漂浮在身體四周，不斷擺動，讓她看起來就像以慢動作在下墜。

她的出現讓奧迪的心猛然一跳，只要有她在身邊，他就不必孤獨地死去。貝莉塔用雙腿夾住他的腰，將他的頭拉到胸前，用身體的熱度溫暖他，柔順的秀髮反覆輕撫他的臉龐。

兩人的未來在他眼前展開。他想像自己和貝莉塔聽著浪花擊岸的水聲在棉製的床單上醒來，到市集裡的咖啡店吃玉米餅配炸大蕉當早餐，跳進深綠色的浪裡游水，然後躺在沙灘上曬太陽，熱到受不了就躲進有護窗板的涼爽房間，在吊扇下做愛……

「你得回去了，」她用氣聲說。

「不要，拜託讓我留下來。」

「現在還不是時候。」

「我有遵守承諾，他現在已經安全了。」

「他還是需要你。」

「可是我一直都好寂寞啊。」

「現在有他陪你了。」

她吻過他後，他越沉越深——就算溺死，只要是死在她懷裡，他都開心。但這時有人揪住他的衣領，用前臂勾住他的脖子，用青少年有力的雙腿將他往上拽，再奮力地踢水往岸邊游。

尾聲

對於一個將近三分之一輩子都在坐牢的人來說，重回當初被關的監獄，並在訪客簿上簽名，感覺實在很詭異；走入狹長型的訪客室，看著壓克力窗後的囚犯們等待家人前來探視，更是讓他覺得很不習慣。

奧迪緊張地坐下，放眼往兩排座位望去，看見有些孩子在母親的大腿上躁動，有些則被舉到窗前，往透明的壓克力板上親。

這時摩斯出現了。他拉出椅子坐下，龐大的身子必須駝背才塞得進會客窗，話筒拿在他手裡就像玩具一般。

「你來啦！」

「老大哥，最近怎麼樣啊？」

摩斯咧嘴一笑，「悠哉得跟神仙似的。你肩膀有沒有好一點？」

奧迪舉起仍掛在吊臂帶裡的左手，「我的ＮＢＡ生涯毀了。」

「反正你們白人本來就跳不高，」摩斯靠回椅背，將雙腿跨到狹窄的桌子上。「你怎麼來的？」

「弗尼斯探員載我。」

「那她人呢？」

「在跟典獄長講話，但等一下會來打個招呼，她覺得我們需要時間獨處。」

「她該不會以為我們是gay吧？」

「你挺像的啊。」

「再扯屁啊你，等我出去你就知道了。」

「所以你什麼時候可以出來？」

「律師說我很可能可以提早假釋，更何況我還把瓦德茲和皮爾金頓做壞事的證據交給大陪審團欸。」

「多早？」

「在我五十歲之前，所以啦，再關也沒多久了，出去後還是一尾活龍。」

「說到這個，克莉絲朵最近還好嗎？」

「哦，她好得很，你就只想她是吧。那天她穿了我最愛的洋裝來，奶子會露出來的那件。」

「等一下在弗尼斯探員面前不要這樣講話。」

「知道啦，我才不會咧，」摩斯又咧嘴笑了。「你有看到電視新聞嗎？」

「有。」

他在說的是參議員道令被捕的新聞。道令當時被兩名ＦＢＩ探員（其中一個矮到大家只看得見她頭頂）押著走過人行道，一路上四周都圍繞著攝影機和喊個沒停的記者。他最近剛被大陪審團以司法舞弊和違反司法程序的罪名起訴。

克萊頓．羅德見風轉舵，提出對道令和瓦德茲不利的證據，簡直轉得比鐵棍上的烤雞還快；而瓦德茲則聲稱皮爾金頓和賽納戈斯才是幕後主使，還在大陪審團面前說他只是搶案中的棋子，說姨丈揚言要掀他醜事，毀他名譽，藉此威脅他配合。「我沒有殺任何人，」他被帶離法庭時對記者們大吼。

瓦德茲可能要一年後才會面臨審判，在那之前，有多少人會被抖出來呢？但或許政府各當局會站成同一陣線，試圖控制波及範圍。

至於麥克斯則和珊蒂同住，但兩人並沒有搬家，只是瓦德茲申請保釋被拒罷了。珊蒂聲稱她對搶案和一夥人粉飾太平的行動一無所知，奧迪也選擇相信。

「你可要發大財啦，」摩斯說，「坐了十年的冤獄，一定可以拿到好幾百萬。」

「我不想要錢。」

「屁咧，最好是啦！不然給我好了。」

「之前大家就是以為我有錢，才把我整得那麼慘。」

「是這樣沒錯，但這次不一樣啊，你已經清白了。」

「我一直都是清白的好不好。」

坐成一排的訪客中有個嬰兒開始大哭，遠處的那個年輕媽媽解開上衣鈕扣，露出一邊的胸部開始餵乳，但獄卒叫她換到別的地方。她心不甘情不願地道別後，抱著嬰兒離開，可能是去等候室或公廁，也可能是回到炙熱難耐的車裡。

「你有想過要小孩嗎？」奧迪問。

「我喜歡造小孩的過程，」摩斯回答，「但要養的話我有點怕，畢竟我不是什麼好榜樣。」

「你會是個好爸爸的，」奧迪說，「沒有多少人比得過你。」他停頓了一下，清清喉嚨，「你為我做了那麼多，我都還沒機會道謝呢。」

「我哪有做什麼。」

「明明就有，你自己知道。我生命中出現過好多為我奮不顧身的人，我實在不知道自己做了什麼，讓你們願意這樣救我。」

「你做的可多了，」摩斯邊說邊傾身向前，濕潤的雙眼閃耀著光澤，「我還記得你剛進來時看起來很一般，大家都在打賭，賭你能活多久。」

「你也有嗎？」

「你害我輸了二十塊和兩條巧克力棒。沒人知道你有多大的能耐，但你讓我們看到了。」

奧迪深吸了一口氣，「我其實沒有想——」

「你先聽我說完，」摩斯說著閉緊雙眼。「在這鬼地方過日子是什麼樣啊，你也是知道的——每一天都是全新的考驗。生活單調枯燥，又充滿暴力，悲劇不斷，無比孤單。那感覺會深深在心裡積疊增長，讓人痛苦得想尖叫。當然啦，我們有時會開開玩笑，會收到信和食物、見到訪客，心裡會舒坦個幾小時，但那還是不夠的。後來你出現了，奧迪，我知道你不是故意要裝高尚、裝正直，可是說來也奇怪，那就是你真實的樣子。那麼多可怕的事發生在你身上，你雖然無法制止，卻還是努力抵抗，最後竟然真的贏了。以前的我們很軟弱，一直被當作畜牲對待，但你讓我們知道自己其實有更多可能，你是我們看齊的對象。」

奧迪喉間一陣哽咽，所以對及時出現在訪客室的黛瑟蕊很是感謝。她毫不理會獄囚們的口哨聲和嘲弄聲，逕自走過一扇扇的會客窗，拿起另一支電話。

「妳好像有長高喔，」摩斯說。

「你也有變，變胖了大概。」

摩斯把肚子吸進去，「那一定是在監獄裡吃太好嘍。」

奧迪將椅子讓給黛瑟蕊。「你不用走啊，」她說。

「沒關係，反正我也想去伸展一下筋骨。」他緊張地掃視四周，「我總覺得他們會反悔，然後又再把我關起來。」

「沒有人會關你的。」

「或許吧，但我實在該走了。」

奧迪張開右掌，摸向壓克力板，摩斯也伸手後，兩人就那麼隔著窗五指相觸。

「老大哥，你保重啊，幫我跟克莉絲朵打聲招呼。」

「沒問題。」

奧迪沿著一扇扇的會客窗往外走時，發現有些訪客回過頭來盯著他瞧，又聽到椅子被推開的聲音和拍手聲。他轉身一瞥，看見金伯格站在窗後，隔壁是克魯茲，再來還有桑德斯、包溫、小賴瑞和休斯——這些還在服苦刑的漢子們全都起身鼓掌，掌聲如海浪般襲捲整個三河監獄，連牢房在遠處的囚犯都開始往金屬柵門丟罐子，開始跺腳吟誦奧迪的名字。那聲浪在他耳邊迴盪，也在他走出監獄的短短那條路上，模糊了他的視線。這路雖短，他卻花了十一年才走完。

天空澄澈蔚藍，雲朵猶如種子球般，彷彿下陣風一吹來就要四散各處，但四周偏偏平靜無風，除了交通噪音和樹間的鳥囀外，也幾乎是一片寂靜。奧迪踏出車外，感受到柏油路散發出的熱氣。一大片墓園在他眼前展開，裡頭的幾千座墓碑排得整整齊齊，就像嬰兒的牙齒，但缺口不是用金牙補，而是放滿花朵。

珊蒂．瓦德茲走出駕駛座，等著麥克斯下車。

「你想自己去嗎？」她問。

「不，」奧迪說著望向麥克斯。

「我會在這邊等，」她捏捏麥克斯的手說。

兩人在樹蔭下走了一會兒後，來到墓園一角。比起其他區域，那片草坪顯得比較雜亂，到處都是小堆小堆的土，金屬護網外就是一條四線道的路。奧迪拿出從德菲斯郡驗屍處要來的地圖開始看。

「就是這裡了，」他說。兩人所在的地方沒有墓碑，也沒有花，只有地上釘著十多塊幾乎已被雜草淹沒的方形金屬牌，上面全都刻有號碼，奧迪找了一陣後，終於找到編號UJD-02052004的那一塊。他跪到一旁，把牌子周遭的野草都拔掉，心裡很後悔沒買花來。不遠處的一座墳墓上放著一個果醬瓶，瓶內插著已凋零的花朵，奧迪發現後把手裡的枯莖丟到一旁，用上衣把果醬瓶擦乾淨，接著開始摘採因為長在護網邊而被割草工遺漏的孱弱雛菊。

麥克斯也上前幫忙，不久後，充當花瓶的果醬罐裡就插著一小把花了。奧迪用完好的那隻手挖土，將瓶子半埋進去固定住。他明明想給貝莉塔全世界，最後她卻只得到這些——一個無名塚、刻在上頭的一串數字和一果醬瓶的雛菊。

「拖到現在才來，真是對不起，」，他低聲說話的同時，心裡也想像著躺在枕頭上的她壓在他身體下的模樣，「這是妳最愛的花，還記得嗎？」

奧迪抬頭看了麥克斯一眼，「我帶米格爾來了。」麥克斯滿臉尷尬，一副不知該如何是好的樣子。要跪下嗎？要禱告嗎？

「都是因為他救我，我才沒溺死，」奧迪繼續對貝莉塔說，「他這麼會游泳，一定是遺傳到妳。」接著奧迪開始敘述整個過程，說麥克斯帶他游到岸邊，把他拖上沙灘，說那時警車剛好抵達，直升機也在空中盤旋。其實他當時已幾乎完全喪失意識，但仍隱約能看見眼前的亮光，聽見眾人的吼聲，也記得摩斯如守衛般地站在自己身邊，指揮著大家。

十八小時後，奧迪才首度睜開雙眼，發現自己躺在醫院病床上，手包在吊臂帶裡，身旁有個人，是FBI探員黛瑟蕊．弗尼斯。

「怎麼會有人像你這麼走運，又這麼不幸啊？」她問。

「可能是我曾經在一天之內打破鏡子，又得到馬蹄鐵的祝福吧，」吃了止痛藥的他恍惚地回答。

找到貝莉塔的人正是黛瑟蕊。德菲斯郡的墓園裡有個特別保留的角落，專門用來埋葬無人指認或身分不明的屍體。

「怎麼會沒有墓碑呢？」麥克斯邊問邊抹掉上唇的汗珠。

「因為除了我以外，沒有人知道她叫什麼名字……但我又不能說，」奧迪說著將髒手往牛仔褲上抹。

「你要幫她禱告嗎？」

「其實我不太會。」

「讓我來吧，」麥克斯跪到他身邊，在胸口劃了個十字，求主保佑貝莉塔並照看愛她的所有人。

奧迪說了聲阿們，覺得自己的一顆心懸在橫膈膜和喉嚨之間的某處。他凝視著墓牌，知道這方貧脊的土地不可能承受得住埋葬其下的故事。

我們生來都有屬於自己的一張臉，奧迪心想，但生命中有許多部分，有許多快樂與不快樂卻經常是繼承自他人。大家繼承的份額各不相同，其中有些人正喜歡一點一點地品嘗各種感受，以萬物的精粹豐富他們的心。他們樂於聽雨，能夠欣賞鋸草的氣味，也會因陌生人的微笑和剛升起的烈日而感到快樂；他們願意學習，願意承認自己不知道的永遠比知道的多；他們容易被愛感染，一旦找到心之所愛，便會把愛人當作暴風雨中的船骸，緊緊抓住，永不倦怠。

「我們應該好好幫她立個墓碑，」麥克斯邊說邊扶奧迪起身，「你覺得上面要寫什麼才好？」

奧迪想了片刻才恍然大悟，原來最恰當的墓誌銘一直在他心中——**人生苦短，但愛無涯浩瀚。淋漓地享受每個片刻，別留下任何遺憾**。

臉譜小說選 FR6544X

死活不論

Life or Death

原著作者	邁可・洛勃森（Michael Robotham）
譯　　者	戴榕儀
責任編輯	廖培穎
行銷企畫	陳彩玉、林詩玟
出　　版	臉譜出版
編輯總監	劉麗真
事業群總經理	謝至平
發 行 人	何飛鵬
	城邦文化事業股份有限公司 台北市南港區昆陽街16號4樓 電話：886-2-25007696　傳真：886-2-25001952
發　　行	英屬蓋曼群島商家庭傳媒股份有限公司城邦分公司 台北市南港區昆陽街16號8樓 客服專線：02-25007718；25007719 24小時傳真專線：02-25001990；25001991 服務時間：週一至週五上午09:30-12:00；下午13:30-17:00 劃撥帳號：19863813　戶名：書虫股份有限公司 讀者服務信箱：service@readingclub.com.tw 城邦網址：http://www.cite.com.tw
香港發行	城邦（香港）出版集團有限公司 香港九龍土瓜灣土瓜灣道86號順聯工業大廈6樓A室 電話：852-25086231或25086217　傳真：852-25789337 電子信箱：hkcite@biznetvigator.com
新馬發行	城邦（新、馬）出版集團 Cite（M）Sdn. Bhd.（458372U） 41, Jalan Radin Anum, Bandar Baru Seri Petaling, 57000 Kuala Lumpur, Malaysia. 電話：603-90563833　傳真：603-90576622 電子信箱：services@cite.my
初版一刷	2017年5月
二版一刷	2025年5月
	版權所有，翻印必究（Printed in Taiwan）
I S B N	978-626-315-636-4 定價480元 （本書如有缺頁、破損、倒裝，請寄回本社更換）

城邦讀書花園
www.cite.com.tw

國家圖書館出版品預行編目資料

死活不論／邁可・洛勃森（Michael Robotham）著；戴榕儀譯. -- 二版. -- 臺北市：臉譜出版：家庭傳媒城邦分公司發行, 2025.05
面； 公分. --（臉譜小說選；FR6544X）
譯自：Life or Death
ISBN 978-626-315-636-4（平裝）
887.157　　114003283